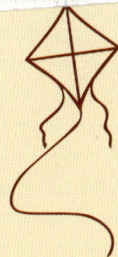

江寻把顾末拎到一旁, 问:

"怎么回事, 你不是我的粉丝吗?"

顾末: "我……"

"说话。" 江寻这次可没那么好糊弄了。

"说起来你可能不信。" 顾末眼一闭, 心一横

干脆认了, "哥, 我只是喜欢你的表情包。"

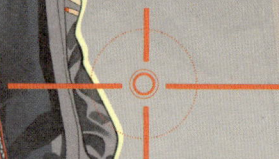

硕禾

GU WEI

江寻 × 顾未

江寻 × 顾未 〈〈〈〈 ●REC

00: 00: 01

AUTO

综艺《逃之天天》

魅丽文化

图书在版编目（ＣＩＰ）数据

我只是喜欢你的表情包／毛球球著 . — 武汉：长江出版社，
2023.8
ISBN 978-7-5492-8853-3

I. ①我…II. ①毛…II. ①长篇小说 – 中国 – 当代
IV. ① I247.5

中国国家版本馆 CIP 数据核字（2023）第 073060 号

我只是喜欢你的表情包／毛球球 著

出　　版	长江出版社	
	（武汉市解放大道 1863 号）	
出版统筹	曾英姿	
选题策划	喻　戎	
市场发行	长江出版社发行部	
网　　址	http://www.cjpress.com.cn	
责任编辑	罗紫晨	
印　　刷	湖南天闻新华印务有限公司	
版　　次	2023 年 8 月第 1 版	
印　　次	2024 年 10 月第 3 次印刷	
开　　本	880mm×1230mm　1/32	
印　　张	11	
字　　数	356 千字	
书　　号	ISBN 978-7-5492-8853-3	
定　　价	49.80 元	

目录
Contents

HD

● REC

08:22:32 ···

● REC

08:22:32 ···

第一章
新朋友

·····································

"我介绍你认……认识一个朋友吧。"电话那头的人喝得醉醺醺的，说起话来磕磕绊绊的。

"什么？"顾未揉了揉眼睛，忍着困意摁亮了手机屏幕，时间是清晨四点半。

电话那头的人"嘿嘿"笑了两声，含混不清道："儿子，我给你介绍的这位朋友，对你来说绝对是喜从天降。"

顾未拉开窗帘看了看外面，实在没觉得这漆黑的夜空能降下点什么。三更半夜的，他爸这是在干吗？

"爸……您实话告诉我，您到底喝了多少？"

清晨四点半，鸡都还在梦里，顾未不想和醉鬼讨论这个无中生有的"喜"。

他爸顾采是个编剧，写剧本的时候"两耳不闻窗外事"，现在问了，大概是自己手头的那个剧本写完了，这才想起来自己还有个儿子。

"不多不多。"顾采大着舌头道，"就白酒，混了点啤酒，爸高兴啊！我同事，宋阿姨，你知道吧？她家儿子比你大几岁吧，生活可单调了。爸介绍你们俩认识一下，交个朋友，他还可以照顾照顾你。"

"爸，你清醒一点。"顾未抓秃了床头花瓶里的花，皱眉道，"你儿子我是个流量明星，流量懂吗？这个圈子很窄，我工作也忙，没什么时间去交朋友，而且交友不慎我会倒霉的。"

他是当红男团 TATW（Travel Around the World，环游世界）的主舞，论个人人气算是个三线流量小明星，黑粉（恶意挑拨选手或选手粉丝之间关系的人）一抓一大堆。他就靠那么点流量吃饭，不知道他爸从哪里给他找来的这个"朋友"，听起来真的不太靠谱。

断人财路如同杀人父母，顾采这番操作是什么意思？

"你那些粉丝都是黑粉，你本来就糊。"他爸不吃他这一套。

"黑粉也是粉，谁让我不讨喜呢。"身为流量明星，顾未对自己有着清醒的认知，"您实话告诉我，那个人是谁啊？"

顾未有充分的证据怀疑这个"朋友"根本就不存在。

"好像叫……叫什么寻。"顾采醉了，具体信息想不起来，"是一个挺不务正业的小孩，他妈说他天天打游戏，不怎么上进，但人品好啊。"

意思是他抽烟、喝酒、烫头，但他不是个坏男孩？顾未暗暗吐槽，醉鬼的逻辑真是感人。

"赶紧给我拒了。"顾未无情地拒绝，"我们流量明星要谨慎交友。"

"回头你们加个微信聊聊，认识一下呗。"顾采最后这句话顾未没有听见。

顾未挂断电话后，彻底睡不着了。这会儿已经快五点了，他点开微信，找到他们团的微信群，发了几条早安问候。

爱我请给我打钱："早早早！"

爱我请给我打钱："今天也要元气满满哦！"

时间太早，群里自然没人搭理他。

顾未灌了一杯水，越发觉得自己不能白起这么早。于是他打开朋友圈，开始编辑动态。

团内有好几个哥哥追 TMW（The miracle worker，奇迹缔造者）的比赛，成为电竞大神江寻的粉丝，还组团去看过江寻的比赛。他们成天在群里发江寻的花样捧人表情包，顾未跟着蹭了不少表情包。

顾未看比赛看得不多，只跟着团里的哥哥们去过几次。他对江寻也说不上了解，只能说是认识。但他挺喜欢江寻的表情包的，平时聊天或者发动态的时候经常会用。这年头，看个表情包都得找个眉清目秀的。

顾未编辑好动态发出去，配文是"早起的虫子被鸟吃，哼"，配图是"江寻愤怒捧人"的表情包。

没过多久就有人私聊他："弟弟，醒这么早？"

这是团里同为边缘成员的池云开，微信昵称"守得云开见月饼"。

爱我请给我打钱："我爸四点多打电话过来，我睡不着了。"

守得云开见月饼："那就别睡了，哥哥给你看点刺激的。"

爱我请给我打钱："什么刺激的？"

池云开甩过来一张微博热搜的截图。

顾未退出微信，打开微博一看，果然，他和池云开两个人一前一后挂在了热搜上。标题是——"顾未综艺感"和"池云开抢C位（中心位）"。

那叫一个刺激，他们果真是难兄难弟。

顾未也被骂过抢C位，这个他不好奇，所以他点开了自己的那条热搜。挂在最上面的是一段视频，剪辑的是刚播出的综艺《一起流浪》里的片段，那是顾未最近一直在录制的一部综艺。

视频里，流浪团的七位嘉宾来到了江南古镇的街道上，身无分文，需要完成任务才能顺利拿到食物。顾未分到的任务，是跟着古镇上的一位老奶奶学刺绣。

这段视频里，他反手把绣品扣在桌子上，在老人惊讶的目光中跑出了工作室。

后期配文："太难了。"还加了个"哭泣"的表情包。

最新一期综艺播出后，这个片段立刻被顾未的黑粉逮到，说他素质低、不尊重老人，把他骂上了热搜。

网友1："你看他那个样子，怕是小时候没干过什么活，也没吃过苦。刺绣有那么难吗？他居然连做个样子都不愿意。"

网友2："呸！他也就能蹭蹭他们团的热度，迟早得糊！"

网友3："TATW什么时候解散？我们的C位傅止哥哥单飞吧！我不想再看到顾未拖累我家哥哥了。"

一群骂声中还夹杂着顾未家几个小粉丝的辩解。

网友4："拍摄的问题吧，可能有什么特殊原因。未未平时是很有礼貌的一个人，这样剪辑很容易产生误会的。我家弟弟人很好，请你们不要误会他。"

网友5："小可爱还没过十九岁生日，很多东西他还不懂，我们道歉，请大家对未未宽容一些。"

帮顾未说话的粉丝毕竟只是一小部分，他们的辩解立刻被骂声淹没。

网友6："我是纯路人，就觉得顾未这种做法真的不讨喜。粉丝乖乖挨骂，别在那儿争辩了，很败好感的好吗？"

网友7："就是，不是我说，《流浪》的节目组当初是怎么想的？是看中顾未身上的流量了吗？顾未真的没什么综艺感啊！"

某大V（经过平台认证，拥有很多粉丝的用户）发出的这个剪辑视频被转发评论了上万次，顾未没有综艺感的事情就这么上了热搜。

顾未退出微博界面，彻底清醒了。他起床去洗漱，镜子里的人眼睛红红的，明显是睡眠不足。他洗漱完，穿好衣服，回到床边，刚好接到了经纪人赵雅的电话。

"醒了？"赵雅问，"看到热搜了吗？"

"醒了，赵姐早。"顾未带着点鼻音说，"对不起。"

小孩声音软软的，也没什么脾气，赵雅攒了一肚子的火瞬间就发不出来了。她只能说："车在宿舍楼下，你赶紧下去，杂志封面那边的拍摄时间提前了一个小时，小周在车上等你。"

"嗯，知道了，谢谢赵姐。"顾未对着镜子简单地抓了抓头发，披了件外套就往楼下冲。

拍摄杂志的摄影棚在江边，一辆保姆车停下，从车上下来两个戴着墨镜的人，几个安保人员跟在两个人身后。

"哥，你今天不用训练吗？"江影摘下墨镜问。

江寻摇摇头："不用，上周刚打完比赛，明天战队去欧洲度假，今天这边有个职业选手的专访。"

江寻，FPS（First Personal Shooting，第一人称射击）类游戏《守则》职业赛明星战队TMW的队长，带领战队在职业联赛中取得了多项荣誉，打法刁钻，指挥果断，被网友称为"寻神"。

江寻去采访地点要路过摄影棚，摄影棚里正在进行拍摄。江寻原本打算目不转睛地绕过去，结果突然听见弟弟江影阴阳怪气地"啧"了一声。

江寻："嗯？"

"三点钟方向。"江影指着那边说，"看见没？那是我对家，黑料比我还多。"

江影有个对家，江寻是知道的。但他平日里忙着战队的事情，娱乐圈里的撕扯与他关系都不大。今日既然撞见了，江寻也就顺着江影手指的方向看了过去。

这一看，江寻就停下了脚步。弟弟口中的那个"对家"正在拍摄电竞杂志封面，小明星穿着一身迷彩服，脸上抹了两道油彩，倚靠着一辆装甲车，肩上扛着一把狙击枪道具，周围的各种相机对着他拍个不停。

江寻的第一印象，是这小明星的睫毛挺长，衬得原本的桃花眼好看而不俗气，唇形精致，微微勾起的嘴角令他看起来就很乖。小明星看着镜头，背着那把看起来挺重的道具枪，努力按摄影师的要求表现出"凌厉"的气势。然而在江寻看来，小明星不仅不凌厉，还有些傻里傻气的。

"你出息了。"江寻勾了勾嘴角，说，"小孩都能是你对家了？"

"他早就成年了好吗？"暴躁老弟江影不服气，"他就是长得显小，平时看起来乖，黑料却比我还多。"

江寻不置可否，随口问道："他叫什么？"

"顾未，回顾的顾，未来的未。"江影说，"我去拍照了，他们竟然把我排在了我对家后面。"

顾未的眼睛太熟悉，让江寻想到了很久以前的一场比赛。

那时他们战队刚刚拿下了七连胜，队友指着观众席上的一个人让他看："那小孩这几场都有来，一直盯着你看，是你的粉丝吧。"

"那小孩"戴了帽子和口罩，把自己裹得严严实实，唯独露出来的那双眼睛太好看。江寻盯着他看了很久，那双眼睛，至今没忘。

江影见他哥半天没动，又退了回来，指着顾未做个总结："所以呢，哥，记住这张脸，这是你弟弟我——江影的对家。对家是什么？此后在娱乐圈，有我就没他。"

江寻若有所思地点了点头："那还是你没吧。"

江影惊呆了，指着自己，面露惊恐地道："什么？"谁才是你弟弟？

"不巧，得委屈你了。"江寻朝顾未的方向扬了扬下巴，"那小朋友好像是我的粉丝，我护粉。"

在刚刚过去的世界赛中，江寻他们战队一路披荆斩棘，为国争光，拿到了总冠军。回国之后，关于战队的采访就一直没断过。这家杂志社一直很想做一次江寻的专访，这次是托了关系才成功地邀请到了江寻。

"寻神接下来有什么打算吗？"杂志社负责访谈的记者问。

"我们战队有一周的假期，准备去北欧一个小镇上放松一下，回国后会继续训练。"江寻不着痕迹地看了一下自己的腕表，采访时间差不多快过了。

"不多休息一段时间吗？"

"不了。"江寻笑道，"电子竞技，表面的光鲜都是一时的，观众可能只会看到一场比赛中绚丽的技能和打法，但看不到选手在背后流下的汗水。"

采访进入尾声，记者有些紧张地瞥了一眼主编刚给自己发来的采访任务，有点不确定地开口问道："能问您一个比较私人的问题吗？"

"你说。"江寻示意她问。

"我们听过一个传言，说您家里……"记者还是有些犹豫。

"是真的。"江寻大大方方地说，"这不算秘密，外面那个正准备拍封面的流量明星，我是说脾气臭的那个，是我弟弟江影。我这么说，你应该已经明白了。"

他表现得十分自在，记者却有些激动："那我把这些放在采访的彩蛋里？"

"可以，随意。"江寻勾了勾嘴角，对面的记者姑娘有些脸红。

作为电竞选手，江寻的外貌可以说是无可挑剔，一米八七的身高，身材比例完美，五官俊美。毕竟家里的基因摆在那里，他怎么长都不会差。

记者看着手头的资料，有些兴奋。江寻像一个传奇，这不仅是因为他在电竞界的地位，还因为他的家世。他爸爸是影帝江争，妈妈是著名编剧宋婧溪。他是一个本该在娱乐圈大红大紫的人，却偏偏选择了一条更难走的道路，还走出了名堂。

"谢谢您接受我们的采访。"记者红着脸道谢。

"不客气。"江寻问，"这次的封面怎么有两个人在拍，是打算做双人封吗？"

"不是。"记者解释道，"江影是这期的，顾未是下一期的。"

江寻出去的时候，顾未好像已经离开了，摄影棚里只有江影在拍摄。江寻朝江影挥了挥手，先行离开了。

顾未回到宿舍时，刚好接到了赵雅的电话，问："赵姐，怎么了？"

"那个热搜公司已经帮你处理了，跟你说一声。"赵雅一副公事公办的态度，"明天记得去机场，《一起流浪》第五期的录制要开始了，地点临时换成了北欧的一个小镇。你表现得好一些，没综艺感不要紧，但是像上次那种招黑的行为不能再有第二次。"

"好的，不会了。"顾未听什么应什么。

赵雅语速飞快地道："嗯，你最近注意些，不要再上热搜了。这个月公司不会再帮你处理了，出了事自己解决。"

"知道了，赵姐。"顾未满口答应，"我保证不惹事，这期不会再上热搜了。"

赵雅挂断电话，顾未还是有些担心，顺手打开了微博。果然，他上午的热搜已经不见了，骂声逐渐平息。

他小心翼翼地点开了对家江影的微博，自从去年公司给他拿了个江影看中的代言，江影就一直很认真地把他当对家。两个人每次同框，粉丝必定掐架。这次，杂志社把顾未的拍摄排在了江影的前面，让江影多等了一段时间，顾未很想看看江影有没有因此事嘲讽些什么。

然而并没有。这位暴躁老哥的微博里，最新的一条微博是他三天前发的自拍，风平浪静，无事发生。脾气向来不好的对家，竟然把这个亏一口闷了。

H城，江家的小别墅里，江影正在向他妈诉苦。

"妈，您知道啥是对家吗？"江影说得眉飞色舞，"所谓对家，就是有我没他，有他没我。番位要竞争，代言要竞争，资源也要竞争，在细节上一点都不能输。不是我小气，也不是我怕自己红不过他，这是男人的尊严！结果我哥倒好，胳膊肘往外拐，一句'护粉'就不让我发微博。"

"多大点事你都得发微博，你就说你红起来以后得罪了多少人？你发了家里又得给你撤热搜，你那一堆黑料都是你这暴脾气给惹出来的。"江寻说，"出去别说你是影帝江争的儿子。"

宋婧溪被他嚷嚷得头疼，说："张阿姨做了黄油蟹，就在桌上，自己去吃。"

江影跑了，客厅里终于清静下来，只剩下江寻和宋婧溪。

"最近如何？"宋婧溪开始问江寻的近况。

"挺好。"这个问题江寻听得太多了，回答起来也顺溜得很，"战队处于上升期，刚刚拿了个世界冠军。"

"谁问你游戏的事情了？"宋婧溪头疼道，"社交呢？还是成天待在俱乐部里吗？"

"没。"江寻摊手道，"我成天就盯着战队里的那几个人，也看不出什么花来，哪来的时间去做别的？"

"我就知道你会这么说。"宋婧溪责怪道，"介绍你认识一个朋友呗，朋友家的孩子，也成天忙工作，比你小几岁。你和人家交个朋友，玩一玩，生活也丰富些。"

"别啊。"江寻赶紧拒绝，"要签名可以，其他不行，我有那多余的时间吗？"

"你有那么忙吗？"

"我……"江寻想说，他就算不忙，那也不是随便拎一个人出来他就乐意认识啊。

宋婧溪又抢了他的话："你先别反驳，我把那孩子的微信给你，你先加上，聊聊看。"

江影一只螃蟹还没吃完，江寻已经开始想念他了。江寻推辞不过，从他妈那里拿到了"新朋友"的微信名片——"爱我请给我打钱"，这个名字看起来还挺特别。

"记得加啊。"宋婧溪叮嘱他，"他爸跟他打过招呼了，他知道你会加他，你们先聊聊。"

"知道了。"江寻只觉得头疼。

"啊，对了。"宋婧溪想起来一件事，又说，"来，给张照片让你先熟悉一下。"

江寻无语道："这有什么好熟悉的……"

江寻的话戛然而止，因为他点开了宋婧溪发到他微信上的照片。照片上是他白天见过的那个小朋友，巧了。照片上的顾未穿着居家的白衬衫，脸上没有带妆，在阳光下显得干净且清爽。这张照片似乎是抓拍的，照片上的人举手投足之间都带着一种还未来得及藏起的慵懒，眼睛里还带着些微的惊讶。

江寻沉默了。

团内主舞顾未被 Rapper（说唱歌手）池云开拉到了宿舍的厕所里说悄悄话。

"什么事？"顾未问，"这么神神秘秘的。"

"我感觉我们迟早得糊。"

顾未："啊？"这家伙怎么说话的？

"上个热搜而已，我都被骂习惯了，你不用太在意啊。"顾未尝试开导队友。

"你先别急。"池云开压低声音道，"不是热搜的问题，是我开发了新的赚钱技能，决定自力更生。"

顾未问："卖什么？"

"卖服务，就是游戏的代练（在网络游戏中以收费的方式帮别人练级的人），代做日常任务。我有个同学搞了个代练团，让我帮忙开发客户群体。"池云开说，"来，哥哥来给你讲讲细节。"

细节还没说出口，赵雅一通电话就把池云开给叫走了。池云开临走前给顾未留下了一个伟大而艰巨的任务："我现在要去赶个通告，等一下有个大客户要来，我让他直接加你微信，你帮我跟他介绍一下业务。"

顾未："大客户？"

池云开："对，刚成年的小孩，头像和微信名都比较幼稚，你一看就知道是他。你跟大客户说话客气点，态度好一点。他要是对咱们这个套餐有不懂的地方，你就多给他解释解释，内容都写在笔记本上了。请务必帮我接下工作室的第一单，开门红不红，就看你的了。"

顾未："行……行吧。"

都是同一个团里的成员，顾未虽然不知道池云开为何要搞副业当代练，但这个忙他还是会帮的。

池云开营业去了，顾未打开了一段编舞视频，直到视频看完，都没等到大客户的消息。

他洗漱完毕，给自己接了一杯水，吃了药，正昏昏欲睡，手机屏幕突然亮了，显示收到了一条微信消息："'十万伏特'申请添加您为好友。"

顾未解锁手机，点开消息一看，对方的头像是一只皮卡丘，没有任何验证消息。他眼前一亮，立马提起了精神。来了！这个人一看就是池云开的大客户。

对待客户，要有十万分的耐心和纵容。于是顾未调整了自己的语气，用自认为极其亲切的方式率先跟对方打了个招呼。

爱我请给我打钱："小宝贝，是你吗？"他还发了个"可爱"的表情包。

大客户秒回了他三个问号。

顾未心道：不愧是大客户，真高冷啊，连一声温暖的问候都无法接受。

十万伏特："你知道我是谁吗？"

爱我请给我打钱："知道啊，不是说好的吗，让您加我。我都等半天了，他们没跟您说？"

十万伏特："呃……说了。"

沙发上，江寻拿着手机的手微微一颤。他没有弄错人啊，顾未这个画风是怎么回事？

另一边，顾未决定直白一点，直接切入正题。

爱我请给我打钱："直说吧，老板您打算给多少？"

十万伏特："什么意思？"

爱我请给我打钱："您知道我是做什么的吧？我听他们说，您也不是第一次找人了。"

十万伏特："啊？"

爱我请给我打钱："基本情况您应该都了解，我也就不详细说了。先来一周体验，还是直接包月或者包年？"

十万伏特："包什么？"

爱我请给我打钱："包月包年陪玩，指哪儿打哪儿。"

这个人还想找别家的代练？想都不要想。顾未盯着屏幕，自信地一笑。他很会聊天的，一定能帮池云开的代练工作室拿个开门红。

江家别墅里，江寻目瞪口呆地看着手机上的聊天界面。顾未是做什么的？顶流男团TATW的主舞顾未，除了营业之外，还在做什么？叫他"宝贝"，叫他"老板"，这是什么副业？难道是……背着公司私下联系粉丝，接私活？偶像私联粉丝可是大忌啊！

江寻不是个委婉的人，有话当场就问了。

十万伏特："这是你自己的业务吗？"

爱我请给我打钱："您放心，我这边保证是一手业务，没有中介的。"

这年头，找个代练要求都这么多的吗？

顾未觉得，以自己的反应速度和服务态度，绝对撑得起这份临时工作。

江寻顺着微信号点进了顾未的朋友圈，一眼就看见了顾未早晨发的那条动态，看到了自己的表情包。那是江寻前一阵子在世界邀请赛上指挥时捋人的图片，被现场观众拍下来，做成了捋人表情包，当时还上了微博热搜。除此之外，顾未的朋友圈里还有不少他去看江寻比赛时拍的照片，旁边的几个人好像都是他同团的成员。

江寻想，"乖孩子"好像真的是他的粉。看起来挺乖的一个孩子，竟然不务正业，还接私活，连微信名都在让人打钱。这样是不对的，小粉丝欠教育了。

江寻切回了聊天界面。

十万伏特："老实说，你干这个多久了？"

代练还要看资历的吗？这年头客户都这么难招呼了？

顾未把心一横，回复消息。

爱我请给我打钱："好几年了吧，你放心，业务方面肯定不会让你失望。"

十万伏特："你……很缺钱吗？"

爱我请给我打钱："缺啊，可缺了。如果不是因为缺钱，谁干这一行啊？很辛苦的。"

"你在和谁聊天？"江影捧着一个椰子，嘴里叼着一根吸管，看见了客厅沙发上的江寻。

"一个看起来很乖但实际上并不乖并且欠教育的坏孩子。"江寻的视线没离开手机屏幕。

"大晚上的不睡，逗谁玩呢？"江影一头雾水，边走边说，"哥，早点睡吧，你明天是不是还得去欧洲？我去睡了，明天一大早还要拍戏呢。"

"知道了，你早点休息。"江寻继续聊天，端起茶几上的杯子喝了一口水。

十万伏特："你也知道很辛苦啊，你接待过多少客户了？"

爱我请给我打钱："你这样不行，我们这一行不看数量，要看质量。"

江寻："嗯？"

爱我请给我打钱："我让你感受感受质量？我们这边很多回头客的。"

江寻一口水没咽下去，把自己呛得疯狂地咳嗽。这职业理念也太强了吧？还有回头客？

顾未等了很久，手机终于振动了一下，收到一条新的微信消息。

十万伏特："他们都没有心。"

顾未盯着手机蒙了，聊得好好的，怎么开始骂其他顾客了呢？

眼看着池云开的顾客越来越不对劲，他决定奉劝一句。

爱我请给我打钱："小宝贝，不要这么说，你和他们在本质上是一样的。"

十万伏特："呃……"

十万伏特："是我唐突了，还是你看得比较通透。"

助眠药物起了些作用，顾未的眼皮子开始打架了，但这笔生意还没谈下来。

爱我请给我打钱："我要睡了，明天我再给你讲具体的套餐，你也早点睡吧。"

十万伏特："我……"

爱我请给我打钱："不可以熬夜哦，熬夜会被家长骂哦。"

手机从手上滑落，灯都没来得及关，顾未就闭上了眼睛。所以，他没有看见聊天界面上持续了十来分钟的"对方正在输入消息"。

江家别墅里，江寻看着手机聊天界面，气笑了。这孩子真的一点都不乖，坏得很。

江寻低头，花了十来分钟的时间，在对话框里从道德层面和健康层面给顾未论述了一遍太过执着于副业是不对的，顺便表达了一下自己的护粉之意。但最后，他想了想，还是删了这一大段消息。无论好坏，那都是顾未选择的生活。他虽然惋惜，但不会干涉。毕竟——偶像要离粉丝的生活远一点啊！

清晨四点多，顾未被闹钟叫醒，冲上了公司的车，一路开往机场。他需要在六点的时候坐上飞机，飞往北欧的一个小国。在那里，他要参与综艺《一起流浪》第五期的节目录制。

顾未睡眠不好，夜里会惊醒，白天总犯困。他迷迷糊糊拿出手机看，昨天的大客户好像还没有睡醒。两个人的聊天记录依旧停留在"被家长骂"那一句话上，大客户像是被吓跑了。

顾未决定哄一哄这位客户，低头打字。

爱我请给我打钱："老板，我今天有点忙，你要是想好了就告诉我，我给你报价。"后面加了个"微笑"的表情包。

虽然他这个主舞和Rapper池云开经常被黑，但好歹大家都是流量明星，热度还是有的。顾未也不知道池云开为什么异想天开要和朋友搞游戏代练工作室。

估计大客户还没起，半天没回消息。

"弟弟，在做什么？"助理穆悦问，"这么早就有人和你聊天？"

顾未把手机背过去，摇了摇头："没什么。"

《一起流浪》第五期在北欧一个小镇录制，小镇宁静舒适，是不少人选择的度假之地。导演发布了任务，七位嘉宾各自分组，领到任务后便在小镇上寻找自己任务中的NPC（非玩家角色），完成景点打卡。

导演没收了嘉宾们的手机和钱包，也没给小镇的地图。顾未方向感不行，就在小镇的街道上闲逛。摄影师一言不发地跟着他，拍下了周围的风景。

"顾未。"一个声音从顾未后方传来，是同期嘉宾蒋恩源。

顾未回头对着蒋恩源笑了笑，他本身的确没什么综艺感，也不太喜欢和陌生人说话，所以呈现出来的都是自己最真实的一面。

"要我和你一起吗？"蒋恩源看似友好地问，"你英语不好，一个人可以吗？"

顾未看了看周围的摄像机，说："不用了，我英语还行。"

不用想也知道，这段综艺播出的时候，顾未不仅要被黑"不合群"，还要因为学历低还逞强被骂。他先前的事情又会被几个营销号拿出来说上一番。顾未和蒋恩源都是靠唱跳走红的流量明星，而且两个人之前有过一段不愉快的经历，无论是吃瓜网友还是营销号，都喜欢把他们放在一起对比。节目组也希望他们的冲突能给节目添加一点热度。

顾未没再搭理蒋恩源，带着自己的摄影师和安保人员向小镇的另一头走去。这里的风景很美，他不想为了那么点不愉快辜负了眼前的风景。

然而没过多久，天上竟然下起了雨。顾未从背包里拿出自己的折叠伞，示意摄影师跟上，还给他撑了伞，两个人一起找了个躲雨的地方。

　　"感觉要在这里躲一阵子了。"顾未自言自语，"对不起，我的镜头肯定很无聊，让你们陪着我在屋檐下看雨水。"

　　虽然知道节目播出的时候这一段基本不会被保留，但顾未还是很认真地道了歉。

　　他一边说着，一边收伞。

　　网上说，大部分人收伞时都会有一个神奇的操作，就是把伞往自己的肚子上戳，因为戳别人的肚子会挨揍。顾未正是其中之一，他靠在小木屋的门边，心不在焉地拿着伞，把伞柄往自己肚子上戳。

　　今天的伞格外难收，顾未想也没想，拿着伞柄往身后的墙上戳了一下。收伞失败，他没有戳到墙，反而戳到了一个软软的东西。与此同时，他好像还听到了木门的"嘎吱"声。那么问题来了，他戳到的到底是什么？

　　节目组的摄影师好好地站在原地，就是表情看起来有点古怪，像是想笑又不敢笑。

　　"嗯？怎么了？"顾未回过头时也僵在了原地。

　　不知道什么时候，小屋的门被人从里面打开，有人走了出来，刚好站在顾未的侧后方。

　　顾未慌了，他本身就不矮，来人比他还要高上一些。顾未低头看了看手中的折叠伞，伞没收起来，但人应该是戳结实了。说不疼那肯定是假的，都是人，都懂的。

　　"对不起对不起。"顾未赶紧道歉，"我不知道后面有人。"

　　他抬头的时候，刚好看见了那个人的脸，一时间愣在原地，犹豫着道："哎，你不是那个……"是那个他平时很爱发的撑人表情包的正主，是同团哥哥们挺喜欢的那个电竞大神，好像叫……江寻？

　　江寻和队友们来这个小镇度假，刚在小屋里放下行李，就有一个队友说门外有人扛着摄像机在拍什么。江寻本打算出去看看情况，没想到刚一开门就差点被伤。还好他反应及时，往后躲开了一些。

　　江寻瞥见周围的安保人员和摄影师，以及摄像机上的台标，立刻明白了这是在录制节目。

　　闯祸的小明星声音软软的，听起来挺有诚意。他不是故意的，也没真戳到自己，江寻本来也没生气，便打算就此作罢。可就在这时，他看见了小明星的脸——是顾未，那个昨晚还在微信上推销副业的坏孩子，那个经常在朋友圈发他表情包的小粉丝。

坏孩子昨晚不务正业的铁证还留在他的手机里，昨晚熬夜写完却没发出去的思想教育小论文还在江寻心里，他倒背如流。既然今天刚好撞上了，江寻就不打算离粉丝的生活远一点了。即使不能对小粉丝进行思想教育，吓一下总是可以的吧？

"知道自己错哪儿了吗？"江寻饶有兴味地问。

"啊？"顾未没想到他会这么问，想到自己刚才干的蠢事，脸猝不及防一红，"我道歉了。"

顾未暗暗吐槽：表情包本人怎么这么凶！

"光道歉可不够。"江寻故意说，"还得知道自己错在了什么地方。"

江寻看见顾未脸色绯红，越发觉得有趣了。这孩子，昨晚还在夸夸其谈，怎么现在却轻易低头了？

"对不起。"顾未想了想，的确是自己不对，便诚恳地道歉，"撞疼你了，不好意思。"

"是挺疼的。"江寻说，"小朋友，你打算怎么办？"

顾未脸更红了："要不……要不我带你……"顾未想说要不先别录节目了，带这位去医院瞅瞅，别真撞出事了。

他的话还没说完，对方就抢先挡在了他面前，堵住了他的去路，道："要不……你想办法补偿我一下吧。"

这怎么补偿？这不是难为人吗！顾未吓得整个人都语无伦次了："你……你……表情包怎么还无理取闹呢。"

外面还在下雨，顾未转头就跑，忘了自己正在录节目，连伞都没撑。一众茫然的跟拍摄影师和安保人员追了上去，只留下了一个在原地思索的江寻。

表情包？无理取闹？什么意思？昨天聊天的时候顾未不是还大大咧咧的吗？到底是谁先无理取闹的？

这些问题暂时没有答案，但是三天后，《一起流浪》第五期的节目预告刚播出，顾未和江寻两个人就被联名送上了热搜。

顾未很忐忑，他不久前才跟赵雅保证，这一期节目他绝对不会上热搜。结果这话说了不到一周，他就又被送了上去。他以为节目组在剪辑的时候会把自己和江寻的那段对话剪掉，却没想到后期不仅没删减，还完完整整地放进了预告片里。

节目组当然会以节目的热度为先，这一段预告显然吸引了无数人的关注。预告片里，江寻挡在了顾未面前，顾未抬起头的时候神色慌张，扔下一句"表情包怎么还无理取闹呢"就落荒而逃了。

现在全微博都知道顾未在录制综艺的时候犯了蠢，还被在小镇上遇到的路人给"欺负"了。顾未前不久才上了热搜，吃瓜网友的关注度还没散，热搜点进去就是一片五花八门的评论，什么都有。

网友1："顾未是热搜包年了吗？有完没完啊，动不动就往热搜上挂，从去年那个编舞的热搜开始，我就对他喜欢不起来。"

这是顾未的黑粉。

网友2："弟弟好可爱啊，跳舞的时候那么帅、那么耀眼，平日里的样子真的乖巧。弟弟收伞那一段是要笑死我吗？蠢蠢的，哈哈哈！给后面的路人点一首歌，替我们弟弟跟他道歉了。"

这是顾未的后援团（明星粉丝团体）。

网友3："这哪个小明星？颜值太能打了吧！就冲着这张脸，这个综艺我追了！预告片笑死我了，一看就知道这个节目是没有剧本的，小明星都吓傻了。"

网友4："哇哦，这个路人真的不是节目组安排的吗？也太帅了吧！这年头路人的颜值也这么高了吗？"

这是偶尔点进热搜的吃瓜群众。

在这些讨论中，也夹杂着不少与此综艺节目无关的声音。

网友5："这哪是路人啊？这是江寻，寻神啊！FPS类游戏《守则》的神级选手，TMW战队的队长啊！前两天的热搜还是'TMW七连胜''TMW世界冠军'，你们都忘了吗？"

网友6："对呀，这是江寻啊，他们战队这几天在那个小镇度假来着，刚拿的世界冠军。"

这些网友都是江寻的电竞粉，很快就把话题给拐到了电子竞技上，在一众网友中独树一帜，抱团聊起了江寻在世界邀请赛上绝妙的指挥和凶狠的操作。

在以上各路人士中，还夹着一位千万粉的大 V。这位大 V 的发言在《一起流浪》预告片的评论中，一路被网友赞上了热评。

江影 KANI："嗯？那不是我哥吗？"

江影这条评论后面跟着两万点赞，后面跟着的子评论都是网友们清一色复制粘贴的内容。

网友 A："@江影 KANI，你哥和你对家一起上热搜了。"

网友 B："@江影 KANI，你哥和你对家一起上热搜了。"

网友 C："@江影 KANI，保持队形，你哥和你对家一起上热搜了。"

在评论区排队的每个网友还都带了个"狗头"的表情包。

江寻戴着耳机坐在战队的训练室里，手指飞快地敲击着键盘。电脑屏幕上的游戏角色跃过一处掩体，开枪击中了敌人，屏幕上显示出"胜利"的字样。训练时间已经过了，手机上的呼吸灯闪烁了好一会儿，是弟弟江影发来了消息。

江影发来的是视频。

十万伏特："这是什么？"

大钳蟹："先别看微博，我先给你洗洗脑子。"

十万伏特："嗯？"

大钳蟹："对家唱歌，翻车现场，我看哥你需要接受一下灵魂的荡涤。"

江寻点开了江影发来的视频，视频里是刚出道的 TATW 在一场晚会上的演出，特地用红色的弹幕标了一个"前方高能"。紧接着，镜头转到了顾未身上。那个时候的顾未比现在还要青涩，唱歌的时候大概有些紧张，开口第一句就走音了。

江寻："噗。"

江影这是在干什么？给他发对家的翻车视频？

视频中，发现自己走音后的顾未做了个小动作，下意识地捂住嘴，漂亮的眼睛左右瞄了瞄周围的摄像机和观众，才有点不好意思地接上了舞蹈动作，模样很乖，也很可爱，真的不太像会私联粉丝搞副业的样子。可那是顾未亲口说的，江寻不得不信。

好端端的，江影为什么给自己发他对家的翻车视频呢？

江寻退出了微信聊天界面，打开微博，看见了挂在热搜上的那段综艺预告。他平常打比赛的时候和队友说话从无顾忌，早就习惯了。那天他只是一时兴起，想欺负一下这个在微信上胆大包天的小朋友，却没考虑到顾未的承受能力。

视频里，顾未一边低头道歉，一边拿眼睛偷瞄他，有一种见到偶像的欣喜感。只是他好像一不小心凶了些，把顾未给吓跑了。

热搜里大家对江寻的身份议论纷纷，这些他都不在意，顺手点进了顾未某个小粉丝的微博里。

顾未弟弟救我命："我们偶像超可爱，他一直都很努力，也很优秀，请大家不要抹黑，多关注他的作品。"

这位粉丝的微博里发了一段短视频，是顾未之前跳舞的直拍。在这段视频里，顾未化了浓妆，眼睛上扑了闪粉，衬得那双撩人的桃花眼更好看了。编舞很难，但顾未完全能够驾驭。

因为家庭的关系，江寻虽然跳出了娱乐圈，但对圈里的事情并不陌生，什么样的人能红，他多少能看出来一些。顾未骨相好，身高也适合跳舞，跳舞时不划水也不刻意，从肢体动作和舞步上都能看出他的天赋和努力。不得不说，舞台上的顾未的确像他粉丝所说的那样。在炸裂舞台的音乐中，顾未撩了一下衣角，耳钉在聚光灯下一闪，他朝台下勾起嘴角，朝前排的观众给了个 Wink（眨一只眼），引得观众一阵尖叫。

这和那天江寻在北欧小镇见到的顾未判若两人。舞台上的顾未太耀眼了，那种沉溺于舞蹈中的状态，其实与江寻在赛场上飞速敲击键盘时的状态如出一辙。江寻莫名在顾未的这段直拍中找到了些许共鸣。唱歌功底暂且不点评，被人抹黑的现状暂且不论，顾未的确当得起顶流男团 TATW 的主舞。

江寻的手机又振动了一下，暴躁老弟江影又开始躁动了。

大钳蟹："哥，看完没？"

十万伏特："嗯。"

大钳蟹："很好，谈一谈感受。"

十万伏特："欣赏和敬畏吧。"

欣赏是因为跳舞时的顾未太耀眼，敬畏纯粹是因为先前的聊天。

江影发来三个问号后就没有了下文，应该是被导演叫去拍戏了。江寻拿着手机继续往下翻，这一次倒是翻到了不少不太和谐的评论。

　　顾未坐在宿舍的沙发上，和团里的哥哥们一起刷微博。

　　TATW男团一共五个人，四个人都是江寻的铁粉。最忙的那段日子，他们都能利用上台前的碎片时间看江寻的比赛。今天晚上八点，他们在椰子台的群星之夜有一场演出，Rapper池云开还在跑通告，剩下的四个人开始利用彩排前最后的时间刷微博看热搜。

　　客厅里的茶几上放好了瓜子，几个人每人捧着一个队长傅止特地从老家带回来的八十年代的大茶缸嗑瓜子，在没人看得到的地方把公司给他们立的各种高冷人设崩得一干二净。

　　某些营销号时常带节奏，说他们男团内部不和，迟早要散。但只有当事人才知道，他们的关系是真的挺好。

　　"怎么样，江寻本人如何？"队长傅止拉着顾未问。

　　"不……怎么样吧。"这里坐了一屋子江寻粉，顾未不敢说得太过。

　　"运气真好。"Vocal（声乐）担当洛晨轩羡慕地说，"录个综艺还能和大神同框。"

　　"你怎么没去要个签名？"综艺担当石昕言极其遗憾地说，"那可是世界冠军的签名。"

　　"江寻真好。"

　　"江寻那一场打得太棒了！"

　　"江寻太厉害了！"

　　无辜的顾未遭受魔音灌耳，不断回想起那天的场景。

　　"挺疼的。"

　　"要不……你想办法补偿我一下吧。"

　　江寻的声音似乎还在他的耳边，顾未越想越觉得不自在。不行，表情包本人真的不太行，没有表情包看起来老实又好说话。

　　顾未忽略了满客厅的吹捧，在热搜评论区刷到了对家江影的动态。对家果然炸了，节目组的微博下面，顾未的一众黑粉已经排好了队——

　　"顾未怎么还不糊？学历低、没礼貌，人设立不起来，现在还开始蹭电竞的热度了？"

　　"别把你们娱乐圈的那一套用到我们电竞圈里来好吗？我们寻神根本

就不吃这一套。"

更有黑粉在评论区带起了节奏："顾未滚出娱乐圈！"

当事人还没说话，这群人先跳起来了。顾未的后援会里，反黑站正在辛苦控评，一个个举报那些不堪入目的评论。

就在此时，评论又炸了。队长傅止忽然看着顾未，意味深长地摇了摇头。

顾未："嗯？"

微博热搜榜又发生了变化，出现了一条"TMW-Xun 点赞"的热搜，后面还跟着一个"新"字。

顾未："呃……"

顾未是看过电竞比赛的人，多少知道"TMW-Xun"是江寻的微博 ID。那么这意味着这件事的罪魁祸首给《一起流浪》的预告片点了个赞，某人是还嫌事情闹得不够大？

微博上，刚刚代表江寻表明立场、痛批顾未蹭电竞热度的一众黑粉，全部沉默了。

"人家正主都不在意，你急什么？"TATW 团内成员各自开了微博小号，在队长傅止的带领下，喊了一群人去掐刚才的营销号。

"我们粉的大神，人真好啊！"团内的哥哥们纷纷感慨。

表情包人好吗？顾未很想跟哥哥们分享一下江寻的凶狠言论和那天一言不合就欺负人的行为。然而他还没来得及开口，手机就连着振动了好几下，显示收到了三条消息。

第一条消息来自顾未他爸。

顾采："乖儿子，前两天我说的那个，朋友家的孩子，叫什么寻的那个，他是不是加你微信了？你们聊得怎么样了？"

第二条消息来自他的那个大客户。

十万伏特："好吧，服务要多少钱？"

十万伏特："我当你老板，你以后别接其他单了，这样不好。"

最后一条消息，来自正在跑通告，没有时间出现的池云开。

守得云开见月饼："弟弟，大客户被人截走了，这一单吹了，你可以不用等了。"

顾未先是一愣，紧接着，脑袋里冒出了无数个问号。

信息量有点大，吓得顾未捧在手里的瓜子掉了一地。

"瞧给孩子激动的。"洛晨轩说，"放着吧，等一下我给你收拾。"

顾未盯着微信上的三条消息，犹豫了一下，首先选择回复池云开。

爱我请给我打钱："月饼，你的意思是，那个客户没加我？"

守得云开见月饼："对，应该没有吧。他的头像是一盆仙人掌，名字我想想。"

守得云开见月饼："想起来了，名字叫'时间一去不复返'。"

池云开把那个人的微信名片发给了顾未。

爱我请给我打钱："呃……"

好脾气如同顾未，此刻也气不打一处来——池云开觉得一盆仙人掌的头像幼稚？他从哪里勾搭的这种画风的客户？还时间一去不复返？

顾未点开对方的朋友圈，签名还是一句"滚滚长江东逝水"。这么沧桑的年轻人，池云开到底是从哪里找来的啊？路子很野的其实是自家Rapper 吧。

顾未揉了揉眼睛，继续思考。现在的问题是，仙人掌没来，皮卡丘来了，还和他热情地聊了一个晚上。那么……皮卡丘到底是谁？他到底给谁强行推销了一晚上游戏代练套餐，把人家当成那个刚成年的小朋友，还叫人家"小宝贝"？

顾未现在隐隐有种不太妙的预感，觉得有必要知道自己到底叫了谁"小宝贝"。

他退出和池云开的聊天框，点开了他爸的，发了个"心情沉重"的表情包过去。

爱我请给我打钱："爸，你说的那个朋友的微信名片发过来让我看一眼。"

顾采："啊？"

顾采："我去问问你宋阿姨啊。"

顾采很快就发了微信名片过来，名片上有一个明晃晃的皮卡丘头像，旁边配着四个大字——十万伏特。顾未觉得自己可能离断气不远了。如果说他加的不是小学生，而是他爸让他认识的那位神奇的朋友，那之前那个晚上，他们到底在鸡同鸭讲地聊些什么啊？想到这里，顾未欲哭无泪。

爱我请给我打钱："我不是说拒了吗？"

顾采："你什么时候说的？"

行吧，醉鬼不记得了。

爱我请给我打钱："算了，你告诉我他叫什么名字。"

顾未决定赶紧给人家道个歉。

顾采："嘿嘿，这个我记得。"

顾采："叫江寻，之前那个什么比赛的世界冠军。你们年轻人应该都知道他吧？我看年轻人都挺喜欢他的。"

顾采："你怎么回事？连人家名字都不知道就和人家一起上热搜了，我刚听宋阿姨讲你们俩一起挂在热搜上呢。"

顾采："怎么样？江寻是不是挺不错的？"

顾采："人呢？"

顾采："你这孩子，聊着聊着怎么又不见了。"

顾未此刻满脑子凌乱：什么？江寻？被他叫了"小宝贝"的是江寻？

也就是说，他不知道对面是江寻，但江寻知道对面是他。

江寻是来干什么的？听家长的话认识一下他？表情包原来这么单纯的吗？那他们到底在聊什么？他那个莫名其妙的游戏代练套餐销售，江寻是怎么接上话的？这是不是意味着江寻其实很好说话？不对，事情没有这么简单。

顾未的视线停留在"十万伏特"刚才发来的两条消息上——

十万伏特："好吧，服务要多少钱？"

十万伏特："我当你老板，你以后别接其他单了，这样不好。"

顾未在同团哥哥们惊恐的目光中徒手捏碎了一颗山核桃。

他越是翻看聊天记录就越觉得不对劲，当时没发觉，现在看来，两个人的对话中无处不透露着一种诡异的氛围。

江寻："你也知道很辛苦啊，你接待过多少客户了？"

江寻："他们都没有心。"

顾未做了个深呼吸，硬着头皮继续往上翻，就看到了江寻最开始发来的那条消息。

十万伏特："这是你自己的业务吗？"

爱我请给我打钱："您放心，这边保证是一手业务，没有中介的。"

是了，"业务"就是问题的根源了。

丢人，因为一次莫名其妙的介绍，在一个仅限于脸熟的人面前，他都干了些什么？把人家当成比他还小的小朋友，叫人家"小宝贝"，还说晚睡会被家长骂。

下一刻，正在粉丝见面会上的池云开收到了来自顾未的新消息——一个"敲头"的表情包。池云开回了个"惊恐"的表情包。

"未未怎么看起来脸色不太好？"傅止关心地问，"等一下我们就要出发了，晚上上台还可以吗？"

顾未："没事……"

有事，事情大了！江寻这是觉得他在私联粉丝，搞什么不正当交易吗？然后呢？他陪练陪玩，要啥给啥，指哪儿打哪儿？背着公司搞副业？

顾未要绝望了，他先前为了生意夸下的海口，都是给自己留的天坑。所以他们先前在北欧遇见的时候，江寻才……

手机又振动了一下，江寻那边大概是没等到回复，又发来了新的消息。

十万伏特："你那样不好。"

十万伏特："按我说的来吧，别去找其他客户了。"

十万伏特："小朋友，你要是觉得做偶像太孤单了，我勉为其难地陪陪你吧。"

TATW的另外三个人坐在沙发上，一个人捧着一把瓜子，看着顾未的脸以肉眼可见的速度红了。

顾未刚才还打算给江寻道个歉的理智在脑海中炸成了一朵烟花。不对，虽然是他有错在先，但江寻的思路也太清奇了吧！正常人谁会这么想啊？不管了，事情发展到这种地步，怎么看都是江寻的错。顾未想，自己虽然不算太红，却也没必要发展什么不正当的副业吧？对吧？

江寻秉着对小粉丝的人道主义关怀，给顾未发了消息。在护粉这件事上，江寻觉得自己已经做得很到位了。这下小粉丝该洗心革面，走上正途了吧？

等了许久，江寻终于等到了顾未的回复。

爱我请给我打钱："哥，你不要多想啊！"

爱我请给我打钱："我只做偶像，不搞副业的。"

爱我请给我打钱："那样我会糊的。"

这下江寻就不懂了，这个进展不对啊，小粉丝不应该哭着谢他吗？没副业？那之前卖的套餐是什么？

爱我请给我打钱："我晚点再跟你解释。"

顾未决定先冷静一下，在朋友圈发条动态控诉一下自己这几天的遭遇，让同团的哥哥们了解一下表情包的真面目，整理好心情，再去跟江寻解释。

大部分人在做错事的时候，第一反应就是甩锅，顾未就是这样的。

顾未扒出了手机里所有的存货，找了九张江寻的表情包，配上文字："我跟你们讲哦，这个表情包本人很过分的，动不动就想歪，哥哥们不要被他的外表欺骗了……"

这次顾未很谨慎，他手动输入了五百字，字里行间都是对表情包本人的不满和控诉，特地屏蔽了江寻以后才发送。

"心情不错？"TMW战队所在的俱乐部里，有人敲了敲训练室的门。

江寻放下手机，眼里还带着未收起的笑意，问："楚亦，你怎么来了？"

"有工作，路过H市，顺道过来看看你。"楚亦斜倚在门边，问，"最近如何？"

"挺好。"周围人问得多了，江寻也说顺口了，"刚拿了世界赛冠军，我有什么不好的。"

"抽一张？"楚亦从口袋里拿出一副卡牌，在桌子上拂开，"挑一张你觉得顺眼的。"

"我妈又联系你了？"江寻乐了，楚亦是他小时候的邻居，现在是A大的应用心理学临床咨询方向的副教授。

"作为朋友，关爱一下世界冠军的心理健康。"楚亦避了他的问题，催促道，"快挑，下午我还有工作。"

江寻从散落在桌面的卡牌中挑了一张自己觉得顺眼的，递给了楚亦。

"楚大医生，看出了什么吗？"江寻靠在电竞椅上问。

"你为什么选它？你又看到了什么？"楚亦反问。

那张卡牌的色调是蓝绿色，牌上缠绕着一些复杂的色块。

"让我来说吗？"江寻问。

楚亦点头："你看见了什么就是什么。"

江寻拿回卡牌，按照自己看到的图样，给了楚亦一个答案："我看到了一个旋涡，旋涡里有一条小船，我像是在船上，然后这里……"

江寻指了指卡牌右上角的一个白点，道："这像一座灯塔。"

楚亦盯着江寻看了片刻，突然笑道："你打算退役了？"

江寻一顿，坐正身子，道："你可以啊。"

"并不难猜，主要还是看你自己对卡牌的解释。"楚亦笑了笑，解释道，"你二十三了，差不多也到了要退役的年龄。你投射在这张卡牌上的，是你的迷茫。名声你有了，钱你也不缺，你在迷茫什么？自己思考一下。"

迷茫什么？关于梦想，还是关于未来的规划？江寻有一些隐隐的觉知。

"有这个想法。"江寻承认，"但我会先打完今年冬季的亚洲公开赛，战队还有很多事情要处理，青训生有几个好的还得顶上，估计我要正式退役得等明年。"

"你好像隐隐找到了一些启示，问题不大。宋女士多虑了，自个儿解决吧。"楚亦收起卡牌，"你在旋涡中看见了灯塔，怎么，你遇见你的灯塔了吗？"

江寻莫名就想到了那段直拍短视频里的顾未，不自觉地露出了笑容。

"笑什么？"楚亦问。

"跟你说话还真是什么都藏不住。"江寻嫌弃地说，"我最近遇到了一个挺有意思的小朋友。"

就在刚刚，他还在和这个小朋友聊天。顾未说了什么来着？只做偶像，不搞副业？

江寻拿着手机，想看看顾未有没有给自己发新消息，但他不小心直接点进了顾未的朋友圈，顿时映入眼帘的就是顾未的头像，是粉丝画的Q版顾未。Q版顾未胖乎乎的，腿短手短，笑弯了眼睛，还做了个求抱抱的动作。江寻看到这个头像的时候就勾起了嘴角，然而下一秒，他的笑容就这么僵在了脸上。

在那个Q版头像的下面，江寻看到了八个自己。八个自己撑人时的样子以表情包的形式团成团，排成行列，一个个抬手指向了屏幕外的他。

这些表情包环绕着一张白底黑字的"说大事专用图"。

江寻："呃……"

楚亦："呃……"

在这九张表情包的映衬下，顾未围绕着"江寻太离谱"这个主题，论述了大概五百字，论点清晰，论据合理，头头是道。在这段论述的结尾，顾未还特地加了一句："大家心里明白就好，不能说出去哦。"

"你这个灯塔……胆子好肥啊！"楚亦记起了读书时的江寻，在心里为这个素未谋面的小朋友鼓掌，"哪条道上的？"

江寻深呼吸后缓缓开口："顾小朋友，应该是皮痒了。"

"我们出门吧，车已经在楼下了，池云开刚从见面会那边直接过去了。"傅止提醒道。

顾未刚发完动态，还没从先前的震惊中回过神来，魂不守舍地点了点头，跟着团里的哥哥们上了保姆车。

顾未有心让同团成员去看自己的朋友圈，于是主动提起了江寻："江寻是个什么样的人啊？"

"现在感兴趣了？"傅止道，"刚才我们聊天的时候看你一直在刷手机。"

顾未点头。

"江寻挺特殊的。"傅止说，"他原本该进的是娱乐圈，有大把的资源都在等着他，但是他没去。"

"娱乐圈？"顾未不解，"他和娱乐圈有什么关系吗？"

"你看他弟弟就知道了，江影的资源那么好，背后肯定有人支持。"傅止说，"江争你知道吧？影帝啊，我们都是看着他的作品长大的。他是江寻的爸爸，控股的传媒影视类公司超过十家，江寻和江影只要不犯原则上的大错误，在娱乐圈会一直顺风顺水。"

"所以那天江寻出来点赞的时候，那些黑你的营销号都销声匿迹了。"傅止又补充。

顾未懂了，这是一个不能得罪的表情包。

"看这个。"洛晨轩把手机递过来，"江寻小时候的作品。"

这是一段电视剧剪辑视频，小表情包那时大概只有十一二岁，演了个小皇帝，穿着一身量身定制的黄袍，坐在龙椅上，神情冷漠，对着跪了一地的人推翻了满桌的折子。

傅止："瞧这演技。"

洛晨轩："瞧这眼神。"

石昕言："瞧这颜值。"

顾未："呃……"

虽然顾未很不想承认，但小江寻的演技确实比他这个三线流量的要好得多。

"你看他那张脸，也不是一般人家出来的啊。"洛晨轩说，"他小时候参演过不少作品，只不过到了青春期叛逆，就打游戏去了。"

"那……他家里人不会反对吗？"顾未不解，这可不是把一手好牌打成烂牌，而是直接把牌桌掀了吧。

"反对啊。"傅止点头，"肯定要反对，一个好苗子就这么迷上了电子竞技，电竞领域那么多人过独木桥，多少人打到退役都籍籍无名。听说他妈还好，他爸，就影帝江争，那暴脾气，可反对了。当时还有很多媒体扒了这件事，说影帝养了个不成器的儿子。但后来几年过去，江寻渐渐打出了成绩，那些声音就都销声匿迹了。"

洛晨轩也认同这种说法："当初很多人都说江寻活得不清醒，但其实江寻应该最清楚自己要的是什么。"

顾未：明白了，这还是一个有故事的倔强的表情包。

前几年，电子竞技还未普及，很多人认为干这一行是不务正业，更何况当初江寻面前原本是一条宽阔的大道，他却非要去野地开荒。江寻能有今天的成绩，一定付出了旁人不知道的努力。了解了这些，顾未觉得江寻其实挺不错的。之前都是误会，微信上解释清楚就好了，他为什么要在朋友圈里控诉人家呢？顾未小小地内疚了一下，拿出手机，决定删掉刚才的控诉九连。

他手机屏幕还没摁亮，旁边的傅止突然把手机递过来给他看："池云开旷工去撸狗了，好多哈士奇啊，哪天我们几个人一起去吧。"

池云开在一群哈士奇中拍了张自拍照，顺带着在朋友圈发了一条动态，发表时间是十二点五十九分。

顾未接过队长的手机，往上翻一翻，再往下翻一翻，愣是没看到自己发的那条动态。

顾未发动态的时间是下午一点三十分，如果说这个时间段没有别人发动态的话，他发的动态应该排在池云开那条动态的前面。但是傅止的手机上，最新好友动态只有池云开那条，顾未的表情包方阵没有出现。

顾未："你删我好友了？"

傅止："啊？我没啊。"

顾未有点手抖，用自己的手机打开朋友圈，一眼就看见了自己不久前发的那条动态。没毛病啊，发出去了。

"你发什么了？"石昕言问，"我也没看到啊。"

顾未突然有种不好的预感。在这种预感的笼罩下，他硬着头皮点开了动态图片下那两个并肩小人的图标——该动态可见的朋友列表里，躺着一个熟悉的皮卡丘头像。除此之外，再没有旁人了。

顾未瞬间瞪大了眼睛，他好像又干坏事了！他原本是要屏蔽江寻的，但那个时候的他着实有些慌乱，最后莫名把那条动态设置成了本条只有江寻可见。

顾未赶紧点了删除动态，看着那九张表情包消失在自己的朋友圈里，他松了一口气。还好删得快，表情包本人应该还没看见，不然这谁能忍啊？

然而就在此时，他的手机突然振动了一下，屏幕上方跳出一条新消息。

十万伏特："罪证。[截图]"

不妙啊……顾未抱着最后一丝希望，右手挡着眼睛，从指缝里去看江寻发来的消息。

十万伏特："顾小朋友，皮痒了？"

十万伏特："接单吧，和我'私联'，我已经迫不及待要教育你了。"

H市广播电视台前，已经有不少粉丝聚在这里，手上举着各种应援手幅。有的手幅上画着Q版的五个人，挂着TATW的Logo（标志），有的就干脆写着自家偶像的名字。

"未未看这边。"二十多岁的小姑娘举着手机朝着顾未喊。

顾未闻声摘下墨镜，朝她们勾了勾嘴角："要注意安全。"

"好的，弟弟放心。"顾未家的粉丝很有素质地让出了一条道路。

"顾未这么好，怎么会有人想黑他？"举着顾未应援灯牌的小姑娘问身边的朋友。

"闭眼抹黑呗。"旁边的人也气道，"有人就是见不得他红。"

化妆和彩排占据了大部分时间，顾未不再看手机，这刚好满足了他的逃避心理。

他看着镜子里的自己，自言自语："表情包再生气，总不会咬人吧？"

"弟弟，谁要咬你？"化妆师被他逗笑了。

顾未摇头："没有。"

"觉得好看吗？"化妆师拍拍顾未的肩膀，示意他看镜子里的人。

"头发的颜色……会不会太浅了？"顾未没有尝试过这个发色。

"不浅不浅，你们团也就你撑得起这个色，今晚保证震撼全场。"化妆师自信满满。

顾未的目光越过镜子里的自己，停留在门口的人身上——

他看见了对家。

对家也来了，已经换好了衣服，正站在门口瞄他新染的头发。

顾未："呃……"中午刚骂完对家的哥，他现在有点心虚。

由于 TATW 是顶流，出场顺序排在了接近压轴的位置。主持人报幕后，场内灯光渐暗，黑暗中响起了前排观众的欢呼声与尖叫声。

舞台再度亮起，升降台上多了五个人，都穿着松松垮垮的黑色外套，每个人衣服上的点缀各有不同。灯光在 BGM（背景音乐）响起的同时开始闪烁。五个人各自的灯牌和属于 TATW 团体的手幅同时摇动，不同应援色摇出了一片灯光的海洋。

他们唱的是他们团的一首新歌，歌词是洛晨轩写的，主编舞是顾未，唱跳的风格与以往的帅气不同，偏向于古灵精怪。灯光闪烁间，几个人按照节奏调换位置。

节奏突然变得更快，舞步也变得更难。顾未临时换到了 C 位，甩开衣服上的兜帽，发挥了自己领舞的作用。场内的摄像机同时聚焦在顾未身上，灯光下，他朝着镜头一笑，脚下的舞步丝毫不乱，双手动作变换，朝台下比了一颗心。

前排有粉丝捂住胸口大吼："主舞大人看我一眼！"

"弟弟跳舞气场强大！"

"顾未我爱你！"

江寻路过后台时，刚好看到了后台大屏上顾未比心的动作，听见了粉丝的咆哮。几天没见，顾未染了粉白色的头发。江寻不得不承认，这个大部分人驾驭不了的发色很衬顾未的肤色，小朋友骂人的路子是独特了一点，但他长得也是真好看，而且唱功比之前要好太多了。

"在看什么？"宋婧溪沿着江寻的视线看过去，认出了顾未，"你们聊了吗？感觉这孩子在舞台上的风格与平时还真是不太一样。"

江寻对此深有感触。

"哥，你们怎么来了？"江影刚下台，还没来得及卸妆，晃到屏幕前看对家的演出，"哼，他们整个团流量大，这要是拼个人数据，顾未是绝对拼不过我的。"

身为顾未的对家，江影真的是很到位了。

"下次我也染这个发色吧。"江影举着手机上刚刷出来的顾未生图（明星未经过修图的照片）说，"我们两家的粉丝肯定会把我们放一起对比，我最喜欢看了。"

"你是一个偶像，懂这么多粉圈掐架的套路做什么？"江寻嫌弃道。

"当然是为了时时刻刻踩对家啊。"江影说。

江影十年如一日是个躁动分子，好不容易逮到个小对家，掐架比拍戏还认真。

"我找张导有些事情，顺带着把你哥叫了过来。"宋婧溪说，"不过你哥来的时候，我和张导都已经聊完了。"

"什么事？"江寻问。

"有个综艺。"宋婧溪说，"你张叔叔打算搞个真人秀，资金都花在了场地上，请了四位嘉宾之后，再请不起第五位了。他希望你能去当个苦力，不会占用你太多时间，首次拍摄仅二十四小时左右，后面是否拍摄将由节目的热度来决定。"

江寻笑了："说得这么好听，就是把我当免费劳动力呗。"

其实不是，这位张导是他爸妈的好朋友，节目不会缺那么点经费。之所以找他，一方面是因为他身上那世界冠军的热度和流量，另一方面，真人秀中应该出现了不少游戏元素，需要他的帮助。

电竞选手很少上综艺节目，因为他们始终处在风口浪尖，粉丝成天喊着"×××NO.1"，但其实对他们的容忍度不高。如果后期比赛失利，网友们会把原因归结于他们上综艺节目懈怠了训练。电子竞技，胜败乃常事，但网友们不认。

鉴于张导和他爸妈的关系，这个忙江寻的确不好推辞。更何况，他先一步看到了邀请嘉宾的名单。

"你去做什么？"江影看着哥哥往外走去。

"你们先走。"江寻说，"来都来了，我去找某个小冤家讨个债。"

音乐渐渐消失，舞台上的灯光逐渐昏暗，升降台把几个人送了下去。顾未微微喘着气，关掉了耳麦，拨开了眼前一绺被汗水浸湿的头发。

最后上台的似乎是一位影帝，台下掌声雷动。顾未跟在队友们身后，向通道外走去。在舞台上暂且忘记的烦恼又重新压回了他的心头——他该找个机会向表情包道歉了。过了一个下午，表情包的怒气值应该不会再提升了吧？

通道边一间化妆室的门突然拉开，一只手伸出来，把顾未给拽了进去。

TATW剩下的四个人继续往前走，丝毫没发现丢了个年龄最小的成员。

表情包本人站在顾未面前，落了房间的锁。

"某个欠教育的小朋友。"江寻沉声道，"抓到你了。"

顾未一脸惊恐，现世报来了！

江寻来势汹汹，朝他摇了摇手机，道："顾小朋友，已经过去八个小时了，你不主动来找我解释，我便只好自己来听你解释了。"

狭窄的化妆间里只有他们两个人，顾未不矮，但江寻明显要比他高出很多。两个人之间的距离很近，这让他有种压迫感。身后的门锁着，江寻又堵在了他面前，挡住了他所有的退路。

顾未有点心虚，所以没敢抬头去看江寻，视线一路下移，停在对方垂落在身侧的手上。这只手，手指修长，骨节分明，好看。顾未喜欢看人的手，好看又精致的爪子他能盯着看很久。这样的手，天生就适合电子竞技。先前跟着团里的几个人追比赛时，他就看过江寻的手部特写镜头，知道江寻的手速在整个电竞圈内都很有名。从那时起，顾未便开始真正记得江寻这个人，也开始收藏江寻的各种表情包。

"这也能走神？"江寻的手在顾未眼前晃了晃，"顾未小朋友，你在看哪里？"

浅色头发显得顾未的肤色偏白，他的睫毛很长，台下的他看起来已经收敛了刚才那种气焰。他还没卸妆，一双桃花眼小心翼翼地看来看去，长睫毛泛着光。江寻突然觉得，这个家长口中的乖孩子好像真的很不错。他不惹是生非的时候，挺讨人喜欢的。

"这么怕我？"江寻问，"说话。"

"谁怕你了？"顾未嘴上不服，视线却飘来飘去，就是不看江寻。

"不怕就好。"江寻故意吓他，"长辈指名让我认识你，你这么怕我，我们还怎么进一步认识？"

"我们的交集仅限于那次偶遇，谁要和你进一步认识了？"顾未努力抗争，指出事实。

江寻稍稍拉开一些距离，留给顾未一个喘息的空间："现在知道紧张了？之前要跟我做生意的时候怎么就不知道紧张？还有，今天中午在朋友圈发动态骂我。"

江寻叹气："顶流男团 TATW 的主舞大人，你家小粉丝知道你这么心口不一吗？"

身边的压迫感越来越强，手心也开始出汗，顾未试着开口解释："我之前……不知道你是江寻。"也不知道你就是顾采介绍的那个倒霉蛋。

"你以为我是谁？"江寻的眼神变得有点危险。

"我以为你是……"顾未瞥见江寻的目光，把"小孩儿"三个字吞下去，换了个比较安全的词，"我以为你是客户。"

不能说"小孩儿"，得给表情包顺顺毛。于是他在江寻审视的目光中断断续续地把这段跨服聊天交代得一干二净，但是特地忽略了"小孩儿"这个细节。

江寻有点无语，他前二十三年的人生里还没有遇到过这么大的乌龙。所以顾未真的是个乖孩子，活得很清醒，认认真真当偶像，半点不正经的心思都没有。那一场鸡同鸭讲的微信聊天，江寻只能说是造化弄人。

"我是正经偶像，不会私联粉丝的，私联粉丝我会糊的。"顾未说，"我也不需要别人照顾，不需要认识新朋友。"

这个误会总算解释清楚了，顾未松了一口气，却不知道自己此时的模样被江寻尽数收入眼底。

在粉丝面前各种耍帅、收获尖叫与掌声的小偶像，背地里却很好说话。这样的小偶像，怎么会被抹黑呢？微博上那些不堪入目的骂人言论到底从何而来？江寻想到微博上的那些内容，微微皱起了眉。

顾未刚把手挪到门锁上准备开溜，江寻就把手机举到他面前，挡住了他的去路，屏幕上的截图刚好是今天中午的罪证。

"跑什么？胆子又肥了？"江寻指着截图，"解释一下？"

顾未："呃……"

跨服聊天是澄清了，但他忘了还有这一出。

"你的确胆子肥。"江寻看着他点评，"在朋友圈骂我，甚至都不屏蔽我。"

"我屏蔽了！"顾未想到这个就来气，音量也大了几分，"谁知道设置成了'仅你可见'！"

江寻明白了，顾未不是胆子大，是迷糊。

顾未刚说完，立刻意识到自己说错了什么，捂住嘴彻底不出声了，这……越解释越显得他不是个东西。

"那就是特地骂给我看的了？欠教育。"江寻总结，"你说说，我该怎么教育你？或者欺负一下你？"

"上次在小镇你就欺负了我，这次就放过我吧，我经不起欺负的……"顾未努力降低存在感，"而且我没有那种私联粉丝的副业，你也不是我的粉丝，我对你没有价值，不是吗？"

"那可不一定。"江寻若有所思。

顾未暗道：都怪那条动态，鸡同鸭讲的生意是过不去了。

"消消气好不好？"顾未换了个角度开始劝说，"你们职业选手那么忙，根本不 Care（在意）我这种小明星，对吧？"

面对来势汹汹的江寻，顾未表现出了前所未有的求生欲，晓之以理，动之以情。

"不见得。"江寻油盐不进。

"哥，我错了。"顾未拿出了十万分的诚意，"我保证不会有下次了。"

下次他保证绝对不会再屏蔽错人。

两个人的家人算得上是熟识，顾未也没做错什么，江寻本来就没生气，也不好把人欺负得太过头，便说："算了，看在你是我粉丝的份上，饶过你这一回了。"

吓到顾未就不好了，来日方长，毕竟他们还有再见的机会。

"啊？"顾未愣住了。

江寻误会了，他不是江寻的粉，他只是爱用江寻的表情包，那些复杂的电子竞技知识和技巧分析他一概不懂。大概是他总和团里那群江寻铁粉混在一起，又收藏了江寻的无数表情包，这才让江寻误会了。但识时务者为俊杰，顾未识时务，特别识。他顾未现在就地变成江寻的死忠粉。

"寻神！"顾未展现了他这个三线流量的演技最高水平，"我粉你很久了，来个签名吧。"

要到江寻的签名，既能保命，又能卖钱，何乐而不为呢？反正渡了此劫，了却了这桩破事，他保证离江寻远远的。

江寻盯着顾未看了半晌，没评价他稀烂的演技和稀薄的诚意，还是找了张签名纸，给顾未签了个 To 签（送给 ××× 的签名）。

"能不签 To 签吗？"顾未讨价还价，江寻很少给人签名，To 签他还怎么卖给团里那四个江寻粉？

"不行。"江寻拒绝，"你的诚意呢？"

他签的是"To 顾未小朋友，未来可期"，落款"江寻"。

顾未抱着世界冠军的 To 签，终于顺利逃脱。未来可期？顾未边逃边想，表情包除了比较凶、斤斤计较、睚眦必报之外，好像还……还挺好的？但别的就算了吧。就此打住，谁让表情包这么凶。

顾未刚上保姆车，就看到了自家经纪人。赵雅不是他一个人的经纪人，除了交代工作，他们平时不常见。

"怎么这么久才回来？"赵雅随口问。

"抱歉……有事耽搁了。"顾未把江寻的签名纸藏在了背后。

赵雅也没多在意，只是有事说事："关于接下来的工作，有两件事告诉你一下。"

顾未点头："赵姐您说。"

"一个好消息、一个坏消息吧。"赵雅先说了坏消息，"你之前接的那部现代 IP 偶像剧《明明如月》，你的角色被人顶替了。"

顾未没说话，赵雅看他一眼，简单地讲了原因："顶替你角色的人叫贺澄，目前咖位不如你，估计是带资进组。"

坐在一旁的队长傅止探过头来问："那个小网红？"

"他现在流量起来了，背后还有人撑腰。"洛晨轩摇头。

这个圈子就是这样，有人扶持，就会走得顺风顺水。这样的事情多了去了，顾未没遇见过，多少也听说过。但失望是难免的，毕竟他为了那个角色付出过不少努力。

赵雅又问："这部剧的剧本比较符合主旋律，公司这边的判断是小火保底，现在男二这个角色空着，你看你要不要接？"

"接。"顾未犹豫片刻，还是选择了接。

他出道以后，公司看中他的流量，给他接的工作大部分是综艺。但除了综艺以外，他更需要作品。委屈不委屈另说，在这个圈子里，容不得他在这件事上因小失大。

"行。"赵雅似乎很满意他的选择，"公司也是这么打算的，这部剧不仅剧本好，男二人设也讨喜，好好演的话能圈不少粉。回头我把剧本发给你，你先琢磨一下，演的是一个电子竞技职业选手，你确定演的话，这两天大概就要官宣了。"

电竞选手？这是顾未不了解的领域，他对电竞选手仅有的印象都来自江寻，更别提他现在藏在背后的手上还捏着一张世界冠军的 To 签。除了细读剧本和人物小传，他该以什么样的方式去了解《明明如月》里的这个人物呢？

"对了，好消息就是……"赵雅忙碌了一天了，有点疲惫地捏了捏眉心，"公司又给你接了个综艺节目，逃生解谜向真人秀，叫《逃之夭夭》。"

顾未："呃……"这对他来说并不是什么好消息啊。

"先别反对。"赵雅看到了他的表情，"我知道你没有综艺感，大家心里也都清楚，你只要带着你那流量去就好了。"

顾未往那儿一站，就会有收视率。这么多综艺邀请他，看中的也就是这一点。

"你别惹事就行，像之前古镇上的那种情况不可以出现第二次。我还是那句话，这个月公司不会再帮你撤热搜了，出了事就自己扛。"赵雅说，"你的档期我给你调整了一下，你现在回去休息，明晚就出发。我让石昕言和你一起，他会多照顾你的。"

石昕言综艺感很好，和他一起参加，顾未放心不少，问了最后一个问题："其他嘉宾都有谁？"

"这个我们暂时也不知道，为了节目效果，节目组那边暂时不提供成员名单。目前算上你和石昕言，会有五位嘉宾，后期如果节目收视效果好，还会有飞行嘉宾。我只能告诉你这里面没有你的对家，"赵雅说，"也没有那个蒋恩源。"

综艺的事情一经敲定，顾未第二天傍晚就要出发，他还有一天的时间休息。

群星之夜结束的时间晚，顾未回到自己的住处时，已经将近凌晨一点了。他睡眠向来不好，容易惊醒，不吃助眠药物会难以入睡。

他吃了药，躺在床上，收到了赵雅发来的剧本。《明明如月》是一部青春励志偶像剧，从两男两女的高中生活开始讲起，展示了四个人的人生。每个人在青涩的时光里从迷茫到坚定，找到自己的方向，在自己的领域熠熠生辉。

顾未即将饰演的男二号就是一名职业电竞选手。职业电竞选手的生活到底是什么样的？顾未认识的职业电竞选手只有江寻一个人，好像还很厉害？他突然有了个绝妙的主意，觉得自己可以去微博翻翻江寻的超话，看看江寻的成长历程。

顾未搜索"TMW"，第一个跳出来的用户就是那个熟悉的TMW-Xun。江寻的微博注册时间早，已有微博五千多条。顾未吸取教训，小心翼翼地避开了江寻ID下的关注按钮，趁着夜色，胆子逐渐膨胀，在江寻的微博里开始"考古"。

江寻的微博注册于八年前，点开主页，第一条微博是转发的战队微博，那是TMW前一阵子比赛的精彩时刻剪辑。TMW战队登上了世界赛的领奖台，拿到了这场赛事的最高荣誉。视频中的江寻戴着耳麦，手指在键盘上迅速敲击，屏幕晃动，操作令人眼花缭乱。

顾未看不懂游戏操作，但他能看到评论里一群人的狂欢。

寻粉1："天哪，九分三十秒那个操作绝了，求寻神出一个教学，想学。"

寻粉2："江寻这个赛季拿了多少MVP（最优秀选手）了？绝了！"

寻粉3："不行了，大哥太强了，我要倒回去再看一遍。"

寻粉4："大哥收我做徒弟。"

顾未再往下翻，江寻发的微博都与比赛相关。什么时候约了练习赛，什么时候直播，他都会公事公办地在微博上通知。前几年，江寻还是会在微博上发一些生活动态的。当时TMW战队还没打出什么名气与成绩，江寻的微博很少有转发点赞，评论区的内容多半是他成名后小部分网友"考古"留下来的。

观众只看得到选手成功那一刻的盛景，却从来看不见他们成功背后的汗水。在观众眼里，职业选手只需要在台上保持光鲜亮丽就好，背后的经历与付出无人在意。

大概三年前，江寻发过一条微博："电子竞技，没有睡眠。"

微博配图是江寻和他的四个队友，顾未看评论大概能猜到他们几个人是为了训练熬了好几个晚上。

顾未看到照片的第一时间就笑了，江寻底子好，熬了两夜也只看出些许疲惫，但他的四个队友都顶着深深的熊猫眼。五个人似乎刚刚取得了一场小比赛的胜利，纷纷朝着镜头比爱心。那时的 TMW 还没打出如今的硕果，几个年轻人经常苦中作乐。这张照片和他们拿世界冠军时手捧奖杯的那张相比，完全是两种风格。

再往后翻，就是江寻好几年前的微博了。那时的江寻还只有十多岁，和现在有些差别。

顾未不自觉地勾起嘴角，他看到了一个不一样的表情包。那个时期的表情包，好像没现在这么凶。这种感觉像是他通过微博看到了江寻这些年的缩影，他见过江寻籍籍无名的时刻，也见过江寻挥斥方道的样子。

手机屏幕上突然弹出了一条微信消息。

顾采："江寻如何？你要是觉得还好，就和他多来往。"

爱我请给我打钱："挺好，但是我拒绝。"

顾采："为什么？就你那毛病，挺需要有个人照顾你的。医生说了，要找个人多陪你说说话。"

爱我请给我打钱："不行，我现在挺好的，不需要人照顾，我也不能影响他。影响世界冠军的状态，那就是对不起咱们国家。我拒绝，我有自己的打算。"

顾采："嚯，这么点事，还上升到国家层面了。那随你吧。"

顾采："我把手头的稿子写完就联系你宋阿姨，说你没兴趣。"

爱我请给我打钱："行，大体就是这个意思，到时候你自己发挥。"

闭关写稿的编剧顾采看着手中的新剧本，自言自语："不多不多，稿子两个月左右就写好了，到时候再给你说。"

两个月而已，不碍事的。

心不在焉的顾未信了他爸的鬼话，回到微博，往下又翻了几条。刷着刷着，顾未的眼皮子便开始打架，就这么拿着手机睡了过去。他的手机屏幕上还显示着江寻微博的界面。

H城的郊外，一辆宾利缓缓开进别墅的大门。江寻放下手中的练习赛复盘视频。

"还在搞你那电子竞技？"宋婧溪说，"成天把心思花在你那个游戏上，刚打完世界赛，怎么一刻也不消停？让你参加综艺也好，刚好放松一下。"

"知道了。"江寻点头，"我明天还是先去俱乐部，傍晚再出发。"

"你就需要有个人盯着你、管着你，别让你把命都卖给电子竞技了。你又不听家里人的，我就只能让你交交新朋友了。"宋婧溪说，"话说，你和顾未聊得怎么样？"

"他挺乖的。"

"那你们多打打交道。"宋婧溪想到某段热搜视频上的场景，忍不住责备，"你收一收你那强势的性子和坏心眼，别把人给吓跑了。"

江家祖传的暴脾气在江争和江影的身上得到了充分体现，但到了江寻这里，不知道是不是换了圈子的缘故，就变成了坏心眼。

宋婧溪不了解电子竞技，但多少看过江寻比赛的直播。那满弹幕的"666""哈哈哈""流氓打法打人太帅了"……给她留下了深刻的印象。

"又在聊什么？"洗完澡的江影穿着睡衣出来，"听说我哥要上综艺了，怎么不带上我？我综艺感好啊，每逢录综艺，必上热搜。"

"好好拍你的戏。"江寻说，"成天不思进取，就知道在微博掐架。"

宋婧溪也说："你那新买的二十多个微博小号最近被封多少了？"

江影刚要反驳，他放在茶几边缘的手机突然开始剧烈振动，振动着振动着就掉了下来，恰好掉在了江寻脚边的地毯上。

江寻弯腰去捡手机，不忘数落他："你就不能往茶几中间放一点吗……"

江寻的话突然顿住，因为他看见江影的手机上，有一个紫色的软件刷出了一连串的消息。

超级星饭团提醒："你的小宝贝顾未点赞微博了。"

超级星饭团提醒："你的小宝贝顾未点赞微博了。"

············

"你……管对家叫小宝贝？"江寻指着屏幕问。

"不是我。"江影连忙否认，"是这个软件的锅。"

江影补充道："我也是刚安装没多久，还没研究透这个功能。"

"你还真是随时关注对家的动态。"江寻服了。

在和对家的粉丝掐架这件事上，江影比当偶像本身还要认真。要是让他家粉丝"剪影"们看见了这一面，不知道会有什么样的想法。

"我这是敬业。"江影说，"我用小号关注一下对家，随时了解战况，毕竟对家使我进步……嗯？"

江影的手停在了半空中，神情也变得古怪起来，介于笑与怒之间。如果非要描述，那就是又好气又好笑。

江寻："你这是什么表情？"

江寻很好奇，顾未到底点赞了什么，才让江影把在家还端着的表情崩了个一干二净？

江影艰难地开口："哥，你最近是不是得罪他了？"

江寻："嗯？"

江影递出手机："我就说他只是表面看着乖，其实蔫坏吧？"

江寻："嗯？"

江影："不行了对不起哥我想笑，哈哈哈！"

江影："哈哈哈，哥你以前原来是这种画风啊！"

江寻接过手机，摁亮屏幕，定睛一看。软件直接跳转到了微博，显示顾未刚刚点赞了一条微博。这条微博的内容看着挺陌生，但微博的ID挺眼熟——那是江寻自己的微博。仔细一看，还是他多年前发的微博。

十年前的初中生江寻发过一条非主流味十足的微博，被某人狠狠地挖了出来，点上了一个明晃晃的赞，重见天日。

TMW-Xun："寂寞的夜，寂寞的雨，寂寞的寻，在等寂寞的你。"

江寻顿时无言。

十年前的江寻，是个踌躇满志的少年，每天拿着手指饼干冒充香烟，动不动就四十五度角仰望天空。发这条微博的时候，江寻正和家里人闹着要去青少年训练营。十多岁的少年，身上还带着倔强，面对周围人的质疑，他寂寞不寂寞不知道，但迷茫是真的。这条微博久远到连江寻自己都忘了，谁都有黑历史，但不是谁的黑历史都会被挖出来示众。顾未这一铲子下去，他的黑历史便重见天日了。

TMW 成名以后，也有闲人去江寻的微博考过古。但别人"考古"大多是看完就跑，或者点完赞评论个"哈哈哈"，本身不会带来多大的影响。

可顾未不同，他毕竟是流量明星，有成千上万人盯着他的一举一动。他这一个赞下去，好多人都知道了。粉丝的一波询问加上路人的一波扩散，一张江寻黑历史点赞截图就席卷了整个微博。

顾未那边还没有动静，点赞截图被夜猫子网友在各大社交平台疯狂传播，眼看就有了不妙的苗头。果然，二十分钟后，职业选手江寻再度空降热搜，词条是——"江寻寂寞"。这种语焉不详的热搜一看就让人很有点进去的欲望，所以五分钟后，热搜旁边的那个"新"字变成了"沸"。

江影已经在客厅里笑出了猪叫声。

"我让你离他远一点，你说你护粉，嘎嘎嘎。"江影的猪叫声切换成了鹅叫声，"我让你护粉，对家就是个小白眼狼。"

"喔喔喔，哈哈哈！"鹅叫声又变成了鸡叫声，江影把客厅笑成了动物园。

江寻默默回想，他那天把人逼到角落里，顺便翻之前偶遇时的旧账，算得罪吗？

然而事情还没有结束，这仅仅是个开始。江寻那帮队友全是熬夜王者，闻讯一个个赶来，顺着网线爬过去，一个人给那条"寂寞"的微博点个赞，还都在评论里发了狗头表情。很快，四个队友整整齐齐地被吃瓜网友捞上了热评。

凌晨一点了，江寻的手机提示音响个不停，战队 QQ 群里热闹非凡。四个队友排列整齐，给自家队长发来了深夜问候。

TMW-SK："@TMW-Xun，寻神，寂寞了？"

TMW- 大菠萝："@TMW-Xun，寻神，寂寞了？"

TMW- 熊仔："@TMW-Xun，寻神，寂寞了？"

TMW-West："@TMW-Xun，寻神，寂寞了？"

几个人也没管江寻看没看见，就自顾自地聊了起来——

TMW-SK："队长，你高冷帅气的人设崩了啊！完了，以后的赛前讲话环节，江寻的震慑力还能行吗？"

TMW-SK："不行了吧？不愧是队长，懂得真多，小学刚毕业就知道寂宽了。"

TMW-熊仔："哈哈哈——这不是死忠粉就是大冤家，太猛了！直接揭了我们寻神的老底。"

TMW-大菠萝："顾未？我记得，不就是上次被老大欺负的那个小明星吗？上过热搜的那个，怕不是特地来报复的？哈哈哈——这招也太狠了。"

TMW-大菠萝："我看他好像看过江寻的比赛，是粉丝吗？"

TMW-West："朋友们，我怎么觉得他是死忠粉啊？"

TMW-熊仔："西哥此话怎讲？"

TMW-West："一般人谁会大半夜去翻队长十年前的微博，还翻得那么久远，这得是死忠粉吧？"

TMW-熊仔："有理。"

职业选手的手速在此刻得到了充分体现，就这几个人，分分钟发出了"999+"消息。

TMW-Xun："吵。"

系统提示："TMW-Xun"已退出群聊。

TMW-SK："跑了跑了，老大跑了，哈哈哈！"

TMW-West："兄弟们，凭借我多年的直觉，这俩人还有故事。"

TMW-SK："西哥可以啊，这都能看出来？"

TMW-West："对，要不要赌一把？"

退群的江寻打开了和顾未的微信聊天界面，页面静悄悄的，当事人像是完全没有意识到自己刚刚掀起了惊涛骇浪。

微博上的网友们也炸了，江寻那条十年前发的微博不到一个小时被网友们转发了上万次。

网友1："寻神，那个三线小明星又开始蹭你的热度了。"

网友2："不是吧，哈哈哈——我粉的职业选手十年前竟然是这种画风。男神别寂寞啊，要不要我陪你聊聊？"

网友3："我是顾未家的小刺猬，我们哥哥一定不是故意的，应该是手滑了。他今晚完成工作已经很晚了，这个时间他大概已经睡了，明天一定会给寻神道歉的。我们先替未未给江寻道歉！"

网友4："楼上别洗了，粉丝控评有意思？手滑能滑到十年前？这手得有多长啊！自己有多大影响力自己不知道吗？你们家顾未就是心机，综艺的事情过去之后耿耿于怀，还特地来翻江寻的黑历史。"

网友5："对，顾未就是搞不过对家，来搞对家的哥了。"

网友5："十年了，寂寞的寻等到寂寞的你了吗？"

网友6："哈哈哈！我为什么要在睡前刷微博？现在笑精神了，我明天还怎么上班！"

江寻的"技术粉"在狂笑，顾未的"姐姐粉"在护弟，"黑粉"在冲锋。还有一群路人不断在转发编辑栏里删掉别人的"哈哈哈"，替换上自己的"哈哈哈"。

然而，掀起一场腥风血雨的罪魁祸首，此刻正躺在自己房间的床上，一只手抓着手机，一只手抱着抱枕，睡得天昏地暗。

顾未的房门外趴了两个人。

"他睡了吗？"石昕言压低了声音。

"好像睡了，但是没关灯。"池云开趴在地上往门缝里看，"我就知道。"

"让他睡吧。"石昕言说，"你现在把他叫醒，他今晚都睡不着了。"

队长傅止是中老年生活作息，回来就早早地睡了。洛晨轩睡前出来接水，睡眼惺忪地捧着杯子路过顾未房间的门口，没看到地上趴着两个人。不知被谁的腿绊了一下，洛晨轩一个踉跄，杯子里的开水就这么稀里哗啦地浇在了两个人的屁股上。

池云开："啊！"

石昕言："呜，烫！"

房间里，顾未的手机振动了两下，被他不怎么高兴地一推，掉在了地板上。

手机屏幕亮了，显示着最新收到的一条信息。

十万伏特："明天见。"

这条热搜给网友枯燥的生活带来了十万分的乐趣，热度居高不下，一直挂到了清晨。

清晨的闹钟把顾未从睡梦中唤醒，他揉揉眼睛，感觉自己已经很久没有睡得这么安稳了。

顾未在床下找到了自己的手机，昨天睡前他忘了给手机充电，手机已经没电了。他给手机接上充电线，推门去洗漱，顺带跟客厅里的人打招呼："早啊。"

客厅的沙发上坐着两个人、趴着两个人，四个人看他的眼神都像是欲言又止。

顾未有点搞不清楚状况，问："看我做什么？我是把自己睡到变形了吗？"仅仅过去一个晚上，这群人看他的眼神竟然带上了"景仰"的感觉，他一个男团主舞，何德何能？

"弟弟，看热搜了吗？"石昕言问。

"手机没电关机了。"顾未问，"我又被骂了？"

不应该啊，他最近老老实实的，既没占 C 位，也没招惹对家。

四个人摇摇头。

顾未又问："我要糊了？"

四个人又摇头。

"那就问题不大。"顾未说，"我先去洗漱，等一下要去机场了。"

鉴于自己经常被黑粉骂上热搜，顾未对热搜的兴趣真的不大。

憋了一整个晚上还光荣负伤的池云开和石昕言终于忍不住了，劝道："弟弟，看一眼热搜吧。"

"手机在充电。"顾未摊手。

"看我的。"池云开递过手机。

顾未停下脚步，把目光投向池云开的手机，一眼就看到了"江寻寂寞"的热搜词条。

顾未不解，这有什么好看的？这几个江寻粉的粉丝滤镜也太重了吧？追比赛就算了，热搜还要跟着追。他又不是江寻的粉，为什么要看江寻的热搜？

"有何感想？"池云开搓搓手，有点期待。

顾未发言："不愧是他，寂寞这种事，还得拿到热搜上来说。"

这么高调，的确是表情包的风格，他表示佩服。

顾未去洗漱了，剩下的四名男团成员面面相觑。

"他故意的？"洛晨轩小声问。

"我看不像。"傅止捧着大茶缸摇头。

由于摸不清情况，大家也不知从何问起。顾未和石昕言要上综艺，剩下的人也各有各的通告要跑，吃完早饭，几个人就散了。顾未和石昕言带上行李前往机场。

飞机上，顾未捧着《明明如月》的剧本，感觉身旁的石昕言今天有点躁动。

"你有话要说吗？"顾未主动询问。

石昕言："没事，我屁股疼，昨天被烫到了。"

顾未不解，这是什么操作？

"要不你……再看看热搜？"石昕言循循善诱。

顾未满脑子问号，这几个人今天是犯了什么毛病？热搜上是挂了多大的事？股市暴跌了？一键入冬了？TATW要解散了？

飞机降落在 Y 市机场，机场有不少知道两个人行程的粉丝过来接机。后援会安排有序，大家都很守规则，顾未对着几个小姑娘的镜头笑了笑。

"未未，看热搜！"人群中，不知道谁先带头喊了一声。

紧接着，一群人开始对顾未进行复读："未未，看热搜啊！"

顾未："嗯？"

"好的，会看的。"顾未朝粉丝们挥了挥手，"放心吧，大家回去注意安全啊。"

"我们不放心，呜呜呜。"粉丝们很焦心。

顾未一上节目组的车就按下了手机的开机键，短暂的开机画面过后，手机重新连接信号，率先蹦出了四条消息，接收时间都是昨天夜里。

第一条消息来自赵雅："干得漂亮。"

顾未困惑了，他干什么了？怎么就干得漂亮了？

第二条消息来自同团成员池云开。

守得云开见月饼："睡了吗睡了吗睡了吗？未未在吗在吗？未未？不在我过会儿再来问问。"

守得云开见月饼："呜呜呜。"

池云开大半夜的不睡觉给他发什么微信？是有多重要的事情？可是也

没见池云开早上跟他提啊。

第三条消息来自某个熟人。

十万伏特："明天见。"

顾未万分迷惑，见什么？他要录综艺去了，不见。

第四条消息来自对家。

大钳蟹："你是一个值得尊敬的对手。"

顾未十万分迷惑，这是什么日子，怎么连对家也抽风了？

他退出微信，点开了微博图标，映入眼帘的还是早上见过的那条热搜——"江寻寂寞"。

刚才那四条消息在顾未脑海中滚动播放，他心里忽然警钟长鸣——他想起来了，昨天睡前，因为剧本的问题，他想了解职业电竞选手的生活，所以扒了江寻的微博，好像扒得还挺彻底的。再往后，他就睡着了……

他有些难以置信地伸手点开那条看起来跟他毫无关系的热搜，并在那条微博中看到了自己熟悉的微博 ID，以及那条无辜被赞的十年前的微博。

顾未两眼一翻，完了，他摊上大事了！"考古"一时爽，一直"考古"一直爽，他昨天爽到睡过去了，手指还搭在手机屏幕上，莫名其妙地给那条微博点了个赞！别人点赞没事，可他……他是黑红流量明星啊！现在道歉，恐怕来不及了吧？按照他对江寻的了解，这个人指不定已经想了多少种方法准备报复人了。

一整夜过去了，村里刚通网的人都知道世界冠军江寻十年前曾在寂寞的夜里独自徘徊了。网友吃瓜吃了好几轮，掐架也掐了好几场，如今就等着看两个当事人如何回应了。

综艺从嘉宾上车就已经开始录制了，此时，导演朝车上的两位嘉宾笑道："交手机吧，节目要正式开始了。"

"太好了，我太喜欢综艺了。"顾未双手握住导演的手摇了摇，极其配合，第一时间把手机交了上去。

逃避可耻，但有用。他出道以来第一次觉得综艺这么有意思，管他狂风暴雨、大浪滔天，先在综艺这边躲两天再说。江寻再凶，总不能今天就过来揍他吧？就是放狠话而已。见过了江寻十年前的微博，顾未觉得自己已经无所畏惧了。

第三章
你画我猜超简单

《逃之夭夭》节目组很有心，拍摄了嘉宾们各自上车的视频，并剪辑在一起，立刻发了微博，算是公布了之前一直保密的嘉宾名单。

逃之夭夭官方微博："@贝壳可可 @TATW-顾未 @TATW-石昕言 @TMW-Xun@爱唱歌的钱熠凝，小逃携五位嘉宾成功打卡。嘉宾们已上交手机，他们还不知道自己在节目里会遇见谁，会看到什么，和小逃一起期待他们的精彩表现吧！关注小逃并转发本条微博，第一期节目播出当日抽5人送嘉宾签名。"

节目的官宣微博一发，立刻引来了不少人的关注。除了嘉宾各自的粉丝刷屏，其他网友的讨论也很热烈——

网友1："实力演员贝可，不需要多说什么了，请大家支持。"

网友2："我就知道肯定有我粉的团，未未和言哥都在，这节目我追定了。"

网友3："啊啊啊！江寻！我看到了什么，有生之年系列！神仙节目组，听到了我的祈愿！啊啊啊！我和你们都不一样，我不懂电子竞技，我是江寻的颜粉，我真的好想看他上综艺。"

网友4："钱熠凝的综艺首秀！"

还有一群网友一直蹲守微博，等着江寻和顾未回应那条非主流微博。回应没等到，倒是等到了两个人一起上综艺的官宣——

网友5："昨晚江寻的微博是在为综艺炒作吗？"

网友6："炒作？炒作需要我们寻神付出这么大的代价吗？十年前的黑历史都被挖出来了。你把你十年前的黑历史扒出来我给你在线炒一个试试！"

网友7："你们电竞圈都好暴躁啊，说两句就躁，惹不起惹不起。不说别的，你看到没有，视频里顾未才打开微博，表情立马就不对了，哈哈哈！他是不是才看到自己的点赞啊？完了，我感觉顾未要自闭了。"

网友8："应该是的，虽然我是顾未粉，但我必须说，我们弟弟的演技真的没那么好，这是真实反应。"

网友9："我第一次看到顾未上综艺这么兴高采烈，是想着能逃避寻神的毒打吗？顾未有没有想过，江寻和他上了同一个综艺啊！"

网友10："妈呀，我好期待啊，后期请给顾未多一点镜头，我迫不及待地想看这两个人见面了！"

由于顾未前一天的手滑，《逃之夭夭》官宣微博刚发，就得到了无数网友的关注。

顾未和石昕言乘坐的车在一个十字路口停了下来，石昕言在导演的要求下提前下车了。

"未未，等一下在游戏里记得先找我。"石昕言朝顾未挥挥手，"我们一起行动。"

"我知道了，放心吧，我一定第一个找到你。"顾未想好了，等一下不管到什么场地，他都得先找到同团成员，免得自己对着陌生人又毫无综艺感。

车子继续向前行驶，顾未原本想睡一会儿，却惊醒了好几次。他索性强打起精神，不由自主地想起了不久前看过的热搜。

这个时间，江寻那条热搜的热度应该已经降下去了，只是那条十年前的微博大概已经深深烙进了网民的心里。江寻现在在做什么呢？是在俱乐部熬夜训练，还是正在睡梦之中？江寻给他发"明天见"的时候，一定没想到他会出来录节目，惹事后成功闪避的顾未内心有点小窃喜。

清晨五点，载着顾未的车停了下来。顾未借着车灯向车窗外看去，看到了一所中学的大门，便问："在学校里录？"

没人回答，一直坐在他身边一言不发的工作人员给他戴上了眼罩，打开车门，把他带到了车外。

"我们要去哪里？"视觉被剥夺，顾未有点慌张。

还是没人回应他，身边只有跟拍摄影师刻意放缓的脚步声，工作人员把他推进一个房间后就转身离开了。顾未摘下眼罩，等眼睛渐渐适应了屋内的亮光，才认出这是一间办公室，桌上有一张小纸条。

纸条上的内容是关于本期综艺背景任务设定的提示：黄昏时分，洪水将淹没这所学校，你需要在黄昏来临之前找到四位队友，完成各项任务，并找到钥匙，逃离这所学校。你的身份是"校霸"，请换上与身份匹配的服装。戴上这个手环，当你靠近你的队友时，你的手环会振动，请及时找到你的队友并开启任务。

顾未："嗯？"

"校霸"？这是随机分配的吗？

他打开脚边的箱子，在箱子里找到了角色服装。那是一套规规矩矩的校服，没他想象的那么夸张。顾未换好校服，戴上节目组准备的手环，开始出去游荡。

节目组的经费大概都用在了群演身上，这个时间，学校里竟然有扮演学生和老师的群演在走动，增加了嘉宾们在学校里找人的难度。

至于节目组邀请的其他嘉宾，顾未只知道一个是石昕言，另外三个，节目组半点消息都没有透露。

"石昕言！"顾未对着教学楼下喊了一声，没有石昕言的踪迹。

他路过教室时，腕上的手环突然轻微地振动了一下。他停下脚步，朝教室里看去。

"'校霸'来了！"

"'校霸'今天要找谁？"

教室里的群演们一阵大呼小叫，叫得顾未自己都要信了。不得不说，导演请来的群演真的很敬业。

"把人交出来。"顾未入戏了，凶巴巴地朝教室里的人扬了扬自己腕上的手环。

"我们这里没有。"演学生的群演怯生生地说，"同学你不妨去楼上看看。"

顾未在教室里环视一圈，没有找到疑似嘉宾的人，决定按照群演 NPC（非玩家角色）的提示去楼上看看。

这所学校的五楼没有设教室，只有校医室和一些办公室。上到五楼以后，顾未就觉得手环的振动越来越厉害，显然队友已经离得很近了。

顾未最后在校医室的门边停下了脚步，期待着他那素未谋面的队友。队友是什么性格？队友是天籁歌者还是演艺新星？无论如何，未见其人，顾未已经看到了他们未来的友谊。

不知是不是环节设置的缘故，他莫名觉得自己和这位队友应该会很投缘，只要推开门，他们之间就会有故事。顾未把手放在门把上，心潮澎湃，相信门后的队友也同样饱含热情，一边感受着手环同频的振动，一边向他走来。顾未对着跟拍的摄像镜头露出了真情实感的笑。

不行，顾未开门的动作停了下来。多亏了这个综艺他才能逃过一劫，他要用自己的努力回馈节目组的大恩大德。谁说TATW的主舞没有综艺感？谁说顾未待人疏离？他今天就要让这群人看看什么叫综艺感，什么叫热情——光打招呼是不够的，他决定给门后这位未来的挚友一个真心实意的拥抱。

怀着紧张和激动的心情，顾未推开了门。跟拍摄像大哥好像被他的好心情感染了，在他背后偷笑一声，架好了摄像机，似乎是要好好用相机记录这两位嘉宾见面的温馨场景。

这是应该的，顾未并没有多在意，毕竟此刻他心里只有他即将找到的那位新朋友。神仙节目组的神仙队友，你的小伙伴顾未来了！你即将拥有顾未在综艺上送出的首个拥抱。

"朋友，我终于找到你了！"

校医室里果然有人，那个人大概是抽到了校医的身份，刚换好角色服装，背对着门口。正在整理自己的衣服，节目组的手环被他放在了桌上。

顾未扑过去的瞬间，觉得此人的身高和后脑勺都颇为眼熟。然而大脑先前发出过热情的信号，身体已经先一步给出了动作，顾未冲过去，从背后抱住了那个人。他闻到了对方身上男士香水木质茶花调的冷香，越发觉得自己在什么地方感受过这种气息，这让他没由地有点慌张，不会这么巧吧？

下一刻，那个人说话了。

"见到我这么高兴？"

顾未有点疑惑。

"我也终于找到你了。"

顾未非常疑惑。

"顾小朋友，你昨天才闯了祸，以为今天主动示好我就会原谅你了吗？"

顾未的笑容凝固在了脸上，双手有点抖。江寻？表情包？怎么回事？怎么是他！他那人美心善人见人爱即将和他手拉手互帮互助闯关的神仙队友呢？这不是神仙节目组，这是魔鬼节目组！

赵雅为了骗他上节目，说这个综艺里没有他对家，也没有跟他不对盘的那个蒋恩源，但是这个综艺里有对家的哥啊！赵雅她不知道，对家的哥和他之间还有一篓子说不清道不明的破事。赵雅她也不知道，在出发去参加综艺的前一天深夜，对家的哥哥会被他凭本事送上热搜。

"怎么是你？"顾未松开了抱着江寻的双手，难以置信地后退了两步，腿软加上重心不稳，一屁股坐在地上。

他也没顾着疼，伸出一只手扯了扯对方的裤腿，赶紧追问："你……你是真的江寻吗？"

您是魔鬼吧！

"如假包换，我和你说了，明天见啊。"江寻转过身来，弯腰看地上的顾未，"这才过去多久，你就不记得了？"

"你把我酝酿了半天的友好拥抱还给我。"顾未欲哭无泪。

"还什么？"江寻问。

"没……没什么。"顾未摇头，友好不值钱，他不要了，谁要谁拿走。

江寻看着他的反应，意味深长地道："不是特地来找我的，那就是不想见到我了？"

顾未慌了，原来那句"明天见"不是放狠话，是真的明天见。

"你昨天半夜送我上热搜的时候，想过今天会见到我吗？"江寻问。

顾未拼命摇头，悔不当初。不怪他啊，是他的手不争气啊！

世风日下，人心不古，难怪节目组那帮人看他的眼神都带着点幸灾乐祸，难怪刚才跟拍摄影师差点笑歪了嘴，原来还有这么一出在这里等着。

江寻刚换好节目组准备的角色服，身上穿着校医的白大褂，为了营造氛围，脖子上还挂着听诊器，与平时赛场上身穿队服的飒爽不同，此时的他整个人都带着冷峻的气息。原本就心虚的顾未更慌了，想跑。他环顾了一下周围的地形，评估了一下自己从江寻手下逃脱的可能性——零。

果然，像是看出了他的想法，江寻朝跟拍摄影师点了点头，道："麻烦您帮我关一下门，我这边有点私人恩怨要先行解决一下。"

顾未心道：完了，该来的总会来。

两个跟拍摄影师似乎都和江寻很熟，听了江寻的要求，两个人手拉着手，忽略了顾未求助的目光，扬长而去。

"别啊，表情包他有欺负人的前科啊！"顾未坐在地板上，朝门的方向喊了一声。

两个跟拍摄影师在门外发出了无情的嘲笑。

"起来，地上凉。"江寻朝顾未伸出手。

顾未眨眨眼，把手递给江寻，从地上起来。

"摔疼了吗？"江寻问。

顾未："啊？"

意识到江寻在问什么，他摇了摇头。

"那就好。"江寻说，"方便我们来算账。"

虽然江寻被家里人叮嘱不准欺负顾未，但每次看见顾未的时候，他总忍不住想逗一逗。而且这次算是顾未自己送上门的，他得到了一个借机欺负人的机会。

前几天江寻见到顾未的时候，小冤家还染着一头粉色头发，嚣张得很。今天大概是为了录制综艺，他的头发又染回了黑色，脸上的妆也很淡。顾未原本就年龄小，骨架也偏小，规规矩矩的黑发让他看起来很有少年感。

小朋友不惹事的时候太乖了，江寻都不忍心跟他算账了。

顾未在江寻的注视下有点不安，于是他主动开口道歉："哥，我错了。"

这话顾未自己听着都有点耳熟，好像不久前他才保证过绝对不会再惹事。说起来，自打那次莫名其妙的跨服聊天开始，他就开始接二连三地失误。他被江寻带到了椅子旁边，被按着肩膀坐下去，江寻俨然一副要算账的样子。

"错哪儿了？"江寻饶有兴味地看着他。

顾未经常被黑，被按头认错最在行了，都不用多思考，立刻掰着手指开始悔过："我不该扒你的微博，不该手滑点赞，不该点赞之后消失，不该在发现错误之后逃避，不该不回你微信。"

顾未把能认的全认了，只想求个夸奖。

江寻板着脸道："都不对。"

"啊？"顾未没等到夸奖，有点不知所措。

江寻提示："你扒了我的微博，扒到了十年前，还点了赞，结果竟然连个关注都不给我点？"

江寻很不爽，就这？还说是他的粉丝。

顾未先是愣了一下，然后突然懂了。差点忘了，他先前还给自己塑造过江寻粉丝的人设。身为江寻的电竞粉，怎么能不关注偶像的微博呢？既然是粉丝，那就不能说是扒人家的黑历史，该叫瞻仰偶像的心路历程。

"我知道了。"顾未有错就改，"待会儿录完节目我就关注你。"

"还有呢？"江寻不依不饶。

"还有？"顾未傻眼了，"要不我再发条微博给你澄清一下？"

常年处于风口浪尖，他熟悉各种套路，连文案都想好了：大家好，我是你们寻神的好朋友顾未，他真的不寂寞，谢谢大家的关心。请大家多关注我们江寻的比赛，他真的很努力。

他还可以来点赠品，把江寻的每条微博都点上赞，送江寻出风头。毕竟，粉丝人设不能崩塌。

"在盘算什么呢？想接着让我其他黑历史上热搜？"江寻一眼就看出了他心中所想。

"没有，绝对没有。"有错在先，顾未是真的心虚，"哥，录节目呢，看在我是你的死忠粉的份上，要不咱们私了吧？"

江寻护粉，这一点真好，可以钻空子。虽然他顶多只能算是江寻的表情包粉，电子竞技他是半点都不懂。但是没关系，当粉丝又不需要考试。

"可以。"江寻笑了，"你想怎么私了？"

顾未愣住了，江寻这么较真的吗？

"要不……"顾未绞尽脑汁，终于想出一个办法，"我也让你看看十年前的我？"

十年前的顾未只是一个八九岁的小屁孩，江寻大概……不稀罕吧？

顾未已经开始思索其他方案的可行性，没想到江寻若有所思地点了头，说："也可以。"

顾未终于逃过一劫。

"先录节目吧，有机会再让我看看十年前的你。"江寻也没想把人欺负得太过，朝顾未伸手。

顾未抓住江寻的手，跟上了江寻的脚步，悄悄勾了勾嘴角。

江寻好像……也没他想象的那么坏。

"我的友好拥抱白送你了。"顾未在江寻身后小声嘀咕，以为他没听见，也没看见他眼里的笑意。

晨雾逐渐散去，校园里的景物渐渐清晰起来。顾未跟在江寻身后，没来由地觉得安心。这种感觉他暂时无法理解，所以他选择将其抛在脑后。

跟拍摄影师就位，节目继续录制，顾未和江寻一起下楼去寻找其他嘉宾，暂时放下私人恩怨的两个人相处得还算融洽。

"我有一个问题。"顾未困惑很久了。

江寻莞尔："你说。"

"我这是普通的校服啊。"顾未扯了扯自己穿得整整齐齐的校服，"怎么我的角色就是校霸了？"

江寻转头打量眼前的顾未，的确，一身规规矩矩的校服加上柔软的黑发，让顾小朋友看起来就像是还没毕业的乖巧学生，根本不像校霸——除了小朋友那身校服背后被节目组贴的那个大大的"坏"字。

"你笑什么？"顾未警觉。

"没什么。"江寻恢复成一本正经的模样。

以往录综艺的时候，顾未多半觉得无趣，整个人的反应都慢半拍。但是今天完全不同，由于担心江寻使坏，他几乎把所有的注意力都放在了江寻身上，这让他头一回感受到了综艺的乐趣，也愿意主动去找节目组给嘉宾挖的坑。

"教学楼里应该没有嘉宾了。"江寻觉得节目组会提高游戏的难度，不会让嘉宾分布在同一个地方。

江寻认同："我们出去看看。"

然而，他们在教学楼下却被工作人员给拦了下来："现在是上课时间，只有校医才能出门，学生不可以出去。"

顾未恍然大悟，原来角色扮演的意义体现在这里，规则会因身份的不同而发生变化。那怎么办？他总不能一直被困在这栋教学楼里吧？

"三个问题你都答对，就能离开这里了。"工作人员说，"题目都是关于咱们嘉宾的，不难，你要试试吗？"

"试。"顾未振作起来。

工作人员抽出卡片，开始快速提问："今年春季流行歌曲榜排行第一的是？"

这道题简单，顾未眼前一亮，立马回答："钱熠凝的《不见》。"

工作人员："下个月上映的新剧，双男主刑侦题材……"

"贝可的《无明天》，我知道这个！"

胜利的曙光就在眼前。

工作人员："最后一题，FPS类游戏《守则》刚刚结束的世界赛里MVP江寻的淘汰总人数是？"

只要是江寻的粉丝，不可能不知道这道题的答案，然而顾未眼前一黑。这道题吧，实在触及他的知识盲区了。完了，谁说粉丝上岗不用考试来着？他才得意了不到十分钟，考核这么快就来了。江寻的表情包他收了不少，电子竞技却是一窍不通。淘汰人数是什么？这道题不会，他能猜吗？

工作人员在等他的回答，连江寻看他的目光中都带上了鼓励和期许，跟拍摄影师的镜头也都指向了他。加油！顾未！大声说出来。

顾未正在拼命回忆前一阵子的热搜关键词，在其中寻找与数字相关的信息：江寻、世界冠军、TMW战队、七连胜。对了，七。

工作人员："你的答案是？"

"七……七个？"顾未小心翼翼地给出了答案，紧张地盯着工作人员，开始用眼神暗示工作人员放水。

微博上的网友曾说，黑粉们可以抹黑顾未的人品，但完全没法抹黑顾未的颜值，这倒是真的。他的那双桃花眼认真看人的时候特别迷人，但是这种时候吧，暗示也没用。这请求已经不是放水了，这简直是泄洪。

同样热爱电子竞技的跟拍们不知道该说点什么，于是给顾未和江寻一人来了个特写镜头。

江寻："呃……"

顾未："嗯？"对不对啊？是死是活给个痛快啊！

工作人员再度开口，脸上着实写着惨不忍睹："不对不对，是两百一十九个啊！"

世界赛 MVP 啊，七个是什么菜鸟水平啊！

顾未："呃……"

这……零头都没猜对啊，江寻这么厉害的吗？听起来好吓人啊！

完了，他人设崩了。

江寻把顾未拎到一旁，问："你怎么回事？你不是我的粉丝吗？"

顾未："我……"

"说话。"江寻这次可没那么好糊弄了。

"说起来你可能不信。"顾未眼一闭心一横，干脆认了，"哥，我粉的是你的表情包。"

表情包？江寻满脑子问号。

江寻问："你之前不是看过我的比赛？"

顾未犹豫道："和……和同团的哥哥们一起去的，他们看比赛，我看……"

他看表情包在现场撑天撑地，金句频出，字字戳心。

顾未理亏，声音越来越小，几不可闻。

江寻快被气笑了，他打出成绩以后，有电竞粉、颜粉（喜欢偶像长相的粉丝），但他是第一次听说这个世界上还有表情包粉。顾未小朋友一直在给他惊喜，自打认识了顾未以后，他感觉自己的生活再也不无聊了。

跟拍摄影师和工作人员显然没料到还能有如此场景，纷纷看起了热闹。

"你为什么会粉我的表情包？"江寻感觉十分头疼。

这样一来，先前顾未的很多言行便都有了解释。比如他朋友圈里的江寻表情包，以及在北欧见面时的那句"表情包怎么还无理取闹呢"。

"因为……"顾未有点犹豫，"哥，我觉得你的表情包比本人好看。"

江寻："呃……"

"唉，我不是那个意思。"顾未不知道该怎么跟他说，"我的意思是，你的表情包吧……"

反正表情包就是比本人好，表情包只会撑人，不会欺负人，不会仅凭三言两语就让人无地自容。

江寻头疼道："你这是青春期叛逆吗？"

不自知地气人，可不就是叛逆吗？

他带着顾未避开镜头，在小朋友背上轻轻拍了一巴掌，还说："存心招惹我。"

"你……"顾未低头，目光躲闪，"反正……你的表情包没你这么坏。"

"既然你不是我的粉丝，那之前我们说的就都不算数了。"江寻故意板着脸道，"在朋友圈骂人还有微博点赞的事情，你自己想想怎么处理吧。"

"行。"见逃避没用，顾未干脆不逃避了，想了想，避开了跟拍摄影师，又顾忌自己领口上的收音话筒，踮起脚在江寻耳边用气音说，"哥，我知道错了。"

顾未又说："要不，我就给你提供一下偶像的一对一服务吧？"

江寻眼前一亮，问："真的？"他只是想逗逗小朋友罢了。

顾未点头，严肃地道："真的。"

他想到了一个绝妙的解决办法，保证诚意十足，服务到位，只要江寻满意就行。他没经验，怕做不好这个，所以这种事得找专业的人来，他已经想好要怎么做了。

一对一的专属偶像体验服务？假粉丝身份被拆穿的顾未，情急之下连这种事都可以许诺了。江寻倒是要看看，录完节目以后他要怎么解决。

完成一番交流的两个人再度回到了跟拍摄影师的镜头里，继续录制综艺。两个人神色如常，像是已经达成了某种神奇的交易，江寻也没再计较顾未刚才答错的问题。工作人员看呆了，觉得这段播出的时候，背地里私了恩怨的两个人必定能吸引网友的注意力。

"能再给一次机会吗？"顾未问，"或者我单独留在这里？"

江寻："放心，不会丢下你。"

江寻揉了一下顾未柔软的头发，转头问工作人员："你们应该还有别的方案吧？"

"有倒是有。"工作人员有点为难，"但是这个难度比较高，题目有点偏。"

"试试。"江寻说。

工作人员说的难度比较高的游戏竟然是"你画我猜"。这个游戏太考验两个人之间的默契了，顾未连江寻在比赛中的淘汰人数都不知道，工作人员觉得自己有充分的理由认为这两个人毫无默契。这两个人，大概还要等着别的嘉宾来捞。

"你们有两分钟时间，顾未比画，江寻来猜，猜对四个就算过关，还能拿到一把任务钥匙。"工作人员介绍游戏规则，"比画的同时可以用语言提醒，但必须控制在十个字以内，也不能直接给出词语中的字，否则就算失败。"

"好。"顾未有点紧张了。

"紧张什么？"江寻看出了他的心情，"别怕，大不了我陪你一起留在教学楼里，我就不信导演组能让我们等到综艺结束。"

顾未点头，心中生出一丝暖意。他参加的综艺不少，一个人没闯过的关卡也不少，这还是第一次，有一个人愿意不计较游戏的得失，要陪他站在一起。

"冷吗？"此时是初秋，清晨的温度不高，节目组准备的校服似乎大了一号，顾未穿着显得有些单薄。江寻想到了，就这么问了他一句。

顾未摇摇头，无意识地往江寻身边靠近了一点。

在工作人员的指引下，江寻背对着显示屏站立，顾未则站在江寻对面，面对着显示屏。计时器开始走动，第一个词语出现在了屏幕上：鸡同鸭讲。

顾未蒙了，这怎么比画？

他想了想，双手做出了拍打翅膀的动作，同时出声提示："四个字。"

江寻："这什么？鸟？"

顾未："不对不对。"

时间在一分一秒地流逝，眼看着只剩下一半，工作人员逐渐得意起来。

顾未急中生智，索性放飞自我，脱口而出："你加我微信。"

江寻愣了一下，不太确定地开口道："鸡同鸭讲？"

"对了。"顾未雀跃。

工作人员没懂他们这是怎么猜出来的，但是没关系，肯定是蒙的，后面的题会让他们栽跟头的。

顾未突然找到了综艺的乐趣，在工作人员和跟拍摄影师惊恐的眼神中发现了这个游戏的套路。

第二个词语：胆大包天。

顾未灵机一动："哥，我发朋友圈，只给你看。"

江寻试探道："胆大包天？"

顾未激动道："对了！哥你真是太棒了。"

工作人员更不懂了，这都能对？这两个人运气也太好了吧！

第三个词语：惹是生非。

顾未更开心了："哥！我点赞你微博！"

江寻脱口而出："心怀叵测？"

"你就这么看我？"顾未不服气。

"没有没有。"江寻笑道，"是'惹是生非'吗？"

又对了，顾未得意地朝跟拍摄影师的镜头看去，笑弯了眼睛。

工作人员一脸蒙，这两个人之间怎么突然有了一种诡异的默契？之前看起来还不太熟的两个人，怎么突然之间添了这么多不为人知的故事？导演组已经快疯了，这个环节原本是用来为难嘉宾的，嘉宾的花样比画和描述在节目播出时会引人发笑。但是江寻和顾未此时简直就是两个 Bug（漏洞），不会挖坑的节目组不是好节目组。

"加油啊，哥。"顾未难得在综艺里这么有状态，"再对一个，我就跟你走！"

"怎么会这么顺？他们看过答案吗？"工作人员和导演小声说。

"不可能啊，我昨晚才定的词，没几个人知道。"导演挠头，做了个决定，"这样吧，最后一个词换个难的、少见的，不好比画也不好描述的那种。"

于是最后一秒，江寻身后的屏幕上缓缓显现导演临时更换的词：阴差阳错。

顾未愣住了，想着导演真的尽力了，毕竟这道题在屏幕上显现出来的时候，他看到导演脸上浮现一丝狡笑。顾未第一时间想到的，是他逃避点赞事件来录这个综艺，给神仙队友献上友好的拥抱，结果阴差阳错，那个人竟然是江寻。这应该怎么描述呢？江寻也不一定能 Get（接收）到他的意思啊。

倒计时即将结束，导演喜滋滋地捧着锣，准备等一下敲响庆祝嘉宾们的失败。

然而此时，背对着屏幕的江寻突然捕捉到了顾未躲闪的目光，小朋友一反刚才兴奋的模样，欲言又止，心虚地偷看他一眼，又赶紧移开了视线。

顾未这样的神情江寻见过，前不久顾未给了他一个拥抱，发现是他后就心虚尴尬得想逃，那神情和现在的一模一样。

联系到那件事，江寻张口道："阴差阳错？"

顾未震惊地瞪大了眼睛。

"当啷"一声巨响，导演手里的锣掉在了地上，他拉着工作人员的手哭诉："我出的题这么简单吗？为什么他们还可以用眼神交流啊？"

"没有没有。"工作人员拍拍导演的肩膀以示安慰，明明是这两个人太邪门了，张导根本玩不过他们。

成功闯关的兴奋蒙蔽了顾未的双眼，他忘记了这个词给自己带来的微妙感觉，朝着江寻的方向冲过去，毫不吝啬自己的夸奖："哥，你太厉害了！"

"哥，我们走！"顾未瞧见导演和工作人员正在交头接耳，赶紧催促江寻离开。

"遵命。"江寻拉着顾未就跑，两个人还顺走了游戏奖励的任务钥匙。

跟拍摄影师发现不对，赶紧追了过去，留下导演在原地目瞪口呆。

什么情况？他们这突如其来的默契是怎么回事？

顾未和江寻终于离开了教学楼，前往操场。另外两位嘉宾已经会合，正站在跑道上朝他们挥手。

刚才答题的时候，顾未就猜出剩下的两位嘉宾应该是贝可和钱熠凝，现在见到也不觉得意外，就是这两位嘉宾抽到的角色同样坑人。实力演员贝可抽到了清洁工的身份，头上顶着"清洁"二字，肩上扛着拖把，一反平日里高冷帅气的形象。人气歌手钱熠凝更惨，抽了个校花的角色，综艺首秀就被无良节目组别了一朵土味塑料花在头上。

两个人显然被节目组坑得够惨，见到队友好比见到了亲人。

"大神啊！"钱熠凝见到江寻，有点喜出望外，"刚答题的时候我还不敢相信，没想到这个无良节目组真的把世界冠军给请来了。"

"我看过你的作品。"贝可也出声了，说的是江寻小时候出演的电视剧。

"别说那个。"江寻笑了，"我妈成天拿那个埋汰我。"

由于节目环节设置太坑，几位嘉宾虽然先前没有合作，但初次见面都对彼此表现出了十足的热情。

钱熠凝拉着顾未聊个没完："我终于见到真人了！我粉你们团好久了，

我刚答题的时候还在想来的会是哪一个！"

他们两个人年龄相仿，一聊起来就没完。江寻伸出手，不动声色地把穿着校服的小朋友往自己的方向拉近了一点，离另一个穿校服的远了那么一点点。

顾未丝毫没察觉到江寻的小动作，继续向钱熠凝解释："其实我们团还来了一个人，是石昕言，但是我还没找到他。"

食堂里，被无良节目组强行装扮成食堂阿姨的石昕言正在疯狂地洗盘子，问："我能出去了吗？"顾未还在等他呢，他说好了要多照顾顾未的。

"导演说再加五十个。"工作人员无情地说。

"为什么？"石昕言震惊了，"凭什么？"

"因为你的同团成员刚才震撼了导演，这是张导的原话。"

石昕言："啊？"未未震撼了导演关他什么事？而且这不可能啊，未未性格那么好，从不给人惹事。

四位嘉宾到达食堂时，石昕言像是看到了亲人。紧接着，他看见了顾未身边的江寻，顿时呆若木鸡。这两个人是如何凑到一起的？真是令人震撼，他一时间竟说不出节目组和手滑点赞的顾未哪个更狠一点。

"寻神。"石昕言想起那天的微博热搜，惊魂未定，"别欺负我们未未啊！"

"我们现在相处得很融洽。"顾未自认已经找到了补偿江寻的办法，一点都不心虚了，放下了先前的戒备。

石昕言不明白了，点赞黑历史那么大的仇，竟然就这么过去了？顾未到底付出了什么代价？还有，石昕言依旧没想明白自己为什么要多洗五十个盘子。

"我不想录综艺了，我想回去看综艺。"石昕言欲哭无泪，他真的很想知道顾未和江寻刚才到底做了什么。

询问完另外四个人的经历后，石昕言哭丧着脸道："我为什么感觉你们是在参加综艺，而我是在打工？"

综艺的第一期主要是让嘉宾们会合并组成小团队，日后合作完成任务，所以游戏难度不会太高，几个人在前面的游戏中都拿到了任务钥匙。除了一开始的为难，后面的游戏设置都不算太刁难，主要目的也是让五位嘉宾互动，彼此之间更加熟悉。他们几个人完成游戏后，终于打开了学校的大门，赶在规定的时间内冲出了学校，一起给导演竖起了中指。

第一期综艺录制结束，嘉宾们在酒店里暂做休息，第二天再各自返程。由于游戏提前结束，导演决定再补拍几个嘉宾们入住酒店的镜头，凑凑节目时长。

因为一起录了一天的节目，五个人已经熟悉起来，围着饭桌有聊不完的话题。

"下次我们来坑导演吧！"被导演组坑到戴了一天塑料花的钱熠凝提议，"不能被节目组牵着走。"

"好啊好啊！"顾未第一个赞成，这和他之前录过的综艺都不一样，嘉宾们很友好，能让他放下所有的防备。

贝可的年龄比其他人要大一些，人却很随和。钱熠凝年龄不大，性子活泼，最能活跃气氛。几个人虽然来自不同的领域，凑到一起却聊得很愉快。

"要吃那个吗？"江寻看见小朋友的目光在那盘螃蟹上徘徊，却没有伸手去夹。

顾未摇摇头："我自己来。"

"他不会剥。"石昕言残忍地道出了真相。

想吃螃蟹但不会剥螃蟹的小朋友好像更可爱了，比他家那个弟弟可爱多了。江寻用钳子夹了一只螃蟹，夹碎蟹钳，把雪白的蟹肉挑了出来。他原本想帮顾未夹到盘子里的，却发现小朋友一动不动地盯着自己，甚至主动张开了嘴。

顾未尝到了鲜甜的蟹肉，才察觉到自己做了什么——他正在咬人家江寻的筷子。

"好吃吗？"江寻问。

顾未叼着筷子点头。

"怎么感谢我？"江寻故意问。

"懂了。"顾未严肃起来，"你放心。"

是了，综艺录完了，补偿和报答表情包的事情也该提上日程了。

江寻没在意顾未到底懂了什么，他一边和左边的贝可聊天，一边继续给顾未剥螃蟹。

顾未拿出自己的手机，戳开了池云开的微信聊天界面。

爱我请给我打钱："在不在？在不在？有急事。"

守得云开见月饼："恭喜，弟弟你平安出来了！你是没看到《逃之夭夭》的预告片，太刺激了，他们竟然邀请了江寻！怎么样？见到江寻的第一时间你有没有被吓到？哥对你肃然起敬啊，这种修罗场你也算是闯过一回了。大神有没有打你的屁股啊？哈哈哈——我迫不及待想看节目播出了。"

顾未发了个"憨憨自豪"的表情包，又打字："我机智地化解了一场危机。"

爱我请给我打钱："月饼，问你一件事。"

守得云开见月饼："说，知无不答。"

爱我请给我打钱："你有哪个同行接副业吗？"

爱我请给我打钱："就那种专业的，偶像给粉丝的一对一服务，私底下联系，你懂我的意思吧？"

守得云开见月饼："哦，懂了。你要？"

池云开发了个"惊恐"的表情包。

爱我请给我打钱："不，是我的一个朋友说他想要。"

池云开发了一串省略号。

"不吃等一下就凉了。"江寻的声音从顾未身边传来，"吃饭还玩手机。"

顾未放下手机，看着面前满盘子的蟹肉，心情愉悦，专心对付桌上的美食。然而下一秒，放在桌上的手机突然响了，池云开直接给他打了个电话。

"干什么？"顾未拿起手机接通电话，压低声音，"要低调一点，给我保密啊。"

池云开无语："我以为你被盗号了。"

顾未忙说："没有没有。"

"你认真的？"池云开问。

"对啊。"

池云开："未未，我现在很好奇你在张导的综艺里到底经历了什么，你要人家给你做什么？"

"都说了不是我要，是我的一个朋友需要。"顾未说，"交给你啦！"

池云开只好说："行吧，有什么想不开的跟哥哥们说。"

顾未强调："不是我要！"

"那回头我让人联系你，问问你'朋友'的具体爱好和要求。"一头雾水的池云开说。

顾未挂断电话，发现江寻正在看他。

"在盘算什么坏主意呢？"江寻随口问，"一脸坏笑。"

"寻哥。"顾未放下手机，认真地说，"我要给你一个惊喜！"

一顿饭吃完，时间已经接近晚上九点，导演终于满意，收工放过了他们。

顾未捧着手机，坐在酒店的沙发上叹气。

池云开打完电话就拉他开了一局手游，傅止和洛晨轩都在，刚好四个人组了一队。

顾未刚玩这个游戏没多久，也不熟悉，只能操纵游戏角色捡了把破枪跟在池云开他们身后乱跑，碰到跳不过去的障碍物还时不时叹气。

江寻原本是要回房间的，结果瞧见了正在打游戏的顾小朋友。

又一次倒地被队友救起后，顾未不想玩了，说："你们走吧，别管我了，我丢人。"

他索性放下手机，垂头丧气地往沙发后一靠，刚好看见了停在他身边的江寻。

顾未勾了勾嘴角，算是打了个招呼，主动往左边挪了一点，给江寻让了个位子。

"让我看看？"江寻问。

顾未捡起扔在沙发上的手机，递给了江寻。

"这类手游我不太熟悉，我弟弟玩得比较多。"江寻坐下说，"我不太会打。"

顾未心理平衡了："没事，我也不会玩。"

然后，顾未就看着对手游不太熟悉和不太会打的江寻一路神挡杀神地打到了决赛圈，顶着数十个"人头"的成绩，在聊天框里干净利落地留言："就这？"

江寻打完字微微一愣，道："抱歉，习惯了。"

平时打比赛的时候，他赛前赛后习惯了嘲讽对手，忘记了这是顾未的账号。

顾未："呃……没事，你真厉害。"

"不难，有空教你。"江寻说，"比我想的容易。"

这边两个人没把这件事放在心上，各自道了句"晚安"就回房间休息了。

TATW的宿舍里，刚才邀顾未打游戏的三个人看着聊天框里的留言目瞪口呆——一路拖后腿的顾未突然崛起，高冷地"收割"数十个"人头"，放了句嘲讽后高调离开。

池云开说："看吧，我就说他不对劲。"

傅止纳闷道："意思是我们菜？"

洛晨轩哭诉："呜呜呜——上次他扔燃烧瓶把我们全队烧'死'我都没说他。"

池云开说："那他让我帮忙的事情怎么办？好神奇的服务，我知道是知道，业内也的确有，但我不能给他找啊。"

洛晨轩提议："先哄着吧，见机行事。"

傅止却说："不如我们先旁敲侧击地打听一下他到底想干什么，怎么样？"

清晨，《逃之夭夭》的嘉宾们都踏上了返程。顾未和江寻都是去H市，刚好一同乘车前往机场。

"顾小朋友，昨晚没休息好吗？"江寻问。

顾未眼睛红红的，说："我没事。"

他的助理是公司新换的，小姑娘对他不了解，忘了给他带上平日里的常备药，再加上酒店环境陌生，他更睡不着了。

江寻衣服上的木质茶花冷香很好闻，顾未挨着江寻坐下时，感觉情绪舒缓了很多。他从包里拿出《明明如月》的剧本，又拿出一个笔记本，开始写男二缪梓晗的人物小传。但无论他怎么看，总觉得差了点什么。

"哥。"顾未唤了一声身边的江寻，"能给我讲讲你们职业选手的日常吗？"

"你又不是我的粉丝，怎么还对我的生活产生了兴趣？"江寻接过顾未手中的笔记本。

顾未的字很清秀，记录了《明明如月》里男二缪梓晗的成长历程，江寻一看就明白顾小朋友这是接了新的电视剧。

"其实职业电竞选手的生活很枯燥，每天都是训练，要么就是约各种练习赛，有时会应俱乐部的要求刷点直播时长。"江寻话锋一转，"但这个行业的确有其自身的魅力，吸引着我们这些人投身其中。"

"我总觉得自己的理解差了些什么。"顾未说，"我看到的只有剧本呈现给我的东西。"

男二缪梓晗为什么会放弃其他选择电子竞技，剧本着墨不多，只写了他的执着，却没有写其中的原因，更多的东西需要顾未自己去体会。要想演好这个角色，顾未觉得自己必须进入缪梓晗的生活中。

"我倒是明白了。"江寻看着洒在顾未发梢上的一缕阳光，说，"你上次扒我微博是为了这个角色吧？"

顾未不好意思地点了点头："是。"

"那我还是建议你亲自去感受一下。"江寻说，"小朋友，想去 TMW 的训练室看看吗？"

顾未眼中闪过一丝光，问："我可以去吗？"

他不懂电子竞技，但他在尽力尝试去理解，自然也对赫赫有名的 TMW 俱乐部十分憧憬。

"自然可以。"江寻说，"我带你去，不会有人反对。"

"不过你可能会觉得枯燥，还要陪我们一起熬夜。"江寻又说，"俱乐部没网友说的那么有意思。"

"不会的。"顾未摇头，他突然很想去看看江寻生活的世界。

顾未捧着剧本继续看，不时地问江寻几个专业问题，江寻也一一为他解答。没过多久，顾未的眼皮就开始打架，手里的剧本也拿不动了。

江寻一个专业术语解释到一半，看到了小朋友游离的目光，便抽走了他手里的剧本，轻声道："困了就睡，强撑着干什么？"

顾未靠在椅背上，缓缓闭上眼睛，刚入睡几秒就惊醒了，轻喘了一小会儿。

睡眠不足的顾小朋友这会儿没有化妆，嘴唇和脸颊都没什么血色，江寻莫名有点心疼。

"想睡吗？"江寻问，"还要好一会儿才能到机场。"

顾未点点头。

"坐过来一点。"江寻说，"这样会舒服一些。"

顾未闭上眼睛，再次陷入梦乡，睡着的他无意识地枕着江寻的肩膀。江寻轻叹一声，给他盖上一张薄薄的毯子。江寻身上的木质茶花气息好像格外安神，顾未没再惊醒。他换了个舒服的姿势，睡颜很恬静。

　　这么乖的小朋友，谁都想好好宠着。

　　与此同时，顾未放在旁边的手机屏幕亮了，电量不足的提示音响起的同时，手机里先前收到的一串未读微信消息刚好被江寻收入眼中。

　　守得云开见月饼："未未，基本信息提供一下。"

　　守得云开见月饼："你那个朋友，是需要面谈服务，还是有点其他想法？价位呢？"

　　守得云开见月饼："你那个朋友喜欢什么类型的偶像啊？"

　　守得云开见月饼："问问你那个朋友，什么时候有空？"

　　江寻一头雾水，哪个朋友？什么服务？

　　顾未一路睡到了机场，又迷迷糊糊地上了飞机。他醒来的时候，飞机刚好落地，昨天欠缺的睡眠终于稍稍有所补足。顾未揉了揉眼睛，窗外是H市正午的阳光。他拎起自己的行李，这才发现江寻一直在盯着他看，好像有话要说。

　　"哥，走吗？"顾未问。

　　睡饱了的小朋友脸色好看了很多，眼睛还有些湿，江寻暂时把困惑放到一旁，伸出手帮顾未压了压睡乱的头发。

　　机场里有不少给顾未接机的粉丝，他们举着小刺猬的应援灯牌和手幅。顾未和江寻一起走出来的时候，虽然戴着口罩，但还是很快被认了出来，紧接着不知道是谁发出了一声惊呼。

　　顾未朝自家粉丝挥了挥手，依旧是先叮嘱他们回去注意安全。

　　"我们的车没来？"顾未问。

　　助理穆悦连连道歉："对不起对不起，司机师傅临时有事跟我请了假，我给忘了，是我的调度出了问题。"

　　穆悦是新来的，这是她大学毕业后找到的第一份工作，很多流程她都不熟悉，刚来就犯了这么大的错误，小姑娘紧张得声音都有些哽咽。

　　"这没什么啊。"顾未摘下口罩，对着穆悦笑了一下以示安慰，"你不说我不说，公司不会知道的。"

穆悦读大学的时候就看过顾未的不少黑料，以为顾未脾气不好，除了日常的工作，也不怎么敢和顾未说话。如今她才意识到，自己先前对顾未的印象可能都是错的。

周围还有不少粉丝，江寻帮顾未把口罩戴好，小偶像在台上的时候帅气逼人，平日里对人笑起来又很温暖。

穆悦被顾未安慰了一通，没那么紧张了，这才想起这里还有个江寻，而江寻的车似乎早就在等候了。

"寻神，"穆悦有了主意，"可以载我们未未一程吗？"

江寻："自然可以。"

他又问顾未："未未有意见吗？"

顾未自然没有意见，只不过他还是第一次听江寻叫他"未未"。粉丝和队友们都这样叫他，只是这两个字从江寻口中说出来，好像和别人不太一样。

顾未坐在江寻家 SUV 的车后座上，手机电量仅剩百分之十的提示音响起。屏幕自己亮了，顾未看到了池云开给他发来的消息。顾未拿着手机抬头看了一眼江寻，又看了看微信，再抬头瞄了一眼江寻，又低头翻了翻微信。

"想说什么？"江寻注意到了他的目光，"可以直接问我。"

顾未瞄了瞄前排的司机，又瞄了瞄副驾驶座上的穆悦，司机在专心开车，穆悦戴着耳机在听歌。

顾未收起手机，往江寻身边挪了挪，用极小的声音问道："哥，你喜欢……什么类型的偶像啊？"

如果不是先一步看到了顾未手机上的消息，这一幕像极了小朋友在意有所指。但是……江寻想到那几条消息，心情颇为复杂。

顾未见江寻半天没给答复，若有所思地点了点头。看来表情包爱好颇多，一时半会儿无法给出最爱的那一个。不过没有关系，他可以等。于是他凑过去，按照池云开的提示继续抛出问题："哥哥，你喜欢玩什么啊？你最近有空吗？"

江寻还是没说话。

顾未咬咬牙，看了看手机，确定内容没错后，做了个深呼吸，鼓起勇气又往江寻身边挤了挤，轻声在江寻耳边问出了最后一个问题："哥哥，你……你需要点什么服务呢？"

由于刻意压低了声音，顾未的尾音听起来软软的，带着一点不自知的乖巧，求知欲让他继续搭着江寻的肩膀，等着江寻的回答。然而他半天也没有等到江寻的答案。

"哥？"顾未催了一声，还贴心地补充了一句，"没事，你可以想好了再给我发微信。"

他依旧没有等到答案，但这次等到了江寻的反馈，他看见江寻那双很好看的手抬了起来。紧接着，顾未感觉自己被江寻按在腿上，他没来得及反应就又嗅到了对方身上那股清冽的白茶香味。接着，江寻抬手不轻不重地在他后腰上拍了一巴掌。

"表情包，你打我？"顾未抬头看着上方的江寻，凶巴巴地质问。

先前录综艺他假粉丝身份被扒的时候，江寻的反应似乎都没这么大。

江寻挽起袖口，把人放开推到一旁，慢悠悠地道："来，想想自己错在哪儿了？"

顾未不说话。

"想不出来？"江寻问。

顾未摇头。

"你自己想想刚才问我的话。"江寻提醒，顺便补充了一句，"别乱动。"

顾未心道：不敢动不敢动。

刚才他问了什么？问江寻喜欢什么类型的偶像、有没有时间，还有……需要什么服务？这三个问题连在一起，好像有点微妙啊。

江寻见他不说话，问："想明白了？"

顾未扯了扯江寻的袖口，点点头。

"就凭你刚才的话，"江寻说，"我是不是可以理解为，你又欠教育了？"

"我……"顾未这才意识到自己刚才到底说了什么，"我没……"

"你问我这些做什么？"江寻问。

"这个啊。"顾未又来了精神，"那什么，说好的补偿你，偶像一对一服务的那种，我给你找一个专业的啊。"

江寻有点无语，鸡同鸭讲，不是虚的。

"这些话只对我说过吗？"江寻问。

顾未点头："那当然。"

江寻的神色稍稍缓和了一些，又问："以后还会拿去问别人吗？"

"绝对不会。"顾未赶紧摇头。

"顾未未，你成天在想些什么？"江寻无奈地扶起顾未，"你到底想给我多少'惊喜'？我之前是这个意思吗？"

顾未："难道……你想要的补偿只针对我吗？"

鸡鸭终于同频了。

江寻揉了揉眉心，无奈地道："顾未未，你的内心在逃避，逃避所有的亲近关系，所以你才会把我的话曲解到那种程度。"

顾未想了想，到底还是没再提不想和江寻来往的事情。江寻说他在逃避，是真的吗？

"该说你什么好呢？"江寻说，"自己回去反思。"

江寻家的车渐渐远去，穆悦摘下耳机，发现顾未有点心不在焉，问："怎么了？未未，江寻特地捎我们一程，人挺好的啊。"

离开了车内微妙的环境，被秋风一吹，顾未好像清醒了许多。

他好像又做错了什么，江寻会生气吗？在综艺里一直照顾他，好心让他蹭车的江寻，会生气吗？

他又点开了池云开的微信。

爱我请给我打钱："月饼，我惹别人生气了，怎么办？"

守得云开见月饼："重要吗？重要就哄呗。"

重要吧，顾未心想。

爱我请给我打钱："怎么哄？"

守得云开见月饼："简单，找个生日、节假日什么的契机，给人送个礼物，再说两句好话。"

爱我请给我打钱："懂了。"他又补了个"憨憨脸红"的表情包。

按照约定，顾未打开了江寻的微博，关注后在主页翻了翻，笑了。

巧了，表情包的生日刚好就在下周。

第四章
主舞大人的惊喜

顾未刚到公司就接到了赵雅的电话："这周没给你安排什么工作，只有一个代言、一个封面拍摄，别的都给你推了。你好好看看剧本，下周就准备进组了。"

"好的，知道了。"顾未给手机充电，顺手点开了微博。

出发前他半夜闹出了那么大的事，果不其然，网友已经在他最新一条微博下面狂欢了——

今天背单词了吗："顾未人呢？闯了祸就这么跑了吗？连回应都没有了。"

花茶茶："顾未的常规操作了，自己给自己炒热度。"

海是鱼的眼泪："看到《明明如月》的官宣没？都别骂了，弟弟是在找角色的感觉，所以才会去翻江寻的微博吧？他很认真，也没做错什么，有的人能不能把嘴放干净点？"

用户12325342："顾未就是心机，OK？洗什么？不就是想给新剧蹭热度吗？都蹭到江寻头上来了，真是有点热度就能去蹭。"

小刺猬家的雨伞伞："某些小号把嘴巴放干净点，翻你的记录就知道你是个职业黑粉，从两天前黑顾未黑到现在有意思？"

网络掐架从来就没有结果，顾未不再看这些，点进了剧组的微博。果然，他参加综艺的当天，剧组放出了电视剧《明明如月》的官宣。

明明如月官方微博："@贺澄 @宣绘桐Lisa@TATW-顾未 @宁遥，秋日伊始，明明如月。"

《明明如月》是大IP改编剧，官宣一出，四位演员的微博立马被书粉攻陷了。顾未微博下的黑粉找准时机带节奏，把书粉的不满引向了演员本身——

琪琪永远十八岁："天哪！剧组疯了吗？找了个黑红流量来演我缪缪，导演到底在想什么啊？要流量不要质量了？"

咕咕今天学习了吗："姐妹知足吧，我听说之前是定的他演男一，现在好歹把男一保住了。"

用户9786565："这个流量根本就不想好好演，还没进组就试图给自己炒热度，玩的都是粉圈的那一套。你们看他为了洗白自己还关注了江寻的微博，TMW战队的寻神理他了吗？呵呵。"

用户9786565的配图，是一张阴阳怪气的"微笑"表情。

巧克力熔盐蛋糕："这么一说好像是啊！书粉求顾未放过缪梓晗吧！"

雪花花努力倒时差："加一，求放过。"

小刺猬家的晴天娃娃："评论里那几个人闭眼抹黑有意思？剧还没开机，可把你们给能坏了？"

"这是……有小号在带节奏？"穆悦在顾未身边停了下来。

"我知道。"顾未朝她笑了笑，"他们每天定时打卡上班黑我。"

穆悦被他的说法逗笑了。

江寻没回家，直接去了俱乐部。他刚走进训练室，就看见自己的位子上坐了一个人。

队友无奈地朝江寻摊开双手，坐在江寻位子上的江影慢慢转了过来，手里举着的手机上正显示着江寻之前见过的那个紫色软件。

"你今天没工作？"江寻问他。

"哥。"江影如临大敌，"就在刚才，对家关注你微博了。"

"嗯？"江寻停下脚步，在江影期待的目光中点开了自己的微博界面。

"移除他。"江影期待地搓搓手，"你是我亲哥。"

然后，他就看见他亲哥在粉丝列表里找到了顾未的微博号，以他根本来不及阻止的速度点了个关注。江影的手机疯狂振动，刷出了多条消息——

"你的小宝贝TATW-顾未关注了@TMW-Xun。"

"你的小宝贝TATW-顾未微博冒泡了。"

"你的小宝贝TATW-顾未被@TMW-Xun关注了。"

江影愣了半晌，开口问："那什么，我对家，我硬盘里有他五个 G 的黑料，哥你要不要再洗洗脑子？"

"那你发来。"江寻说。

江影又看到了希望，喜滋滋地献上了自己珍藏许久的对家黑料。

"这就对了，别关注我对家了。"江影说，"妈上次是不是说了吗，找了个性子和你相近的弟弟跟你交个朋友，陪你说说话。你联系人家了吗？成天关心我对家做什么？"

　

江影留下珍藏多年的黑料压缩包，就风风火火地回了剧组。

"你家那暴脾气小少爷走了？"江寻的队友 West 从一旁探出头来，"一大早就来了，非要等你回来问问对家的事情。"

"大家都回来了吗？"江寻问。

"SK 和熊仔下午就到，可以恢复训练了。青训营那边的这两天放假也基本没走。"West 说。

"嗯，行。提前跟你们说一声，这个周末有个小朋友想过来参观。"江寻跟队友提起了这件事。

"哇，我们这边很少来客人的。"West 挺高兴，"能被你带过来参观的，应该和你关系不错吧，长得好看吗？"

江寻说："好看。"

"哟，能被你夸好看，那不得了啊。"West 更好奇了，"众人皆知，江大少爷夸人的次数寥寥无几。怎么？上了一个综艺节目，认识新朋友了？"

"脾气好吗？"West 又唠叨，"脾气太好可不行，跟你打交道，脾气好是要吃亏的。"

"走开。"江寻笑骂，"等见到人你就知道了，性子是挺好，但人也厉害。"

江寻给电脑开机，上号给 TMW 战队约了一场周末的练习赛，然后打开了江影拷贝给他的压缩包——顾小朋友的黑料，听起来很有意思。

江影身为顾未对家，在知己知彼这件事上，可以说是很上心了。压缩包里的文件，从顾未出道开始一路收集到了近期，刚好方便江寻去了解他一直以来的疑惑。江寻刚打开压缩包，排在末尾的文件名就是"顾未深夜点赞寻神十年前黑历史",最前面的是江影不久前发过的那段顾未刚出道时的翻车音频。

江寻按时间顺序依次点开了文件夹。

顾未和江影算是同期的两个黑红流量明星,江影黑红纯粹是因为他那个臭脾气,喜欢四处乱掐架。江寻记得,曾经有个明星试图和江影炒绯闻蹭热度,他弟开大号骂人,外加二十来个小号跟帖,一战成名。这样说起来,江影因为太凶被看不惯的路人追着骂,黑红一点也不奇怪。但顾未为什么会黑红,江寻很想知道。

江寻和顾未的互相关注在微博上引起了轩然大波,顾未的微博下面,后援控评组也开始工作,举报骂人的黑粉,回撑带节奏的小号——

小刺猬家的晴天娃娃:"@用户9786565,继续出来跳啊,怎么不叫了?寻神回关我们未未了,黑够了没有?也不指望你给哥哥道歉了,拾掇拾掇滚吧!"

小刺猬家的暖手宝:"顾未弟弟我最喜欢你了,期待你的新综艺播出,要走花路哟。"

夜空中最靓的猩:"都散了吧,顾未和江寻一起录综艺呢,人家的关系自己心里不清楚吗?不用你们多嘴。"

后援会的控评及时而有序,加上江寻回关了顾未,原先很多被带节奏的书粉也散了,只不过还是有不少人觉得这是顾未的团队在营销。

"那个晴天娃娃,掐人有点厉害啊。"穆悦入职时间短,对这种声势浩大的掐架现场还有些不适应。

"小刺猬们都很厉害的。"顾未说。

他这么说着,顺手点进了那个晴天娃娃的微博。微博签名是"晴天娃娃努力中",关注的超话是"耐人寻未"。

这是什么?顾未带着一丝惊惶和一点好奇,点进了"耐人寻未"的超话,顿时像打开了新世界的大门。超话的主角竟然是他和江寻,原来是这个意思吗?

"耐人寻未"这个名字是真的很耐人寻味,江寻的"寻"和顾未的"未",所以这是他们两个人共同的超话。超话建立的时间不长,聚集的粉丝却不少,那个晴天娃娃还是这个超话的主持人。顾未感觉自己好像见证了一个超话的诞生。

超话主持人近期发过一条微博，大概意思是让大家低调，不要打扰正主。顾未点开评论，看见评论里聚集了不少说风凉话的路人——

路人1："我看你们就是一时兴起，这两个人当不成朋友的，散了吧。"

路人2："你们这超话不行啊，这俩人算哪门子朋友啊？"

路人3："能别拉上江寻吗？我们电竞圈不想和你们娱乐圈的黑红流量扯上关系，怎么最近没完没了啊。"

路人4："他们也能拥有一个超话吗？太扯了吧！你们是不是忘了，江寻的弟弟是江影，江影和顾未是对家啊，水火不容的那种。"

路人5："江影跟谁都水火不容……"

总之这个超话刚刚兴起，但似乎也正在经历一场风雨，只要正主低调，就不会"野蛮生长"，发展成为庞大的势力。顾未是这么考虑的，所以他暂时把超话的问题抛到脑后。

他回到了自己的微博主页，按要求开启日常营业，发了一条微博。

TATW顾未："@明明如月官方微博，感谢相遇，我是缪梓晗。"

营业结束，顾未乘公司的车回了宿舍，发现江寻给自己发了消息。皮卡丘的头像排在第一个，发消息的时间是半个小时以前。

十万伏特："想明白没？"

顾未发了一串省略号过去。

十万伏特："想不明白我不介意再好好教育教育你。"

爱我请给我打钱："过分！"

爱我请给我打钱："哥。"

十万伏特："听不见。"

于是顾未按了聊天界面左下角的语音键，压低声音叫了江寻一声"哥哥"。

十万伏特："听见了，说吧，在盘算什么呢？"

爱我请给我打钱："你缺什么啊？"

江寻的生日就在下周，既然要送生日礼物，顾未觉得自己可以从江寻的喜好入手，或者江寻缺什么他就给江寻买什么。不过以江寻的家庭背景和他如今在电竞圈的地位，顾未真的想不到江寻会缺什么。

十万伏特："缺什么？"

爱我请给我打钱："对的，江寻哥哥，你放眼看看周围，有没有哪样东西是你还没拥有的。"

十万伏特："还真有。"

爱我请给我打钱："是什么？"

十万伏特："缺个小偶像。"

顾未无语了，还问什么需求啊，他现在宣布，江寻失去了选择的权利。

爱我请给我打钱："当我没问过。"

顾未打开微信上江寻的资料卡，给江寻改了个备注，用来提醒自己。

肮脏的成年人："怎么问起了这个？"

肮脏的成年人："人呢？"

顾未看着新改的备注，万分满意，打开购物软件，开始认真地给江寻挑生日礼物。

江寻关了桌面上的一些文件夹，基本浏览完了江影发来的顾未的黑料。网上那群人为什么总盯着顾未黑，江寻算是明白了。他人不在娱乐圈，却不代表他不懂那些套路。大部分黑料明显是营销号在带节奏，但是其中有几点江寻比较在意，网友的很多骂点也是从那里衍生出来的。

其一，顾未曾在接受采访时被问及自己讨厌的动物，顾未犹豫了一瞬，说不喜欢狗。但黑粉们扒出了顾未拍 MV 时的一段花絮：他坐在乡下的小桥边，顺手抱了村民家的狗，脸上的表情挺自然的。

不少黑粉拿这一段说事，说顾未卖惨立人设，还说这种没用的人设也就只有顾未才会去立。这明显也是为了黑而黑的言论，顾未在采访里那一瞬间的慌乱不是假的，江寻觉得这其中可能有别的原因。

第二个争议较大的黑料江寻前一阵子还在微博热搜上见过。顾未在录综艺时拒绝了一位老人发布的刺绣任务，把针盒和绣品倒扣在桌子上，从屋子里跑了出去。黑粉们围绕这段视频骂了顾未几天几夜。

但这些都不是什么大事，网友骂几天就发泄完了，不会起什么太大的波澜。最让江寻在意的，是一年多以前微博上的一个热搜——"顾未编舞抄袭"。涉及此事的另一个男明星名叫蒋恩源，比顾未大两岁，但和顾未算是同期出道的艺人。他如今人气飞涨，脱离了原本所在的男团，还换了一家公司继续发展。

热搜里放出了顾未当初的新曲 MV 里的一段唱跳视频，与蒋恩源两个月前在舞台演出时的一段编舞极其相似，但那时蒋恩源已经离开了原先的公司。争议四起，蒋恩源没有发布任何微博，却给营销号质疑顾未编舞抄袭的微博点了个赞。两个人的粉丝吵得翻天覆地，顾未被蒋恩源的粉丝还有吃瓜路人追着骂了一周，风波才逐渐平息。这时，蒋恩源突然发微博@顾未，说可以不计较此事，顾未却没有给出任何回应。

自那以后，蒋恩源还在公开场合多次对顾未表示友好，录节目时遇到顾未也会主动过去说话，顾未却再也没有拿正眼看过他。

明眼人都能看出来，这才是顾未被定义为黑红流量的决定性事件。江寻的桌面上放着江影收集的照片，那张照片上蒋恩源似乎是想找顾未说话，顾未却神情木木的，眼睛里的光都暗淡了。

顾未脾气那么好，却也有这么倔的时候。

江寻想了想，关于具体细节还是决定去问问江影。

十万伏特："你对家之前被传编舞抄袭那件事，你知道吗？"

大钳蟹："啊，那个啊，我想起来了，那个瓜别吃，是个馊瓜。你去听听对家唱的歌呗，保证提神醒脑。"

十万伏特："这个瓜怎么了？"

大钳蟹："我觉得没网上传的那么简单，蒋恩源这个人很有问题，丑人多作怪。"

十万伏特："具体说说？"

因为要具体说，江影直接给江寻发了一段长语音消息。

大钳蟹："蒋恩源之前和顾未都是雪轻娱乐的练习生，后来蒋恩源莫名换了公司。也就是从那个时候开始吧，对家出了编舞抄袭的事情。讲真，编舞这件事我感觉没网上说的那么简单，粉丝看不出来，但我们多少能看出一些。我对家那舞蹈功底据说是小时候练出来的，但看蒋恩源那个丑八怪的僵尸舞姿，谁抄谁还真的不好下定论。所以只能说，那段舞是蒋恩源先在公众面前展示的。"

十万伏特："嗯。你为什么知道得这么清楚？"

大钳蟹："我有蒋恩源二十个 G 的黑料，好多都是独家的，哥你要不要？"

十万伏特："呃……你当初为什么不去当狗仔？"

江寻叹了一口气，江争是优秀的影帝，养出来俩儿子却一个比一个靠不住。

十万伏特："那件事后来是如何解决的？"

大钳蟹："啊，那会儿我开了二十个小号连环骂那个强行跟我套近乎的明星，被人家粉丝一路骂上了热搜，一群人追着骂我，得理不饶人，就……就把顾未那条热搜搜顶下去了。"

大钳蟹："综上所述，顾未是个好对家，我们争过代言也争过资源，但我没想到我们竟然连黑红热搜位也争过。"

大钳蟹："别吃我对家的瓜了！"

大钳蟹："上次妈妈介绍你认识的那个同事家的孩子，让我也认识一下。我要顺道发展一下友好关系，因为我缺一个人帮我打榜，嘿嘿。"

十万伏特："好好拍戏。"

顾未躺在宿舍的沙发上，挑了一晚上也没给江寻挑到合适的礼物。

"你在纠结什么？"傅止路过的时候问，"抱枕的绒毛被你薅了一地。"

"给人挑礼物。"顾未如实说。

傅止了然："上次你说生气了要哄的那个朋友吗？"

顾未："对……"

"后来呢？"洛晨轩日常睡前接开水，路过客厅时听见两个人聊天，自然而然地跟上了话题。

"后来……他似乎不太高兴。"顾未说，毕竟那天江寻把他推到车后座的角落里教训了一通。

"未未。"洛晨轩哭笑不得地看着这个年纪最小的成员，"你自己想想，要是反过来，对方这么敷衍你，还是这种敷衍法，你会高兴吗？"

倒过来？顾未一愣，要是反过来，他的确不会高兴。

"想明白了？"另外两个人哭笑不得，"弟弟，你这脑回路真是绝了。"

洛晨轩问："是要挑礼物给人道歉吗？"

顾未点点头。

洛晨轩建议："那你不妨问问对方亲近的人，这样挑起来可能会容易一些。"

顾未在脑海中检索了江寻亲近的人，脑海中最终浮现出对家的身影。好的，就他了。

滨江大厦的摄影棚内，顾未对着镜头说出了最后一句台词，完成了代言的一系列拍摄。

"顾未弟弟辛苦了。"品牌方的人给顾未塞了两包他代言的巧克力。

"谢谢。"顾未礼貌地道谢。

"未未，你在这边休息室稍等，合同的事赵姐让我再去和品牌方那边交涉一下。"穆悦说。

"好，我在这里等你。"休息室里有点闷，顾未靠在栏杆边，等着穆悦回来。

闲下来的时候，顾未又想到了礼物的事情。他点开了那个"肮脏的成年人"的对话框，原本是想打字，后来想起江寻之前的回复，于是放弃打字，改发了一句语音。

爱我请给我打钱："江寻！下午好，训练辛苦了。"

顾未又发了一个新拿到的"倒茶"表情包。

肮脏的成年人："今天怎么这么乖，突然懂事了？"

顾未一时间还没适应他给江寻新改的备注，盯着手机屏幕笑出了声。

爱我请给我打钱："哥，你想好了没，你到底缺什么啊？"

爱我请给我打钱："不许说之前的答案。"

肮脏的成年人："那缺一个嘴甜的弟弟。"

肮脏的成年人："再叫一声像样的'哥哥'来听听？"

"你盯着栏杆傻笑什么？"一个声音突然从顾未背后传来。

顾未吓了一跳，本能地用手挡住了半个微信聊天界面，对家竟然出现在了他身后！

"你怎么会在这里？"顾未问。

"录节目啊。"江影摊手，"你接不到的那种舞台综艺。"

江影余光扫过顾未的手机屏幕，没看到太多内容，倒是看到了那个人的名字——"肮脏的成年人"，以及半个金灿灿明晃晃的头像。

江影看顾未的目光变得微妙起来，对家年龄不大，比他还小上一岁，微信上加的都是些什么人啊，还遮遮掩掩的。

"啧。"江影跟对家打完招呼就准备走人。

"哎，你等等。"顾未一把拉住了江影卫衣帽子上的抽绳。

江影走得急，差点没被对家勒死。

"你够狠啊！"江影一边松绳子，一边连连咳嗽，"我们最近没争什么资源吧？"

难道这是他分享了对家黑料的报应吗？

"对不起对不起。"顾未赶紧道歉，在江影要走之前问出自己准备已久的问题，"我想问一下，你哥，就是江寻，他有没有什么缺的东西，或者说想要的东西？"

"你关心我哥做什么？"江影纳闷道，"奇怪了，我哥最近怎么也……"

"你哥怎么了？"顾未没来由地有些紧张。

"我哥没事。"江影差点把黑料的事情说漏了嘴，"我哥什么都没问，也什么都没看。"

"啊？"顾未锲而不舍地继续提问，"那你哥缺什么？"

"我哥……"江影认真地想了想，"好像真没什么缺的，他一直都目标明确，知道自己想要什么，也知道自己该如何去得到想要的东西。非要说缺的话，就是缺个能交心的人吧。但他现在好像已经找到了，看起来和那个人还挺聊得来的。"

江影意味深长地笑了："你懂的。"

和对家聊的这几句话里顾未完全没得到有用的信息，所以在生日礼物的选择上，他最终还是决定靠自己。

"这个给你。"顾未手里原本捧着两袋巧克力，现在他把其中一袋递给了江影。

"想贿赂对家？"江影接过巧克力，"让我发胖，然后抢我的资源？"

"不给你，你帮我送给江寻吧。"顾未说。

"我不干。"江影捧着巧克力走了。

傍晚，TMW的训练室里，江影大摇大摆地踱步进来，往江寻的电竞椅上一躺，从兜里翻出一袋巧克力，敷衍地扔在了江寻的桌上。

"你开始吃甜食了？"江寻问。

"今天在滨江那边遇到对家，对家给的。"江影说，"指明了不是给我的，是给你的。"

江寻收下巧克力，勾了勾嘴角。

江影瞥见他哥脸上的笑意，手指敲了两下桌子，神秘兮兮地开了口："哥啊，虽然你和我对家一起录了个综艺节目，产生了那么点情谊，但我还是觉得，你最好离我对家远一点。"

"理由？"江寻问。

江影说："我今天吧，看到他和一个'肮脏的成年人'在聊天。这ID吧，一听就不是什么正经人。"

江影又说："我还瞄到这个人让我对家叫他哥哥，还说什么叫得像样点。时间紧迫，头像是什么我没瞄到，乍一看是黄色的。啧，头像也不咋的。"

江寻皱眉："黄色头像？"

江影点头："对。"

江寻又问："肮脏的成年人？"

江影又点头："对，不管在聊什么，取这种ID名的人一看就不是个好东西。"

江寻总觉得哪里不对劲。

距离电视剧《明明如月》开机还有半周时间，周四下午，顾未简单地收拾了几件衣服，让穆悦把自己送到了TMW俱乐部楼下。他戴着帽子和口罩，下车时刚好看见了在俱乐部大门边等自己的江寻。

"江寻！"顾未朝江寻挥手，他穿着初秋时节的白毛衣，整个人在秋日的阳光下散发着温暖的气息。

"寻神，这两天我们未未就交给你了。"想着顾未和江寻一起录过综艺，多少也算熟悉，穆悦很放心。

"你放心休息几天吧。"顾未对穆悦说，"我会照顾好自己的。"

"我看着他。"江寻说，"有什么需要帮忙的尽管说。"

"那寻神，麻烦你帮忙盯一下未未的饮食。"穆悦把顾未的营养方案给了江寻一份，"别让他乱吃东西。"

"放心。"江寻看向身边只露出眼睛的顾未，"保证给你们养好了再送回去。"

穆悦走了，顾未跟着江寻进了俱乐部，看什么都很好奇。

"有什么不明白的地方随时可以问我。"江寻说。

他们一路上了俱乐部的顶楼，TMW 战队的训练室就在这里。

顾未还没走进训练室，就听到了连续敲击键盘的声音。然而当他和江寻一起走进训练室的那一刻，所有的声音都停下来了。

训练室里坐了三个人，一个在直播，一个在散排练手，还有一个在啃玉米棒子。察觉有人进来，三个人同时回头看向门口，目光在顾未脸上停留片刻后，同时在心里骂了一句。

熊仔用眼神疯狂暗示队友：这不就是上次点赞队长黑历史的那个小明星吗？

SK 回以眼神：好像真的是，小明星就是那个要过来玩的小朋友？

熊仔疯狂眨眼：点赞黑历史的事情，他们私了了？

SK 疯狂暗示：求个私了过程哈哈哈！

江寻扫了一眼训练室，几个人立刻收回眼神。

"这是来了一位贵客啊，你好呀。"正在直播的 West 反应最快，立刻转头跟顾未打了招呼。

然后，他又看向队友："你们闭嘴，别把人给吓跑了。"

顾未心道，真当他没看见刚才的眼神交流吗？

West 那边还开着直播，他刚直播完一局游戏，直播还没关，听他这么称呼，直播间里顿时就热闹了起来——

"谁来了？这么热闹？江寻愿意把人往俱乐部带，那肯定关系不错啊！"

"西哥西哥，能把镜头往边上挪一点吗？咱们也想看看来了哪位贵客，只要你挪，以后你就是我亲哥。"

"哪家的选手吗？江寻乐意亲自接人？"

"West，让人入镜，我们给你多刷几艘金色火箭。"

"走开走开，那是你们能看的吗？" West 顾及顾未的偶像身份，到底没敢拿他赚钱，没搭理直播间里的弹幕，笑骂了一句就退了直播。

一群好奇网友没得到答案，纷纷涌入了江寻还未开播的直播间，等待晚上的开播。

"你们好呀。"顾未跟江寻的几个队友一一打了招呼。

江寻怕他拘谨，给他简单地做了介绍："那个拿玉米棒子的胖子是熊仔，刚直播的这位是 West，还有那边墙角位置的是 SK。"

顾未当初扒江寻微博的时候见过几个人的照片，对他们说不上陌生。倒是这群人对他好奇得很，目不转睛地盯着他看。

"我……新剧是与电竞相关的题材。"他说，"过来找一下感觉。"

"找，随便找。"三个人露出了然的神色。

"不用管他们。"江寻给顾未找了一把椅子，让他坐在自己身边，"你坐这里吧，要是觉得闷了，可以自己出去逛逛。"

"你忙你的，我不打扰你。"顾未说，"我就看看。"

"我倒是希望你来打扰我。"江寻在自己的椅子上坐下，点开了桌面上的游戏图标，"你不妨想想要怎么做才会'打扰'到我。"

"今天要打练习赛，结束以后会顺便刷一下直播时长。"江寻给顾未讲了讲晚上的工作，"先前约好的。"

三名队友互相对视一眼，决定帮江寻刷刷顾未的好感度。

熊仔说："我们队长特别勤奋，俱乐部都买下一半了，每周的直播还是一次不落。"

West 说："我们队长特别努力，刚从综艺那边回来，就给我们约了好几场练习赛。"

"我们队长，"最笨的 SK 绞尽脑汁，紧跟队形，"特别……老实。"

江寻恰好戴上了耳机，没听见队友们的花式吹捧。

West 抬手在 SK 的后脑勺上拍了一巴掌，回头朝顾未做了一个噤声的手势，示意不会夸可以，但不要胡说八道。

顾未有点无语，这群人真是……他总算知道十年前的非主流少年江寻是如何一步步走到现在的了。

顾未捧着江寻刚递过来的一包薯片，坐在江寻身边，看他打开游戏主页，输入账号登录。

这一屋子的人说起话来不着边际，但一戴上耳麦便都露出了严肃认真的神情。

电脑上的进度条走到尽头，江寻在队内频道开始指挥："C 区 39，19，其余人汇报坐标。"

TMW 战队的几个人一起打过无数场比赛，自然配合得天衣无缝。顾未听不懂江寻口中的专业术语，却能看见江寻那双好看的手在飞速敲击着键盘。

他从未见过如此认真的江寻，他踏入江寻的世界，看到了一个不一样的江寻。他看得入迷，几乎忘记了时间，与整个TMW战队一起投入了练习赛中。他像是成了他们中的一员，投身于电子竞技，追逐每一场胜利。只有真正来到这里，他才察觉到自己先前对角色的理解是多么浅薄。今晚以后，他的人物小传上又可以增加很多新内容。

练习赛打完，已经将近晚上十点，TMW积分高过对方战队，取得了练习赛的胜利。

江寻摘下耳麦，往椅背上靠了靠，问："未未，在这里觉得闷吗？"

顾未摇头，觉得不仅不闷，还很有意思。来这里之前，他从不知道电子竞技还有如此大的魅力，让时间的流逝不再那么清晰。

"我陪你出去走走？"江寻问他。

"不用。"顾未拉着江寻的衣袖，让他坐回原处，"你们是不是还要复盘刚才的比赛？"

"做了不少功课啊。"江寻夸奖了一句，"挺乖。"

顾未低头，暗自勾了一下嘴角。不知道为什么，被江寻夸的感觉，就像是他偷吃到了甜甜的水果糖。

江寻问："新剧什么时候开机？"

顾未说："就下周。"

"那我抽空去看看你。"江寻说，"好好拍戏，别和我弟江影学，他成天在片场划水。"

TMW战队还要和教练一起复盘刚才的比赛，复盘的过程对非专业人士来说多少有些枯燥，战队里的人都是夜猫子，江寻却不忍心让顾未陪着自己一起熬。

"未未，你要先去睡吗？"江寻问。

"不去。"顾未坚定地摇头，"你去复盘吧，我等你。"

"困了就告诉我，别硬撑着。"江寻叮嘱完，便和队友一起去了旁边的房间。

顾未捧着江寻给他买的奶茶，坐在江寻的电竞椅上，霸占了江寻的位子。刚才江寻就是坐在这里敲击着键盘，指挥战队拿下了练习赛的胜利。

顾未坐在同样的位子上,心中莫名生出一股暖意。

　　将近十一点,TATW 的微信群里热闹起来。顾未这才想起,他忘了跟团里的几个哥哥说自己出门了。·

　　守得云开见月饼:"顾未呢?"

　　清晨的太阳啊:"不知道啊,上午还在呢。"

　　Stone:"录完综艺后我就没见过他了,我要控诉,他录节目的时候跟江寻玩得可好了,竟然没帮我要签名。"

　　守得云开见月饼:"走,去朋友圈发寻人启事,就说咱们团的主舞丢了。"

　　爱我请给我打钱:"啊啊啊!抱歉!忘了跟你们说,我这几天都不回去了。"

　　傅止:"有工作?我记得你没有啊。"

　　爱我请给我打钱:"没有,私人行程。"

　　Stone:"离家出走?"

　　清晨的太阳啊:"夜不归宿?"

　　傅止:"在朋友家吧,你爸爸让你认识的那个?"

　　守得云开见月饼:"弟弟要照顾好自己,难得你愿意出去走走。有时间让我们也见见你这位朋友,TATW 的签名随便他要。"

　　爱我请给我打钱:"啊这……"

　　顾未觉得,TATW 可能更想要这位朋友的签名。

　　清晨的太阳啊:"哎,不说了,寻神等一下要直播了。"

　　守得云开见月饼:"看直播去了,未未照顾好自己。"

　　傅止:"我在录节目,没得看,唉。"

　　石昕言:"我帮你看,给你文字转播。"

　　于是群里又安静下来,先前叽叽喳喳的几个人工作的工作,看直播的看直播去了。

　　"怎么在发呆?"江寻拿着平板电脑站在顾未身后,已经完成了比赛的复盘,"困了吗?怎么这么不听话,非要陪我熬夜。"

　　"不困。"顾未说,"我等你一会儿。"

　　江寻笑了:"这么关心我?"

"我还有一个直播，待会儿就去睡。"江寻站在他身后，手指在平板电脑上点了点，"那你等着我，我给你分享一首歌吧，可以提神。"

"好。"顾未点点头，表情包平时听什么风格的歌，他的确很好奇。

很快，手机屏幕上跳出了新的微信消息："'肮脏的成年人'向你分享了一首歌曲。"

顾未心道，完了！他忘了把备注改回去了！

"你给我备注了什么？"江寻的声音自他身后传来。

顾未第一时间把手机往袖子里揣，江寻却先他一步抓住了他的手腕。

顾未本能地去躲，抱着手机在椅子上蜷成一团。

"不给看。"顾未拼命保护手机，"什么都没有。"

"不给看是吧？"江寻放下平板电脑，弯下腰去抢。

"别……我错了。"顾未捂着手机屏幕，先求饶了。

"我刚刚说得不对。"江寻说，"你一点都不乖，你是三天不打上房揭瓦。"

求饶无效，顾未承认错误的次数太多，在江寻这里已经不起作用了。江寻得理不饶人，拎着他手机挂绳上的Q版顾未小玩偶，一根根掰开他的手指，抢走了他护着的手机。微信页面上的备注，以及之前的聊天记录，就这么暴露了。备注是"肮脏的成年人"，头像是熟悉的皮卡丘，江寻自己的微信号以这样一种方式呈现在自己的眼皮子底下。

"肮脏的成年人？"江寻笑了笑，朝顾未晃了晃手机屏幕，"那你是什么？"

顾未思考了一下，道："单纯无害？"

他可从来没有表情包那种弯弯绕绕的心思，给自己的评价还挺高。

"挺好。"江寻看着顾未，评价道，"学会顶嘴了。"

顾未刚要反驳，就看到江寻伸手过来捏了捏他的脸颊。

"给我改回去。"江寻威胁，"现在就改。"

"改改改，马上改。"顾未连连点头，伸手试图去拿自己的手机。

"慢着。"江寻却改了主意，抬高了手。

顾未坐在椅子上，没够到手机，抬头无辜地看着江寻。

"你坐好。"江寻伸出另一只手，按在了顾未的肩膀上，"我给你改。"

片刻后，顾未终于拿回了手机，看着微信上新改的备注"寻哥"，咬了咬牙，有点想念之前那个备注，敢怒不敢言。

江寻问："疼不疼？"刚才的一番闹腾，在顾未的手腕上留下了一道浅浅的红痕。

"不疼。"顾未摇头，"你不是还要直播吗？"

江寻的直播间里早就挂上了直播通知。

"你自己算算，我放过你多少回了。"江寻把顾未连人带椅子往旁边推了一些，自己找了另一张椅子坐下来。

"那就再放过我一回呗。"惹事太多次，顾未都学会讨价还价了。

"你想得美。"江寻准备进入直播间，顺手给顾未又拆了一包零食推过去，语气却还是凶的，"总有一天我会找你算总账，算到你哭。"

总有一天，说明不是今天，警报解除。自打发现表情包人挺不错以后，顾未的胆子越来越肥了。

"吃吗？"江寻又拿起桌上的橘子，橘子是熊仔从家里带来的，每个人桌上都放了好几个，只是没见有人吃。

江寻刚剥完，旁边就伸出一只爪子抢走了他手上一整个橘子，只送回来一小瓣放到他的手心。

"嗯……好酸啊。"顾未眯起了眼睛。

江寻看着这样的顾未，脑海中莫名出现了四个字——得寸进尺。然而当事人丝毫没有觉察，一边揉着脸，一边抱怨着刚才的酸橘子。

顾未捧着江寻给他买的奶茶和零食，看到江寻在开播前点开了微信，找到了弟弟江影的对话框，发了个压缩包过去。

顾未："嗯？"

城市的另一端，拍夜戏的江影刚在泥地里滚了一圈，从头到脚都是泥。助理给他递上了手机，手机里是江寻刚给他发的消息，看起来还是一个压缩文件，命名为"黄图"。

江影揣着手机，在片场找了一个无人的角落，打开了他哥深夜发来的压缩包。铺天盖地的黄色淹没了江影的视线，那一瞬间，他的手机里多了几百张高清无码的皮卡丘图片。

与此同时，他收到了江寻的第二条消息："嗯，不谢。"

江影发了三个问号过去。

大钳蟹："你管这叫黄图？"

十万伏特："不是我，是你。"

大钳蟹："几个意思？"

已经将近十二点，江寻进入直播间时，直播间里已经有很多观众了——

话梅糖提刀再战："寻神来啦！"

菜到找不到头："寻神我七点就来了，我要看寻神在线拿'人头'，等一下爽完再睡。"

清晨的太阳啊："啊啊啊——寻神！我明天周末还加班，除了看你打游戏，没谁能给我安慰了。"

守得云开见月饼："我也是我也是，上面那位说出我的心声了啊！"

不少人都是从 West 的直播间过来的，傍晚的时候听见 West 那句"来了贵客"，这群人在江寻的直播间里等了好几个小时，不为别的，就是为了看看俱乐部里那位难得的客人。

摄像头拍不到顾未，所以他安心地坐在一旁，看着电脑屏幕上飞速划过的各个网友名字，有时候还能从其中找到几个疑似 TATW 成员的账号。弹幕上突然有人提到到访俱乐部的贵客，顾未一愣，别开了视线，然而却发现江寻回头对着自己的方向笑了一下。

小刺猬家的晴天娃娃："哇！江寻你刚才对谁笑了一下！别告诉我是队友，不存在的！我关注'耐人寻未'超话好几天了，想问问除了对我们未未，你还对谁这么友好过？"

我裤子呢："前面的在说什么？啊啊啊——我网卡，好像比你们慢几秒，江寻刚才是不是对谁笑了一下？"

加威看高清资源："江寻你旁边是不是有人？"

老子拔剑超快："寻哥，哪里来的朋友呀？你还对人家笑了。"

两个苹果："哟，江寻把谁给招回来了？TMW 俱乐部不是想进就能进的吧？这得是多好的关系啊，是哪家战队的小可爱吗？"

一直盯着弹幕的顾未又往旁边躲了躲，藏在了镜头绝对拍不到的安全位置。

江寻把他的反应看在眼里，点开桌面上的游戏图标，开始了当日的直播："今天就打三场，大家早点休息。"

啾啾：“寻神请正面回答问题。”

有蚊子咬我：“藏什么啊？来了什么贵客这么藏着掖着的。”

鹅鹅鹅：“喂？朋友在吗？寻神平时坏吗？”

“嘘。”江寻对着直播间的网友比了个噤声的手势，“都别闹，等一下把人给吓跑了，你们赔给我？”

弹幕瞬间就消停了，一群人开始接龙发“行吧”。

江寻国服段位高，随机匹配的队友也都不算差，他一边操控屏幕上的角色行动，一边给直播间的网友介绍一些操作技巧。

顾未趴在江寻的键盘边，听着键盘声，目不转睛地盯着屏幕。江寻腾出了一只手，把他往旁边拨了一些。顾未愣了一下。

江寻用口型说：“离屏幕远一些，伤眼睛。”

小朋友的眼睛那么好看，看他贴屏幕那么近，江寻就忍不住想管。

顾未觉得有理，于是换了个远一些的地方，继续趴着看。

江寻的手指一回到键盘，画面里的角色就立刻抬枪瞄准射击，击中了远处的一个目标。

“码头这里可以借用集装箱卡一下视角，需要跳过来是可以跳的，记住我标红的这个位置……”江寻讲解到一半，看到了网友们的各种弹幕。

“不专心啊。”江寻批评广大网友，“回去抄十遍。”

国服第一菜：“哦，江老师好严格，兄弟们抄起来，寻神金句，抄完能上段（上分）。”

小小鸟：“你刚才在和谁说话？”

江寻敲击键盘的声音没停，又拿下一个“人头”。网友们很快被游戏内容吸引，放弃了追问，毕竟总有那么几个网友只想关注游戏。

守得云开见月饼：“寻神厉害，别扯其他的了，我们是来看游戏的。”

清晨的太阳啊：“刚才那个视角卡得真好，可惜我就是学不会。”

Stone：“寻神真棒！”

话题被带回正轨，顾未再度安心，继续“嘎嘣嘎嘣”地嚼薯片。

江寻一局游戏打完，直播间里都开始讨论江寻刚才的操作，却也夹杂着其他问题。

Orange：“谁在嚼薯片？”

滴滴打人：“真的，你们回放刚才的录像，保证全程有人在嚼薯片。”

顾未吓到不敢再吃零食，这群人也太不专心了吧！

为了不打扰江寻直播，他伸出一只手扯了扯江寻的衣袖，小声说："我先去洗漱。"

"去吧，走廊尽头有洗漱间。"江寻说，"等一下直播结束了我带你去宿舍。"

要从训练室出去，必须从江寻身后绕过去，顾未看了一眼直播摄像头，快步从江寻身后走了过去。江寻直播间的网友们只看到有人从江寻身后走过，没人看到那个人的模样。

然而，直播间里某些刚才表示不在乎俱乐部神秘贵客是谁的网友突然就按捺不住了。

已经过了零点，TMW俱乐部里却是灯火通明，无论是一队二队还是战队的青训生，谁都没有休息。电子竞技，没有睡眠。《明明如月》的剧本里只说了缪梓晗的坚持和一路走来的成就，却没有具体描写他的艰辛。

顾未洗漱完，口袋里的手机提示有新消息。大半夜的，TATW的微信群竟然又热闹了起来——

清晨的太阳啊："@爱我请给我打钱，你在哪儿？"

守得云开见月饼："@爱我请给我打钱，出来。"

Stone："@爱我请给我打钱，知道你没睡，出来出来。"

Stone："是这样的，我们在看寻神直播，沉迷于寻神的技术。"

守得云开见月饼："此时，我们看到一个人从镜头里一闪而过，没看到脸，但那双腿，那个腰臀比，那种穿搭风格，一看就是咱们家的主舞。"

Stone："是这样，而且那件白毛衣，是我们当时一起挑的。"

清晨的太阳啊："老实交代，你跑哪儿去了？"

顾未：这群人为什么都这么敏锐？

守得云开见月饼："所以你在江寻那边？羡慕了羡慕了，怎么不带上我！"

Stone："不是吧不是吧？上次录节目的时候我就觉得你们关系不错，但我没想到不错到了这种地步！感觉大神对家人和队友之外的人怪冷漠的。"

傅止："说起来，你爸爸那天突然介绍你认识的那个哥哥不会就是江寻吧？很有可能啊，你爸是不是和宋编剧认识？"

爱我请给我打钱："说来你们可能不信，我就是来感受一下电竞的魅力，完善一下我对剧里角色的塑造。"

顾未又发了个"憨憨脸红"的表情包，然而团里的几个哥哥都是江寻的死忠粉，吵着闹着要大神的签名。

爱我请给我打钱："去去去，看你们的直播去。"

这几个人每次聊起电竞都没完没了。

顾未退出微信，顺手刷起了微博。凌晨了，对家居然还发了微博。

江影 KANI："电竞选手真不容易，@TMW-Xun，哥啊，你最近是不是精神状态不太好？"

微博配图是一个命名为"黄图"的压缩文件截图。

顾未心想：对家这是又在日常内涵人吗？内涵江寻？

顾未的微博主页"经常访问"那一栏里，突然多了一个"小刺猬家的晴天娃娃"，顾未有些印象，这是上次那个吵架很厉害的大粉。他鬼使神差地又点开了晴天娃娃的微博，最新的一条来自十秒前。

小刺猬家的晴天娃娃："啊啊啊！江寻开直播了，好像还交了个新朋友。江寻和顾未录完综艺就各奔东西，卑微的我还能看到他们同框吗？"

顾未回到训练室时，才知道为什么刚才 TATW 的微信群里会如此热闹。

江寻提前结束直播，关了电脑。

"你打完了？"顾未倚在门边问。

"打完了，剩下的时间，我和他们说要陪过来玩的小朋友。"江寻往椅背上一靠，对门边的顾未道，"过来。"

顾未刚洗完脸，头发和睫毛上还有未擦干的小水珠。他怕把水弄到江寻的设备上，稍稍站得有些远。江寻却转了转座椅，一把将他拉了过去。顾未眨眼睛的时候，睫毛上的小水珠就这么落在了江寻的指尖。

"你累了吗？"顾未知道职业电竞选手的工作都是高强度的，他们几乎没有假期，高收入的背后是对等的高压力。

"累了。"江寻顺势往座椅上一靠，"这边是不是和你想的不太一样？"

的确有所不同，顾未点点头，今天没有白来，他看到了鲜花与掌声背后不为人知的付出。

"手疼。"江寻看他认真的样子，忍不住逗他，"要不你给我揉揉？"

表情包的手比较值钱，顾未犹豫着不敢碰。

训练室门边蹲着几个人，正在围观队长骗人，不时地发出嘲笑声。江寻扫了一眼门口，那窸窸窣窣的声音立刻消失得干干净净。

"时间不早了。"江寻看了一眼墙上的电子钟，说，"走吧，我们去休息。"

"嗯，好。"

窗外夜色已深，周围的写字楼里零星亮着几盏灯。

江寻带顾未去了自己的房间，打算让顾未睡在这里，自己去睡客房。

和顾未想象中不一样，TMW战队宿舍的房间都不大，里面的陈设也很简单，除了一张电脑桌，靠墙的地方就摆着一张床。

"我去洗澡。"江寻把钥匙放在桌上，"困了你就先去睡吧。"

然而江寻洗完澡过来敲门的时候，顾未才刚接完赵雅的电话。

顾未的包里只放了两件衣服和常备药，江寻的目光掠过药盒上的名字，并没有多问。顾未给自己倒了一杯热水，就着水吃了药，又听江寻讲了些战队里的日常，两个人便互道了晚安。

然后，顾未关灯躺好，拿起手机，继续给江寻挑生日礼物。今天的所见所闻让他意识到，江寻大部分时间都待在TMW的训练室里，于是他删掉了原先加进购物车里的商品。对于江寻的生日礼物，他突然有了一个绝妙的新想法。

回到客房的江寻同样拿起了手机，在微信聊天界面里找到了好朋友楚亦，发消息过去。

十万伏特："问一下，艾司唑仑通常用于治疗什么？"

这个时间，楚亦明显已经睡了。江寻退出聊天界面，正准备关机睡觉，弟弟江影又来打扰他。

大钳蟹："哇哦，哥，今天和同事家的小朋友见面了吗？真难得啊，就您那刻薄的性格，还能有看得上眼的朋友。"

十万伏特："你有资格说我吗？"

大钳蟹："听妈说同事家的孩子跟我年龄相仿，说不定我和他挺聊得来的。"

十万伏特："别。"

大钳蟹："嘿嘿，我今晚加班，导演说明天放假。"

大钳蟹："刚好我在 H 市附近，明天可以回一趟家，顺便过去认识一下这位朋友？能让我哥另眼相看的人，我必须认识一下啊。"

大钳蟹："我该穿什么衣服呢？要不要重新弄个头发，再给人带点礼物什么的，给你加点印象分。"

大钳蟹："不说了，你先睡吧，我要去粉丝群里游一圈。该打榜了，战况激烈，对家都跑我前面去了。"

江寻有点无语，发了一张从顾未那里偷来的"憨憨脸红"的表情包。

上午八点，江寻被手机铃声吵醒，他走到窗边拉开窗帘，接了电话。

"早啊。"江寻跟电话那头的楚亦打了招呼。

"不早了。"楚亦说，"我六点就给你发了消息，你半天没反应，我就打电话来问问。"

江寻："你说。"

"你夜里问我的那个艾司唑仑是精神类药物。"楚亦说，"你身边有谁在吃这个吗？"

"上次那个挺能惹事的小朋友。"江寻说。

楚亦笑了："先前还很不屑，这就关心上了？"

"带他来俱乐部看看罢了，我又不会欺负人。"江寻催促，"这药有什么用？"

"安眠药的一种，一般用来治疗抑郁或焦虑引起的入睡困难，要遵医嘱服用。"楚亦说。

入睡困难？江寻莫名想到先前在飞机上的时候，顾未在他身边突然惊醒微微喘气的模样。说实话，他有些心疼了。顾未先前一直说不要人照顾，对认识他这件事没有兴趣，也不想和他来往，是因为这个问题吗？倒是这阵子他没听顾未提起了。

"但他现在的状态……"江寻迟疑道。

"不像抑郁对不对？"楚亦说，"很常见，很多人在情绪恢复正常后，一段时间里还会存在轻度睡眠障碍。"

"我明白了。"江寻说。

"你既然都把人家当朋友了，就好好照顾人家。"楚亦说，"失眠有很多种缘由，也有可能是抑郁和焦虑引起的后遗症。这方面说起来比较复杂，有机会让我亲眼看看他吧。"

"嗯，我问问他。"江寻谢过楚亦，挂断电话，轻轻推开了对面房间的门。

顾未已经醒了。他迷迷糊糊地洗漱完，把被子团成一团推到墙边，一边在床上练劈叉，一边打开购物软件给江寻买生日礼物。确认下单后，他脸上浮现浅浅的笑意，他挑好要送给江寻的"惊喜"了。

江寻进来的时候，恰好看到一个头发翘起了几绺，在床上摆出标准劈叉姿势的顾小朋友。顾未捧着手机，脸上还带着笑意，江寻站在门口默默欣赏了一下。

"哥，早啊。"顾未发现了江寻，放下手机。

"不多睡一会儿吗？"江寻现在比较关心他的睡眠。

"不用。"顾未摇头，"昨晚睡得挺好的。"

明明这里的宿舍很普通，可他却莫名觉得安心，中途没有惊醒，也没有做梦。这种安心到底来自什么地方，他暂时还没想明白。

"哥，拉我一把。"顾未朝江寻伸手，床到底不是地面，他怕自己支撑起来的时候会弄乱床单。

江寻抓着他的双手将人轻轻往上一拎，让他在床边坐好。

"柔韧性挺好。"江寻夸了他一句。

江寻记得，江影之前说过，顾未和其他人不同，他的舞蹈功底是从小练出来的。

顾未听江寻夸自己，眼里闪过一丝得意，说："我们团的形体课我是不用上的。"

这一点江寻是知道的，江影发的压缩包里有网友骂顾未抢 C 位的记录。那是一首偏古典风格的歌，中间那一段，顾未从 C 位后面以一个高难度的空翻翻到了前排，手中的折扇在落地的瞬间打开，整个人呈现出利落的少年姿态。那是团内只有顾未才能完成的一段编舞，却被黑粉刻意说成是抢

C位。

"很厉害。"江寻多夸了两句，"我见过你跳空翻的那个。"

顾未有些得意地说："那不算什么，我还会很多舞种。就算是不会的，只要给我时间，我也可以学会。"

"什么都可以学？"早晨刚睡醒的顾未反应似乎有些慢，江寻又起了坏心思，想逗一逗他。

"可以……"听江寻这么问，顾未回答得不那么有底气了，而且总有一点上当的感觉。

"这个呢？"江寻在手机上输入几个字，搜索后递给顾未，"Solo（独舞，独唱，独奏）也可以？"

顾未心道：这是女团舞吧？

可以倒是可以，但他总觉得江寻又是在逗他。毕竟江寻一肚子坏水，在他这里可是有前科的。原形毕露，说的就是现在的江寻。

"怎么样？"江寻带着笑意问他，"主舞大人这个也能跳吗？"

"江寻。"顾未指责他，"你为什么总是拿我寻开心？"

"我没有啊。"江寻无辜地说，"谁不想单独看主舞大人跳舞啊？"

"乖，慌什么？又不是让你现在就跳，以后有的是机会。我去楼下给你拿早餐。"眼看着顾未又开始低头逃避，江寻推门要走，"你可以再睡一会儿。"

顾未换了睡衣，等着江寻回来。江寻人没那么快回来，倒是给他发了短信。

江寻："抽屉里有份文件，最上面的那个抽屉，帮我找一下，我马上回去拿。"

顾未："好的。"

他刚从江寻说的抽屉里翻出文件，看到文件末尾江寻的签名，门口就响起了一阵敲门声。江寻回来得这么快吗？

顾未走过去开门，门外站着一个身穿 TMW 队服的小姑娘。小姑娘嘴里叼着一根棒棒糖，梳着哪吒头，手里拿着一份文件，脑门上明明白白地写着"我今日心情不佳"。

顾未见她的队服和江寻他们的有些不同，而且她与自己年龄相仿，猜她应该是 TMW 的青训生。

"寻神。"青训生无精打采地掀了掀眼皮，"二队让我过来跑个腿，让你给签……"

顾未说："江寻他刚才……"

顾未话还没说完就被小姑娘打断了："顾……顾……顾未？"

小姑娘张大了嘴，瞪大了眼睛，棒棒糖就这么掉在地上，说话也变得语无伦次。

顾未："啊？"

"啊啊啊！哥哥你怎么会在寻神的房间里？"

顾未有点吃惊，TMW俱乐部里竟然还有他的粉丝？这个粉丝看起来非常激动，激动得似乎快哭出来了。

"易晴，大早上的，吼什么呢？"走廊那边的房间门被拉开，West睡眼惺忪地站在门口，"签文件是吧？放江寻那儿就行。"

"啊！"易晴把文件往顾未手里一塞，满怀期待地朝他点了点头，"我竟然在自家领地见到了偶像，呜呜呜——谁说打电竞耽误追星了？"

"太好了。"易晴抹了把眼泪就走了，"呜呜呜——他们的关系比我想象的要好。"

"青训生平时压力挺大的，她……今天可能不太正常。"West望着易晴离开的方向，嘴角微微抽动，"明天也不一定会正常。"

顾未摇头表示不介意，虚掩上房门，等着江寻回来。

昨天买的礼物已经发货了，估计刚好能赶上江寻的生日。

微博上，小刺猬后援会正在进行内地明星周榜的打投（粉丝打榜投票），对家的后援会昨天夜里忽然疯狂投票，名次跃到了顾未前面。小刺猬后援会的成员们正在努力拉分，对家和自家的后援会又在日常Battle（搏斗）。

"让他们别太辛苦了，名次不重要。"顾未给穆悦留了言，"不用太在意。"

江寻还没有回来，顾未日常刷微博，又从经常访问那一栏里找到了"小刺猬家的晴天娃娃"，点进她的主页，却发现昨天那条微博已经无影无踪了。

小刺猬家的晴天娃娃："'耐人寻未'真好，黑粉们散了吧！他们关系真的挺好的，不然我跟你们姓。"

顾未有点纳闷，超话粉丝情绪都这么不稳定的吗？动不动就要改姓。

顾未的手机上又收到了新的短信。

穆悦："未未，提醒一下，上次录的综艺今晚要开播啦，记得到时候去微博上和嘉宾们互动哟。"

"耐人寻未"超话势单力薄，活粉不多。顾未在超话里逛了一圈，发现大家都在自娱自乐。不过那个晴天娃娃自打昨晚发表了丧气言论之后，突然奇迹般地振奋了起来，坚定地认为江寻和顾未关系超好。

小刺猬家的晴天娃娃："'耐人寻未'来啊，都关注啊，入股不亏，综艺快播了，先到先看吧。"

而且晴天娃娃还放了话，以后谁在超话里找碴儿，她就要骂谁，凶得很。

顾未不太懂了，他这两日明明安分守己，默默混迹在江寻的地盘，默默为诠释新剧的角色付出努力，完全没出现在公众视野里，怎么这个粉丝突然就对他们有了信心呢？

由于这位姐妹的言论太过浮夸，又惹来了一群黑粉——

黑粉1："别胡说，互相关注只是节目组炒作，他们是两个世界的人。"

黑粉2："关注你了，等着你脱粉回踩（粉丝出坑后对之前的偶像进行抹黑报复）。"

黑粉3："抱走江寻，我们不约，求让寻神安心打游戏，顾未能别捆绑江寻了吗？这阵子真的是看够了，能别再贴过来了吗？"

黑粉4："没错，我对顾未路转黑了，江寻肯搭理他，我直播吃土。"

小刺猬家的晴天娃娃："就你们这群杠精厉害，寻神还没发话呢！我截图留你主页了，等着你直播，到时候可别不认账。"

顾未长这么大第一次看到如此精彩的掐架，忍不住多看了一会儿。然而他没能围观太久，因为对家大早上的竟然给他发了新消息，是一张图片。顾未一眼就看出那是内地明星势力榜周榜的截图，早晨刚刚公布的排名上，江影以微弱的优势排在了他前面。

大钳蟹："有的时候，努力比人气更加重要。"

顾未有点无语，江影这个人吧，自从和他变成了对家，每一次榜单排名高过他，都要给他发截图。而当排名落后于顾未的时候，江影就会一言不发。说起来，江寻和江影的性格真的一点都不一样。

想到江寻，顾未耳边又响起了江寻叫他"主舞大人"的声音。这是饭圈常用的称呼，可是不知道为什么，江寻这么称呼他的时候，他们两个人的距离好像比平常要近一些。

爱我请给我打钱："熬夜不好，别大半夜打榜。"

大钳蟹："哼，我就是比你火。"

江影发了张"憨憨脸红"的表情包，顾未也发了一样的。

大钳蟹："嗯？你怎么也有这个表情包。"

爱我请给我打钱："什么叫'也'？"

爱我请给我打钱："这本来就是我的！"

这对家也太敬业了吧，抢资源、抢热搜也就算了，现在连表情包都要抢。

江寻回来时周身带着一股清淡的木质白茶香，顾未暂时放下手机，接过了早餐。

"你今天有什么安排吗？"顾未边喝牛奶边问。

"和平时一样，全天训练。"江寻挨着他坐下，"你是不是觉得我们职业选手的生活都很无聊？"

"不，我觉得很有趣。"顾未否认，"我很喜欢这里。"

他喜欢这里，喜欢在这里为梦想奋斗的每一个人。现在的他完全可以说自己是江寻的粉丝，不是因为颜值，也不是因为那些网友制作的表情包，而是因为江寻在面对电子竞技时的那种状态让他有些着迷，可能这就是粉丝对偶像的情感吧。

"我现在……好像是你的粉丝了。"顾未把心里话说给江寻听。

"早着呢。"江寻说，"你这个不合格的假粉丝，想在我这里合格，还得继续努力。"

"这么严格？"顾未问，"怎么努力？"

"先给我跳个舞？"江寻说，"看看你的表现我再做决定。"

顾未心道：我就不该问。

顾未最近的日子突然变得充实起来，他爸顾采似乎还在忙剧本的事，已经把回绝的事抛到了九霄云外。时间久了，连顾未自己都快忘了。

"在想什么？"江寻看出他在走神，"吃个早餐还能想东想西。"

顾未"哦"了一声，回过神来，继续对付早餐。

"你助理让我盯着你的饮食。"江寻说，"你的营养计划可都在我手上，中午想吃什么？"

"不吃芹菜、茼蒿、木耳、生菜、菠菜和茭白，别的都可以。"顾未掰着手指给江寻数了一下自己不吃的那几个菜，"就这几个。"

"你还挺挑。"江寻低头看了看营养计划上被特地划出来的菠菜，"叫声哥哥来听听？"

这个交易比较划算，顾未喝完杯中的牛奶，说："江寻哥哥，我今天继续看你训练？"

"今天不忙。"江寻说，"上午可以抽空带你玩玩游戏，找找手感。"

"好。"剧本中的电竞元素不少，虽然达不到职业选手的程度，但顾未还是希望自己在诠释角色的时候最起码不要犯一些基础错误。

江寻显然对他来这里的目的很清楚，甚至给出了更好的日常规划。

TMW 俱乐部的一楼是青训生的训练大厅，顾未经过门边时，一眼就在一群人中看到了早上见过的那个梳着哪吒头的小姑娘。小姑娘背对着门口，身上披着 TMW 的队服，后背上弓箭与荆棘缠绕的队标在灯光的映照下有金色一闪而过，电脑界面上显示出了最后结算的"胜利"字样。

小姑娘往椅背上一靠，理所当然地接受周围人赞赏的目光。

"那是易晴，青训生。"江寻看顾未的目光停留在那个方向，开口介绍。

"寻神！"易晴转身看见了门边的江寻和顾未，打招呼，"两位早啊！"

"嗯，你们继续。"江寻朝屋里的青训生点了点头。

"真好啊。"易晴看着他们离开的方向，露出心满意足的笑容，"真好。"

"是啊，我们什么时候才能走到寻神的位置。"她身边的队友露出渴望的神色，"我也想拿两百多击杀。"

"你懂什么？"易晴看着队友，同情地摇了摇头，"我和你的人生追求是不一样的。"

队友满脑子疑问。

职业选手都是熬夜王者，上午的 TMW 训练室里倒是没几个人。

"大家都还在睡。"江寻说，"很多时候，我们是没有上午的。"

"那你现在……"顾未担心江寻的作息尚未调整过来。

"没事。"江寻把顾未按坐在自己的电竞椅上，"我算是熬夜王者中比较有规律的那种。"

"试试游戏？"江寻在顾未身后弯下腰，用鼠标双击桌面的游戏图标。

顾未目不转睛地盯着，第一次接触这类游戏，他有些不知所措。

登录界面里已经填好了常用登录账号和密码，江寻半点也没迟疑，直接登录，说："这是我平时训练用的小号，你可以试试。"

进度条走到尽头，游戏的过场 CG（电脑图像）呈现在顾未面前。江寻点了"随机组队"模式，然后把鼠标让给了顾未。

"不用紧张。"江寻在顾未耳边说，"用 W、A、S、D 键或者方向键来移动，用鼠标来调视角，你先试试手感，不难。"

江寻的鼠标和键盘都很特别，与顾未平日里见到的不太一样。按照江寻说的，他把手指搭在了对应的按键上。

"用红轴相对来说比较省力。"江寻说，"鼠标你可能不太适应。"

游戏给顾未随机匹配了队友，顾未刚玩，也不知道如何看匹配的队友，只知道按江寻刚才所说的，操纵着人物在地图里到处乱转。江寻站在他身后教他，抬手覆在他的右手上，帮他调整方向和视角。

十分钟以前，刚睁眼的熊仔突然想起自己这个月的直播时长还没凑完，于是他打开宿舍的电脑，打算开个直播凑凑时长。

熊仔开了直播，进入游戏，排了个娱乐局，下拉菜单一看队友，乐了。他竟然排到了自家队长，队长的练习小号——The miracle worker-x。大早上的，江寻没休息，竟然在这里打游戏。不愧是队长，不愧是带着他们登上世界赛冠军领奖台的人。

直播间的弹幕也惊到了——

棉花花："震惊！这是高仿还是真江寻的小号？是早起的缘分让你们相遇？"

肉松小贝："应该不是高仿，上次直播时见寻神用过这个号，凑齐了TMW 的两位大佬，666，早上看直播是对的。"

熊仔制霸全球："录像吧，兄弟们，这一局应该纯虐菜了，大家一起爽爽吧！这是真娱乐局啊！"

梨梨子："昨天寻神下播太早了，没过瘾，没想到能在熊仔这里蹲到寻神，开心。"

熊仔这个号的游戏形象是穿着粉色套头衫的黑皮壮汉，看弹幕这么说，熊仔心里也燃起了战意。于是，ID 名为"奇迹队小熊猫"的角色在他的操纵下一路披荆斩棘，强行突破重围，对着地图上标记江寻位置的红点冲了过去。

"队长，我来了。"

"对，挺好，就是这样。"江寻站在顾未身后，看顾未操纵自己的账号，"试着转动一下视角，走出这片区域。"

顾未对游戏的基础操作渐渐熟悉起来，在江寻的指导下操纵游戏角色向墙外走去。这张游戏地图是一片遗迹，顾未刚离开房子，就看到远处一个粉红色的身影朝他跑了过来。

"咦？这个是……"江寻抬头看了一眼队友列表，若有所思。

顾未满脑子都是江寻刚才说的如何走路，他右手搭在鼠标上调整视角，似乎看见屏幕上晃过了一个红点。他想仔细看看那个红点是什么，却在调整的过程中不小心碰到了键盘上的某个按键。一声枪响过后，那个粉红色的壮汉就不见了。

"哥！是不是有人打我？"听到耳机里枪响的顾未赶紧问，"你快帮我看看。"

"乖，别怕。"江寻说，"是你打了别人。"

打的还是个熟人。

熊仔正在直播。

熊仔："哎，我看到我们队长了，寻神今天格外帅气，看到他身上的黑色风衣没？那是上次他特地给这个练习小号买的。"

熊仔："近处看看？可以，当然可以。嗯？他在干什么？为什么同手同脚地从塔楼里走了出来？这是什么新战术吗？"

熊仔："他好像没开语音，不过没关系，我们是一队的，比家人还亲，看我过去跟你们寻神打个招呼，队长！队……"

"队长"摇摇晃晃地停在了他面前，犹犹豫豫地举起了枪，在他眼前晃了两下。

熊仔："哦，他在向我们炫耀他的新年限定皮肤，接下来……"

接下来，直播间里的网友们看到——"队长"对着熊仔的脑门毫不留情地扣动了扳机，身穿粉红色套头衫的黑皮壮汉惨叫了一声，游戏的画面变成了角色"死"后的上帝视角。

熊仔傻眼了。

专业送快递选手："哦哟，熊仔你队长不要你了。"

烤个大鸭梨："不愧是一家人。"

圣诞老人帮我带份外卖："寻神这个走位，是不是没睡醒？"

菠萝包："哈哈哈！寻神手刃队友。"

熊仔的直播有人开了录像，在熊仔还目瞪口呆的时候，已经有人把录像放到了 TMW 的超话里，还写了个博人眼球的标题——震惊！昔日队友今日拔枪相见，是道德的沦丧，还是另有原因？

顾未自此找到了这个游戏的乐趣，又开了一局，用江寻的账号在雨林里漫步。

江寻的手机从刚才开始消息就没停过，他的微博在短短十分钟内被艾特了上万次，营销号疯狂转发录像，连 TMW 内部不和的事情都编了出来，眼看着就要往热搜上推。

"想象力可真丰富啊。"宿舍楼里，熊仔开着直播，在线刷微博，大号亲自下场，嘲讽营销号，"TMW 好得很。"

"哥，这里怎么过去？"顾未操作不当，被卡在了角落里，回头去问江寻。

江寻放下手机，低头手把手给顾未演示了一下正确的操作。

顾未学得很快："我会了。"

世界冠军从走路开始手把手地教他，待遇简直不要太好。除了团里的几个哥哥，好像从来没有谁能这样迁就他、陪着他。他对江寻，比起最初的茫然和事不关己，多了点期待和依赖。

见他的操作熟悉了许多，江寻直起身子道："自己玩，有不会的地方叫我，我去微博营业一下。"

带节奏蹭热度的营销号被熊仔嘲讽了一通，节奏没带起来，评论里倒是热闹得很——

桂花鱼："有人在国服遇到那个号了，快去围观寻神今日在线翻车。"

Evis今天段位动了吗："真的吗？哈哈哈！江寻在干什么？亲身上阵嘲讽某些人的走位吗？"

诗酒趁年华："这不是江寻吧？不是吧不是吧？是别人上他的号了吧？"

用户u878656767："不可能，那这个人得多重要，江寻亲自带着玩，手把手地教？你们还不如信营销号这个TMW闹不和的说法呢。"

桂花鱼："好了，别瞎猜了，兄弟们换地盘吧，江寻发微博了。"

TMW-Xun："不好意思，在教一个小冤家玩游戏，造谣的、吃瓜的都散了吧。"

熊仔立刻转发了江寻的微博，还带了个"抱拳"的表情包，配文："懂了，值。"

江寻这条微博的下面，评论把重点推向了那个"小冤家"。

TMW-West："划重点，我们战队关系很好，日常就想着怎么手撕隔壁队，不劳各位搞营销的费心。"

寻神今天直播了吗："我也想让男神手把手教我打游戏。"

琪琪-NININ："加一，这个人是什么来头？"

生姜你为什么装土豆："有没有人觉得寻神好有耐心啊？天哪，我要在线落泪了。"

枪声再次响起，顾未看着屏幕上的角色又一次被击倒在地上，有点失望地摘下耳机，看向左边的江寻。

"不玩了？"江寻莞尔。

"嗯。"顾未想站起来，突然发现自己有点头晕。

这是一个第一人称视角的游戏，人物面前的场景一直在换来换去，新人玩久了的确很容易晕 3D。顾未刚才玩的时候不觉得，现在突然站起来才觉得天旋地转。他脚步不稳，一头向江寻的方向栽倒过去。江寻一把扶住了他，他闭着眼睛，等着那一阵眩晕的感觉过去。

江寻说："未未，不会玩就不会玩，可别在这里摔倒，回头他们还以为我欺负你了呢。"

"是我不好。"江寻拍了拍顾未的后背，试图让他缓缓，"我没带过新手，忘了刚玩可能会头晕。"

顾未心想，那他岂不是江寻第一个带着玩的？

江寻把人按坐在椅子上，又说："闭一会儿眼睛，可能会好一些。"

顾未感觉到江寻把装着温水的纸杯递到了他嘴边，喂他喝了两口温水。地面不再摇晃，胃里翻江倒海的感觉渐渐消失，顾未犹豫片刻，睁开了眼睛。他湿漉漉的眼里还带着些迷茫的雾气，江寻的动作停顿了一瞬。

顾未从他手里接过水杯，说："好了，我不晕了。"

江寻不动声色地收回目光："知道了，你休息一下吧，新人玩久了的确会头晕。"

顾未连人带椅子往左边挪了一些，把位置让给江寻，看江寻打开了游戏，在一张地图上反复练习新枪的开枪手法。他这才注意到，自己的手机似乎从刚才开始就一直在振动。

他们团的微信群又被聊出了"99+"条消息——

守得云开见月饼："@爱我请给我打钱，我们好羡慕。"

Stone："@爱我请给我打钱，我们也想玩寻神的号，我们也想要世界冠军教我们打游戏。"

清晨的太阳啊："@爱我请给我打钱，暴殄天物，这是暴殄天物啊！"

爱我请给我打钱："你们怎么知道的？"

守得云开见月饼："热搜了解一下？"

清晨的太阳啊："也好，你蹭过寻神的贴身指导了，下次和我们玩会不会没那么菜了？"

Stone："未未，你感觉自己进步了没？"

守得云开见月饼："我感觉他会一直菜下去。"

爱我请给我打钱："你做梦……"

当务之急是热搜。

顾未现在才知道，原来刚才那一局被他开枪打"死"的是江寻的队友熊仔，正是昨天那个在训练室啃玉米棒子的熊仔，然后人家还开着直播。好在江寻那条微博里没有指名道姓，不然待会儿赵雅保准又要训他。

顾未看着身边专心训练的江寻，说不出话来。

评论里说，练习号对电竞选手来说也是很重要的，那江寻这样对他，是不是因为……顾未没敢往深处想，自打北欧小镇的那个雨天开始，他和江寻之间的距离就越来越近了。

一阵电话铃声响起，顾未看见江寻的手机屏幕亮起，上面显示江影的名字。江寻在专心训练，没有听见铃声。

"哥，你的电话。"顾未站起来，轻轻帮江寻摘掉耳麦，"我去一趟洗手间。"

江寻点头，接过电话，耳边响起江影的一声怒吼："啊！"

"嘶……谁惹你了？"江寻把手机拿远了一些，"这么生气？"

"说好今天给我放假的。"江影气不打一处来，"我刚刚车都快开到H市了，他喊我回去补拍镜头，差一点我就能回去找你们玩了！现在呢，不仅要补拍，补拍的还是打戏。"

江寻说："哦，没事，你不来也没关系，其实你和那个小孩见过。"

江影乐了："哇！真的吗？我上次就听妈说过，同事家的孩子也是我们圈子里的，跟我年龄还有热度都差不多，据说性格可好了。妈还让我盯着你，让你别欺负人家。"

"的确是你同行。"江寻说，"比你小一些。"

"我下次去，我下次肯定去，下次谁拦着我我就跟谁急。"江影懊恼道，"他叫什么名字？我们搞不好不仅见过，还认识呢。我跟你说，圈子里我认识的人可多了，搞不好我们还合作过，关系还不错呢。"

"他叫……"江寻忽然觉得很有必要让江影提前了解一下情况。

"唉，算了。"江影打断了江寻的话，"如果我认识的话，下次我见到他就知道了，不需要问名字。就这样啊，哥，先不说了，导游让我吊威亚呢，勒死我了，嗷！"

江寻有点无奈，心想，行吧，他已经尽力了。

顾未在洗手间里接到了来自礼物配送方的电话。

"你写的地址是 TMW 俱乐部啊，我送得进去吗？"对方问。

"可以。"顾未说，"我会提前打好招呼的，谢谢你。"

明天上午，江寻将会收到他的生日惊喜。

顾未在江寻的训练室里看江寻训练了一整天，盯着江寻修长的手指在键盘上游走，竟然一点也不觉得时间漫长。傍晚时分，穆悦催了一次，顾未才想起来自己好久没发微博营业了。

"自拍一下，发张图吧，你家小刺猬天天喊着要微博粉丝破 1200 万的福利，再不发都要 1300 万了。"穆悦说。

"在想什么？"江寻往椅背上靠了靠，看着旁边突然开始坐立不安的顾小朋友。

顾未把穆悦的要求说给江寻听，问："你能帮我拍张照片吗？"

"要发微博营业了？"江寻家只有他一个人不在娱乐圈，想不知道这些常规操作都难。

"随便拍，反正是晒日常。"

顾未一说照片，江寻就想到了先前宋婧溪给他看的那一张，顾未的样貌，不管从哪个角度看都很精致。趁着窗外的晚霞未散，江寻让顾未背靠窗边，拍起了照片。

TATW 顾未："一直陪着你们。"

顾未把照片发到微博上，发完就刷评论，映入眼帘的第一条评论居然不是和他发的照片有关的。

某大粉："《逃之夭夭》提前放出来了，姐妹们冲呀，咱们未未的新综艺要来了！"

综艺播了？顾未回头去看江寻，显然江寻那边也得到了消息。

"刚好是晚饭时间，一起看看？"江寻退出游戏，打开了视频播放软件，搜索他们一起录制的那个综艺节目。

顾未不是很想看，他每次上综艺必定被骂。网友骂起来的时候，各种不堪入目的言论都有。一开始他还觉得像是世界都塌了，时间久了他就有些麻木了，不说刀枪不入，但多少能做到忽略不看。他不想让江寻看到那些不堪入目的言论，不想让江寻知道那个活在各种黑料中的自己，他似乎是有史以来第一次想把自己最好的一面呈现给眼前这个人。

江寻察觉到了他的不对，问："怎么了？不想和我一起看？"

顾未赶紧摇头："绝对不是。"

"那看来是很想和我一起看了。"江寻眼睛里的笑意更深了。

顾未这次倒是没有否认，移开了视线，不去看江寻。江寻想起在黑料里看过的那些网友的只言片语，素不相识的人，为了发泄对现实生活的不满，把最恶毒的话都放到了网络上。台上的顾未那么耀眼，凭什么要遭受那样的网络暴力？

"别怕。"江寻说，"等一下如果有人骂你，咱们就骂他。"

"啊？"顾未没想到他会这么说，一时间没反应过来。

江寻的手指在键帽上轻轻叩了两下，又说："叫了我这么多次哥，总不能让你白叫，我就给你当一次'键盘侠'吧。"

顾未呆呆地看着他，原本有些紧张的身体一点一点放松下来，心里也是暖暖的。

顾未有点犹豫："可是赵姐说了……我们不可以下场掐架。"

"没事啊，说归说，你那么听话干什么？"江寻说，"我弟养了二十多个小号，还都编了号，叫什么'影卫一''影卫二'的，还有以各种螃蟹命名的，谁要是得罪他，他就开二十来个小号去找场子。"

顾未暗暗吐槽：对家是真的凶！

他们这边闲聊着，《逃之夭夭》第一期正式开播，屏幕上出现的第一个画面就是顾未朝着远处的小刺猬们挥手的画面。

"看热搜呀！"

屏幕里一群粉丝的吼声把顾未的记忆带到了不久以前，那个时候，他大半夜"考古"江寻的微博，翻出了十年前的江寻。如果节目是从这个时候开始录的，那是不是意味着，那一天除了他，所有观众和节目组工作人员都在期待他和江寻在综艺中的相遇？

"太坏了，原来只有我不知道。"顾未有点郁闷。

"毕竟我们谁也没想到你天赋异禀，综艺都还没开始录就把我送上了热搜。"江寻说，"说起来是节目组蹭了你的热度，导演感谢你还来不及呢。"

综艺的播出带着观众的实时弹幕，节目剪辑得很好，简单展示了每个人的出场后，校舍的场景就出现在了所有人眼前，每位嘉宾也都给了一段进场的剪辑。

观众的弹幕也开始刷了起来——

"未未，我们小刺猬团来啦，未未冲呀！"

"听说这节目有江寻？在哪里？我不追星，为江寻来的。"

"TATW我爱你们，我是团粉啊啊啊！"

"钱熠凝，综艺首秀看好你哟，大家了解一下新歌呗。"

随着嘉宾们各自被蒙着眼睛送到了自己的任务点，画面停留在顾未身上。节目组的后期不是一般的贴心，屏幕下方直接出现了一行小字：如果想了解这一段的前情提要，可以上微博搜索词条"江寻寂寞"，信我，你们会回来的，哈哈哈！

神仙节目组，自带前情提要，顾未和江寻此刻看着都有点无奈。

前情提要后的一段镜头刚好留给了顾未，观众们发的弹幕也就更多了——

"我从微博回来了，哈哈哈！江寻高冷电竞大神的人设摇摇欲坠，顾未等一下见到江寻会不会被狠狠教训啊？"

"噗，节目组绝对是故意的，顾未拿到的校服背后有一个好大的'坏'字。"

"哈哈哈哈，我看到了，深夜点赞寻神黑历史，能不坏吗？节目组这是官方吐槽啊！"

"我来了我来了，石昕言刚才说让顾未第一个找到他，他们不可能了。一个在食堂，一个在教学楼，这怎么找？故意拆开的吧？不让他们抱团。"

"你当时和我说'明天见'。"顾未想起了那天早晨江寻给他发的微信，"你是不是知道我会出现在综艺里？"

"自然知道。"江寻说，"不然你当张导拿什么诱惑的我？"

视频里的顾未听信了群演的鬼话，乐呵呵地上楼去找他的新伙伴，全然不知在楼上的房间里等待他的是什么。

镜头一闪而过，拍到了笑出猪叫声的导演。

张导："快快快，多来两个跟拍摄影师跟着他，一定要捕捉到激动人心的一刻。"

张导："经费花得不亏，我这是请了个宝贝啊！"

网友们疯狂刷起的弹幕已经快要挡住半边屏幕了。

"未未不要上楼，只有你不知道楼上是江寻！"

"妈呀，我看个综艺为什么紧张成这样？未未别推门啊！"

"高冷主舞在综艺里也太乖太可爱了吧！想拎出来揉一揉。"

"未未高兴得太早了，门后面是大坏人表情包！"

"开门了开门了，他还挺激动，我已经想象到接下来要发生什么了，我不敢看了，哈哈哈！"

顾未也不敢看了，偷偷瞄了一眼身边的江寻，却发现江寻专注地盯着屏幕，像是没觉察到他的抗拒。

江寻见他转头，饶有兴味地问："小朋友不好意思了？你那天扑过来的时候，我还挺惊喜的。"

顾未看了播出的综艺才知道，那天教学楼的五楼蹲了那么多人，所有人都抱着看戏的心态等着他翻车的那一刻。唯独他一个人，带着满心欢喜送出了那个友好的拥抱。

看节目的网友们心情显然和那天节目组的工作人员是一样的，弹幕非常欢快——

"未未，你现在跑还来得及，我不行了，我先缓缓，我笑疯了，我肚子疼。"

"看这里顾未的表情，是不是发现自己抱的是个熟人？手感是不是很熟悉！"

"我妈问我为什么笑到停不下来，未未跑啊，那是江寻啊！"

"完了完了，自己送上门了。我有点想知道顾未有没有看节目，不知道他现在是什么表情。"

"这综艺肯定没剧本，哈哈哈！嘉宾自带搞事天赋，感觉顾未这一跤摔得好疼，是真的慌了吧？"

当时那种情况，能不慌吗？时隔多日再想起那天的场景，顾未又记起了当时的心情。当时他被江寻扣在了房间里威胁，不知道外面发生了什么。现在看播出的节目才知道，导演和工作人员在外面抱团狂笑。

镜头切换到了钱熠凝和贝可那边，节目组还发布了让石昕言洗盘子的任务。十多分钟后，镜头又切了回来。此时的江寻和顾未已经谈妥，两个人一前一后从房间里走出来，边走边讨论后面的任务。

广大观众不乐意了——

"导演在吗？请问充钱能看在房间里发生的事情吗？"

"充钱解锁房间里的内容。"

"这两个人是怎么和解的？总感觉我们未未付出了什么不可告人的代价。"

"前面那条，你不是一个人。"

"我们明明就是聊了个天。"顾未按了暂停键，"怎么他们能想那么多？"

"我们可不只是聊了个天。"江寻意味深长地说，"你当时答应我的东西，现在不仅没给我兑现，还想着拿别的来搪塞我。"

那件事顾未到底是心虚的，立刻转移话题："好好看综艺，等一下要上微博营业的。"

然而他刚点击继续播放，就看到了一条新的弹幕。

"有没有人发现这两个人很有意思啊？莫名觉得他们很有默契，都好有观众缘啊！"

顾未不解，这是怎么看出来的？不过从刚才看到现在，他竟然很少见到骂人的弹幕，几乎所有人都在讨论综艺的内容。没有人说他缺少综艺感，也没有人说他上综艺划水。

接下来，屏幕里的画面又变了。为了走出教学楼，顾未接下了导演的答题任务。剪辑中的他面带笑容，似乎压根儿就没把快速问答放在眼里。看到这里，顾未觉得完了，他现在才意识到，这个节目的播出简直就是对他的公开处刑。

果然，江寻也想起了在那之后发生的事情，转过头打量起他来。

"在刚刚结束的FPS类游戏《守则》的世界赛里，作为MVP的江寻，他的总淘汰人数是？"节目中，工作人员念出了问题。

节目里的顾未："七……七个？"

那段视频里，顾未答错了这个问题，暴露了假粉身份，被江寻拉到一旁教训。

弹幕更精彩了——

"哈哈哈！未未是假粉，寻神也有被骗的一天！那么问题来了，假粉'考古'寻神微博到底是想做什么？"

"笑死我了，我怀疑这节目就是来扒我家主舞的皮的。未未到了这边以后就什么都藏不住了，心疼。但是我不得不说，太好笑了！扒得狠一点，谢谢导演！"

"看江寻的眼神？哈哈哈！看见没？他听见这一题的时候，眼睛还亮了一下，然后听见顾未说击杀数是七个的时候，我感觉江寻的眼睛里快冒火了，哈哈哈！"

"顾未绝了，当着江寻的面瞎猜。"

"我有个猜测，顾未之前怕不是靠假粉身份免于被寻神暴打的，扒皮扒得太快了。"

"有趣！我要去他们的超话打个卡，这两个人我都爱。"

站在旁观者的角度看当天的翻车现场，顾未觉得太刺激了。

"你看，没有人骂你。"江寻指着飘过去的弹幕说。

顾未点头，没骂是没骂，但网友的反应的确让他有些意外。前些日子，他刚和江寻一起出现在热搜上时，大部分人都在骂他蹭热度，现在却不一样了。他当时录节目满心想的都是如何在江寻手下求生，然而现在看起来，却发现他们当时的互动真的挺多的。

视频继续播放，快速答题失败的顾未接下了导演组的高难度任务。看到这里，顾未才知道，当时导演组压根儿就没打算让他们走出教学楼，只打算拿特别不好猜的几个词语要耍他们，把他们困在这里，然后等后边的嘉宾过来营救，毕竟这样的设置更符合综艺的主题。但是那天导演完全没想到，他费尽心思想出来的"难题"竟然遇到了两个游戏 Bug，一段神奇的眼神交流呈现在观众面前。

顾未玩游戏时只觉得他和江寻配合完美，猜出了词语。他欣喜若狂，打心底里觉得江寻厉害。然而站在旁观者的角度看当时的自己，顾未心里"咯噔"一声，感觉不妙。

果然，这个片段观众讨论激烈，弹幕数量达到了巅峰——

"太难了，导演故意的，时间也不够，不可能猜得出来的。这个节目的导演组真狠啊，把嘉宾耍得一套一套的。"

"猜出来了！'鸡同鸭讲'这都猜出来了？"

"说'我加你微信'为什么能猜出'鸡同鸭讲'？我想不通，这两个人之间其实有不为人知的故事吧？"

"你是对的，这两个人绝对有问题。加微信，什么时候加的？节目组能不能再贴心一点？我们想看背后的故事。"

"点赞微博是'胆大包天'，这个我还能理解，'我发朋友圈，只给你看’这是个什么梗？"

"绝对有故事，听起来这两个人还经常微信聊天，还单发朋友圈？求导演给我们看他们背后的故事！"

"认可你们说的，要么是这个节目有剧本，要么是这两个人真的有问题！"

"没剧本，看见没？导演都快把脑袋挠秃了，心疼导演一秒钟。导演妙计安天下，也奈何不了这两个人背后有问题啊。"

顾未看着节目里抓耳挠腮的导演，忍不住笑出声。他和江寻那天的答题正确率的确挺让精心设计难关的导演闹心的。

"张导也是操碎了心。"江寻指着视频里的导演说，"他当时应该是打算把我们困在教学楼里，然后让群演触发剧情。"

原来如此，顾未了然。

视频里，张导露出一个狡猾的笑容，阴险地说："来，咱们换词，换一个绝对不可能答对的。"

然而再难的词也玩不过那两个开了挂的人。两个人一番眼神交流后，江寻猜出了词语，导演吼出了一句"震撼"。

屏幕上一时间挂满了网友们刷出来的问号，不关弹幕已经无法看清节目的内容了——

"这是怎么猜出来的？江寻有特异功能？"

"姐妹，这不是特异功能吧，这两个人绝对有问题。"

"路转粉了，顾未在台下的样子太讨喜了，这么可爱的男团主舞，有什么理由不喜欢。"

"我们也震撼了，导演你并不孤独。"

"我不懂，为什么这种词都能眼神交流啊？顾未刚才明显是想回避这个词啊。"

"我不管，我宣布，我要常驻他们的超话了，这是什么默契啊！"

"江寻笑起来的时候感觉好温柔啊，他一直在鼓励顾未，我为什么又粉上电竞圈的了？"

"姐妹们，微博见！"

综艺开播后不到半小时，顾未和江寻就被送上了热搜。顾未打开微博的时候看到了好几个相关词条——"江寻顾未""顾未并不是没有综艺感"。

网友们发的相关讨论也很多——

一个追星小号: "纯路人,之前只知道TATW,但是没怎么关注。今天妹妹拉着我看的这个综艺太好看了吧!之前营销号是故意抹黑吧?我要笑死了,谁说顾未没有综艺感?营销号果然不可信!"

想不出名字取名真难: "我为什么要打开《逃之夭夭》?这两个人配合得也太好了吧!"

吃别人的窝边草: "@逃之夭夭官方微博,第二期安排一下,搞快点。"

小刺猬家的晴天娃娃: "'耐人寻未'超话,新来的姐妹们进来找一下组织,签到打卡的赶紧了。"

叮咚要陪未未走花路: "粉了粉了,江寻太照顾未未了吧!请问有粮吗?我已经迫不及待了。"

由于《逃之夭夭》综艺的播出,"耐人寻未"微博超话与粉丝群的人数在短时间里暴增,连带着顾未和江寻的微博粉丝数也在以肉眼可见的速度上涨。

小刺猬家的梨梨子: "之前骂人的可以散了,顾未不是没有综艺感,他是没遇到对的人!江寻和顾未给我冲呀!"

综艺增加了话题的热度,关注的人数逐渐增加。与此同时,那几个热搜词条里,掐架的网友也越来越多。

用户75643453: "顾未是谁?最近为什么总是在热搜上看到他,很有名吗?"

KOGHF: "没什么名气吧,不过脸没话说,跳舞也是真不错,那个腰、个腿,啧啧。估计是他们公司买的热搜吧,是常规操作了。这两个人除了综艺没什么关系吧?最近不知道顾未他们公司在想什么,总盯着江寻炒作营销,很败路人缘的好吗?"

用户97876675: "无语,欺负江寻不是娱乐圈的,没团队?肯定是了,顾未抄袭一生黑,求他家粉丝不要洗。编舞那件事过后,我对顾未就是喜欢不起来。"

八千里路云和月: "烦不烦?每次一提顾未你们就把那什么编舞的事情拿出来说,有完没完啊?顾未和江寻在录综艺,有点话题不是很正常吗?"

用户97876675: "那是事实,又不是我编出来黑他的。"

TMW 勇往直前："散了吧，我不知道顾未是谁，也懒得管，寻神有可能只是想玩一玩，什么欺负不欺负的。娱乐圈的掐架还动得了江寻吗？莫非还没人扒过江寻的家世？不说他爸江争了，江寻自己手头也有好几家娱乐传媒公司的股份吧，只不过他为人比较低调，精力全放在电子竞技这边了。"

这些质疑的声音很快淹没在庞大的信息海中，短短的时间内，新生的超话已经很活跃了。

小刺猬家的晴天娃娃："喜欢自取，送给姐妹们的福利，综艺中截取的双人精修图。"

晴天娃娃发了九张图片，顾未点开看了看，发现他和江寻在综艺里的很多瞬间都被粉丝们截了动图，还加上了滤镜。为首的那张动图上，江寻拉着他一把抢过工作人员手上的钥匙，向教学楼外跑去，两个人脸上都带着笑。

顾未录综艺的时候没有发现，现在看来，他们在第一次合作中就有了默契。

小刺猬家的可可豆："呜呜呜——我好了，我喜欢的弟弟太甜了，未未真的一点都不高冷，江寻也和我想的不太一样，他们私底下的关系应该也不错吧？"

糖炒鹅卵石："不知道未未现在有没有和我们一起看综艺？好想知道未未看综艺时的表情啊！江寻那么忙，可能不会看？不知道他们会不会在微信上聊综艺的事，啊啊啊！我在想什么！"

小小小小鸟："大家低调一点，不要打扰到他们。毕竟这两个人不同圈，弟弟工作很忙，江寻也时常要打比赛，我们不能影响他们的工作状态。"

从最初认识到现在，顾未对江寻有了不少改观，对他们建立新的关系也不再那么抗拒。但他其实不太擅长处理人与人之间的关系，也不太懂如何与人形成亲近的关系。他怕伤害自己，也怕冷落了别人。父母失败的婚姻，孤单的童年，曾经被人利用过的经历，让他很难有勇气再迈出脚步。可江寻似乎是不同的。

江寻原本在专注地看综艺，渐渐发现顾未时不时地看看手机，再看看他，看看电脑屏幕，又看看他，一副欲言又止的样子。

"你想对我说什么？"江寻暂停播放视频。

顾未没想到江寻会突然回头，吓了一跳，挡了一下手机屏幕。

"你躲什么？"江寻奇怪地道，"微博上有什么我不能看的东西吗？"

顾未："没有……"是他对过去心有芥蒂。

江寻的手机放在桌边，屏幕上突然蹦出了几条来自江影的微信消息，他发了几张图片过来。

大钳蟹："坦白从宽，抗拒从严，你跟我对家走么近干什么？"

大钳蟹："身为我这个黑红流量的哥。"

十万伏特："所以？"

大钳蟹："你的行为要检点一点。"

十万伏特："呵呵。"

大钳蟹："而且妈不是让你顺带照顾照顾朋友家那个孩子吗？你净忙着上热搜了吧？"

大钳蟹："你还能不能懂点事了？"

十万伏特："其实那个'朋友家的孩子'是……"

大钳蟹："不要说了，人还在俱乐部吧，别看综艺了，去陪人家玩吧。"

十万伏特："行吧。"

十万伏特："我谢谢你哦。"

顾未对这个热搜有什么看法，江寻也很想知道。于是他伸出手抓住顾未椅子的把手，借着椅子下的转轮连人带椅子往自己身边拉，直接把江影发来的热搜截图推到了顾未面前。

江寻问："未未，你看到这个是什么心情？"

"看到什么？"顾未好奇地接过江寻的手机。

顾未没看到江影和江寻的聊天记录，只看到了一张微博超话的截图，心想，这不就是他正在思考的问题吗？

"这里也有我的粉丝，怎么我就不能看了？"江寻掰开顾未的手指，果然，手机屏幕上呈现的是一样的内容，"说话，是不是？"

"没有不让你看。"顾未反驳，"我只是……"

"行啊。"江寻把椅子往他身边又挪了一些，"那一起看。"

顾未心想，一起看综艺就算了，现在为什么还要一起刷他们两个人的微博超话呢？

"这么不乐意？"江寻伸手戳了戳他的脸颊，"不想看到你的名字和我的出现在一起？"

顾未低头道："没有，我不是这个意思。"

江寻翻开了自己和张导的聊天记录，说："原本张导看了我们拍摄的录像之后，打算借着我们在节目里的表现营销一下，给节目带点热度的。这是圈里的常规操作，你应该不会不知道。"

顾未是知道的，但他感觉不太对。综艺里，他和江寻的热度超出了他的想象。

"原本？"

"对啊，原本。"江寻说，"不过张导请的营销号和水军一个都没上，我们就已经上了热搜了。张导刚才还跟我夸你天赋异禀，请你的钱没白花，节目组捡了个宝贝，既有综艺感，又有观众缘。"

顾未顿时沉默了，综艺感和观众缘，在网友口中从来都是他身上没有的东西。

"心情不错？"江寻捕捉到了他微勾的嘴角，"叫声哥哥来听听，我再夸你几句。"

顾未犹豫："你……"这家伙得寸进尺。

其实这并不是什么刁难，只是对他来说，每向前迈出一步都需要莫大的信任和勇气。

顾未的手机突然响了，是赵雅打来电话，打断了他的思考。

"赵姐，怎么了？"顾未接通电话后问。

"《明明如月》提前开机，明天下午你得准备进组了。"

"这么快？"顾未有些意外，"可是明天……"

明天是江寻的生日，他都计划好了要给江寻过生日，而且生日礼物也要明天才会送到。

"明早你助理会过去接你。"赵雅说，"还有，热搜的事情，能给你带点热度是好事，但考虑到你是黑红，有一群人每天蹲点骂你，所以你不可以总上热搜。近期你和江寻不要来往太多，防止再被拍到。距离下次综艺录制还有一阵子，热度自然会降下来。"

顾未看了看身边的江寻，说："好，我们不会来往太多的，赵姐放心。"

赵雅那又交代了关于进组需要注意的事情，然后随口问道："我听穆悦说你这几天在休息，没在公司的宿舍里，也没带安保和助理，你去哪里了……"

"在我这里。"江寻的声音从顾未背后传了过来。

顾未："呃……"

赵雅："呃……"

顾未明显感觉到,电话另一端的赵雅陷入了诡异的沉默中。

顾未这两日格外低调,TATW的其他成员统一口供,一律说不知道顾未去了哪里。赵雅以为顾未只是回家之类的,出于关心问了一句,却没想到当红男团的主舞已经被别人带跑了。赵雅刚看完《逃之夭夭》的第一期,立刻听出了江寻的声音。随着节目的播出,这两个人的超话热度逐渐升高,媒体正想逮着他们编点故事,顾未居然在这种时候跑到江寻的地盘上去了?

赵雅定了定神,开口道:"江总,我们未未给您添麻烦了。"

考虑到江寻的多种身份,赵雅挑了一个这种场合下比较合适的称呼。

"别,太见外了,叫江寻就好。"江寻在顾未身边说,"不麻烦,未未很听话。"

赵雅犹豫片刻,还是说:"你们最近还是少接触比较好,微博上的热搜你们大概已经看到了,胡编乱造得太厉害,总归对你们都不好……"

"对我没什么不好的,我的成绩是靠自己打出来的,不是靠热搜买出来的,与这无关。"在电子竞技上,江寻有着自己的自信,"至于未未,你们公司给他立的又不是什么乱七八糟的人设,进行正常的社交为什么要紧张呢?"

顾未还算好说话,可江寻却不好说话,这么一通说下来,赵雅立马哑口无言,恨不得连夜让助理去把顾未从TMW俱乐部给捞出来。

"放心。"江寻说,"TMW俱乐部很安全,没人会偷拍,也没人会出去乱说。"

顾未听不下去了,安慰赵雅:"你放心,我明早就和穆悦去剧组。我在这里也是为了我的剧本和人物小传,都是工作,你不用担心,早点休息吧。"

赵雅有些无奈,一个个的都让她放心,但她真的没办法放心。江家手头控股的有好几个影视、娱乐传媒公司,江寻人不在娱乐圈,想高攀他的人却不在少数。所以顾未会出现在江寻的地盘,赵雅着实有些惊讶。她以为他们两个人并不认识，只是在节目中配合导演营业，没想到他们在镜头背后的关系也算得上要好。可是，和江寻走得太近，微博上必然有黑粉要说闲话，顾未到底知不知道他在干什么？

好在电视剧明天就要开机了，她相信江寻只是图个一时的新鲜，只要两个人几天不见，他们话题的热度就会淡去。

江寻结束当天的训练时已经过了零点，回宿舍时发现顾未还在看剧本。

"怎么还不睡？"江寻抽走了他手中的剧本。

剧本显然已经被顾未翻过很多遍，上面还有各种批注。

"在等你。"顾未说。

"等我？"从顾未口中听到这种说法，对江寻来说的确算得上新鲜，他问，"你明天是不是还要早起？"

"江寻，生日快乐！"顾未放下剧本，给江寻送上了生日祝福。

江寻忙着训练，自己都把生日给忘了，却没想到深夜回到宿舍，还有一个熬着不睡的人在等他。

"你睡眠不好，还不早点睡。"江寻拿顾未没办法，只好说，"过来。"

顾未坐在床边，看江寻找出吹风机，插上插头，要给他吹头发。

"可以不吹的。"顾未说，"反正自己会干。"

"这话谁教你的？秋天天气凉，要是感冒了，你还怎么拍戏？"江寻坐在他身边，按了吹风机的按钮，"下次再不吹头发，我就要教训你了。"

热气扑面而来，顾未眯了眯眼睛，头不自觉地往江寻手心的方向蹭了蹭。江寻那双好看的手正停在他的发间，时不时揉过他的发顶，带来温暖舒适的感觉。在他的记忆里，从小到大，好像从来没有人帮他吹过头发，这种感觉还挺新奇。

过了一会儿，江寻关掉吹风机，抬手帮顾未擦掉睫毛上的小水珠，说："差不多了。"

顾未坐在床边，心里有点过意不去。现在已经过了零点了，江寻的生日到了，可他几个小时之后就要走，不仅不能陪人家过生日，还麻烦人家给他吹头发。大概是这份从来没体验过的温暖让他有些迷糊了，礼物要早上才能到，可他现在就想让江寻开心。

顾未低头思索了片刻，突然抬头看向江寻，说出了自己的决定："江寻，我给你跳舞吧，就你之前点的那个。"

江寻正在脱 TMW 的队服外套，拉链刚拉到底，听见了顾未的话，着实有些意外。

"好啊。"小朋友自己送上门，江寻自然不会拒绝。他拎着队服站到门边，把房间的中央留给了顾未。

这种女团舞顾未和 TATW 的成员私下训练的时候也跳着玩过，但是在舞房外跳，这还是第一次。刚才他脑子一热说要跳，现在面对江寻，他又觉得有点难为情。不过跳舞到底是他喜欢的事情，音乐一响起，那些情绪就全被他抛到了脑后。

江寻还是第一次这么近距离地看顾未跳舞，这和台上加了灯光特效的感觉很不一样，小偶像穿着睡衣站在房间里，只跳给他一个人看。

音乐响起时，顾未的眼神瞬间一变，就好像他在任何地方都能跳出舞台上张扬的感觉，哪怕此时他的观众席上只坐了江寻一个人。很多动作被顾未处理得非常帅气，很有他的个人风格。他音乐踩点分毫不差，动作也到位，丝毫不拖泥带水。背景音乐走到尽头，顾未定格在最后一个动作上，像平时在舞台上对粉丝做的那样，向前伸手，带着点坏笑，咬了一下嘴唇，Wink 的同时钩了钩手指。

一舞结束，他还没来得及问问观众的感想，就看见江寻走过来，把还在微微喘气的他按坐在椅子上。

江寻双手搭在他的肩上，居高临下地看着他，问："这是送我的生日礼物吗？"

顾未一愣，随即摇头："这个不算……天亮了我买的礼物才会来，这顶多算是个生日祝福……"他只是想让江寻开心。

"但我很喜欢。"江寻低头看着他的眼睛，说，"在舞台上，你的观众那么多；在这里，你的观众只有我，多少让我有点受宠若惊。"

江寻又说："而且你对我，似乎也没之前那么拘谨了。"

"是你自己要看的啊……"其实江寻也没说错，相较于最初的生疏与拘谨，江寻离他的世界又近了一些，他的逃避心理在江寻这里无效。

江寻见好就收，说："去洗漱休息吧，你明天是不是还要早起？"

顾未主动和江寻说了晚安。

赵雅催得急，穆悦一大早就来接顾未了。

这段时间穆悦和顾未混熟了，开始跟顾未抱怨赵雅："你这不是好好的吗？寻神人也挺好，不知道赵姐在紧张什么。"

"哥，我走啦。"捂得严严实实的顾未对着江寻挥手，"你记得收礼物，绝对是最适合你的。"

"知道了。"江寻伸手帮顾未把有点歪的帽子扶正，"下次还敢来玩吗？"

顾未没回话，虽说 TMW 的俱乐部是江寻的"老巢"，但江寻除了点名要他 Solo，其他都还好。下次他还敢不敢来，值得思考。

"去工作吧。"江寻没刻意要他回答，轻轻推了他一把，"我抽空去剧组看你，有想问的专业问题，在微信上联系我。"

"那……生日快乐。"顾未弯了弯眼睛。

顾未的车向远处驶去，不久后，另一辆车在俱乐部门口停了下来，有人把包裹搬到了俱乐部的前台。

"我有点好奇你家小明星会送你什么生日礼物？"大早上的，West 强打起精神，蹲在训练室门口看江寻拆包裹，"是名表还是衣服？或者我们往其他的方向猜一猜？"

"我也很期待。"熊仔也来了，"我觉得是吃的，如果是吃的，能不能给我分一点呢？"

江寻也很期待，但是鉴于顾未"前科"太多，顾未说的惊喜他到现在都十分谨慎，毕竟他们对惊喜的理解不太一致。不过这次的礼物顾未似乎是精心准备的，无论箱子里是什么，都是顾未的心意。

在队友们期待的目光下，江寻用裁纸刀划开了箱子，箱子的最上面是一张贺卡，写着：哥，生日快乐，日常训练辛苦了，希望你的世界可以清新起来。

贺卡上还画了个"憨憨脸红"的表情包。

江寻拿开贺卡，只见箱子里满满当当摆了上百个罐头。

"这什么？"熊仔一脸茫然地看着江寻拿起一个罐头，伸手拉开盖子，可罐头里是空的。

West 拿起来看了看，里面真的什么都没有。

江寻又开了一个，依旧是空的。罐头的外壳上印着茫茫草原，草原上方写着七个醒目的大字——"呼伦贝尔好空气"。

江寻有点无语——顾未送了他整整一箱空气。

顾未算算时间，江寻应该已经收到了他送的生日礼物，不知道有没有很惊喜。训练室里有时会很闷，所以他觉得自己大概是给江寻挑了一份最合适的礼物。

穆悦开始给他交代下午的工作："下午《明明如月》剧组那边需要先拍个定妆照，根据剧本的要求，你是需要染头发的。"

"我知道。"顾未点头，剧本他反复看过，角色特点他十分清楚。

"还有一件事。"穆悦提醒，"我记得这个剧之前男一的角色是你的？"

"对。"顾未说，"不过后来说是要让贺澄来演，就给我换了男二的角色。"

当时他也失落过、埋怨过，不过现在，他更喜欢自己要去演绎的那个少年。

"我要说的也是这件事。"穆悦说，"抢你角色的那个贺澄是网红出身，这次是带资进组，咖位不如你，但素质貌似不高，粉丝骂人也厉害。赵姐的意见是让你跟他少起冲突，一切以拍戏为重。"

"我不会的。"顾未向来对圈里的这些操作没什么兴趣，能接到电视剧，对他来说已经是一次难得的机会了。他认真准备了很久，请教了公司的老师，还去了江寻那里，为的就是能够好好诠释这个角色。

"还有。"穆悦又提醒道，"弟弟，赵姐让你别忘了综艺的微博营业，其他四位嘉宾都完成转发接龙了，你转江寻的微博就好了。"

这个顾未的确忘了，他打开微博，发现江寻昨天在他睡着以后就已经完成了微博的营业任务，转发微博配的文案是"下期见"。

《逃之夭夭》综艺的第一期获得了网友们的认可，当晚几大平台播放量第一，并且成为众多社交媒体上的热议话题，综艺第二期即将开始录制的消息瞬间调动了网友的热情。

花生味树皮："求神仙节目组赶紧安排，想看江寻顾未在节目中更多的互动！"

炸鸡年糕coco："应该不可以，顾未好像要进组了，他接电视剧了，我记得是男二来着。一开始他定的角色似乎是男一，后来不知道为什么换了。不过无所谓啦，未未演什么我都会看。"

布谷鸟叫了："小道消息，听说《逃之夭夭》下期是恐怖主题，场地正在准备，全员古装，经费超多。怎么办？我想给节目组打钱，只求能快点开始录。"

TATW12月新年演唱会了解一下："石昕言加油，团粉看好你，下期记得把顾未从江寻手里抢回来。"

顾未还记得赵雅的嘱托，不能让某些话题野蛮生长，于是他这次转发时在输入框里只打了简单的一句话——"下次见"。想了想，他又感觉语气太冷漠，附加了一个微博自带的欣喜表情。

转发微博后，他原本想切回自己的微博主页，看看有没有转发成功，手机屏幕上方却突然刷出了一连串的消息，TATW的群又开始活跃了。

守得云开见月饼："早呀，顾未未。"

爱我请给我打钱："哥哥们早。"

清晨的太阳啊："我看微博显示今天好像是寻神的生日，顾未你给他送礼物了没？"

爱我请给我打钱："当然送了，我挑了好久的。"

守得云开见月饼："说起来，未未你之前说的那个朋友……不会是寻神吧？"

爱我请给我打钱："是……"

傅止："呃……"

Stone："呃……"

守得云开见月饼："未未你这脑回路，寻神会不会觉得我们团里盛产憨憨？"

爱我请给我打钱："你骂我？"

守得云开见月饼："我现在有点好奇你给江寻送的生日礼物是什么。"

清晨的太阳啊："我也好奇。"

Stone："我现在有一种不好的预感。"

爱我请给我打钱："我送了呼伦贝尔好空气。"

爱我请给我打钱："是不是很上心？我挑了好久，觉得还是这个最合适。"

傅止："呃……"

清晨的太阳啊："呃……"

Stone："呃……"

守得云开见月饼："呃……"

接着，群里忽然蹦出一条新消息——"您已被移出群聊"。

顾未顿时满脑子问号。

"怎么了？"穆悦发现他表情不对。

顾未气呼呼地说："我觉得我们团里可能有四个坏人。"

顾未走后半小时，江影拎着大包小包，气喘吁吁地闯进了 TMW 的训练室。训练室里，四位在业界以勤奋闻名的职业选手竟然反常地没在训练，而是在围着一箱空气罐头发呆。

"你感觉神清气爽了吗？"熊仔心惊胆战地深吸了一口传说中的呼伦贝尔好空气。

"好……好像是有点吧。"SK 不太确定了。

"你闻到空气的甜味了吗？"熊仔不甘心地道，"一口几十块呢。"

"好……好像有点吧。"SK 又说。

"哥！生日快乐！"江影把礼物往椅子上一放，"啊啊啊！我终于溜出来了！你说的和我认识的那位朋友呢？快放出来让我看看，妈特地让我给他买了好多礼物呢。"

"不巧，半个小时前刚走。"江寻说，"不然，你们大概还能给彼此一个惊喜。"

"这是什么？"江影坐在椅子上，从箱子里拿出一个罐头。

江寻说："生日礼物。"

"他送的吗？"江影问。

江寻还是打算给江影透露点消息："对，这个是你对……"

"好有心啊！"江影打断了他的话，夸起了罐头，"这礼物真好，我以后也要给别人送这个，非常实用的礼物，很适合你啊！哥。"

江影一脸理所当然，江寻的队友们哪敢讲话，同时看向江影，陷入了自我怀疑之中。

江寻沉默片刻后开口："那你们……应该有很多共同语言。"

保姆车快到剧组订的酒店时，穆悦接到赵雅打来的电话，神色瞬间就不对了。

顾未问："怎么了？"

"弟弟，"穆悦深吸一口气，"你好像，转错微博了。"

"不是转江寻的那条吗？"顾未一边问，一边再次打开了微博。

TATW-顾未："下次见。//@TMW-Xun：不好意思，在教一个小冤家玩游戏，造谣的、吃瓜的都散了吧。"

完了！他的确是从江寻的主页转的微博，但转发的是江寻前天发的另一条微博，在江寻那条微博的下面，无数人都在猜测那个敢让江寻亲自陪玩划水的"小冤家"是谁。而他，冤家本人，偏偏错转了那条微博，还带了个"欣喜"的表情，短短十几分钟里，转发下面的点赞和评论已经过万。

顾未欲盖弥彰地删了这条微博，转发了正确的微博，就当无事发生。

他说："就说我转错了，应该可以看出来是营业失误……"

穆悦看着他操作，还是忍不住提醒了一句："那什么……赵姐说不少人都截了图，你和江寻的超话可热闹了。赵姐让我看着你，没收你的手机，这段时间的营业全部由我代劳，你安心拍戏就行。"

赵雅的原话是非要揍这两个闭眼营业的家伙，鉴于这话太惊世骇俗，穆悦没敢说。在穆悦心里，双人超话的出现是正常现象，赵雅作为资深经纪人，在这一点上多少有点大惊小怪了。

顾未性格好，私生活也很干净，从来不摆架子，也不乱发脾气，虽然有时会给人若即若离的感觉，但穆悦已经很满意了。只是转发失误而已，顾未能惹什么事啊？他和江寻私下也没太多联系，赵雅说的话穆悦一个字都不信。

顾未被一脚踢出了TATW的群，现在还因为营业失误要被没收手机，多少有些垂头丧气。但他还是把自己的手机交给了穆悦。

穆悦比他大几岁，见他十分失落，忍不住安慰道："没事，弟弟，你工作的时候手机就暂时放我这里，结束工作我就还给你。你不说我不说，赵姐不会知道的。"

"好。"顾未朝她笑了笑。

穆悦还没来得及说话，顾未刚刚递过来的手机立刻在她手里振动了好几下。她自然而然地低头，目光落在了手机屏幕上。

寻哥："你经纪人是不是又唠叨你了？"

寻哥："别管她，走自己的路，让网友编排去吧。下周还来玩吗？"

寻哥："我还想看你跳舞，还想让你陪我一起熬夜。"

穆悦顿时震惊得瞪大双眼，这两个人私下的联系超出了她的想象，或许赵雅的担心不是没有道理的！

互联网是有记忆的，微博上，自打顾未营业失误之后，一张微博转发的截图就在"耐人寻未"超话里飞快流传——

小刺猬家的晴天娃娃："宝贝们，快来看看。"

薄荷糖："啊啊啊！虽然知道顾未一定是手滑，但我还是宁愿相信这是真的。"

可乐考啥都会："呜呜呜——还有一个多月就考研了，我竟然天天在这里刷。未未是不是进组了？他们是不是好久都见不到了？"

用户796756546："烦不烦，一天天的，就看到你们顾未在这里蹭江寻的热度。顾未无耻，谢谢。能别营销了吗？江寻没空理他好吗？前两天江寻还亲自陪真正的好朋友玩游戏，那才叫关系好行吗？顾未别再贴过去了吗？他配吗？什么转发失误，蹭热度才是真的吧！蹭了江寻和综艺的热度之后，顾未涨了多少粉，你们心里不清楚吗？"

小刺猬家的晴天娃娃："@用户796756546，关你什么事？骂来骂去就那几句话，你烦不烦？谁给你的脸出来蹦跶？姐姐出十倍！"

小刺猬家的小雪花："姐妹太猛了，这个是职业黑粉吧？我看他微博里全是打卡式骂人的动态，赶紧举报了，我去@一下小刺猬反黑站。"

顾未被没收了手机，没看到这段掐架。

到了剧组，顾未被化妆师带去化妆。穆悦坐在休息室里，拿着手机看微博上的舆论动向，主要是按赵雅的要求盯一下顾未的对家和几个职业黑粉。不过最近她盯梢的对象又多了一个——江寻。

穆悦刷到了一条热门微博："江影和顾未的粉丝又掐起来了，原因是有人剪了个引战的视频，问这两个人谁的粉色染发造型更好看。"

这两家粉丝的掐架在整个娱乐圈都是有名的，仿佛一天不掐就浑身难受，永远看不到握手言和的那一天。穆悦不稀罕这个，刷出了下一条热门微博："TMW战队全员发微博称今日训练室的空气格外清新。"

穆悦没看懂，什么鬼？这是电竞圈的黑话吗？这应该和顾未没关系吧？不用汇报。

顾未睁开眼睛，看着化妆镜里的自己，觉得有些陌生。他之前为了录制综艺特地染的黑发不见了，取而代之的是一头叛逆的银灰色头发，刚好与书中对角色的描写相契合。这部剧要拍上好一阵子，顾未估计自己这段时间都要顶着这个发色见人了。

为了符合角色这一阶段的性格，化妆师特地在眼尾的位置加深了他的眼妆，使那双好看的桃花眼带上了几分少年人的骄傲。少年看人的时候，既满不在乎又满腹心事的模样就这么体现出来。

《明明如月》的前半部剧情，就是围绕四个人刚成年时的生活展开的。顾未扮演的缪梓晗在这一阶段完全就是个叛逆少年的形象，和家里闹着要去当青训生，好几段感情激烈的戏都是围绕他展开的。

穿着校服、披着齐肩发的宣绘桐走进化妆室，停在顾未身边，跟他打了个招呼。宣绘桐是当红流量小花，在这部剧里饰演的是女主乔曦。顾未也跟她打了招呼，镜子里的两个人穿着同样的校服，形象与气质却形成了鲜明的对比。

"帅气。"宣绘桐说，"很有少年感。"

顾未站起身把校服整理好，说："你也很好看。"

"香水不错。"宣绘桐对着镜子调整自己头上的发卡，"木质香调很好闻。"

顾未："呃……谢谢。"

他没有用香水的习惯，木质香调，这让他想起了之前萦绕在身边的木质茶花冷香。这种味道应该是江寻身上的。他这几天的确和江寻走得有些近了。

贺澄从两个人身边路过，跟宣绘桐打了个招呼，特地忽略了顾未。然而顾未在想香水的事情，压根儿就没看到他。

官宣之后不久，《明明如月》的官方微博终于放出了四位主演的定妆照。原作在连载的时候人气就居高不下，一年前传出影视化的消息之后，更是引发了不少议论。现在演员定妆照终于放了出来，立刻被送上了微博热搜第一位。

手可摘星辰："男一就那样吧，男二好看，书粉还算满意，别的暂不评价。等作品吧，希望不要魔改。"

你丑你说什么都错："这么大的 IP，为什么要让贺澄这个网红来演男主？"

红糖发糕："宣绘桐太美了，书粉表示已经满意了，宁遥演的女二也好看。"

哈哈哈："感觉男女主没什么 CP 感，倒是扮演缪梓晗的演员挺好看啊，感觉很符合角色，眼神很有灵气。"

大橙子澄澄："顾未粉丝拉踩有意思？顾未人气不行，演技又差，演不了男一还拉踩别人，看着难受。"

低调的小刺猬："@大橙子澄澄，有事？官宣一出一直在嗷嗷叫的难道不是你们吗？"

澄澄我喜欢你："抄袭一生黑！黑料那么多还出来洗，迟早糊。"

官方微博下面，各家粉丝的评论中夹杂着各种网友的争论。与此同时，还有一部分人在围观网友掐架。

TMW 的训练室里，江寻刚打完一场队内练习赛，就听见江影"啧"了一声。

"你还没走？"江寻问。

江影搬了把凳子守在训练室门口，以他那知名的坏脾气，没人招惹他，他暂时也不打算走。

"在看什么？"江寻走到他身边问。

"在监视对家的动态。"江影说。

"不是我说你。"江寻说，"你要是把你拉踩和攒黑料的精力放一半到你的演技上，也不至于被黑成那样。"

"那不一样。"江影常年被黑，心态稳得很，"工作和爱好不能混为一谈，生活那么无聊，人总得有几个爱好。"

江寻懒得和自己爱好攒黑料的弟弟扯歪理，问道："你对家有什么动态吗？"

"这个。"江影举起手机给他看，"新剧的定妆照，他好像是演你同行。我在想，我染这个银灰色的头发应该更有看头，但是我最近要拍戏，肯定是不行的……"

江寻的目光停留在剧组官方微博刚刚发出的定妆照上，顾未早晨离开的时候还是柔顺的黑发，短短半天时间里，小偶像又变了一副模样。顾未的颜值完全可以驾驭这样的发色，化妆师化的眼妆给顾未营造出了一种桀骜不驯的少年感，照片上的顾未穿着剧中的队服对着镜头笑，眼中已经有了入戏的感觉。

这些日子里，江寻见过顾未贴满了小字条的剧本和人物小传里的人设分析，知道他为了这个角色有多么努力。

"挺好看的。"江寻夸了一句。

"是啊，挺好看的。"江影心不在焉地接了一句，"算算时间，我们这两部戏好像同时拍完，播出的时间好像也差不多，到时候说不定又是一波对打……"

他话还没说完，就看见江寻的手指移到了点赞的位置，给那条微博点了个赞。

"为什么？"江影问，"那是我对家！"

"你对家挺好看的。"江寻理所当然道，"我表达一下我的欣赏。"

"行吧。"江影不情不愿，江寻有刷微博点赞的自由，他管不着。

江寻看着他的手机，皱了皱眉，感觉自己好像忘了什么事情。

"胳膊肘往外拐啊，哥。"江影小声嘀咕。

一分钟后，没发现什么问题的江寻已经回去训练了，盯着微博界面的江影终于发现了问题。

江影："啊这！"

江影："江寻！"

江影："你脑袋进水了吗？"

江影："这是我的微博大号！"

易晴正叼着棒棒糖、顶着乱糟糟的头发路过一队训练室，被江影的吼声吓得绊了一跤。

易晴蹲下身揉了揉扭到的脚踝，装模作样地叹了一口气，往楼下走去。

"谁知道你今天是用大号吃瓜？"江寻被江影吵得脑壳疼，摘下耳麦，"你那二十多个小号平时难道不是轮着用吗？"

而且他真的是看见顾未的照片就顺手点了赞，完全忘了当时拿的是江影的手机。说起来，的确是他理亏。

"我不管。"江影说，"我的尊严没了，你得赔给我。"

"怎么没了？"江寻不太能理解他对掐架的执着。

"我粉丝天天帮着我跟对家的粉丝掐架，结果我竟然给对家的定妆照点赞？我的面子往哪里搁？"江影站在江寻旁边讲了十几分钟的道理。

最终，江寻宣告失败，借出了自己的微博，看着江影征用自己的微博打榜。

江影终于不气了，心满意足地把手机还给了江寻。

"为什么要打榜？"江寻看完了他操作的全过程，默默记在了心里。

"因为可以提高人气，带动宣传，对我们这些流量明星来说还是挺重要的。"江影给他科普了一把打榜的重要性，"人气有了，资源就来了，广告啊、剧本啊、代言啊，这些都是跟着流量走的。"

江寻若有所思地点点头，继续训练去了。

江影的点赞果然在两家的粉圈引起了轩然大波，顾未的粉丝把这看作对家的挑衅，江影的粉丝则把这看作自家偶像的宣战——

小刺猬家的仙贝贝："未未在剧里的扮相真好看，感觉他完全能够驾驭角色，这是要大火的节奏啊！江影赞什么赞？安的什么心？"

浮光掠影："吃瓜手滑吧，求某些人别把自己看得太重要，一个 IP 剧的男二而已，不被书粉骂就不错了，还想大火？"

毛茸茸的小刺猬："行了行了，有什么好吵的，小刺猬专注未未，不撕，你看到谁在撕了？那都不是小刺猬。"

永远爱江影："我也不想和你们撕，别成天盯着江影了，江影最近拍戏很忙的。"

小刺猬家的晴天娃娃："呜呜呜，你们不要吵，没必要，真的没必要。"

傍晚，顾未终于结束了工作，坐在化妆室里等着卸妆。半天下来，他和其他人熟悉了不少。平时不太爱搭理人的宣绘桐是他们团洛晨轩的粉丝，拉着顾未问洛晨轩的各种日常，还找顾未要洛晨轩的签名。

宁遥是一家公司签的新人，在几个主演中人气最低，为人比较低调，笑起来有些腼腆，在这部戏中饰演女二程琳雅，和顾未搭戏。

顾未抽空和宁遥对了戏，两个人就角色做了些交流。倒是贺澄那边，顾未依旧没能说上话。他觉得贺澄似乎对自己有些敌意，毕竟一个下午他就收获了对方不下三个白眼。只是他没必要和每个人都做朋友，所以对于贺澄的态度他也没多想。

顾未正准备回酒店，穆悦叫住了他："手机给你。"

顾未从穆悦手里接过手机，总觉得她有点欲言又止。

屏幕上有三条来自江寻的消息，顾未好像突然懂了穆悦一整个下午欲言又止的眼神是因为什么。熟悉他的人都知道，对于微信好友，他平日里要么不给人备注，要么就直接记名字，江寻这个备注明显不一样。顾未本能地想改回原来的备注，然而他刚要点开资料卡界面，江寻的聊天框上方突然出现了"对方正在输入……"的字样。

江寻正在输入消息？顾未忘了要改备注的事，有些紧张地等着江寻的消息，然而那行字却消失了，对话框里半天没有动静。江寻想说什么？怎么又不说了？顾未有些失落，可他尚未察觉这失落是什么，就接到了赵雅的电话。

"工作很累？"赵雅听出他兴致不高，"怎么没精打采的？"

"不累。"顾未打起精神，回答了赵雅几个问题。

他正准备挂电话，却听见赵雅又问："怎么回事？不让你和江寻打交道，就这么没精神吗？"

顾未："我没有。"

赵雅叹了一口气，说："不是我不让你和他打交道，我没理由管你这个，只是你现在事业正处于上升期，黑红的身份还没摆脱。你如果和江寻走得太近，以他的身份、热度，以及他在圈里的地位，会把你推到风口浪尖。"

"赵姐。"顾未打断她的话，"你放心，我有分寸。"

"真的？"赵雅不信。

"真的。"顾未说，"你看，我和江寻都很忙，同框的时间寥寥无几。"

"长点心啊，弟弟。"赵雅挂断电话。

回到酒店，江寻的消息依旧没来。不知为什么，顾未觉得心里有点空荡荡的。倒是他们团的微信群，一到晚上就又热闹了起来。而且一个下午不见，这群人还把群名给改了，原本的"TATW冲冲冲"变成了"我们不憨"。

守得云开见月饼："打游戏，来？"

清晨的太阳啊："可。"

傅止："走红毯，没空，你们玩。"

Stone："三缺一，顾未呢？晚上没工作吧？出来打游戏啊！"

清晨的太阳啊："@爱我请给我打钱，人呢？"

顾未反手就是一张"微笑"表情包。

爱我请给我打钱："你们还记得中午对我做过什么吗？"

顾未中午被这群人一脚踢出微信群，一个下午过去了，依旧愤愤不平。

守得云开见月饼："操作失误，都是一个团的，计较啥呢？"

清晨的太阳啊："@爱我请给我打钱，团魂，懂吗？不要斤斤计较，要友爱。"

爱我请给我打钱："行吧。"

游戏界面里，三个花里胡哨的游戏角色已经准备就绪，其中一个还顶着个硕大的南瓜头。

"未未来了没？"池云开问。

"来了。"顾未在队内频道说。

"来。"洛晨轩说，"让我们看看，经过寻神的一番教导，你有没有变强。"

事实证明，顾未并没有变强，"菜"不是一朝一夕就能解决的。他操纵着自己的游戏角色跟在三个人后面乱跑，心不在焉，丝毫感受不到这个游戏的乐趣。

"啊，寻神到底教了你什么？"池云开玩到叹气，"未未，你在寻神那里都做了些什么？"

做了什么？这个问题让顾未迟疑了一瞬，脑海中瞬间回想起了这几日在江寻身边的场景。

他在午夜的训练室看着江寻的侧脸；在夜深人静的宿舍和江寻说晚安；江寻给他吹头发、逗他说话；他守着零点跟江寻说生日快乐，还有……

"未未！"耳麦里传来洛晨轩的声音，"发什么呆！"

一阵嘈杂的声音过后，顾未的三个队友全趴下了。在这个游戏里，角色倒地之后如果队友及时去救，就不会被淘汰。

池云开："快快快！扶我起来。"

石昕言："未未，快！马上进决赛圈了，先扶我，然后我来。"

洛晨轩："救救我，赶紧的！"

顾未："好，马上来。"

他不过是发了个呆，就变成了全队的希望，一时间压力很大。

顾未刚要操纵自己的角色走过去，屏幕上方突然跳出一条提醒："'寻哥'向你发起了视频聊天。"

顾未犹豫了，旁边的队友还等着他救，江寻的视频邀请他到底该不该接呢？

"未未。"池云开的声音有些颤抖，"你手上拿的是什么？"

顾未的视线回到了游戏主界面中，不知什么时候，他手上的平底锅不见了，取而代之的是一颗手雷。下一秒，手雷炸了，全队没了，池云开、石昕言、洛晨轩同时哀号了一声。

"刚才我们为什么不去斗地主？"池云开悲痛地问，"为什么？"

顾未回到了微信界面，迅速编辑消息，想为自己刚才的失误道个歉。

爱我请给我打钱："对不起，刚才手机突然有消息进来。"

爱我请给我打钱："我不是故意的，刚才不小心点错了。"

爱我请给我打钱："再给我一次机会吧！"

他又用"憨憨脸红"的表情包来示好了，然而群里再次刷出一条新消息："您已被移出群聊。"

顾未愣住了，看啊，珍贵的团魂一天之内已经被踢出群两次了。

提示音再次响起，江寻又一次向他发起了视频邀请。顾未平复好心情，终于点了"接受"。

酒店楼下的某个房间里，穆悦正在电话里和赵雅讨论工作。

"不要心疼他，手机该没收的时候还是得收。"赵雅交代，"他手滑一个赞点出去，消停了两天的网友又开始闹了。"

"我知道的。"穆悦说，"未未工作很认真，一个下午都很投入。"

"我知道他认真，他是我带过的最省心的一个，就是偶尔要帮他撤热搜。"赵雅说，"他刚才和我说他和江寻关系也就那样，所以他去江寻那里只是为了工作，是这样的吗？"

"是……吧。"穆悦支支吾吾，"他们是录综艺发展起来的普通朋友，你也看到了……未未录综艺的时候玩得很开心。"

"这倒也是。"赵雅说，"先前录《一起流浪》的时候，我就没见过他这么有精神。这次他的综艺感也很好，不但圈了不少粉，还没有黑料漫天飞，江寻的确把他的综艺感给带出来了。"

穆悦帮着顾未说话："所以您不用太过担心了。"

"黑他的人太多了，我们每走一步都得小心翼翼。"赵雅叹道，"这样吧，保险起见，拍戏这段时间刚好把他们隔开，团队这边先观望，我亲自去找他说说。"

顾未接通视频电话后，江寻出现在了他的手机屏幕上。

"江寻？"顾未问，"你怎么……"

他怎么不发消息，而是直接打了视频电话？

顾未拿着手机左右晃了晃，想找个比较合适的角度。

"别动。"江寻说，"我本来想给你发消息的，但临时又有些事，处理了半天。"

江寻像是刚洗完澡，只简单地披了一件睡衣。

"你上午才看的。"虽说如此，但顾未之前那种没等到消息的失落感渐渐消散了。

"新剧造型挺好看的。"江寻说，"网上的评价很好。"

顾未的心情立刻好起来，惊喜地道："真的吗？我还怕我驾驭不了这个发色呢。"

"能让我揉揉就更好了。"江寻随口道，昨天给小朋友吹头发时掌心柔软的感觉他依稀还记得，很舒服。

顾未心道：做梦，接下来的十天半个月你都揉不到。

江寻说："可惜了，接下来的半个月我都见不到你，等我打完比赛就去剧组看看你。"

"那你……要去训练吗？"说到比赛，顾未又想起了江寻那没日没夜的训练，"你别老熬夜啊。"

这段时间他们两个人都要忙起来了，顾未隐隐有些失落。

"现在不去。"江寻说，"晚间休息时间，打扰一下你。"

"未未。"江寻拿了毛巾在擦自己的头发，手机大概是放在了桌上，只听他问，"说起来，我中午给你发的消息你怎么没回？"

说起这个，顾未又想起了今天转发微博发错了的事，说："因为营业失误，经纪人让助理没收了我的手机。"

江寻也想起了下午江影跟自己提过的事情，说："那不算失误吧，那条微博说的不也是你吗？"

可是粉丝们不知道啊，顾未心想，他也不能让粉丝们知道，不然粉丝们一通胡编乱造，大概赵雅整个人都要不好了。

江寻倒是不计较这个，换了个问题："你刚才怎么没接我的视频电话？在忙什么？"

"刚才……"顾未刚被踢出群聊，有点无奈，"在玩游戏。"

"还是上次那个游戏？"江寻上次在酒店帮顾未打过一次，因为太容易，毫无游戏体验感。

顾未点头："对，他们三缺一，拿我凑数……然后，你发了消息，我就稍稍走神……把他们全炸死了。"然后他还被踢出了微信群。

江寻瞧见了他脸上一闪而过的失落，立刻明白发生了什么。

"你上游戏吧。"江寻说，"我补偿你。"

"嗯？"顾未没明白。

江寻又说："我带你玩。"

顾未有点迟疑："可是我很菜的。"

"不怕。"江寻莞尔，"上线，在游戏里也能聊天。"

顾未退出视频，重新进入了游戏，接受了江寻发来的邀请。看到江寻的游戏名竟然是"皮卡皮卡"，他忍不住笑了。

"和我一起玩游戏就这么高兴？"江寻的声音从耳机里传来。

"笑你的名字。"顾未说，"怪可爱的。"

顾未发现，游戏界面上还有两个人。那两个名字顾未并不熟悉，他自然而然地把他们当成了随机匹配的路人。

江寻的游戏角色是新建的，穿的还是系统赠送的衣服。

"先前我和你提过，我不常玩这个。"江寻说，"江影玩得比较多，不过带你足够了。"

TATW 的微信群又偷偷改了新的名字——TATW 中老年棋牌室。

傅止："刚走完红毯，冻死了。"

傅止："谁又改群名？"

傅止："顾未怎么又不见了？这个群怎么又只剩四个人了？我才把顾未拉回来的啊！"

傅止："人呢？"

守得云开见月饼："队长稍等，我们在斗地主。"

傅止："那你赶紧的。"

三分钟后，群成员都回来了。

Stone："好了，打完了。"

清晨的太阳啊："神清气爽。"

守得云开见月饼："果然还是斗地主这种修身养性的中老年游戏更适合咱们团的团魂玩。"

傅止："我刚看了一下，顾未的游戏账号还在游戏中，他没和你们玩吗？"

守得云开见月饼："太菜了，带不动啊！"

傅止："不会吧你们，为了一个游戏，你们就把自家主舞给踢了？"

Stone："他竟然还在玩？"

清晨的太阳啊："我觉得我们可以观个战，看顾未在线坑队友。"

Stone："嘿嘿嘿——好主意啊！"

守得云开见月饼："我觉得可以，我想看看还有谁和我们一样战况惨烈，找找乐子。"

TATW 的四个人纷纷打开游戏，开始围观顾未的游戏过程。

五分钟后。

守得云开见月饼："嗯？"

清晨的太阳啊："啥？"

Stone："假的吧？他这队友都是哪儿找来的？"

傅止："嗯，谁在带他？"

守得云开见月饼："这走位、这意识，这是人吗？"

清晨的太阳啊："我来录个屏。"

守得云开见月饼："他这是从哪里抱的大腿，名字还叫什么'皮卡皮卡'。"

傅止："其实我有个想法。"

Stone："不会是我想的那个人吧？"

守得云开见月饼："很有可能……我酸了。"

清晨的太阳啊："信不信，未未会一直菜下去的，因为他现在根本就不需要进步。"

游戏里，顾未看着江寻的操作，目瞪口呆。厉害是很厉害，但是他游戏体验感全无。

更糟糕的是，江寻一边在游戏里打人，一边还在逗他说话。

"厉害吗？

"感觉怎么样？

"会了吗？开心吗？

"这边有个落单的，我打残血（指游戏角色生命值很低）了留给你吧。"

顾未玩游戏的时候不太爱说话，可江寻很照顾他的感受，一个个问题抛给他，让他能跟上游戏的节奏。

频道里的两个"路人"一开始安静得很，直到江寻第五次把敌人打残血，让顾未补刀时，终于有人忍不住了。

"路人"开了个麦："队长，您收敛一下吧，刚才那四个人是一队的，同样的'死'法，他们会去贴吧开帖吐槽的。"

"菜成这样，还想输得有尊严吗？"江寻的声音听起来理直气壮。

他又问："是不是啊，未未？"

那两个"路人"熟悉的声音一出，顾未才意识到他们竟然都是江寻的队友。冠军队的三个成员竟然同时在游戏里带他这个划水的，江寻哄人玩的方式真的很特别。所以，顾未由衷地表达了自己的感谢。

"不谢，只是哄一下辛苦了一天的小朋友。"江寻漫不经心地说，"真想谢我，下次还来陪我熬夜就行。"

门口传来敲门声，顾未一局游戏没打完，只好一边塞着耳机，一边捧着手机去开门。

"在打游戏吗？"穆悦举着手机，站在门口小声问。

顾未点了点头，露出疑惑的神色。

"赵姐打你电话没打通，打到我这里来了。"穆悦小声说，"好像是有新的工作。"

"我来接。"顾未轻声说。

"弟弟，说工作就行，不要提江寻，赵姐她考虑得比较多。"穆悦继续用气音说，"我刚把她的毛给顺好，你悠着点。"

顾未会意："好的，你放心。"

他接过穆悦的手机，对电话那头的赵雅说："赵姐，刚才可能是信号不好，我没接到您的电话，有什么事您说……"

顾未正想把开着游戏的手机放到一旁，然而一个没拿稳，手机突然从手里滑了出去。他反应飞快，但只抓住了耳机线，耳机被从插口拔了出来。顾未察觉到了危机，穆悦同样感受到了。两个人同时伸手都没能抓住下落的手机，手机摔在地上，但游戏还在进行，游戏里的对话一刻也没停止。恰逢一局游戏打完，屏幕上跳出了最后的名次。

与此同时，江寻的声音传了出来，不巧手机外放的声音开得还挺大。

江寻："怎么样，未未，和哥哥一起玩，舒服吗？"

顾未："呃……"

穆悦："呃……"

电话另一端的赵雅："呃……"

房间里的两个人暂时陷入了短暂的沉默之中。

"你说……她听到没？"顾未用口型问。

"肯定听到了。"穆悦隔着电话都能想象出赵雅的脸色了。

"要不先给她挂了？"顾未小声提议，"过几天我们再一起顺毛。"

穆悦："呃……"

"顾未！"赵雅的声音从手机里传出来，"你到底在做什么！"

她一直以为顾未是团里最好带的一个，虽然黑红，但人很乖，现在看来真是一点都不乖。不久以前，顾未还信誓旦旦地跟她说，除了工作，他和江寻绝对不会有什么私下的联系，可现在呢？

顾未已经被江寻刚才的那句话给问蒙了，犹豫道："赵姐，我没做什么，我就是和江寻玩一会儿，我们……"他真的只是睡前打个游戏啊。

穆悦眼前一黑，刚才的毛是白顺了，让顾未别提江寻，他一开口就带上了，还越描越黑。而且，明明这房间里只站着两个人，此刻却有四个人在聊天。

江寻的声音还在从顾未的手机里传出来："未未，在和谁说话？还玩吗？"

赵雅觉得顾未大概是她带过的最难的一届，直接道："他不玩。"

"顾未闭嘴。"赵雅说，"让江寻接电话。"

"可是……"顾未想说的是，江寻也不在这屋啊。

"嘘。"穆悦示意他别再说话，把两部手机并排放在柜子上，说，"弟弟，给赵姐留点活路吧。"

于是，顾未就看着他的手机和穆悦的手机你来我往地聊了起来。

穆悦的手机："江总，顾未是我们公司的艺人。"

顾未的手机："叫江寻就好，太见外了。"

赵雅语速飞快："谁和你不见外啊，你离我们顾未远一点，他黑红黑红的，可不敢沾江大少爷的热度。你找不到人玩吗？非要扯我们公司顶流男团的主舞？"

江寻半点也没否认："非要。"

赵雅头疼道："你不能这样，顾未明天还要工作的。"

顾未一听这话就知道赵雅是因为江寻刚才的话误会了，然而他还来不及解释，江寻就又说话了："我保证适度玩游戏，不干别的，毕竟未未也很喜欢。"

没毛病，这真的只是玩游戏。但江寻嘲讽惯了，说什么落在赵雅耳朵里都不太对。

柜子上，两部手机继续谈判。穆悦听不下去了，把顾未拉到门外："你让他们聊。"

"我们真的只是在玩游戏……"顾未试图解释。

"我知道。"穆悦脑袋疼，"可赵姐她考虑得比较多。"

穆悦又说："你和江寻……关系似乎比我想象中要好？一开始我以为你们只是在综艺里有合作，现实中你们几乎是两个世界的人，但后来我又觉得似乎不是这样的。江寻对你比我想象中要重视，而你也并不是只把他当成工作中的合作伙伴，对吧？"

顾未靠着走廊的墙，低着头，没有出声。

穆悦说的其实没错，最开始他并不想认识江寻。自从当初编舞的事情过后，他对突然出现在自己生活中的人都或多或少会抱有敌意，这样的敌意表现在日常的言行中就是过分礼貌与疏离。但江寻是不同的，普通朋友不会手把手地教他玩游戏、给他讲解电子竞技的知识，不会想方设法闯进他的生活中，更不会努力逗他说话甚至试图打开他的世界。

"我大概明白了，其实我们不介意你和江寻走得近，只是有些东西……还是要考虑。"穆悦委婉地转述了赵雅的话，"说起来，你们两个人在综艺录制之前就认识？我总觉得有点不可思议，像是两个各自独立的小世界交叉在了一起。"

顾未把这段时间发生的事情跟穆悦简单地说了说，从他爸深夜的电话到加他好友的某个"小学生"，还说了他和江寻之间啼笑皆非的误会。

"他和我最开始想的不太一样。"顾未说，"网上骂得那么厉害，和他走得太近，我会影响到他吗？"

"江寻有说过你会影响到他吗？"穆悦问。

"那倒没有。"顾未说。

"你看，你会把你以为的事情放在别人身上。"穆悦说，"你为什么觉得你会影响到他呢？这个世界上有那么多喜欢你、支持你的人，在他们心里，你是耀眼的。"

"在江寻心里，我也是吗？"顾未问，"可是我还不够好，我想成长为真正耀眼的人。"

他想成为不辜负粉丝的期望，站在江寻身边也毫不逊色的人。

穆悦叹气道："未未，你还真的就是个弟弟。"

"有很多东西，你自己去问江寻。"穆悦说，"我想他应该很乐意看到你的回应。"

顾未和穆悦回到房间时，两部手机已经结束了谈判，一切风平浪静。

"未未，好好拍戏吧。"赵雅说，"其余时间随你，你只要别又被黑，其他事情我都不多管。"

顾未应声："好。"

他不知道江寻和赵雅到底聊了点什么，赵雅好像奇迹般地接受了现实。

顾未洗完澡正准备睡觉，想起江寻说过要把头发吹干，便拿起了桌上的吹风机，拍了一张照片给江寻发过去。

爱我请给我打钱："寻哥，我今天吹头发了。"

寻哥："好的。"

寻哥："早点休息，比赛打完了就去看你。"

爱我请给我打钱："其实我有点好奇，你跟我经纪人都说了些什么？"

寻哥："我就说了我想蹭你的热度，谁骂我们我就要骂谁。"

爱我请给我打钱："呃……"

这确实是他们江家的风格，顾未懂了，难怪刚才赵雅的语气里有一种饱经世事的沧桑感。

寻哥："不早了，睡觉吧，明天好好工作。"

寻哥："有事给我打电话。"

顾未的手机相册里，原本保存的一些江寻撑人的表情包不知什么时候被很多张江寻的赛场特写照取代了。看着照片里江寻的侧脸，顾未缓缓勾起了嘴角。

他吹完头发，原本是打算吃药睡觉的，忽然想起在江寻那边的几天，他似乎没怎么依赖助眠药物就入睡了。

顾未正准备睡觉，然而微信群又有了动静，他又被拉了进去。

守得云开见月饼："好酸哦。"

清晨的太阳啊："未未和寻神一起玩得开心吗？"

Stone："你已经不需要努力了，继续菜下去吧。"

守得云开见月饼："我记得江寻最近又要打比赛了，居然比赛前还记着陪你这个菜到家的玩游戏。"

守得云开见月饼："我们要的签名呢？"

顾未发了一个"愤怒"的表情包。

爱我请给我打钱："我是这个群的流动人口吗？"

爱我请给我打钱："我要睡了。"

傅止："等会儿。"

傅止："先别睡，交流一下队友感情。"

顾未来了点精神，这是 TATW 团的睡前保留环节。他们都在公司宿舍的时候，会聚在客厅里，一个人捧一个队长傅止从家里带来的大茶缸，然后看看论坛上的狗血帖子，什么小三插足、婆媳关系之类的。但是在这种大家都很忙的时期，大家就会直接在群里分享链接。

Stone："今天我来。"

Stone 发了一个链接。

Stone："这个带感，看起来还是圈内人？"

顾未点开链接，看起了帖子："我有个对家，我很认真地在当他对家，可我最近发现我哥和我对家关系不错，这不是胳膊肘往外拐吗？而且我哥不缺朋友啊，最近还认识了一个性格不错的朋友，也是圈内的啊。怎么着，我哥还想跟我对家有点故事吗？"

傅止："这剧情我喜欢，就很带感。"

这剧情带感是挺带感，但是顾未觉得，这个帖子里说的事情有点眼熟。

发帖时间是二十分钟以前，楼主的名字叫"天光云影"。

顾未想了想，有点不放心，还是翻出了对家的微信号。

爱我请给我打钱："你睡了吗？"

大钳蟹："有事说事。"

爱我请给我打钱："你在干什么？"

大钳蟹："打榜，外加收集各种黑料。"

大钳蟹："有事？"

对家的态度一如既往地高冷，每一个标点符号都充满了不耐烦，顾未这才放心了。

爱我请给我打钱："没事，你加油，早点休息。"

不是他，这帖子应该和江影没关系，应该是自己想多了。

小说改编的电视剧《明明如月》如期展开拍摄，顾未正式投入了剧组的工作，经常请教剧组的老师，还和其他演员一起交流剧情。

周末的傍晚，刚拍完一场戏的顾未穿着戏里的高中校服，披着穆悦给他拿来的厚外套，看男女主角对戏，宁遥也在。

宣绘桐不愧是当红流量小花，演技称得上纯熟，梳着马尾辫的她从教室外一路跑进来，把一本书甩在了贺澄面前。

顾未当初接到这部剧后特地去补了原著，知道这一段是男主最先对女主动心的戏，宣绘桐把女主乔曦那种少女蛮不讲理的性格表演得很到位。接下来的台词顾未和宁遥都记得，贺澄应该站起身来，从乔曦的口袋里抽出一封乔曦刚刚收到的情书。

于是，顾未看着贺澄站起身，从宣绘桐的口袋里抽出了信封，眼神还算到位，然后面对着镜头开口："一二三四五六七。"

围观的穆悦和顾未都震惊了。这段台词并不长，可贺澄竟然记不下来。

另一边，宣绘桐面不改色地念完了自己剩下的台词，连眼神都没变，导演喊了"过"，这一段就算是过了。

"他怎么可以这样？"宁遥有些费解，她经过一遍遍试戏才拿到了女二的角色，对每一场表演都尽心尽力，可贺澄怎么可以这么不认真地去对待一个角色。

"打算后期配音吧。"顾未看出了贺澄的目的，这种情况并不少见。

"后期配音怎么会有原声好？他那口型都不对，《明明如月》是一部很好的剧，如果可以，我希望每一个角色都能被好好诠释。"宁遥不解，"我听说，他是带资进组……"

"嘘……"顾未连忙阻止。

宁遥入圈时间不长，原本就心直口快，最近几天和顾未混熟以后，有什么话当场就说了。

刚拍完一场戏的贺澄恰好路过他们身边，大概是听见了宁遥的话，神色倨傲地停下了脚步。

"巧了，我也不太想和有抄袭黑历史的人一起拍戏。"贺澄说，"也不知道导演是不是看中了某些人黑红的流量。"

站在顾未身边的穆悦一听，就知道这是找事的来了。

宁遥也恨自己刚才一时嘴快说错了话。

穆悦正要开口，顾未却先一步说话了："你对流量有什么误解吗？流量又不是什么丢人的事情，为什么要嘲？"

"说得好。"宣绘桐也走了过来，状似无意地加入了话题，"像我，有演技又有人气，为什么导演不能用？"

贺澄哼了一声，转身走了。

"对不起，都是我乱说话。"宁遥赶紧道歉。

宣绘桐朝她摇了摇头，也走了。

"弟弟，你和贺澄有过节？"穆悦有些担心，"他怎么老对你翻白眼？说话也阴阳怪气的。"

"随他。"顾未说，"我本来就黑红，没必要让每个人都喜欢我。"

穆悦点了点头，顾未说的没错，大家只是在一起工作，私下摆什么脸色都是自己的自由。不过她还是有点担心，顾未的戏份会逐渐增多，后期需要男一和男二对戏的地方也不算少，到时候可千万别出什么事。

顾未收工回到酒店时，已经将近晚上九点。他洗漱完毕，有些迫不及待地打开微博，查看近期国内季后赛里 TMW 的成绩。

TMW 又在热搜上。今晚的半决赛里，TMW 的成绩和积分都遥遥领先，解说激动的声音落在顾未耳边，屏幕上是他已经能看懂一些了的游戏界面，屏幕下方是戴着耳机正在指挥的江寻。

江寻近日很忙，可每晚依旧会给他发消息，让他早点休息。

每逢 TMW 有比赛，就是赵雅头疼的时候。因为这个时候，TATW 团里那四个江寻的死忠粉必然会成天躁动，专心关注比赛动态，工作状态极其差。"池云开耍大牌，粉丝见面会玩手机""洛晨轩疑似被公司压榨，精神状态不好""石昕言演唱会划水，心不在焉"等类似的热搜词条，一般都是在 TMW 战队比赛期间传出来的。

顾未记得，很久以前，赵雅曾经跟公司抱怨过，怎么 TATW 团里的人基本上都是江寻的死忠粉，也就不追电竞比赛的顾未能给她带来一些安慰。现在这安慰大概是没了，顾未没变成江寻的死忠粉，而是直接变成了江寻"想蹭的热度"。赵雅前几天给穆悦打电话交代工作的时候还抱怨过，她以前看到顾未的热搜都是眉头一皱，现在则是身躯一震。

TMW 那条热搜一出，TATW 的微信群里又热闹非凡。

傅止："TMW 太强了，当前积分排名第一！"

守得云开见月饼："不愧是江寻，厉害啊！"

清晨的太阳啊："我好了，我感觉浑身上下又充满了工作的动力。"

Stone："未未，江寻这次的成绩太漂亮了！"

爱我请给我打钱："我发现我能看懂了。"

爱我请给我打钱："真的很厉害。"

顾未看着微博上新放出的江寻特写照，不知不觉按下了保存键。他渐渐意识到，江寻的比赛状态不会受到任何人的影响，是漫长的籍籍无名的岁月造就了如今处于巅峰位置的江寻。

傅止："哇，微博好像有点热闹啊！"

守得云开见月饼："好像掐架了，我去看看。"

五分钟后，TATW 派去微博吃瓜的队长和池云开回来了。

守得云开见月饼："开始撕了，TMW 的青训生和 T&K 的主队队员掐起来了。"

Stone："T&K 无耻，淘汰了就在微博骂江寻，名次在他前面的有那么多人，结果他只盯着江寻骂？"

清晨的太阳啊："醉了，什么烂人啊，为什么连我们未未一起骂？"

爱我请给我打钱："啊？"

顾未切回微博才发现，今晚半决赛里被淘汰的 T&K 成员发了一条骂人的微博。

T&K-Wind："TMW 决赛必败，江寻成天和顾未这种不三不四的黑红小明星混在一起，也没见得有多专心于电竞事业。"

顾未看到的时候，这条微博的评论区已经沦陷了，其中有几条评论的 ID 还颇为眼熟。

小刺猬家的晴天娃娃："您有问题吗？您缺爱吗？自己实力不够输了比赛怪江寻？我们哥哥又怎么得罪你了？为什么要骂未未？不行，气死我了，你给我等着！"

小刺猬家的雪饼："真是无语了，这什么素质，输了就乱喷人吗？"

江影 KANI："哟，您输成这样还好意思来吗？"

TATW- 池云开："啧，不好意思，我们小明星的流量能压死你。"

在这些评论的最上端，顾未看到了那条所谓的"掐起来"的评论。

TMW-Sunny："话越多越菜，上号 PK 敢吗？输了发微博给顾未道歉。"

T&K-Wind："来！青训生还这么狂。"

TATW 的微信群从刚才开始就彻底安静了下来，好像队友们都跑去看那个 Sunny 的 PK 直播了。顾未在 TMW-Sunny 的微博主页里找到直播间的链接点进去，游戏已经开局了。不过顾未的注意力倒是不在游戏上，他发现这个 Sunny 他竟然见过。

屏幕里的小姑娘年龄和他相仿，梳了个哪吒头，左边头顶盘起的头发散落几缕。她漫不经心地叼着棒棒糖，身后的背景是 TMW 俱乐部的训练大厅。这是顾未那天在江寻的房间里见过的那个情绪好像不太稳定的小姑娘，小姑娘的名字……顾未记得，好像是叫易晴。

Wind 一开始是不把 TMW 的青训生放在眼里的，答应易晴的约战也是为了出气。然而他渐渐发现，这个看起来年龄不大的小姑娘其实并不简单。

"太菜了，你输了。"易晴往椅背上一靠，咬碎了嘴里叼着的棒棒糖，漫不经心地笑道，"给队长还有顾未道歉，不许诋毁我心目中最好的他们。"

Wind 灰溜溜地走了，十分钟后，他删除了先前那条发泄的微博，重新发了一条。

T&K-Wind："我为自己刚才的不当言论向顾未和 TMW 的江寻道歉。"

很快，TMW-Sunny 转发了这条微博，江影跟着转发了，随后 TATW 男团的成员们也转发了。顾未眼睁睁看着这条道歉微博的热度越来越高，连刚刚结束战队采访的江寻也转发评论了。

TMW-Xun："不服就打到你服，为什么要骂小朋友？"

由于大晚上的这段掐架，以及易晴口中那句"最好的他们"，"耐人寻未"的话题又一次被顶上了热搜——

小刺猬家的晴天娃娃："我可以受委屈，但是江寻和顾未不可以！他们谁也没做错什么。"

红糖馒头："TMW 的那个青训生太帅了吧！呜呜呜——江寻也下场帮着说话了，他和顾未的关系其实挺好的吧？"

一只棕熊宝宝："哈哈哈！TATW 全员追电竞的传言是真的吧？我看到他们 Rapper 下场了，队长还点赞了。他们团怎么回事？一到战队比赛期间就忘记偶像身份了。"

未若柳絮因风起："你们有没有感觉江寻是在护着顾未啊？他本来可以不发言的。我不管，他们就是最好的！江寻和顾未好久没同框了吧，什么时候录综艺啊？我命令他们立马见面！"

双人超话的热度更高了，赵雅大概又要头疼了，顾未准备上微信问问江寻正在做什么。

爱我请给我打钱："哥，半决赛恭喜啊，指挥的时候太帅气了。"

爱我请给我打钱："决赛也要加油！"

平时他的信息江寻都是秒回，今天他却半天没等到江寻的回复。他有点困惑，又发了一条。

爱我请给我打钱："哥，睡了？"

寻哥："来了，没睡。"

寻哥："刚才在刷微博。"

爱我请给我打钱："在刷什么？"

爱我请给我打钱："是你们队的 Sunny 直播碾压隔壁队 Wind 的那条热搜吗？"

寻哥："在看我们的双人超话，'耐人寻未'，怪有意思的。"

顾未拿着手机的手一顿，全微博都在关心江寻的后续比赛，可这个人却在看超话？

顾未在微博上刷了太多"耐人寻未"超话的消息，原本想找江寻聊天说点别的，结果江寻竟然光明正大地在刷超话，也不知道他目前刷到了什么地步。

顾未迟疑了半晌，还是决定问问。

爱我请给我打钱："那……你看到什么有意思的东西了？"

寻哥："他们是最好的！"

寻哥："就问他们什么时候再同框！"

寻哥："江寻和顾未怎么那么好！"

顾未一愣，差点就以为自己看到了活粉。他不久前刚看完江寻赛前放狠话的视频，视频里的江寻又冷漠又帅气，评论里全是粉丝的称赞，然而现在——江寻却在微信上装网友逗他。

他真的想不出来，江寻到底是以什么样的心态给他发出了刚才那几条消息。这个人啊，不仅看了他们的双人超话，还把网友们在里面的发言学得有模有样。

爱我请给我打钱："哥。"

寻哥："嗯，像不像？"

爱我请给我打钱："像，但是……"

爱我请给我打钱："你要记得你是个电竞选手，不要学那一套。"

寻哥："不行。"

爱我请给我打钱："呃……"

寻哥："过几天打完比赛，路过那边，我去看看你吧。"

顾未心中有些雀跃，正想回消息，江寻却直接发来了视频邀请，他想也没想就接受了。

　　江寻刚结束赛后采访，还穿着 TMW 的黑色队服，入目就是战队熟悉的荆棘缠绕弓箭的 Logo（标志）。顾未以前倒没觉得有什么，可自打开始追 TMW 的赛事之后，每当看见 TMW 的队服，看到身穿战队队服的江寻，他心里就会涌起激动的情绪。

　　"看我的比赛了吗？"江寻问。

　　"看了。"说到比赛，顾未格外兴奋，"你指挥得太好了，他们都说你打得很稳。"

　　"请问这位假粉，你不会又在截我的表情包吧？"江寻半信半疑，毕竟顾未有前科。

　　"不。"顾未坐正了身子，"哥，我宣布我现在粉的不是你的表情包，是你。"

　　他说这话的时候，声音不自觉地比平时稍稍大了一些。

　　江寻明显察觉到了他的变化，笑了笑，说："未未，我问你一件事。"

　　"什么？"顾未问。

　　江寻问："现在，你还想对我敬而远之吗？"

　　顾未没料到江寻会突然问这个问题，有些措手不及。可转念一想，最开始他的确抱有这样的想法。然而现在，他不想再退缩了。他不够耀眼，但他依旧想接近耀眼的江寻，江寻身上有很多他无比憧憬的东西。穆悦说得对，江寻也许很乐意看到他的回应，只是他不知道该怎么做。

　　"未未。"江寻说，"我们先互粉吧。"

　　"互粉？"顾未不解，"我们在微博上已经互相关注了啊。"

　　"不只是微博互粉。"江寻耐心解释，"你成为我的粉丝，而我也成为你的粉丝，我们要看到彼此的过去和现在。"

　　直到这个视频通话结束，江寻的声音还一直回响在顾未耳边。这个互粉的提议真的很特别，他们从做粉丝开始一点点了解对方的过去和未来，对顾未来说，这样的方式的确可以一点一点打开他的世界。

　　他其实是有些担心的，毕竟他的黑料那么多，他怕江寻看到网上那些不堪入目的话语。但是，他确实如江寻所说的那样，在逐渐由江寻的假粉变成死忠粉。现在的他和从前的他，有了一些不同。

国内的比赛对 TMW 来说并不困难，T&K 战队骂人的小插曲完全不会影响 TMW 的成绩。TMW 战队的积分越来越高，遥遥领先。

　　顾未这几天除了拍戏就是跟着 TATW 的几个哥哥一起追江寻的比赛，整个团都沉迷于电子竞技之中。临近决赛的前两天，顾未又接到了赵雅的电话。若不是赵雅提醒，他都快忘了自己还接过一个叫《一起流浪》的综艺了。

　　"提醒你一下，后天《一起流浪》的第五期就要开始录制了，到时候我会把你的档期空出来，剧组这边也已经协商好了，穆悦会给你安排。"赵雅提醒，"另外，我知道你不想录这个综艺，但你没办法拒绝。你注意不要和蒋恩源起冲突，对于你之前的黑料，我们最好的办法就是冷处理。"

　　"好……我知道了。"最近一段时间，顾未被骂也有江寻护着，他几乎忘了那种被网络暴力的低迷状态。只是之前接的综艺还是得录下去，这是他的工作。

　　《一起流浪》的前三期，他都在被全网嘲笑。第四期，他在北欧小镇遇见了度假的江寻。第五期没有江寻，不知道他又会录成什么样子。

　　"对了。"赵雅想起了一件事，说，"这个综艺每期都有飞行嘉宾，但是只有正式录制的时候你才会知道飞行嘉宾是谁。所以，我给你一个建议。你如果和其他几位嘉宾难以相处的话，不妨和飞行嘉宾搞好关系，还可以挽救一下你的节目效果。"

　　这些顾未都明白，他也知道自己不能带着情绪录节目，所以他跟赵雅保证，不管第五期的飞行嘉宾是谁，他都会和对方好好相处。

　　"啊，还有一件事，虽然我真的不太想告诉你。"赵雅的语气中带着点无奈，"这期录制的地点在 C 市。"

　　C 市？顾未睁大了眼睛，这不是江寻近期打比赛的地方吗？

　　"我一定好好工作，保证不被黑上热搜。"顾未的声音里有些自己都没觉察到的欣喜。

　　赵雅在电话的另一端揉了揉眉心，道："好好工作，和飞行嘉宾好好相处，不许去见与节目无关的人，听到了没有？我会让你的助理盯着你的。"

　　"好的好的。"顾未满口答应。

时间仿佛被拉长了，顾未也不知道自己在期待些什么，总觉得拍戏的时间过得非常慢。

　　男二缪梓晗的生活远不如男一那般像个童话故事，顾未和所有新人演员一样，入戏慢，出戏也慢，这给他带来了不小的困扰。有的时候，心情被剧情影响，晚上回酒店后，他就会戳一戳江寻的微信。

　　那天收工以后，顾未和几个演员一起回酒店，还和宁遥聊了几句。

　　"我总觉得你对每个人都很温和。"宁遥说，"却又感觉有些若即若离。"

　　"是吗？"顾未笑了笑。

　　"我也不知道怎么说。"宁遥解释，"你明明站在我面前，我却觉得你离我很远。我很想知道，这样的你，有谁能抓到吗？"

　　有谁能抓到吗？顾未心里倒是有个模模糊糊的答案。他一直觉得自己轻飘飘的，漫无目的，找不到方向。可最近，他竟然也有了落地的渴望。他正要往深处思考，酒店门口的两个身影引起了他的注意。

　　"你们是来做什么的？"顾未让安保拦下了那两个人。

　　"我们住在这里。"为首的女生背着长焦相机，态度很差，"你别管，让我们进去。"

　　宁遥皱眉道："这里被剧组包了，你们不可能住这里，你们是怎么跟过来的？"

　　顾未反应很快，立刻确定地说："抱歉，你们不能进去。"

　　这是安保工作的失误，安保负责人给在场的几位演员道了歉，那两个人却很不高兴，当场就对着顾未和宁遥说了几句难听的话。

　　"十八线小明星狂什么？你有粉丝吗？"背着相机的女生骂完了宁遥，又指着顾未骂，"还有你也是，作品没几个，唱歌不行，演戏也不行，成天就知道蹭热度。蒋恩源没计较你抄袭他的编舞，你还摆出一副清高的样子博同情！你凭什么跟我们澄澄一起演戏？"

　　这话已经说得很难听了，宁遥和顾未助理的脸色都沉了下去，示意安保把这两个人赶走。

　　这时，贺澄从车上下来了："喂，你们在做什么？"

　　"澄澄，我们好喜欢你啊！"那两个人立刻迎了上去，"我们是特地来看你的，打听了好久才找到这里，他们还让人赶我们走。"

她们一边说一边把相机推到贺澄面前拍照，还伸手去摸贺澄的手，有一个还扯了贺澄的衣服。

"顾未，你为什么赶我的粉丝？"贺澄一边给两个人签名，一边回头质问顾未。

"他脑子是不是有毛病？"宁遥在顾未耳边小声说。

顾未摇了摇头，让宁遥别说话，对贺澄说："这种人不是粉丝。"

"我们哥哥宠粉。"那两个私生粉达成所愿，转身走了，边走还边说，"不像某些连编舞都要抄袭的人，只能拥有黑粉，迟早得糊。"

贺澄瞥了顾未和宁遥一眼，也转身走了。

"照他这样纵容下去，迟早得出事。"宁遥气不过。

顾未摇头，说到底，这是贺澄的态度，他们管不着。

一直在旁边没说话的宣绘桐朝顾未和宁遥笑了笑，跟着自己的团队一起走了。

圈里什么样的人都有，贺澄的态度顶多让顾未觉得意外，但他不会深究。他在准备《一起流浪》第五期的录制，自打赵雅给他透露了拍摄地点后，他心里的抗拒便烟消云散，取而代之的是隐隐的期待。

一天后，顾未乘坐的航班在 C 市降落，节目组派来的车也早早地在机场等候。

"还有一位嘉宾要来，我们再等一会儿。"工作人员怕顾未等急了，赶紧解释，毕竟很多明星的脾气都不太好。

"我们没关系。"顾未说。

"应该是等那位飞行嘉宾。"穆悦抬头说，"刚好你们可以打个招呼，录节目的时候也可以配合着来。"

顾未也是这么打算的，他一边等人，一边点开了微信，给江寻发了个定位。

爱我请给我打钱："寻哥，看！"

江寻没打字，直接给他发了语音。

寻哥："怎么来了 C 市，录节目吗？"

爱我请给我打钱："对，录《一起流浪》的第五期。"

寻哥："刚好我明天打完决赛，到时候可以去找你。"

爱我请给我打钱："好呀！"

赵雅说过，让顾未好好录节目，不许见与节目无关的人，但江寻不是无关的人。

爱我请给我打钱："我要好好工作，经纪人让我和飞行嘉宾搞好关系，我会加油录好节目的。"

车门被人从外面拉开，应该是飞行嘉宾到了。顾未从车座上往外看，看到了一个戴着帽子、口罩和墨镜，捂得严严实实的人。那个人正在安保的簇拥下向他这边走来，周围还有不少粉丝。

江寻又发来一条语音消息，顾未下意识地按了语音播放。同一时间，飞行嘉宾手扶着车门跨入车内，然后摘下了帽子和口罩。

顾未震惊了，飞行嘉宾怎么会是他！

"又见面了，真不好意思，之前那个香水的代言被我拿到了。"江影坐在后座上，看向身边的对家，"想不到吧？我是这期节目的飞行嘉宾。"

顾未的第一反应是吃惊，第二反应是伸手拼命去按手机音量的减号键。然而江寻的语音还是播放了出来，只是声音越来越小。

江寻："恰好我们都在 C 市，等我比赛完……"

顾未觉得他的挽救应该是比较及时的，但不知道江影听到了多少。

江影的动作停顿了一下，目光扫过顾未手上的手机，又不着痕迹地扫向了车顶。

顾未立马转过头去，以极快的速度和穆悦进行了一番眼神交流。

顾未：你说他听到了多少？

穆悦：不知道，也许没听到，也许全听到了。

穆悦困惑：我有一个问题。

顾未：你说。

穆悦：你对家知道你和江寻近日关系不错吗？

顾未：我不知道他知不知道，但看起来应该不知道……

顾未回头看了一眼对家，这综艺挺绝的，江影知道综艺里有他，可他却不知飞行嘉宾是江影，而且江影今天一看就是上门挑事的，来者不善。

顾未：赵姐说了要和飞行嘉宾好好相处。

穆悦：这怎么好好相处？圈内谁不知道他是个不定时的炸弹……没看到人家是特地来找麻烦的吗？连穿搭和发色都和你的差不多。

没毛病，毕竟江影就是为了跟他争抢的。顾未觉得这个综艺大概是跟他不对头，先前邀请了跟他有过节的蒋恩源就算了，现在还直接找上了他的对家。

《一起流浪》节目组常用话题来带动节目的热度，嘉宾会受到什么影响，他们并不会顾及。像顾未和蒋恩源的关系、顾未在节目录制中的失误，以及顾未和江寻在北欧小镇的偶遇，都会被节目组当成话题来提升节目的热度。只要能带起综艺的热度就行，节目组其实有些不择手段。现在也一样，顾未家的小刺猬和江影家的剪影这段时间掐得厉害，节目组就盯上了这个热度。

前几天，顾未先前拍摄封面的杂志出刊了，由于江影和顾未都拍摄了那个杂志的封面，营销号打头带节奏，把两个人的封面放在一起对比，两家的粉丝立刻来劲了，当场吵了个天昏地暗——

永远做哥哥的剪影："同样的风格，我感觉江影的眼神比较到位，拍摄的姿势也很专业，姐妹们有没有高清的图？我要拿来做封面，呜呜呜。"

小刺猬家的柠檬精："哇！未未这套太棒了，之前竟然一点消息都没有。太好看了，求个杂志链接，我买！"

Cathy KANI："我觉得跟江影一比，顾未气质就不行，而且江影的封面和江寻的采访竟然是同一期的。这个独家专访里也提到了江寻的家庭背景，他们果然都是影帝江争的儿子，太优秀了吧！"

小刺猬家的晴天娃娃："有一说一，夸一个贬一个没必要，小刺猬只专注于顾未，不掐架，我们未未不搞那一套。我抱走未未了，万分满足！"

前几条相对来说比较友好的评论后面跟着一大波粉丝掐架，这两家掐架已经掐成日常，很多常见的掐架套路顾未都快能背下来了。

顾未是想和飞行嘉宾搞好关系的，但这个飞行嘉宾吧，好像真的不太好对付。而且，对家现在看起来好像有点走神。顾未决定先和他聊聊，毕竟对家归对家，工作还是得认真做。

"恭喜啊！"顾未说。

"恭喜什么？"江影问。

"香水的代言。"顾未刚听江影提过这个，说，"那个牌子的香水我也很喜欢。"

"谢谢……"江影在走神，没察觉自己跟顾未道了谢。

对家大概是工作累了，眼神有点飘，顾未也不再找他聊天，塞上耳机开始听歌。

C市酒店，江寻半天没等到顾未的消息，正准备放下手机工作，突然收到了自己弟弟的消息。

大钳蟹："你在干什么？"

大钳蟹："江寻？"

十万伏特："在准备明天的比赛。"

大钳蟹："哦？"

十万伏特："你在拍戏？"

大钳蟹："对，我在拍戏。"

二十秒后，江影发了个"友好的微笑"的表情包。

大钳蟹："那你刚才在做什么？"

十万伏特："在训练。"

大钳蟹："哦？"

大钳蟹："比赛完了打算做什么？"

十万伏特："打完了就回家，最近一直忙着训练，好久没回去了。"

大钳蟹："哦？"

十万伏特："你今天怎么阴阳怪气的？"

大钳蟹："哦？我哪天不阴阳怪气了？"

江影突然撤回了一条消息。

大钳蟹："那哥你比赛好好加油！"

十万伏特："会的，你好好拍戏，不许划水，听到了没有？"

大钳蟹："我保证不划水。"

车在C市郊外的村庄边停了下来，顾未这才知道，从他们上车开始，综艺就已经开始录制了。他和江影分别打开左右车门下了车，看起来关系真的非常不好，正合导演的意。

另外几位嘉宾也陆续赶到，蒋恩源从自己的车上下来，像往常那般先跟顾未打了招呼。顾未只是略微点了点头，神情依旧是疏离的。

"这期的飞行嘉宾是你啊！"蒋恩源扫视了顾未和江影片刻，试图给江影一个拥抱。

江影显而易见地后退了一步，蒋恩源脸上依旧堆着笑，眼中却闪过一丝不快。

"恩源哥！"当红小花叶小菡从车上下来，跟几个人一一打了招呼，偏偏漏掉了江影。

叶小菡是近期才火起来的女演员，不是科班出身，之前一直徘徊在娱乐圈的边缘。顾未盯着叶小菡看了半晌，突然明白了节目组这期邀请江影的目的。

导演太狠了，他和江影都是黑红流量明星，这场综艺是把两个人被黑的源头都给凑齐了。

叶小菡当初没什么人气，一次晚会过后，她的团队盯着江影炒绯闻，搞出了很多不堪入目的谣言。结果江影用大号连同小号一起骂，最后人气没炒上来，还被群嘲。叶小菡后来蹭别人的热度火了，大概心里恨透了江影。

相较于《逃之夭夭》轻松愉快的氛围，《一起流浪》是在热搜的边缘疯狂试探，偏偏这还是个清新旅行生活流综艺。

顾未挺喜欢这期综艺的录制地点，他接到的任务也不算难。他帮着村里的阿姨收集完鲜花种子以后，和另一位女嘉宾颜婉娟一起提着菜往回走。路上远远地听见了一阵号叫，顾未寻着声音的方向看去，发现了正在被鹅追的对家。

顾未："呃……"

江影的坏脾气在整个娱乐圈都有名，可他现在却沦落到被一只鹅追着跑。江影凶，村里的大鹅比他还凶。

"让开啊！"江影朝着顾未的方向冲过来，"很疼的！"

江影携着一阵风与顾未擦肩而过，顾未伸手一把抓住了鹅的脖子。

"看，这样就不咬人了。"顾未举高了鹅，另一只手捏了捏大鹅扁扁的嘴巴。

"拿走拿走！"江影往后退了几步，"赶紧拿走！"

江影只知道鹅肉挺好吃，从来不知道鹅居然这么凶。

旁边的颜婉娟："呃……"

顾未拎着鹅，把鹅给关了回去，江影才喘了一口气。

"你竟然不怕它？"江影惊魂未定。

"我小时候在小镇上住过一段时间，镇上有人养鹅看家。"顾未说，"那时候我也怕鹅，后来就不怕了。"

那段日子他都快忘记了，今天看到这里的环境，倒是又想起来不少。那个时候顾采还没有出人头地，顾未以为自己一生都将在小镇里度过。直到有一天，顾采突然出现，二话不说就要带他离开。

"啊……"江影若有所思，"网友不是说你小时候没吃过什么苦、没干过什么活吗？"

《一起流浪》第五期，顾未被全网黑的时候，就有网友这么说过。

"为什么你对我的黑料这么清楚？"网友对黑料的评论是很细节的东西了，江影竟然会记得，顾未觉得有点奇怪。

"我偶然看到的。"江影转移了话题，"走吧，天都要黑了。"

下午做任务的时候，除了江影被鹅追着跑了半个村子，其他人的任务完成得都还算顺利。但要是说做饭，没几个人帮得上忙。

一屋子七个人盯着桌上的食材发呆。

"要不叫外卖吧？"叶小菡提议。

"不可以叫外卖。"导演无情地驳回。

"我试试吧。"顾未说，"我也不太会，只能做几个简单的菜。"

"那我给你帮忙吧。"江影也站起身。

顾未试着煮汤，江影就在一旁盯着他看。

"你是不是有什么话要说？"顾未总感觉有一道视线烙在自己背上，他走到哪里，江影盯到哪里。

"顾未，你最近是不是心情不错？"江影问，"在做什么呢？"

对于对家突如其来的关心，顾未决定实话实说："在拍戏，之前官宣的那个。"

江影："哦？"

顾未："嗯？"

江影继续问："你录完综艺后打算做什么？"

顾未："回去继续拍戏。"

江影："哦？"

顾未："嗯？"

顾未没太明白这个"哦"到底是个什么意思，他还没来得及发问，就看见对家瞥了一眼身后的摄像机，凑到了他身边。

"顾未啊。"江影问，"你最近和谁走得比较近啊？"

顾未愣住了。江影问他这话，他第一时间想到的就是江寻。录完这期综艺，江寻也打完决赛了，他们就可以在 C 市见上一面。想到这里，顾未浅浅地勾了一下嘴角。

但是节目还在录，话不能随便说，于是顾未果断地摇了摇头："没有。"

对家眉头皱得更紧了，还带上了审视的目光："哦？"

顾未被他"哦"得有点后背发凉，复读："哦？"

"那你和……"江影怀疑地看着他，瞥见他身后的摄像机，把要说的话吞了回去。

"番茄蛋花汤好了。"顾未转移话题，"可以准备吃饭了。"

江影终于放弃询问，转而拿碗盛汤去了。

晚餐不算丰盛，但对饿了一天的嘉宾们来说，有总比没有要好，在座的几个人都向顾未道了谢。村子里没什么娱乐活动，晚饭后没参与做饭的当红歌手颜婉娟主动洗碗，剩下的几个人则围着桌子边嗑瓜子边聊天。

《逃之夭夭》第一期的氛围太好，嘉宾们玩得很嗨，相较之下，《一起流浪》的氛围就不怎么样了。但顾未记得赵雅说过，为了综艺感，他得和飞行嘉宾搞好关系。于是，顾未决定再试一次。

"江影，我……"顾未试图和江影聊聊江寻的比赛。

江影正在拿小锤子砸核桃，一锤子下去，核桃四分五裂，他头也没抬地问："什么？说。"

顾未："没事。"江影太凶了，他怎么搞好关系啊？

节目还在录制，一群嘉宾总不能对着摄像机聊一整晚的天，节目组提议大家爆点料，或者表演节目什么的。

一位相声演员给大家来了一段单口相声，在场的人都被逗笑了，屋子里的气氛立刻活跃了不少。又一位嘉宾给大家讲了几个好玩的段子，叶小菡唱了一首新专辑里的歌，其他人都帮着打拍子。

顾未一边听叶小菡唱歌，一边看对家坐在他的右边，一锤一锤地砸完了一整篮子的核桃。

"你吃吗？"江影感觉自己砸得好像有点多，一个人明显吃不完，所以问了问顾未。

"给我呗，我吃。"另一边的蒋恩源伸手要去拿江影砸好的核桃。

"没做饭也没洗碗的人不配吃。"江影挪开了盘子，给顾未和颜婉娟各拨了一点核桃，对蒋恩源说，"想吃自己动手。"

江影是半开玩笑的语气，蒋恩源的脸色却很不好看。江影常年在公众面前都是这副模样，有人说他耍大牌，也有人说他真性情。但蒋恩源不一样，他还要维持自己的人设，所以只能笑了笑，仿佛不在意此事。

顾未看着自己面前的碎核桃，心情有点复杂。江影不仅是对家，还是江寻的弟弟，江寻对他很好，那他和江影必然是要搞好关系的。所以，顾未给江影剥了两颗杏仁当报答。

江影盯着面前盘子里的两颗杏仁发呆。

顾未感觉江影好像有心事，毕竟一整个晚上，江影老是盯着他看。

"顾未要不要一起来给大家跳个舞？我看最近小视频软件上流行的好几个舞都很适合翻跳。"蒋恩源突然邀请顾未，"你毕竟是 TATW 的主舞，是不是很久都没有人看你单独跳过舞了？"

几乎所有人都知道，蒋恩源和顾未曾经是同公司同期的练习生，而两个人的粉丝也因为编舞的事情吵过。当初顾未因为单曲 MV 里的那段编舞被全网黑的时候，蒋恩源在媒体面前说出那句轻描淡写的"不清楚，是挺像"，以及后期给骂人的营销号点赞的事，在场的几个人都是知道的。

每逢蒋恩源和顾未同框，就有营销号带节奏说当初的事情，他们两个人的名字时不时会被带出来说一说。现在蒋恩源倒好，偏偏提起了跳舞，要说没有恶意，必然是不可能的。

"你烦不烦？"一直没说话的江影突然开了口。

蒋恩源有些错愕，大概是没想到江影能心直口快到这种地步，连忙说："你误会了，我和顾未以前一起练过舞，我只是问问……"

"你想说什么，自己心里清楚。"江影扔下这句话就不再看蒋恩源了。

所有人都看着顾未，想知道他会如何反应，顾未却有点走神。蒋恩源刚才问他，是不是很久都没有人看过他单独跳舞了。前所未有地，他对蒋恩源的挑衅无动于衷，他最想反驳的竟然是这一句。

前段时间，他给一个人跳过舞，小小的宿舍是他一个人的舞台。也许他当时的心情有些复杂，可那样的感觉的确让人觉得欣喜。

他突然不想录综艺了，他想见见江寻。他和江寻这半个月都很忙，只能偶尔在微信上聊天，已经很久没有见面了。江寻生日当天他没能留在那里，江寻的比赛他也不能去现场看，不能在第一时间得到TMW胜利的消息。

这个时间，决赛应该打完了吧……

"导演。"顾未回头问身后的导演，"我想问问，TMW赢了吗？"

"我也想知道！"江影也来劲了，丢开小锤子站起来，"导演，微博打开一下，点开热搜看看我哥赢了没？"

另外两位嘉宾也在追国内的赛事，都转头去看导演。

"TMW？"导演不追电竞赛事，但多少知道TMW，愣了一下，还是拿出手机点进微博热搜，"赢了，说是都发挥很稳，基本无压力，积分遥遥领先。"

屋子里的嘉宾们立刻欢呼起来："TMW NO.1！"

江影："TMW最棒！"

顾未："江寻最棒！"

江影转头："哦？"

顾未："嗯？"

两个人对视一眼，又立马转过头去，吃杏仁的吃杏仁，吃核桃的吃核桃。

没有人再去管顾未要不要和蒋恩源一起跳舞，大家都在问导演能不能玩一会儿手机。

"我给你们唱游戏《守则》世界赛的主题曲吧。"顾未提议，"刚好应景。"

"我也会！"江影拿起锤子敲了敲桌子。

《守则》今年世界赛的主题曲是一首全英文歌，顾未和江影一起，一个敲碗，一个敲桌子，敲出了歌曲的节奏。这首歌很难唱，他们两个人的特长都不是唱歌，却把这首歌唱得近乎完美。歌曲的曲调和歌词都振奋人心，好几位嘉宾一起跟着唱了起来。最后，颜婉娟毫不费力地飚出了结尾的高音，几个人同时为她鼓起了掌。

"我音调掐得比你准。"唱完歌的江影小声说。

"行吧行吧。"以后都是熟人，顾未决定单方面迁就他一下，不和他争。

导演看起来对这段很满意，当即示意嘉宾们可以进入晚间的最后一个环节了，也就是分房间。这家农舍只有四个房间，嘉宾里咖位最大的那位单独住了一个房间，其他嘉宾必须每两个人一起挤挤。两位女嘉宾挑了阁楼上的房间，剩下顾未、江影、蒋恩源和相声演员尚虹沉，几个人的房间分配成了一个难题。

顾未觉得，这个环节绝对是节目组精心设计的，毕竟他们现在真的很难选。

"我不和你睡。"江影嫌弃地看了一眼蒋恩源。

"我也不和你睡。"江影看向顾未。

那么江影就得和尚虹沉一个房间，尚虹沉表示没有意见，但是顾未有意见。顾未是万万不可能和蒋恩源睡一个房间的，他们今晚睡一个房间，明天微博上就能传出他们大打出手的谣言。

"想不到我这么受欢迎啊！"尚虹沉笑呵呵地说。

由于江影和顾未谁也不想和蒋恩源同屋，最后只能让江影和顾未睡一个房间。于是洗漱完之后，顾未抱着枕头，江影拖着被子，两个人都心怀鬼胎地向房间走去。

节目组准备的房间里没有床，只有一张榻榻米，这意味着互为对家的两个人必须一起挤这张榻榻米。

"我睡这头？"顾未试着问。

"可以。"江影点头，"我睡那头。"

场面意料之外地非常和谐。由于两个人在房间里干瞪眼，内容实在无聊，跟拍摄影师在和导演请示以后放弃了拍摄，只留下了摄像录音设备，就放他们安心睡觉了。

"我关灯了？"顾未问。

"关吧。"江影说。

灯灭了，屋子里安静下来，窗外是小村庄恬静的月光和窸窸窣窣的虫鸣声。

两个人各自翻出了先前就藏好的手机，避开仅剩的拍摄设备，摁亮了手机屏幕。

顾未点进微信。

爱我请给我打钱："哥，你比赛超棒的！"

爱我请给我打钱："可惜我没能看直播，不然我能给你刷几百条弹幕！"

寻哥："节目录完了吗？"

爱我请给我打钱："还没，不过今天的结束了，明天再录一个上午就全部结束了。"

寻哥："那明天下午我让人过去接你，我们比赛常来这里，我可以带你去周围逛逛。"

爱我请给我打钱："好！"

爱我请给我打钱："对了，这期综艺来了个……"

顾未本想和江寻说这期综艺的飞行嘉宾是他弟弟江影，这话还没发出去，顾未突然感觉背后的江影有点躁动，似乎有一道视线朝他扫了过来。

"我……去厕所。"江影起身，揣着手机推开门出去了。

江寻没等到顾未说这期综艺来了个什么，倒是等到了弟弟的消息。

大钳蟹："比赛不错。"

大钳蟹："再接再厉。"

十万伏特："你这种领导视察工作的语气是怎么回事？"

大钳蟹："哦？"

大钳蟹："江寻，问你一件事。"

十万伏特："说。"

大钳蟹："你在和谁聊天？除了我以外。"

十万伏特："就家里先前介绍认识的那个小朋友啊，好久没见了。"

大钳蟹："哦？"

江影又撤回了一条消息。

H市江家的别墅里，正打算睡觉的宋婧溪收到了小儿子发来的消息。

大钳蟹："妈。"

大钳蟹："我感觉江寻这个人很有问题。"

宋婧溪："嗯？好好说话。"

大钳蟹："我酸了，他跟我对家的关系莫名变得很好，这难道就是传说中的胳膊肘往外拐？"

大钳蟹："而且他还遮遮掩掩的，非说我对家就是那个你介绍的同事家的孩子。"

大钳蟹："建议查岗，说不定他压根儿就不在乎那个帮他戒网瘾的弟弟，早就冷落人家了！"

大钳蟹："他和我对家打交道不是什么大问题，我是那种小心眼的人吗？我不是。主要是他敷衍你们啊！"

宋婧溪："知道了，我最近刚好在 C 市忙工作，抽空问问。"

大钳蟹："需要买鸡毛掸子吗？"

宋婧溪："嗯？"

"买鸡毛掸子？"江影身后突然传来一个声音，是蒋恩源不知什么时候过来了，"大半夜的，我还以为这里是没有人的。"

"你看我聊天界面干什么？"江影不高兴地挡住了手机屏幕，"没礼貌。"

"你在这里多久了？"蒋恩源嗅了嗅味道。

"你管我！"江影本就看不惯蒋恩源，摄像机现在没拍他，他更是懒得客套，立马转身走了。

顾未原本是有话和江影说的，但他日常服了药，等江影从外面回来的时候，他已经睡着了。

"顾未……"江影有点犹豫，"你……"

顾未在睡梦中嫌弃地翻了个身，把被子卷走一大半。

房间里还有一台摄像机开着，江影什么都不敢多说，只能躺下了。

"顾未，你给我点被子啊！"江影抓着被子的一角用力扯，"你太过分了！"

江影最终也没能扯回被子，只好抽走了顾未的枕头，盖着两个枕头气呼呼地睡着了。

第二天上午的录制工作对顾未来说比较轻松，没有什么困难的任务，嘉宾们只需要帮着村民采摘丰收的果实。但顾未一整个上午都有点提不起精神，因为昨晚不知道是落枕了还是扭到了，他脖子疼，以至于他今天都没法回头。凡是有人叫他，他都得转过去半个身子才好看人。

"顾未。"江影在他身后叫他。

"啊？"顾未僵硬地转身。

江影问："你脖子……没事吧？"

顾未惊呆了，对家竟然会关心人了？看来赵姐那个搞好关系的提议真的有效。

"没事。"顾未僵着脖子道，"明天就好了。"

江影看起来有点愧疚，还帮着顾未做了不少节目组布置的任务。顾未没想明白他脖子疼对家为什么会愧疚，反正有人帮忙，他也没再遇到什么不愉快的事情。

到了中午，《一起流浪》的第六期录制终于结束了。本季的录制到此为止，嘉宾们互相道别后就去收拾了行李，纷纷赶自己的下一趟行程。

"弟弟，你要去江寻那里？"穆悦小声问顾未。

"对，提前约好的。"顾未点点头，"不会太久。"

穆悦说："没问题，反正你原定的行程就是明天下午才返回剧组，不影响的。"

两个人凑在一起说话，江影带着助理从他们身边路过，步子有点飘，眼神也有点飘。

"江影，要不要一起走？"顾未问江影。

"我为什么要和你一起走？"江影感觉莫名其妙，上了自己公司的车。

顾未："呃……"

周围还有一群人看着，他也不好解释江寻来了。

路边停着一辆宾利，顾未朝穆悦挥了挥手，低头上了车。

熟悉的木质冷香扑面而来，顾未有点意外，问："不是说让别人开车来吗？"

"左右我也没事，你也值得我亲自来接。"江寻说。

车外还站着不少娱记，好在车窗并不完全透明，外面的人看不见里面的江寻。

明明半个月没见，顾未却觉得两个人的关系无形之中近了很多。

"瘦了。"江寻抓住顾未的手腕，问，"你有刻意控制饮食吗？"

"有。"顾未乖乖承认，"导演说要骨感一点，更符合缪梓晗的少年感。"

小说中的缪梓晗是清瘦且有点孤僻的少年，为了符合书中的描写，顾未一直在严格控制自己的饮食。

"等拍完这部戏，我给你补补吧。"江寻提议，"再瘦下去，你家小刺猬要心疼了。"

"你知道小刺猬啊？"顾未有点意外。

江寻说互粉，还特别认真地从追星开始做起，连小刺猬都知道了。

"青训生里就有一个，我能不知道？"江寻说，"她叫易晴，你应该见过，是个挺有潜力但是脾气不太好的小姑娘。"

顾未是知道易晴的，上次易晴开直播教训人的场景，他现在还记得清清楚楚。

"小姑娘脾气挺坏，游戏打得也凶，这批青训生里没几个人敢惹她。"江寻继续说，"不过她是你的粉丝，收藏了你的各种周边，有台历、手幅、贴纸、钥匙扣，还有小扇子之类的，她说是通过你的后援会拿到的。"

"你怎么知道得这么清楚？"顾未惊了。

"出发来C市之前，我问了易晴，她给我介绍了很多。"

"你直接问她的？"顾未问。

"对啊。"江寻点头，"她看起来好像挺高兴的。"

顾未好像渐渐懂了先前易晴的情绪为什么会大起大落了。TMW俱乐部里有个追星女孩，难怪江寻会在短短半个月时间里知道这些。

顾未昨天没来得及看江寻比赛，现在终于忙完了，虽然结局已定，但他还是想看看昨天的赛况，说："哥，昨天录综艺我没来得及看你的决赛，我现在看看录播吧。"

"你学会追我的比赛了？"江寻问他。

"早就学会了。"顾未转头拿手机。

"脖子怎么了？"江寻注意到他转头时很不自然，"录节目的时候扭到了吗？"

"应该是昨天睡觉的时候扭到了吧。"顾未猜测，"节目组准备的床不太舒服。"

"等一下回去我帮你揉揉。"江寻说。

顾未找到了昨天决赛的录播，开始播放，江寻时不时给他解释赛场上的一些操作。

讲完游戏里的一种常用手法后，江寻低头看着小朋友的长睫毛，问："未未？"

顾未依旧目不转睛地盯着屏幕："嗯？"

江寻问："你不会又在截我的表情包吧？"

顾未偷笑。

"看录播头晕吗？"江寻还记得他上次玩游戏晕过。

"最近渐渐不晕了。"顾未说，"看得多了，就感觉不到晕了。"

"皮卡皮，皮卡皮卡丘……"江寻的手机铃声响了。

江寻边接电话边对顾未说："你看你的，我接个电话。"

电话是宋婧溪打来的，江寻往座椅上靠了靠，问道："妈，怎么了？"

"打完比赛了？"宋婧溪问。

"昨天刚打完。"江寻说，"今天休息一个晚上，明早飞回去。"

宋婧溪"嗯"了一声，又问他："你现在在做什么？"

顾未竖起了耳朵。

"在车上，出来了一趟。"江寻说。

"你身边还有别人吗？"宋婧溪又问。

顾未暂停录播视频，继续竖起耳朵听。

江寻脸上的笑意深了些，说："有。"

有一个在看录播的小朋友。

"谁啊？"宋婧溪状似不经意地问。

"之前你介绍我认识的那个小朋友啊，毕竟是妈你说的，让我别整天沉迷于电子竞技，有空就出去走走，认识认识新朋友。刚好我们都在C市，就一起出来了。"

"好的。"宋婧溪说，"那我就不打扰你们了。"

"等一下。"

"怎么了？"

"妈你旁边有只鹅吗？"江寻嫌弃地问，"怎么一直'哦哦哦'的？"

车子一路开到了酒店的地库，顾未跟在江寻身后上了电梯。

"未未，看路。"江寻从顾未手里抽走手机，"走路的时候别看手机。"

"刚看到精彩的地方，让我看完吧。"出了电梯，顾未试图去抢手机，但是没成功。

"回去再看。"江寻说不给就不给，"顾未未，这么想看我打比赛的话，不用看录播，我等一下回去打给你看。"

"这不一样。"顾未试图争辩。

"你不会又要说我的表情包比本人好看吧？"江寻警惕。

顾未："不不不，本人好看，真的。"

寻神太记仇了，这都多久以前的事情了，怎么还记在心上？

赛场上的江寻看起来要比平时冷漠很多，但顾未越看越欣赏，于是他把这个理由说给了江寻听。

"懂了。"江寻若有所思地点头，"未未不介意我凶一点。"

江寻打开房间门，在顾未背后轻轻地推了一下，把人给推进房间里，然后才把手机还给他。

"哥，我上次刷到了你参加世界赛的一张动图。"顾未说，"就是决赛的时候，你看了一眼观众席，然后笑了笑，对着耳麦说了句什么，我觉得你那样特别帅。"

那张动图被很多网友保存了下来，网友们疯狂地吹江寻的颜值。

"那张啊。"江寻想起来了，"我有印象，不过我当时应该是在变着花样骂人菜。"

顾未："呃……"行吧，他就不该问。

"对了。"顾未想起来一件大事，"哥，你有告诉江影我和你的关系吗？"

顾未刚才听见江寻妈妈打来的电话里，对家一直刷存在感。

"我原本是打算告诉他的，但每次总被打断。"江寻说，"你们是不是还是对家？"

顾未："是……"

就是因为这个，所以这件事他一直不知该从何开口。

"我明天回去就告诉他，不管怎样，他总要接受事实的。"江寻说，"你坐下吧，我给你揉揉脖子，看你一直不怎么敢动。"

顾未是真的脖子疼，所以当即在江寻面前坐了下来。

"哪里最疼？"江寻问。

顾未指了个位置，感觉到江寻微凉的手贴在了他的脖颈处，轻轻给他按揉了几下。真好，这可是世界冠军的手，而且还好看，顾未心想。

"想什么呢？"江寻注意到他的表情，"笑眯眯的？"

"比赛太好看了。"顾未转移话题。

江寻也不戳穿，继续帮他揉最疼的地方，稍稍加了些力气，顾未"嘶"了一声。

"忍着吧。"江寻说，"多大的人了，睡觉还能扭到脖子。"

顾未也不知道，他好久没干过这种事了，他觉得应该是昨天夜里睡得太死的缘故。

"我对你好不好？"江寻故意问，"职业选手亲自给你按摩。"

"好。"顾未想也没想就点了头。

"对家的事情你不用担心，也不用在乎微博上网友的议论。"江寻说，"我弟闹归闹，但是会护着自家人。"

顾未接话："可我……"

"我们说好的从互粉开始慢慢熟悉。"江寻提了之前的事情，话锋一转，"你要是反悔……"

顾未问："反悔的话会怎么样？"

"反悔的话……"江寻半是威胁半是玩笑道，"我就脱粉。"

顾未："我……不敢。"某电竞大神把粉丝圈的套路着实摸得很清楚了，他也要再勇敢一些，为了自己，也为了江寻。

自从遇见了江寻，顾未渐渐感受到，过去的阴影并不是生命的全部，他或许是可以走出去的。很多他觉得无法摆脱的东西，其实是可以重新去定义的，不管是他的童年，还是他的未来。

"哥，电话。"顾未喊江寻，江寻的手机又响了，好像是他母亲又来电话了。

江寻接通电话："家里有什么事吗？可以直接说。"小半天打两回电话了，他有必要问，"我们正打算下楼去走走。"

宋婧溪旁边好像还有鹅叫声，她赶走了"鹅"，开口道："你开门。"

"确定？"江寻站起身，问，"您知道我在哪里吗？"

江寻用眼神示意顾未坐着别动，自己走到门口打开了门。

宋婧溪和江影站在门外，江影背后还藏着两把鸡毛掸子。

江寻不解："这是做什么？"

宋婧溪语气温和地道："比赛辛苦了，我们就过来看看你。"

"屋子里还有人吗？"江影一把推开江寻，闯进了房间。

顾未看完了决赛的录播，正在看赛后采访视频。视频中，记者问到了之前 T&K 主队成员挑衅 TMW 被青训生 Sunny 碾压的事情。

记者："T&K 的人说你们 TMW 太狂妄，请问江队长，这一点你怎么看？"

此时，顾未听见了急促的脚步声，抱着手机转身去看。

"果然。"江影拿着两把鸡毛掸子，有点失望地看着江寻和顾未，"江寻，你这样是不对的，为什么我对家会在你这里？"

视频没暂停，江寻回答记者问题的声音从手机里传出来："我不需要管别人的看法。"

江寻："呃……"

他可没想过这个历史遗留问题会在这个时候爆发。

江影："你……"

江影："你！"

"是未未吗？"宋婧溪打破了僵局，"本人比照片还要好看，你爸爸和你说了吗？我是宋阿姨。"

"这位是我妈妈。"江寻给顾未介绍，"我妈妈和你爸爸是大学同学，现在他们都是编剧。"

顾未礼貌地跟江寻妈妈问了好，宋婧溪很温和地朝他笑了笑，还带着些许歉意。

然而特地买了鸡毛掸子的人不干了。

江影："什么叫'是未未吗'？"

江影："未未是我对家！"

"最近我们一直有来往啊。"江寻说，"我一直想和你说，但你总打断我的话。"

宋婧溪："江影这孩子，匆匆忙忙把我叫过来，非说哥哥欺负同事家孩子还敷衍我们。"

宋婧溪头疼道："江影，我上次不是跟你提过吗？我让你哥去认识的新朋友和你年龄相仿，人气也差不多，我后来说名字的时候你忙着出门，大概是没听到。"

这孩子的急脾气也不知道什么时候可以改改。江影告状的时候一口一句"对家"，宋婧溪虽然在圈里，却也不懂他们年轻人粉丝圈的这些事，自然也不知道江影的对家就是顾未。

和他年龄相仿、人气差不多的人，江影从来没想过会是顾未啊，这完全在他意料之外，但好像又在情理之中？江影这会儿想起来：江寻和顾未一起录综艺，江寻给顾未微博点赞，江寻找他要顾未的黑料；顾未让他给江寻带巧克力，顾未和江寻微博互关，顾未还给江寻的微信备注那么亲近的称呼。整个家里好像只有他一个人不知道这件事，偏偏每个人还都没打算瞒着他。

时隔多日，江影竟然搞懂了当初那个命名为"黄图"的压缩包的含义。

江影愣怔地打量着面前的两个人，从一开始拍摄封面那天江寻口中的"护粉"思考到昨天顾未的微信聊天界面，渐渐消化了他们两个人认识的全过程。

江影："哦？"

江影："哦……"

江影："哦！"

"想通了？"江寻听出了这三个"哦"字的不同语气，间接看到了江影的心路历程。

顾未伸手在江影面前晃了晃，问："你还好吗？哦？"

"我没事。"江影扔下鸡毛掸子，摇了摇头，故作镇定地道，"我回去给自己打榜了，你们玩吧。"

"你们休息吧，大晚上的，打扰你们了。"宋婧溪推着呆滞的江影往门外走，"未未，忙完这段时间可以让江寻带你去我们家玩。"

"好的。"顾未点头，江寻的妈妈很好，打消了他所有的紧张，他现在唯一担心的就是江影看起来好像不太对劲。

江影看起来似乎有点高兴，又有点悲伤。大概是因为他哥发话要护着他对家，这样以后他还怎么玩争资源那一套？

顾未问江寻："你弟弟没事吧？"他保证自己绝对不是故意的，他是真的没找到机会和江影说这件事，没想到江寻也没说。

"没事，别担心。"江寻揉了揉他的头发，"江影拎得清的。"

顾未半信半疑，很快就没空思考这个问题了，因为赵雅突然给他打了电话。

"你在哪里？"赵雅问。

顾未小声问江寻："我该说我在哪里？"

"行了别问了，我知道你在哪里了。"江寻还没说话，赵雅先一步感觉到了顾未的犹豫，"你看一下微博热搜，解释一下是什么情况。"

"热搜？"顾未没懂，赵雅上一次让他看热搜还是《一起流浪》第五期播出的时候。

江寻用平板电脑打开微博，顾未果然正挂在热搜上，词条是"顾未贺澄粉丝"。

热搜源自一个微博小号发的视频，视频刚好拍到了酒店门口，顾未正在吩咐安保拦住几个女生。

这条微博配的文案是："追星太难了，等了哥哥一天还被顾未让人赶走。"

顾未一看就知道是那天收工后他们在酒店门口遇到的贺澄的粉丝，当时他们只顾着让那两个人离开，却没顾及对方手上还拿着录像设备。这段视频被人单独发出来，路人一看就会觉得是顾未的问题。

橙子哥哥我爱你："@TATW-顾未，你过分了！凭什么赶我们哥哥的粉丝？这种行为真的很Low（低级）。"

悦悦爱贺澄："顾未不好好拍戏天天作妖，我们家的粉丝和他有什么关系？那语气，不知道的还以为他有多大牌。"

这种事情最怕带节奏，毕竟不少网友只认节奏不认事实。贺澄的几个粉丝把节奏一带，不少路人就跟风黑起了顾未。

木头雪人："这个叫顾未的是有多招黑，每次上热搜都是些不讨喜的事情，我不想再看见这个名字了。"

被子团团："附议，编舞抄袭，还蹭隔壁电竞圈的热度，我现在看到这个名字都觉得烦。"

小刺猬家的茯苓饼："@被子团团，编舞的事情至今谁都没说清楚，江寻和顾未本来关系就不错，黑人之前能不能带点脑子？"

生姜女孩爱恩源："锤死了好吗？编舞这事没得洗，黑红就是事情多，顾未退团吧！他配不上主舞这个位置。"

"所以到底是怎么回事？"赵雅问顾未，"我不是让你别和贺澄起冲突吗？"

"她们是跟踪过来的。"顾未解释，"偷偷来了剧组，我阻止了，但贺澄好像不在意。"

当时在场的很多人应该都看见了，只是宁遥的人气不允许她插手这件事，宣绘桐一般又不会多管闲事。

"那我知道了，不是什么大问题。"赵雅的声音有些疲惫，"我去问问酒店的人那里有没有监控，你不用回应，这是贺澄刻意在黑你，由团队来解决。"

赵雅挂断电话，顾未坐在床边，情绪突然就有些低落。他以为自己被黑得久了，看见什么样的言论都会无动于衷，可现在看起来，他好像仍旧做不到。他尤其不想让江寻看到自己不好的一面。编舞的事情就像是他一辈子的污点，躲不开也甩不掉，但凡有些风吹草动，那件事就会被拿出来说。跟风黑的网友不会管真相如何，在不少人心里，黑红的明星就活该被骂，回应或者不回应都是错的。

顾未静静地坐了片刻，发现江寻似乎在给什么人发信息。

半晌，江寻站起身走过来，坐到他身边，伸出手轻轻搭在他的肩上，柔声道："哥安慰一下你。"

那些不堪入目的评论看得久了，顾未几乎以为自己要麻木了，可江寻说要安慰他的时候，他还是忍不住红了眼眶。有人愿意无条件地相信他，这种感觉真好。

"我没事。"顾未摇了摇头，"我只是不想让你看见网上的那些话。"

"别怕，会解决的。"江寻站起来，摸了摸他的头。

五分钟后，江寻的话应验了。

顾未的团队还没找到酒店的监控，宣绘桐的微博倒是发了一条新的动态，是一个视频。

宣绘桐Lisa："'抵制跟踪'，既然要吃瓜就吃完整的呗。"

宣绘桐发的视频包含了顾未发现私生粉的全过程，以及贺澄指责顾未、反给跟踪他的所谓的粉丝签名的举动。这条微博一出，那条故意黑顾未的微博自然成了笑柄。

小刺猬家的晴天娃娃："我们未未好像没做错什么吧，抵制跟踪难道不是圈内共识吗？为什么这种事情还要被断章取义地挂出来，然后被一群路人当成发泄的契机？某家粉丝心智能不能成熟一点？"

三个西瓜皮："纯路人，但是贺澄好奇怪啊，为什么要纵容跟踪？这明显有问题吧？还偷拍视频发微博黑别人，都这样了贺澄也不出来表个态？"

小刺猬向前冲："真的过分！明明顾未做的是对的，还要被拉出来骂。"

宣绘桐是当红小花，流量大，这条视频的转发量很快盖过了那一条。刚才不少骂过顾未的路人纷纷道歉，剩下贺澄的好几个死忠粉坚持认为是顾未的错。

赵雅又打了个电话过来，说："江寻的效率果然比公司团队的高很多。"

顾未错愕地转身去看江寻，问："寻哥，你做了什么？"

"没什么，我碰巧认识宣绘桐，之前就和她聊了几句，让她帮我盯着你。"江寻说。

"那没事了，我倒是忘了宣绘桐是你们那边签的艺人了。"赵雅说，"完整视频一出，其实还挺能圈粉的，剩下的就让贺澄的团队自己去解决吧。"

赵雅挂断电话，顾未依旧有点诧异，又问江寻："你早就让她盯着我了？"

宣绘桐性子其实挺冷的，但每逢和他见面都能聊上几句，似乎对他还很了解，没想到……

"毕竟你在剧组拍戏，我在比赛。"江寻说，"让人帮忙盯一下罢了。"

虽说如此，但顾未还是察觉到了江寻的那份心意。在他不知道的时候，江寻默默为他付出了很多，他是不是要更努力，才能对得起江寻对他的付出？

"未未，你当初为什么要进娱乐圈？"江寻问。

"因为……"顾未想了想，决定向他坦白，"当时情绪上出了些问题，我爸说娱乐圈人多，多找人聊聊天大概会好些。"

江寻有点无语，这是什么不靠谱的家长啊？顾未的很多事情江寻都想了解，但今天明显不是个好时候，江寻不会逼着他说。

"你不用担心我会看见你不好的一面。"江寻说，"你是什么样的，我只相信自己的眼睛看到的，你偶尔也可以试着依赖我。"

顾未突然想把所有压在心底的事情都拿出来说给江寻听，他一直以为回想往事是再次撕开伤口，会疼也会难过，可他现在却想把完整的自己呈现给江寻看。下一次吧，下一次再见面的时候，他会勇敢一些。

江寻依旧盯着微博热搜的界面，说："我刚给你解决了热搜问题，江影这孩子又把自己给送上去了。"

顾未："啊？"这都什么时候了，江影还能抢个热搜？

顾未打开自己的手机，发现江影就在刚才发了一条新微博。

江影KANI："寂寞的夜，寂寞的雨，寂寞的影，在等寂寞的你。"

配图是"点烟"的表情包。

顾未："呃……"

果然，对家的平静只是表面的平静，内心藏着的惊涛骇浪都发泄在微博里了。

看到江影微博的网友也是一头雾水。

小刺猬家的晴天娃娃："什么意思？他在内涵他哥吗？"

剪影67487："哥哥你怎么了？怎么就寂寞了？"

咚咚咚："感觉江影现在的心情有点复杂，我推测和他哥有关系。说到这条微博，那就不得不说说江寻、顾未还有江影这三个人的关系了。"

落日故人情："@TMW-Xun 觉得有被冒犯到。"

江寻艾特江影发了个"敲头"的表情包。

与此同时，TATW的微信群又热闹了起来。

守得云开见月饼："贺澄是傻子吧！鉴定完毕。"

Stone："天涯的帖子更了，就是上次我们看的那个。"

清晨的太阳啊："发来看看。"

Stone发了链接。

时隔一周，顾未再次看到了这个熟悉的帖子："我有个对家，我很认真地在当他对家，可我最近发现我哥和我对家关系不错，这不是胳膊肘往外拐吗？而且我哥不缺朋友啊，最近还认识了一个性格不错的朋友，也是圈内的啊。怎么着，我哥还想跟我对家有点故事吗？"

楼主刚刚现身，给这个帖子补了好几条后续——

楼主："我和我对家掐了好久了，我一直以为有我就没他，没想到竟然还有第三条路。"

楼主："这也能行？对家是妈妈同事的孩子，我哥说以后都要护着对家？"

楼主："那我还怎么争争抢抢啊？"

楼主："原来从一开始就只有我一个人在认真地玩。"

看了帖子，TATW的成员们在微信群里聊起来了。

清晨的太阳啊："怎么突然感觉楼主有点可怜？"

Stone："刺激，有点想知道楼主这对家是谁？"

傅止："想知道。"

守得云开见月饼："想知道。"

爱我请给我打钱："我……"

江寻在看顾未的群聊消息，某男团的成员们在外看起来一个比一个高冷，人设一个比一个精致，在群里聊天却每个人都带着一股子搞笑味。这是粉丝眼中耀眼的偶像最真实的样子，包括此刻江寻身边捧着手机偷笑的小朋友。

顾未在群里发了个"我"字之后，群里安静了五分钟，然后Stone发了一张截图。

Stone："破案了，我说江影怎么在内涵寻神呢。"

Stone："我当初怎么就没想到顾未是江影的对家啊，我说这瓜怎么莫名眼熟，吃起来莫名香甜呢。"

清晨的太阳啊："心疼江影一秒，圈内知名吵架精失去了一个靶子，不过这个瓜还是好吃的。"

守得云开见月饼："想不到顾未有一天会吃到自己的瓜。"

守得云开见月饼："我能笑吗？"

清晨的太阳啊："我批准你笑。"

守得云开见月饼："哈哈哈！"

"江影发过什么帖子？"江寻看了这聊天记录，问顾未，"让我看看？"

顾未点开链接，把手机递给江寻。

江寻看到了弟弟无比挣扎的内心世界，说："呃……他这想象力有点丰富。"

而且江影好忙，一边在发微博，一边还在论坛回复网友。

文具盒："明明有点惨，但是我想哈哈哈！"

天光云影："过分了兄弟。"

向日葵："编得不错。"

天光云影："这叫生活，不然你编一个出来给我看看？"

月饼饼饼："心疼一下楼主。"

天光云影："感谢心疼。"

月饼饼饼："不谢，感谢楼主给我们带来了这么好吃的瓜。"

晴天娃娃："给楼主点支蜡烛。"

网友 65564564 给天光云影评论了一个"敲头"的表情包。

天光云影："哥？你怎么找来这里的？"

第二天顾未还要飞回去工作，两个人洗漱完互道了晚安，然后就各自休息了。

江寻还在思考一些事情——顾未说他那个时候情绪上出过问题。虽然并不了解这一领域，但江寻也知道，顾采当时选择进入娱乐圈着实不是一个好决定，但这个决定最终让自己和顾未相遇了。

江寻还是打算问问到底是怎么回事，于是翻出了他妈妈的微信。

十万伏特："妈，睡了吗？"

宋婧溪："没，在找人帮江影撤热搜。"

宋婧溪："刚才顾未那条热搜是怎么回事？我挺喜欢这孩子的，不能让他被人这样欺负。"

十万伏特："我知道，我会处理。"

十万伏特："我想知道，当初顾叔叔和您仔细聊过顾未的事吗？"

宋婧溪："终于知道关心人家了？"

十万伏特："是啊，所以还有什么事情，赶紧告诉我吧！"

宋婧溪给江寻发来了几张图片，然后又发了语音消息："你自己看吧，当初让你们认识，是想让你多交个朋友。未未性格好，估计能和你相处得来，这样你就不会成天为你那电子竞技卖命了。他的轻度抑郁不是什么问题，不会影响你们之间的关系。"

十万伏特："嗯，我会照顾好他。"

宋婧溪发来的是顾未的几张检测表、脑地形图与十二导联心电图，医生开的药是盐酸舍曲林，诊断结果上写的是"轻度抑郁"。

江寻把这些图片一并转发给了楚亦，楚亦直接给他打来了电话。

“是你家的小朋友吗？”楚亦问。

“是。”江寻说，“这个诊断结果你怎么看？”

“SCL90显示轻度抑郁，SAS显示轻度焦虑，患者入睡困难，且会中途惊醒，脑地形图没有明显异常。其实还好，如果患者有遵医嘱按时服药，不经历重大生活事件的话，现在应该会好转很多。”楚亦给江寻简单地解释了诊断结果，“比较有意思的是，这里写了尖端恐惧症。”

“害怕尖锐的物体？”江寻看过顾未的黑料包，知道顾未在参加综艺《一起流浪》的第五期之后被全网黑，正是因为他把绣品和针盒一起扣在了桌子上，脸色有些发白地快步走出了屋子。

现在看来，顾未并不是因为“没有礼貌”和“不知天高地厚”，而是因为害怕。

“下次再让我亲自看看你们家小朋友吧。”楚亦说，“应该是有原因的。”

清晨，顾未起床洗漱完仍迷迷糊糊，穿着自己的白毛衣，半闭着眼睛，撞上了迎面而来的江寻。他闭着眼睛极不情愿的样子很少见，直接把江寻给逗笑了。

“不乐意工作？”江寻问他。

顾未没什么兴致地“嗯”了一声。

昨天楚亦说过，抑郁症的情绪低落会表现为晨重暮轻，先前在俱乐部宿舍时江寻就发现了。比起其他时候，早晨的顾未看起来的确有点反应迟钝，也不太乐意说话。

顾未是要去吃早餐的，江寻却把他拉回桌边坐下，说：“我让人给你送上来。”

早餐没过多久就送了上来，做得很有当地特色，盘子里的酥皮点心很好看，其中一个糕点做成了小刺猬的形状。顾未没怎么说话，盯着刺猬形状的糕点看了半晌，用叉子叉着送到了江寻面前的盘子里。

“哥。”顾未勾了勾嘴角，小声说，“这个给你吧。”

顾未比江寻先一步抵达了机场，在机场的休息室里碰到了江影。

一个晚上没见，对家好像已经接受现实了。

"过来坐啊。"江影打了个招呼。

顾未没意见，坐下来闭目养神，却感觉到江影凑了过来。

顾未："嗯？"

"我想了想。"江影悔不当初，"还是我笨，我之前还以为你跟我哥用的是同款香水。"

"你们是怎么聊到一起的？"江影很好奇，"在我不知道的时候。"

"因为……"顾未回想起那个时候，觉得有些好笑，"因为刚加微信的时候，发生了一点误会。"

因为那个堪比跨服聊天的误会，他和江寻才渐渐有了后面的的故事。

"你在干什么？"顾未的视线扫过江影的手机屏幕，江影正在微信上和人聊天，屏幕上的头像非常眼熟，是一盆仙人掌。

顾未是有点害怕仙人掌的，转过头去不看，问："你换头像了？"

他记得江影先前的头像是螃蟹。

"没啊。"江影说，"嘘，这是我小号。"

"你微信还有小号？"顾未佩服。

"我打游戏太菜了，想找个代练把我的号练上去。"江影说，"那必须得用小号啊，我哥打游戏那么厉害，我却要找代练，要是被他知道了，我多丢人啊！而且我可是流量明星，代练这种事还是用小号更保险。"

"你小号的微信名叫什么？"顾未忽然有种奇怪的预感。

"叫'时光一去不复返'。"江影得意地说，"签名是'滚滚长江东逝水'，头像是仙人掌，年龄不大，看起来是小孩，却又不像，非常具有迷惑性。"

顾未："呃……"

"你找过大西瓜代练吗？"顾未还记得池云开朋友开的工作室的名称。

"找过，对方给了个微信号，我没加，因为发现那是个新店。"江影说到一半才发现问题，"不对，你是怎么知道的？"

顾未彻底明白了，当初那个"沧桑的小朋友"原来是江影。"小朋友"没来加他的微信，来的却是江寻。他和江寻你来我往、鸡同鸭讲，就这么认识了彼此。

"你笑什么？"江影抬头。

顾未摇了摇头。

缘，妙不可言。

中午时分，顾未的航班在 H 市落地，他没有休息，立刻坐车赶往剧组。车上，他给江寻发消息。

爱我请给我打钱："江寻。"

爱我请给我打钱："到机场了吗？"

江寻几乎是秒回他的消息。

寻哥："你到 H 市了？"

爱我请给我打钱："刚到，现在去剧组，要赶工了。"

寻哥："嗯，好好工作，回头我去剧组看你。"

顾未给江寻回了句"一路平安"。

车还没开到剧组，顾未决定先逛逛他和江寻的双人超话。这段时间两个人都忙，几乎没时间刷微博，不知道他们的超话发展得好不好。这次顾未很小心，特地注册了一个小号，然后才点进超话。顾未才刷了一会儿超话就震惊了，原来他们没有同框的日子，粉丝们也在自娱自乐。

小刺猬家的晴天娃娃："日常签到打卡，我觉得他们的故事有很多，只是我没法给你们分享。"

芋圆不是鱼圆："@逃之夭夭官方微博，催一下第二期的录制，人气那么高赶紧安排下一期啊，第一期都看了快五遍了。"

布谷布谷："顾未最近好像刚录了《一起流浪》的第六期，短期内应该是要忙着拍电视剧的。"

坚果土豆墙："@布谷布谷，我对《流浪》没什么好感，那个导演为了热度什么都做得出来。邀请未未和蒋恩源一起参加原本就挺引战的，要不是为了看未未，我大概都不会看那个综艺。"

布谷布谷："是这样的，之前第五期未未在屋檐下躲雨的时候还跟大家道歉，说他的镜头一定很无聊，我看到那一段心疼死了好吗！未未的镜头怎么会无聊？"

月亮船："等《逃之夭夭》第二期，我就是为他们才看的节目，上次江寻发微博掐 T&K 战队的时候，我整个人都兴奋了。"

茶茶努力日更："更新了，来看。"

顾未心道：粉丝真的没有窥探偶像的生活吗？

"弟弟，马上到剧组了。"穆悦看着身边一直在玩手机的顾未，终于忍不住了，问，"你到底在看什么？"

"我看……看看有没有人黑我。"顾未收起手机，赶紧调整状态，"今天没人黑我，我太高兴了。"

穆悦："啊？"

先前粉丝跟踪的事情在网上掀起了轩然大波，继顾未被黑粉带节奏骂了一通以后，贺澄对待跟踪的态度也成了众人讨论的热点。总之，由于赵雅和江寻处理得及时，此事对顾未没有造成太大的影响，倒是贺澄的团队废了不少心思来处理后续问题。

到了剧组，贺澄看顾未的眼神更不友好了。顾未也没打算和贺澄有工作之外的来往，他只想好好把接到的第一部剧拍好。

半个月后，拍摄进程过半，宣绘桐因为临时有其他工作，男女主角的感情线拍摄暂停。这几天主要围绕顾未和宁遥进行了剧情线的拍摄，还有贺澄的一部分戏。

此时拍的是顾未的戏。

"我打死你！你和你爸一样没用！"屋子里的女人疯狂地挥舞着竹竿，不时扫落柜子上的东西，发出巨响。

穿着校服的清瘦少年从屋子里跑到窗户边，后背还是狠狠地挨了一下。他回头看了一眼身后的女人，翻身跃了下去，刚好被路过的人看到。

缪梓晗抬起头，看到眼前的褚越和程琳雅，原本冷漠的神情有点动容。这是他人生中的第一个转折点，他从这里开始逐渐脱离了自己的原生家庭，开始有了朋友，也渐渐学会了去追寻自己热爱的东西。

这一段戏对顾未来说很具有挑战性，他从窗台上翻下去的时候，虽然不高，地面上有垫子，但膝盖狠狠地磕在上面还是会疼。光是要翻窗翻出导演追求的利落与帅气的感觉，顾未就花了不少时间向动作老师学习。此外，情绪和眼神对他来说是很难表现的东西。

"顾未眼神不对，再来一次。"导演又一次喊了"卡"，问他，"要休息一下吗？"

顾未摇头。他向来认真，只是这一段对他来说有点特殊。

"还差一点状态。"导演说，"你自己想想，体会一下缪梓晗此时的心境。"

顾未不是体会不到，他是心有芥蒂。这场戏拍了太多次，贺澄早就开始不耐烦了。

"代入不了就别拍了。"贺澄凉飕飕地说，"耽误整个剧组的进度。"

"对不起，导演。"顾未说，"我再来一次。"

他闭上眼睛，试着与故事中的角色融为一体，把角色的经历代入自身。父母离婚，少年与酗酒的母亲生活在一起，初次对电子竞技产生了兴趣，因热爱感觉到了生命的方向，回家却遭到了至亲的毒打。

顾未再次睁开眼睛的时候，脸上呈现的情绪是属于缪梓晗的疏离和冷漠。他满怀希望地回家，却被泼了一盆冷水，妈妈喝了酒，下手没轻没重。

他太疼了，太绝望了，仿佛整个世界都看不到光。他想逃出去，门却被锁上了，所以他无奈之下打开窗户逃出家，满身伤痕地落在了同班同学的面前。他们明明不是特别熟的同学，他抬头的时候眼眶却红了。

"好，卡，收工。"导演终于满意了，对着顾未说，"这一次真的不错，表现力很好，你非常有潜力！"

周围的人渐渐离开，顾未却无法从那样的状态里走出来。缪梓晗遇见了宁遥，所以他走出了阴影，可顾未自己呢？他要怎么办？掩埋在心底许久的那种深深的无力感与无意义感就这么淹没了他，他像是回到了从前那种暗无天光的岁月。

这时，好像有人走了过来。

"穆悦。"顾未轻声说，"我没事，你让我自己待一会儿吧。"

那个人却没有离开，反而伸手轻轻搭在了他的肩上。

他闻到了熟悉的木质白茶香调，是江寻。他遇到了江寻。

"出不了戏的未未。"江寻低头在他耳边问，"需要抱一下吗？"

"你怎么来了？"江寻的声音把顾未拉回了现实。

"来看看你，顺便替我妈和导演说点事情。"江寻揉了一把他的头发。

顾未一身利落的少年装扮，脸上还化着伤痕妆，嘴角的伤痕看起来怪可怜的。

"我没事，只是入戏有点深，过一会儿就好了。"江寻来了，对他来说是一件值得高兴的事情，足以冲散那一瞬间爆发的低落情绪。

"演得不错。"江寻表扬自家小朋友，"动作和眼神都很到位，对新人来说足够惊喜了。"

"你看到了？"顾未很惊讶，他刚才专心拍戏，连江寻来了片场都没发现。

"看到了。"江寻点头，"已经很棒了，片场人太多，我不能和你走得太近。我去找一下导演，你等我。"

"你去吧，我自己可以的，别担心。"顾未说，"我在化妆间那边等你。"

顾未坐在化妆间里，一边让化妆师给自己卸妆，一边思考刚才那段戏。缪梓晗与他到底还是有重叠的部分，所以他才会沉浸其中，入戏困难，出戏也艰难。

过了一会儿，他拿出手机，发现赵雅下午的时候给他发了消息："《一起流浪》第六期的预告片马上要放出来了，你看看有没有什么容易被抓着黑的地方？如果有的话，赶紧联系公司。"

这个时间，《一起流浪》的官方微博已经放出了预告。

一起流浪官方微博："第六期预告来啦，这期让我们避开喧闹的大城市，和嘉宾们一起去宁静的小村庄流浪吧！各大视频网站的VIP可以先看了，会员充起来！这期的飞行嘉宾你们猜到了吗？他是 @江影 KANI。"

顾未点进预告视频，看到了剪辑后的很多片段：江影被鹅追了半个村子，他伸手抓住了鹅的脖子，还把鹅送到江影面前；晚饭后的游戏环节，江影撑了蒋恩源；当晚传来 TMW 季后赛胜利的消息，所有嘉宾一起唱了新赛季的主题曲；分配房间的时候，大家各有打算……

看了预告，顾未终于知道他那天是怎么扭到脖子的了。

这期的热点太多，以至于官方微博下面有上万条评论。

熬夜会头秃："这期简直就是腥风血雨，顾未和仇家，顾未和对家，导演是不是和顾未有仇？"

琪琪："还好吧，我觉得这期挺好看的，小村庄的环境感觉好舒服啊！"

今年冬天怎么还不来："我也觉得还挺好看的，这一期感觉顾未挺讨喜的，他和江影的关系看起来没那么差，也就粉丝平时吵得厉害。"

大部分评论都比较和谐，基本都是在讨论综艺的内容，没人盯着顾未黑。顾未觉得这一期可以放心了，直到他看见某一条评论。

天山雪莲果："蒋恩源终于踢到铁板了，我看不惯他好久了。话说，怎么感觉顾未和江影也有点好玩呢？"

顾未在心里呐喊：他不行！他不可以！"耐人寻未"双人超话的热度难道还不够吗？

于是五分钟后，顾未发现这么想的不止他一个人，因为某条评论下面多了许多回复。

天山雪莲果："姐妹们，顾未和江影有点意思啊，我想问问要不要给他们建个超话玩玩？"

江影KANI："不可以！"

TATW-顾未："不可以！"

小刺猬家的晴天娃娃："不可以！"

看到这里，顾未笑出了声。

"在笑什么？"化妆师问，"弟弟，你笑起来真好看，难怪你的颜粉那么多。"

这期节目播出后，网友们的评价算得上好，顾未第一次在和蒋恩源同框的情况下没有被黑——

网友1："我是江影的粉丝，感觉顾未没那么令人讨厌，还帮哥哥赶走了咬人的鹅。之前编舞抄袭的事情是不是有误会啊？我看蒋恩源那边也扯不出个什么证据来，就一句模模糊糊的'动作看着像'，黑顾未也要有个限度啊。"

网友2："我是路人，也被顾未圈粉了，在厨房那一段，不知道江影问了他什么，他突然就笑了。我以前微博刷到TATW的演出，感觉顾未好像都不怎么笑的。"

网友3："小刺猬都知道，顾未在台下人很好，特别宠粉，还经常让我们追星少花钱、别熬夜，就问这么好的偶像哪里找。"

网友4："我今天原本心情不好的，现在好了，看到我喜欢的偶像总觉得一切都是值得的，呜呜呜——厨房那段好逗啊，为什么江影一直在'哦'啊？太好笑了吧，哈哈哈！他是有什么解不开的困惑吗？"

网友5："全员一起唱歌那里，我看得都激动了。先不说有生之年能看到顾未和江影一起唱歌，你们有没有注意到，这一段别人喊的是'TMW No.1'，但顾未喊的是'江寻真棒'。关注'耐人寻未'的姐妹们，我感觉可以冲一波业绩了。"

除此之外，也有很多顾未自己都没有注意的细节被网友特地拎出来讨论了——

网友6："追《流浪》的宝宝们，你们还记不记得第五期在北欧小镇的时候，蒋恩源说顾未的英语水平不好，播出来以后还有一群人黑顾未学历低。但是这期你们回去听那首歌，顾未的英语发音简直不能更标准了啊，我这个一流本科生自认发音没他标准。"

网友7："对，我也注意到了，我当时就在想这个问题。蒋恩源的粉丝天天黑顾未学历低、没礼貌，唱歌的时候蒋恩源的嘴皮子动了吗？啊？"

网友8："我是小刺猬，但我今天被江影圈粉了。江影果然是真性情，怼了好几次蒋恩源，全是明面上的，真的刚。"

网友9："我想说江影怼得好，蒋恩源也不敢跟他互怼。我真的不想再看到那个编舞的话题了，每天搜顾未的名字都能刷到职业黑粉在带节奏。我就感觉蒋恩源的态度很奇怪，动不动就把话题往那上面引，江影说出了我的心声。"

"还在刷微博？"突然有声音从顾未的头顶上方传来，江寻在顾未身边停下脚步，把他的手往下拉了点，"手机拿太近了，注意保护眼睛啊，小朋友。"

顾未这才发现化妆师不知什么时候已经走了，他听见江寻的声音，第一反应就是藏手机，却被江寻拦住了。

"综艺的事情吗？"江寻问，"那你不用藏，我已经知道了，江影刚才写小作文给我道歉了。"

"小作文？"顾未问。

"你自己看。"江寻把手机递给他，"挺有趣的。"

大钳蟹："江寻在吗？在吗江寻？"

大钳蟹："以下是我的道歉声明——"

大钳蟹："第一，我不该在录制综艺的时候和顾未走得太近，不该在厨房问没有营养的问题，不该砸了所有的核桃，不该只把核桃给顾未吃，但我还是不想给其他两个家伙吃。"

大钳蟹："第二，我不该在顾未睡着的时候抽走了他的枕头，导致他落枕，第二天我还假装什么都不知道的样子，这一点的确是我不好。"

大钳蟹："第三，我哥没有敷衍我，我哥很靠谱，我也很靠谱。但该争的资源我一个都不会放，该打的榜我也一个都不会少打。"

大钳蟹："愿友谊天长地久。"

十万伏特："已阅。"

顾未："呃……"

对家的求生欲真的是太强了，发了一整页消息。

"还有几条消息，那个青训生 Sunny 发的，你也可以看看。"江寻给顾未点开了另一个对话框，"也很有趣。"

Sunny："报告，微博有其他超话出现的苗头。"

Sunny："我永远支持你和未未，'耐人寻未'才是最好的，其他的一律打为蹭热度行为。"

Sunny："队长，我们未未值得期待！"

Sunny："我宿舍里的周边你随便拿。"

顾未："呃……"

鉴定完毕，易晴绝对是他们两个人的粉丝。这也就可以解释为什么在俱乐部的时候易晴的情绪时常大起大落了，也可以解释为什么 T&K 的选手骂他和江寻的时候易晴会那么生气。

"你在综艺里表现得很好。"江寻说，"你不需要担心你的综艺感和观众缘，这期给你的镜头特别多，无论如何，导演心里都是有数的。"

江寻说的好像是对的，因为《一起流浪》第六期播出后不久，微博上顾未的一个单人视频就被网友翻了出来。剪辑是小刺猬做的，标题是"未未治愈人心的微笑瞬间"。

小刺猬家的雪饼："看看我们未未吧，他真的不高冷，也不是没礼貌，让你们看看未未暖心的瞬间！"

"我好了。"江寻突然说，"开心死我了。"

"你上哪儿学的这些用语？"顾未被他逗笑了，原本因为拍戏还有些低落的情绪一扫而空。

那个视频做得很精致，坐车回酒店的路上，顾未一直在看。剪视频的小刺猬好像是他的铁杆粉丝，视频里包含了他出道至今的很多个瞬间，有很多他自己都快忘了：他还是练习生的时候，对粉丝笑着说"谢谢"；他站在舞台上，对台下的观众比心还给 Wink；综艺里，他一边和江寻找线索一边偷笑……他从未觉得，原来自己还能有这样温暖的瞬间。

"你看，未未。"江寻说，"喜欢一个人，是因为他能给自己带来力量，粉丝对你是这样，周围的人对你也是这样，你是被需要也被爱着的。"

顾未这才意识到，江寻是在为他之前无法出戏的事情安慰他。

"我没事了。"顾未说，"如果我这么有用的话，以后天天笑给你看。"

"不够。"江寻却说，"每天只给我一个笑脸，是你你能高兴吗？"

"那……"顾未感觉他说的好像有点道理，但仔细一想又感觉哪里不对，"那我要怎么办？再给你一个 Wink ？"

"可以考虑一下。"江寻说，"近距离看到 TATW 主舞的 Wink，这可不是谁都能有的待遇。"

这次剧组的安保工作做得很好，酒店周围都是剧组的人，没再出现跟踪者闯进来的情况。

顾未坐在车上的时候没觉得哪里不舒服，下车的时候却跟跄了一下，还好被江寻扶住了。

"腿疼吗？"江寻问。

顾未这才想起来，因为下午拍那段戏，他的腿受伤了，现在疼起来了。

他抓着江寻的衣袖，两个人都戴着墨镜和口罩，向着酒店走去，与同样刚下车的贺澄擦肩而过。贺澄一直盯着江寻，眼神似乎在琢磨什么。

进了酒店房间，江寻把门关好，扶着顾未坐下，说："让我看看你的腿。"

"应该没什么吧……"顾未心大，不觉得有什么要紧的，被江寻卷起裤腿的时候才发现膝盖上一片青紫。

其实腰上还有点疼，拍逃跑戏的那一段，他撞倒了桌子，导演夸他演得很自然，其实是真撞上了。

"你这哪是拍戏啊？简直就是在折腾自己。"江寻把人教训了一通，打电话让穆悦送药上来。

"还有下午的情绪失控，能跟我说说是怎么一回事吗？"江寻问。

"下午啊。"顾未仍心有芥蒂，"我其实有点抗拒这一段，但真正沉浸其中，我又觉得自己无法从缪梓晗的人生里挣脱出来。"

江寻之前帮忙看过剧本，下午也围观了顾未拍戏，知道那一段是在讲什么。剧中的角色父母离异，顾未从来就没跟别人提过他妈妈，当年他进娱乐圈，包括后来认识江寻，都是他那个不靠谱的爸爸做出的决定，甚至都没跟他说明白。一个靠谱的家长，是不会让孩子在出现抑郁症状的时候进入娱乐圈的。

　　"别说我了。"顾未有点不好意思，"你今天是来做什么的？"

　　"来教训你。"江寻还在生气，"你太不乖了，不仅让我丢了点超话热度，拍戏还把自己给弄伤了。"

　　顾未暗暗吐槽：这么凶。

　　"哥，我现在腿疼，要不放过我？"顾未讨价还价，反正他有恃无恐，江寻肯定不会在这个时候欺负他。

　　江寻还是把自己今天来的目的告诉了他："上次那个跟踪事件，我妈挺生气的，又不知道在哪里和人聊天的时候听说了贺澄是带资进组的，而且还不好好拍戏。然后她更气了，把微信头像都换成了河豚。"

　　顾未迟疑道："那阿姨……"

　　"以后各凭本事。他要是演不好，就让他滚。"江寻说，"这是我妈的原话。"

　　顾未一直觉得宋婧溪是个挺温婉的人，没想到在这些事上竟是分毫不让。

　　"你和导演说的就是这个吗？"顾未明白了。

　　"对，基本就是这些。"江寻点头，"除此之外，导演还给我提了个请求。"

　　"什么？"顾未好奇。

　　江寻说："是不是快拍到缪梓晗去青训营参加选拔的那场戏了？你们导演希望我能在那场戏里客串一下，就几个镜头。"

　　顾未"哇"了一声。

　　江寻逗他："导演想拉我干活，你就这么高兴？"

　　"高兴啊，我想蹭蹭你的热度！"顾未说，"他们天天黑我，说我蹭你热度，但我还没真的蹭到过。"

　　这样的话，江寻就可以在这里多留一天。

　　"那你答应了吗？"顾未问。

"未未希望我答应吗？"江寻反问。

"当然希望！"

顾未一高兴，忘了自己的膝盖还受着伤，想支撑着站起来，腿上立马传来一阵剧烈的疼。他身子歪了一下，眼看就要摔倒。

江寻反应很快地扶住他，立刻开始批评他："坐好了！一点都不乖。"

"疼……"顾未原本没把腿上的瘀青当回事，现在却觉得疼得厉害。他不太明白，是不是被人关心以后，一点小小的疼痛都会被放大，因为想要被人看见，想要被人心疼。

"怎么弄成这样？"推门进来的穆悦有点生气，"我去问问道具组的垫子是怎么回事？"

"是我自己的原因。"顾未摇头，"是我还不太知道该怎样去演戏，也不知道该怎么控制动作。"

所以他拼尽全力，沉浸其中，弄得遍体鳞伤。

"给我吧，我来。"江寻接过穆悦手中的药油。

穆悦知道这两个人见一面也不容易，自然不会打扰，帮江寻找好了棉球和棉签之后就下楼去了。

顾未原本想自己擦药，可江寻让他坐好，问："未未很喜欢拍戏吗？"

深秋时节，腿上的药水凉凉的，江寻的动作很轻，棉球擦过又让人觉得有些痒。顾未的腿稍稍动了动，想缩回来，却又被江寻按了回去。

"喜欢。"顾未回答，和跳舞一样喜欢。

公司给他的定位是流量明星，希望他按偶像的路线发展，给他接的工作都是综艺。拍《明明如月》是他努力争取来的机会，拍戏对他来说是一种很新鲜的体验。

"戏不是像你那样演的。"江寻说，"不是说那样不行，而是那样的方式会让你难受。"

"演戏这方面我不专业，没办法教你。"江寻收起药瓶，"江影也不行，他是有名的不想努力演技还烂，成天就在圈里瞎混。就你下午那段来看，已经比现在的江影好上太多了。你要是喜欢演戏，回头我找人教你。"

顾未一边听江寻说话，一边盯着江寻那双修长好看的手。

"如果你想演好这个角色，可以在那一刻成为这个角色，但导演喊停的时候，你必须还是顾未。"江寻给顾未倒了一杯牛奶。

某个人毫无反应，继续盯着江寻的手看。

"在看什么？"江寻伸手在顾未眼前晃了晃，"和你说话呢。"

顾未这才意识到自己走神了。

江寻记得，之前在俱乐部的时候，顾未也会这样盯着他的手看。

"看来你喜欢的不仅仅是我的表情包啊。"江寻饶有兴味地道。

顾未无法反驳，夸江寻的表情包好看这件事大概是过不去了。

"不欺负你了。"江寻说，"你上次和我说，你在进娱乐圈之前，情绪上出了些问题，是怎么回事？"

"其实，我也……打算告诉你的。"顾未慢慢说，"只是哥，要是我没你想的那么好，你会远离我吗？"

他刚说完这话，就感觉江寻不太高兴了。

"你觉得呢？"江寻问他，"你问这样的问题，是不是想被我凶？"

江寻对他从来就不凶，顾未也不怕。这么一闹，顾未心里对那些事的担忧也就不在了。

"那个时候，我突然就有些情绪低落。"顾未把当时的情况给江寻描述了一遍，"我觉得生活没有意义，感觉自己没有价值，对什么都提不起兴趣，有种整个世界都不真实的感觉。有时候，我感觉身体都是麻木的，后来去检查，医生说是轻度抑郁。"

不真实感、偶发的解离状态，以及身体上的麻木……江寻听楚亦说过，这些都是抑郁症的典型症状，晨重暮轻。

"除了服药以外，你接受过心理咨询吗？"江寻问。

"没，药我都没怎么吃，那个药对我有些副作用，服用后身体会有震颤感，我就停了。"顾未摇了摇头，说，"我爸说了，多找人说说话，忙起来就好了，睡眠问题不碍事的。"

短暂的忙碌会缓解轻度抑郁症状，可一旦遇到重大生活事件，负面情绪还是会钻空子。江寻听宋婧溪说，顾未因为编舞的事情被全网黑之后，又出现过同样的情绪。

可即便如此，小偶像还是把最温暖的笑容留给了舞台。这样的顾未，凭什么被人欺负。

"不过你放心，我现在没问题了。"顾未说，"和你一起录综艺很有意义，给你挑礼物很有意义，明天的拍摄也很有意义。"

是江寻说的，他是被需要的，也是被爱着的。除了下午拍戏时的失控，遇见江寻以后，他已经好久没有体验过那种情绪低落的感觉了。

江寻能在剧组停留的时间不长，他答应了导演的请求之后，欣喜若狂的导演立刻安排上了需要江寻客串的那一段戏。江寻的客串将是这部剧给观众的一个惊喜，所以这个消息目前只有剧组的人知道。

刚刚通过青训营选拔的缪梓晗又被家里人拿扫帚揍了一顿，训练时的状态很差，险些晕过去，被教练狠狠地骂了一顿。顾未穿着剧中的队服，面前屏幕上的光明明灭灭，他双手离开键盘，往座椅后背上一靠，唇色有些苍白。

"你怎么回事？"教练冷着脸走过来，"怎么会出现这种低级失误？是不是觉得成了青训生就可以不努力了？下次再这样，你就不用再待在这里了！"

教练说话毫不留情，周围的人也在嘲笑他。倔强的少年咬着牙，不肯流露出一丝一毫的脆弱，也不肯开口解释。直到所有人都离开，他才关上了灯，坐在角落里，把头埋进臂弯里。

突然，有人敲了敲门，打开了训练室的灯，问："这里怎么还有个小可怜？"

顾未在黑暗里坐了太久，抬头的时候只看到了一片光亮。光亮里，那个人走过来，身上穿着与他同样的队服。灯光太亮，顾未眨了眨眼睛，眼泪流了出来。

江寻走到他面前，俯身给他抹掉眼泪，说："别哭，好好休息，我看过你的训练赛，总有一天，你会是世界冠军。"

镜头一闪而过，拍到了江寻的侧脸。

"好，卡！"导演喊道，"太好了！这段太好了！就这样了，不用再拍了。"

导演原本安排的戏，是缪梓晗一个人缩在训练室的角落里，江寻客串的角色刚好路过，安慰了他几句。顾未刚才不知为何，见到江寻的一刹那，内心竟然有一种想哭的冲动。

他后面的表现和动作几乎是不经思考做出来的，江寻也一步步配合着他。他以为这一段要重拍，导演却说很好。

还有一段戏，是缪梓晗在训练的时候，有人从他身后抓住他握着鼠标的手，引导了他的一个操作。这里的镜头同样只拍了江寻的侧脸，然后给了两个人的手的特写。

"江寻确定不演戏吗？不演可惜了……"导演话超多，拉着江寻聊得停不下来，"这几场戏都是一条过啊，你不演戏真是可惜了。"

"不演。"江寻拒绝，"我学艺不精，兴趣不大，演得不好，答应你客串只是为了哄一下小朋友，哄完我就走了。"

江寻被导演拉着说话，顾未坐在一旁等他。

"那是你攀的高枝？"贺澄路过顾未身边，开口问。

"你管我？"顾未还没从戏里出来，头也没抬地说，"反正人家年轻帅气又有钱，性格还好。"

想了想，他又补充了一句："手还很好看。"

贺澄讨了个没趣，自己走了。

"他今天被导演骂了。"穆悦走过来，小声说，"下午的时候他被骂得可惨了，当着那么多人的面，导演直接把剧本摔在了他面前，让他赶紧把台词背下来，说演不好就滚。"

"估计他以后也不敢再对你阴阳怪气了，毕竟你演技比他好，工作也认真。"穆悦想到之前贺澄的行为就来气。

顾未想着，那宋阿姨的河豚头像大概可以换掉了。

"这周要录综艺了。"穆悦给顾未看了赵雅发来的行程，说，"周末要准备出发，剧组这边已经给你安排好了。"

"第二期在哪里录制？"顾未问。

"在影视城，全员古装，可能会有点恐怖元素，害怕吗？"

"不怕。"顾未第一次这么期待去录制综艺。

他和江寻一起，不但不会觉得害怕，反而会觉得好玩。

"新消息。"穆悦指了指他的手机。

大钳蟹："在吗顾未？顾未在吗？"

大钳蟹："以下是我的道歉声明——"

大钳蟹："第一，只有'耐人寻未'超话有存在的意义，其他的都没有。"

大钳蟹："第二，那天晚上你抢了我的被子，我扯了你的枕头，我们扯平了。"

大钳蟹："第三，我们友好归友好，但数据还是要做的。"

大钳蟹："愿友谊天长地久。"

同样是道歉声明，顾未看到了两个不同的版本。

爱我请给我打钱："已阅。"

第七章

潜入他的粉丝群

···················

剧组的工作很忙，很多时候需要熬夜赶戏。顾未忙了好几天，临近周末，综艺《逃之夭夭》的官方微博终于放出了第二期即将开始录制的消息。

逃之夭夭官方微博："嘉宾集结开始，@贝壳可可 @TATW-顾未 @TATW-石昕言 @TMW-Xun@爱唱歌的钱熠凝，本期节目将在影视城录制，大家和小逃一起期待各位嘉宾的古装造型吧！"

尽管是工作日的上午发的微博，但一直在等待的粉丝很快就出现在了评论里。

小刺猬家的晴天娃娃："啊啊啊！千呼万唤始出来，终于等到你们了！@TATW-顾未，期待我们未未在新一期综艺里的精彩表现。听说是全员古装，那让我期待一下顾未和江寻的古装扮相吧！"

哆啦A梦的耳朵："搞快点，你们要是经费不足的话我们可以凑，求多给钱熠凝一点镜头。"

看起来顺眼的网友："为什么你们的综艺出得这么慢？还想不想赚钱了？搞快点行不行？我一天翻好几遍你们的官方微博，只要你们出，我就给你们打钱。"

我的家庭条件你也知道："怎么这个时候放出来了？我还有一个月就要考研了，考试前还能看一期吗？搞快点啊啊啊！只要你出，我就会看。"

小碎花KANI："看了《一起流浪》的第六期被顾未圈粉了，现在我来蹲一下弟弟的这个综艺，'小逃'的第一期我已经补完了，真的很好看，我疯狂推荐。"

官方发出这条微博的时候，顾未正开始前往第二期综艺的录制地点——D市的影视城。节目组只跟各位嘉宾说了录制的地点，其他的细节都没说。

江寻还在外地，不能和顾未一同出发，他只能期待和江寻在节目录制现场见面了。

一大早，嘉宾们自己建的微信群里，几位嘉宾正在悄悄讨论。

爱我请给我打钱："早早早。"

钱："顾未早。"

Stone："困死了，昨晚我被池云开拉着打游戏打到半夜。"

爱我请给我打钱："被赵姐知道的话要骂死你们。"

Stone："你不说我不说，她怎么可能知道？"

贝壳："年龄小就是好，快三十的人可撑不住，回头'老年人'贝可教你们养生。"

十万伏特："我在想这期导演会怎么坑我们。"

爱我请给我打钱："啊，我不想再猜词语了。"

钱："你们上期的猜词语太好笑了吧！怎么做到的？"

十万伏特："我们先商量好，这期不能再让导演坑我们了。"

钱："无比认同，导演再让我头上戴花试试！"

Stone："无比认同，我上期洗盘子的录像被一个营销号拿去说我糊了，要靠洗盘子谋生，竟然还真有人信了。我妈那天打电话跟我说，咱家有地，大不了不吃娱乐圈这口饭，我回家种地也行，害得我跟她解释了一晚上。"

爱我请给我打钱："同情。"

十万伏特："同情。"

几个人在群里没讨论出任何有用的消息，只好作罢，等着看节目组到底安排了什么。但是，他们的目的是一样的——都不想再被节目组坑。

为了渲染恐怖氛围，这期综艺是晚上开始录制的。

顾未一个下午都坐在化妆间里，看着化妆师折腾他的头发和妆面。傍晚，化妆师才终于完成了工作。顾未上午起得太早，这会儿没什么精神，听化妆师说好了，刚迷迷糊糊睁开眼睛，就听到了穆悦的一声惊呼。

"未未，你的古装造型未免太好看了吧！"穆悦倍感惊讶。

"你脸型好看,五官也精致,天生可以靠脸吃饭,素颜好看,上妆之后更是惊艳。"化妆师也不停地称赞,"弟弟你以后可以接一些古装戏。"

"我们弟弟演技也很好,前几天刚被剧组导演夸过。"作为顾未的助理,穆悦开心得很。

顾未抬头看向镜中,镜子里的少年有点陌生又有点熟悉。他穿着一身蓝绿色的古装,高高扎起的单马尾体现出利落的少年感,额前留的碎发被风轻轻拂动,的确是很好看的古装造型。

造型师把他拉到一旁拍照,让他坐在一块石头上,叼着一根草抬头看天空。按照节目组的安排,嘉宾们的古装扮相会在节目开始录制的时候就放到微博上。

穆悦毕业以后开始工作也有小半年时间了,在圈里见过无数张千篇一律的好看面孔,自认对颜值什么的早就有了抵抗力,没想到今天却有了和小刺猬们一起"啊啊啊"的冲动。

"我觉得,你这张照片一发出去,你的粉丝肯定要开心哭了。"穆悦笃定地说。

"真有这么好看吗?"顾未不确定。

"好看。"穆悦忍不住拍了张照片发给赵雅,"你永远不知道自己有多好看。"

果然,赵雅很快给穆悦回了消息:"不错,以后考虑给他接古装戏。"

"弟弟前途无量。"化妆师也这么说。

"天要黑了。"导演那边发出了通知,"所有嘉宾没收手机,准备进场。注意不要让嘉宾们藏东西,我们经费不足,不能提供食物,要吃的,自己去场地里找。"

张导在车上收到了几位嘉宾的古装造型照片,一张张看过去,时而坏笑,时而惊喜。看到最后一张时,他终于发出了感慨:"顾未还真没白请。"

"怎么又感慨了?"导演组的人这段时间听张导感慨了无数次。

张导指着照片说:"《一起流浪》发掘不了他身上的价值,只能让他在黑红的方向越走越远,但我可以发掘。等着吧,这期节目我们能让网友们看到一个不一样的顾未。"

"手机给我。"要开始录制了,工作人员问顾未,"没藏别的东西吧?"

顾未摇头："没有，绝对没有。"

工作人员不疑有他，让摄影师跟上。

天色逐渐暗下来，宫灯渐渐亮起，顾未在宫墙边被丢了下来，游戏开始进入情境。很快，这条路上便只剩下顾未和他的两个跟拍摄影师了。

顾未这次的身份是一个大臣家的小少爷，传说近日一入深夜，皇宫就会变成另一番模样，他决定来调查皇宫闹鬼的真相。

不知天高地厚的小少爷到了宫墙下，不知道该怎么走了。

"你们知道路吗？"顾未试图和跟拍摄影师交流，放眼望去，周围都是墙，路上空荡荡的，安静下来的时候还挺瘆人的。

跟拍摄影师一声不吭，秉承着一个宗旨——沉默是金。

"你们知道江寻在哪里吗？"顾未压低了声音，"或者石昕言也行。"

跟拍摄影师继续沉默。两个跟拍摄影师都穿着黑色的衣服，几乎与夜色融为一体，顾未莫名生出这条路上只有他一个人的错觉。他只能漫无目的地往前走，直到听见了一阵若有似无的铃声。

一队穿着白衣服的人往他这边"飘"了过来，为首的人手上还拿着一串银铃铛。明明知道这是线索，顾未还是想拔腿就跑。导演组竟然找了这么多群演，难怪每次都说经费不足了。

给自己打了气，顾未默默跟上这些群演，希望能够找到进宫的线索。然而这一队人只是绕着城墙漫无目的地走，手里的银铃铛摇了一遍又一遍。第三次看到某个红灯笼的时候，顾未终于发现了不对劲——他已经绕着宫墙走了三圈了。

他发现，好像这队人每次路过某个地方的时候都会多摇一下铃铛，大门应该就在那个地方。

"他终于发现了……"监控室里，张导扶额，"群演每绕一圈加一百块啊……"

绕了三圈宫墙，披着厚重衣服的群演脸上明显露出了疲惫的神情。

"对不起对不起。"顾未赶紧道歉，"辛苦了。"

为首的群演把手里的铃铛递给顾未，说出了自己的台词："去吧，去带她回家。"

"带谁？要带谁回家？"顾未没得到更多的线索，群演们已经摇摇晃晃地走远了。

顾未站在宫墙的门口，朱红色的大门应声而开。门开的一瞬间，顾未好像听见不远处传来了一声惨叫，听声音像是石昕言。不知道江寻在哪里，顾未决定先去那个声音传来的方向看看。

宫墙的内侧是有守卫NPC的，顾未试着问路，守卫只递了个签筒给他，让他抽签。

"这是什么？"顾未担心这又是导演安排的坑。

"前路漫漫，少爷需要坐骑。"守卫说。

"哇，有交通工具了！"顾未开心地问，"能给一匹马吗？"

不管会不会骑，骑着马的翩翩古装少年总能引发很多美好的遐想。

"先抽签。"守卫不为所动，"有马，还有驴子，看运气。"

顾未随手抽了一支签，交给了守卫解读。

"去给少爷把坐骑带过来。"守卫吩咐。

另一个守卫应声："是。"

五分钟后，见到那所谓的坐骑，顾未目瞪口呆，拔腿就跑。

两个跟拍摄影师追着顾未跑，跟拍摄影师后面是那两个守卫，其中一个守卫手里牵着一只羊驼。

"我不想要！"顾未抗议。

"不牵走直接算任务失败。"导演的声音传入顾未戴的耳麦中，"任务失败直接退出录制。"

顾未吐槽："您故意的吧。"

退是不能退的，江寻还在等他呢。他们好不容易同框一次，顾未不可能放过这次机会。顾未没办法，只好从守卫手里牵过了那只羊驼。也不知道这羊驼是导演组从哪里找来的，体重明显超过了同类的平均水平，嘴里还不知道在嚼着什么，眼神十分不屑，严重拖慢了顾未的进度。

"张导，不带你这么坑人的。"顾未不仅没获得交通工具，还被拖累了，怕被羊驼吐口水，完全不敢骑。

"你走两步。"顾未牵着绳子催促羊驼，"你快动两步，求你了。"

艰难地挪动了数百米之后，石昕言的惨叫声越来越近，顾未索性站在原地等他过来。

一分钟后，道路尽头，被一群女鬼NPC追着的石昕言出现了。TATW的综艺担当穿着一身太监装，朝他这里狂奔而来。

"啊啊啊！顾未！"石昕言刚进场地就被女鬼NPC追着跑了十几条街，现在总算看到正常人了。

"哎。"顾未试图阻拦他，"你小心……"

石昕言："啊？"

由于石昕言冲得太快，冲撞到了顾未身边那只已经处于暴怒边缘的羊驼，所以下一秒，以为自己成功脱险的石昕言被羊驼吐了一身的口水。

"这是什么东西？"石昕言难以置信地看着这个眼神格外轻蔑的动物。

"神兽……"顾未说，"要不你牵一会儿？"

"还是被导演摆了一道。"石昕言和羊驼互相瞪眼。

之前追着石昕言跑的女鬼NPC看见顾未手上的铃铛以后，纷纷后退，消失不见了。

"看来你这串铃铛是个很重要的道具啊。"石昕言说，"问题是其他人在什么地方呢？"

"要不我们喊几声试试？"顾未提议。

"可以，边走边喊吧。"石昕言清了清嗓子，对着夜空中大吼了一声，"有人吗？"

顾未也大喊："有人在周围吗？"

周围一片安静，他们好像喊什么都没人听见。两个人牵着羊驼，一边走一边喊。由于没得到回应，他们逐渐放飞自我，在这种喊声中找到了莫名的爽感。

石昕言："顾未打游戏特别菜！"

顾未："石昕言出卖队友！"

跟拍摄影师继续沉默，周围的安静使人胆大，两个人放弃互相伤害，转而说起了别人。

石昕言："池云开特别傻！"

顾未："张导特别坑！"

石昕言："傅止喜欢听很嗨的音乐！"

顾未："洛晨轩偷吃我的零食！"

两个人渐渐从这种喊话中获得了乐趣。

石昕言突然感慨："啊，节目组上期让我洗那么多盘子真是太过分了，我……"

洗盘子让顾未想到了之前的综艺，想到了江寻。他脑子一热，脱口而出："江寻特别喜欢欺负我！"

顾未的声音在影视城上空越传越远。远处，刚刚从导演组那里强行抢了一匹马的江寻就这么听到了小朋友的声音。

顾未喊得还挺亢奋，喊话的对象一路从队友、张导渐渐转移到了江寻身上。

"我欺负你？"江寻笑了笑，"那你是少见多怪。"

既然如此，那他以后就多欺负几次吧。

"你喊了什么？"石昕言突然清醒过来，"江寻？"

顾未跟着清醒过来，想了想，又觉得没关系。这四周空旷无人，应该没几个人能听到，所以江寻是肯定听不到的。

"张导，后期剪掉啊。"顾未对着镜头说，"我胡说的，江寻可好了，什么问题都没有。"

监控室里的张导此刻万分激动，TATW 究竟是个什么神奇的团？仅仅两个人就能给他贡献这么多素材。顾未是个什么宝贝？说他没综艺感的是傻子吗？张导单方面认为，《一起流浪》的导演有问题。

"看来是没人了。"顾未准备放弃，"我们自己找线索吧。"

石昕言把顾未上下打量了一番，终于露出了羡慕的表情："张导过分了，凭什么你就是翩翩少年，我却是宫里的太监？我还被女鬼追着跑了好几条街。"

顾未说："说不定其他人的角色更坑呢，你看我还有只羊驼。"

石昕言不听，对着夜空大喊："张导，别装，我知道您听得见……"

顾未身边的羊驼又不耐烦了，又对着石昕言吐了一口口水。

顾未："呃……"

节目继续录制，顾未和石昕言一边往宫内走，一边讨论这次的任务。

"我一进来就被追。"石昕言疯狂抱怨，"真的，要不是我穿着角色衣服，我还以为我来参加的是马拉松呢。不过我在跑的时候捡到了这个。"

石昕言手里躺着一个香囊，香囊的做工很精致，看得出节目组用了心。

"你的身份是什么？"顾未问，"有给你提示吗？"

"就太监啊，然后剧情设定是我胆子小，深更半夜突然想出来走走，想送一个人出宫。"石昕言说，"你呢？"

顾未把自己在宫墙外绕了三圈才找到大门的事情告诉了石昕言，然后说："他们说要带'她'离开，你捡到的香囊也必然和女子有关，这个剧情应该就是围绕着'她'展开的。"

两个人突然不说话了，因为离他们不远的地方突然传来了一阵歌声。歌声时断时续，听起来让人头皮发麻。

"张导，我们好怕，能加钱吗？"石昕言后退了几步。

"不加钱给点线索也行，我们不挑。"顾未也开始思考逃跑的路线了。

张导终于出声了，声音通过耳麦传到两个人耳中："想都不要想，给我进去，现在！立刻！马上！"

顾未摊手，表示无奈："算了，不理他了，我们自己玩。"

传来歌声的房子就在两个人眼前，门前有两名守卫把守，顾未和石昕言却都不打算走正门了。

"你信不信。"石昕言说，"我们现在过去，又要被整。"

"我信。"牵了一路羊驼的顾未深以为然，"我们翻墙吧。"

"你们不可以……"张导又出声了，顾未却先一步摘了耳麦，石昕言也照做了。

监控室里，张导一屁股坐在凳子上，难以置信地道："为什么？为什么我请的嘉宾都不听我的话？"

工作人员象征性地表达了一下同情。

"而且，到底是怎么回事？江寻刚摘了耳麦，顾未也开始摘，他们真的不是串通好的吗？这两个人怎么回事？上期眼神交流就算了，毕竟是面对面的游戏，我也认了，这期还搞脑波交流了？"张导叹气。

"导演，谁让咱们没剧本呢。"工作人员安慰导演。

墙边，准备爬墙的两个人精神抖擞。

石昕言："观众朋友们。"

顾未："小石头和小刺猬们。"

石昕言："现在就由我们TATW的两名成员给大家表演一下爬墙，喜欢的朋友们，愿你们早日'爬墙（自己有喜欢的明星，突然喜欢上另一个明星）'TATW，哥哥爱你们！今日看了我们爬墙，明日我们就是你的新墙头！"

监控室里的一群人已经笑出了声。

"快点爬。"顾未催促，"我怕张导等一下让那群女鬼来拦我们。"

监控室里正有此意的张导："呃……"

"你先上，然后拉我。"石昕言撺掇顾未。

"成交。"顾未说。

石昕言努力把羊驼推到墙下，顾未踩了一脚羊驼的后背，借力灵活地翻上了墙头，然后向下面的石昕言伸出了手："赶紧的。"

石昕言一把抓住顾未的手，两个人一起往屋顶爬。

跟拍摄影师：我们好绝望，我们上不去啊，我们拍什么？

"无人机上，给我搞航拍。"张导赶紧说，"我倒要看看他们想干什么。"

"什么声音？"张导突然听到一阵奇怪的声音。

工作人员说："呃，张导，顾未翻墙把耳麦丢在墙下了，而且他们刚才翻墙的时候踩了羊驼，羊驼感到十分不满，现在在……"在疯狂吐口水。

"啊，我的钱！"张导欲哭无泪。

屋顶上，两个人正在看下面的情况，群演穿着华丽的古装在院子里翩翩起舞，唱的歌听起来却有点令人毛骨悚然。

"能听懂歌词吗？"顾未问。

"听不太懂。"石昕言摇头，"你摇摇铃铛试试。"

顾未手里的小铃铛发出了清脆的声音，歌声戛然而止，院子里起舞的人都朝着屋顶的方向拜了下来。

"谁来了？"石昕言听见了一阵马蹄声。

"江寻！"顾未远远地看见了江寻，"是江寻！"

"嘘。"石昕言说，"先观望一下，万一我们的任务不一样呢。"

顾未觉得有理，于是两个人继续缩在屋顶上，观察院子里的动静。

穿着一身王服的江寻踏入院子里，群演纷纷后退。

"啊，为什么你们的装扮都这么好看？"石昕言心理彻底不平衡了，"羡慕死我了！为什么不给我一匹马？"

"王爷，王妃的魂魄拘在了这座宫城里。"群演对江寻说，"您要怎么做？"

江寻低笑一声，按照任务要求说出了自己的台词："找出来，让她魂飞魄散。"

他用这样的语气说话的时候，连群演也惊愕地抬起头，仿佛眼前站着的真的是一个冷漠的古代贵族。

"我羡慕了。"石昕言小声说，"这演技。"

"别羡慕了，我在想我们的任务。"顾未小声说，"张导果然不会这么容易让我们过关，江寻和我们应该是对立的，那个'她'是指王妃，我们的任务是把王妃带出去，而江寻的任务就是让王妃魂飞魄散。"

"那我感觉王妃已经去世了，毕竟群演说的是'招魂'。"石昕言说，"所以我们现在要去找这个王妃，你手上的小铃铛应该有用，不知道贝可和钱熠凝是什么身份。"

"我们去别处看看吧。"顾未说，"既然任务不同，那我们暂时不要跟江寻会面。"

导演明显不让他和江寻一起玩。

"同意。"石昕言说。

两个人打算原路返回。顾未试着往墙下翻，羊驼已经跑了，墙不算高，但他没有借力点。他正在思考该怎么办，下面却突然传来一个熟悉的声音。

"要帮忙吗？"

"好呀好呀。"顾未想也没想就回答。

声音的主人伸手接住了他，等他回过神来的时候，人已经落在了地面上。不对，不是地面上。

屋顶上的石昕言呆若木鸡。

顾未横坐在马鞍上，没反应过来这马是什么时候来的。

顾未试探道："江寻？"

"顾未！啊啊啊！"石昕言回过神来，"快跑！"

江寻先一步翻身上马，动作格外娴熟，然后骑着马成功带走了翻墙的小朋友。

"把我队友还给我啊啊啊！"远处传来了石昕言的哀号，"顾未你回来！没有你我怎么下去！"

任务里的王妃还没找着，队友先被坏人带走了。

跟拍摄影师没追上，无人机也在天空中缓慢地飞着，江寻骑着马带着顾未越跑越远。

　　"抓到了一个偷偷翻墙的小朋友。"江寻说。

　　"你怎么……会骑马？"顾未愣了半晌，先问了这个。

　　"以前学过，这个不难。你想学的话，以后我可以教你。"江寻扯着缰绳放缓了速度，等后面的跟拍摄影师和无人机追上来，"你当导演为什么不给你马，反而给你羊驼？张导不傻，谁会谁不会他心里有数，你要是摔着了，我肯定要找他算账。"

　　"那你怎么知道……我在屋顶上？"顾未不解。

　　"这个啊。"江寻取出新的收音麦，替顾未别在了衣领旁边，"某人把麦都弄掉了，张导没办法，只好让我给你送个新的过来。而且刚才你们头顶上有无人机在拍摄。"

　　顾未总算明白了被江寻发现的原因，不过他现在还有点心虚，不仅仅是因为任务，还有别的。

　　"问完了？"江寻问他。

　　顾未点点头。

　　"那好，我公事也说完了。"江寻笑了，"来说点私事吧，比如刚才你逮着空骂我的事情？"

　　顾未："呃……"

　　综艺录制的监控室内，张导看着实时反馈数据走了一会儿神。

　　"顾未和江寻人呢？"张导问，"怎么录个综艺还把嘉宾给录丢了？"

　　"报告导演，他们跑丢了，跟拍摄影师和无人机正在追。"

　　"报告导演，江寻好像把麦给关了，然后顾未那个新的麦还没开。"

　　张导叹了一口气，他可能是史上第一个找不到嘉宾的导演。

　　"无人机搞快点！"张导催促，"那两个人到底在干什么？"

　　"马上就追上了，我们给跟拍摄影师找了一辆车。"工作人员说，"啊，还有，石昕言在屋顶上下不来，可能要找人去帮一下。"

　　"赶紧的！贝可是不是在附近？发布任务让他过去捞一下。"明明是个精心设计的综艺，张导却感觉自己像在带一帮熊孩子。计划赶不上变化，毕竟他们设计的时候也没想到会有人爬到屋顶上去，也没想到江寻会把顾未带走。

"这一段一秒都不剪。"张导怒道，"我看江寻到时候怎么圆！"

江寻和顾未在镜头外完成交流，再次成功私了。

"张导眼光不错。"江寻说，"你的古装扮相真的很好看。"

"无人机追上来了。"顾未小声说。

"那就继续录节目。"江寻伸手，把两个人的无线收音麦打开，对顾未做了个噤声的手势。

顾未："你……"

难怪刚才江寻跟他聊了那么久，摄像和收音都没跟上，他们说什么都没人知道。

"导演！"工作人员激动道，"江寻和顾未的收音恢复了！"

张导惊喜道："来，让我听听。"

江寻和顾未的声音终于传入了导演耳中。

江寻问："你已经听到我的任务了？"

顾未答："听到了，你要让那个什么王妃魂飞魄散。"

江寻又问："你的呢？"

听到这里的张导震惊了，这两个人竟然在一本正经地讨论任务？江寻把人带这么远就为了讨论任务？不可能！张导用脚趾想都知道不可能。

顾未还记得自己的任务与立场，继续按照自己的游戏身份行动，说："我和你的任务一样。"

"真的？"江寻问。

顾未点点头。

眼看着跟拍摄影师终于追了上来继续录制，江寻也没拆穿顾未，说："既然任务相同，我现在又要去正殿，那未未就和我一起吧。"

顾未："好……啊。"

他不能暴露自己的任务，只能先和江寻一起行动了。

张导发布了新任务："每个人手上都有一件代表身份的信物，找到对立者的信物，把它扔进正殿的水池里，即视为对立者任务失败。不管是救王妃还是让王妃魂飞魄散，只要把手里的信物交到王妃手中就行。"

张导又说："除此之外，还有一位嘉宾负责清理宫内的闲杂人等，他就是监察者，他的目的是淘汰所有人。你们的信物一旦落到此人手中，即视为任务失败。"

张导的话让顾未想起了他的铃铛和石昕言捡到的香囊，如果是这样的话，那江寻身上必然也有一样东西。江寻应该是对立者，不是监察者，只要他把江寻的信物扔进水池里，那他就算成功了一半。可是，江寻的信物会是什么呢？

两个人骑着马前往大殿，跟拍摄影师继续拍摄，一切恢复正常。骑马的体验很新奇，但顾未一直在想该如何完成任务，有点心不在焉。

"你在做什么？"江寻的声音从他背后传来，"顾未，你抓着我裤子干什么？"

顾未心道：当然是在偷偷找信物了！

"手滑了。"他面无表情地说。

江寻笑了一声，没再追究。

大殿就在眼前，江寻翻身下马，伸手去拉顾未，顾未抓住他的手从马上跃下。周围都是仿古建筑，两个人都是一身古代装扮，一个不谙世事的少爷，一个身居高位的王爷，在周围风景的衬托下，让人产生了时空倒转的不真实感。

这样的场景，让周围的跟拍摄影师也看呆了。

监控室里的张导忍不住感慨："这里做动图，之后我们发预告用。就凭他们这脸，还有这个场景，我们的综艺肯定要爆，吊打《一起流浪》是完全没有问题的。大家争取一下，我们要拿同期综艺的收视率第一。"

嘉宾颜值足够了，又有趣，张导真觉得钱没白花，并且江寻是来帮忙的，还不用付钱。不过张导记得，之前有好几个别的节目邀请江寻，江寻都没有同意。宋婧溪说江寻对娱乐圈没有半点心思，那么这次江寻愿意帮忙很有可能是因为别的什么——张导想到了顾未。

这时，顾未远远地看见了石昕言和贝可，贝可一身将军的装扮，扮相十分威严。

"顾未！"石昕言站在大殿门口向顾未挥手，"来这里！"

顾未拔腿就想跑，却被江寻伸手扯住了衣服。

江寻笑道："跑什么？不是说我们的任务是一样的吗？"

石昕言心道：完了，队友被扣下了。

顾未没办法，只好跟在江寻身后，几个人一起进了大殿。大殿被灯笼照亮，正中央的王座上是空的。四位嘉宾踏入正殿的瞬间，殿内的烛火亮了起来，在正殿中央的位置有一个池子，两旁有座席。

"张导花了不少钱啊！"石昕言感叹。

"我有一个问题。"顾未问，"钱熠凝呢？"

贝可摇头："我一路过来，只发现了屋顶上的石昕言。"

"先看看导演安排了什么吧。"江寻看了看正殿中央的水池。

"请各位落座。"群演扮演的太监和宫女走到嘉宾们面前，邀请他们入座。

"有吃的？"石昕言激动道，"张导是好人！我饿了一晚上了。"

顾未在江寻身边盘腿坐下，看着正殿里来来往往的宫女往桌上摆满各色菜肴，殿内的烛火暗了一瞬，王座上突然多了一个人。

扮演帝王的演员开口说："今日来者是客，本王宴请各位，一起见证王妃的复生。"

之前那群衣着奇怪的群演闯进殿内，继续完成那个"招魂"的过程，奇怪的歌声又传入了众人耳中。

"他们在唱什么？"顾未问江寻。

"我大概听了一下，好像是这样的。"江寻给他解释，"王妃病死，王上无心政事，忙着招魂，在宫城内设了禁制，把王妃的魂魄扣留在宫城之内。"

顾未明白了，所以他在宫墙外遇到的那群人才会说让他带王妃回家，回家的意思就是离开这座宫殿。石昕言和他的任务相同，都是要救人。江寻的身份是王爷，目的是要阻止"招魂"，直接让王妃魂飞魄散。那么在贝可和钱熠凝中必然有一个人是能淘汰所有人的监察者。

在顾未思考的时候，宫女已经往酒樽里倒上了酒。

"这个能吃吗……"顾未话还没说完，就看见面前的宫女从托盘里取出一根银针，要给酒验毒，演得十分逼真。

顾未心道：真是怕什么来什么，完了，他又要被说不礼貌了。

他刚觉得有点头晕，想要往后退，江寻先一步扶了他一把，并且捂住了他的眼睛。

"别怕，没事。"江寻柔声道，"没人会伤害你，针已经拿走了。"

演宫女的小姑娘吓了一跳，江寻朝她点点头，示意她赶紧把银针撤走。

"顾未怎么了？"张导在耳麦里问，"身体不舒服吗？还可以继续录制吗？"

"我没事。"顾未摇了摇头，那种眩晕的感觉已经消失，取而代之的是一种久违的安全感。

"啊？针？"石昕言立刻反应过来，"对了导演，我们未未看了尖锐的东西会头晕！"

"你……是怎么知道的？"顾未问江寻，江寻刚才的反应着实出乎他的意料。

他只告诉了江寻自己曾经有过轻度抑郁，却没有来得及告诉江寻自己还害怕尖锐的东西。他更没想到江寻知道他害怕什么，刚才还及时捂住了他的眼睛。

江寻关了麦，放下捂着他眼睛的手，对他说："未未，我知道很多你的事情。"

"那我还比不上你，我还不够努力。"顾未也关了麦，凑过去，在江寻耳边说，"江寻，我也想知道更多关于你的事情。"

他还不够勇敢，还不能站在江寻身边。

小插曲过后，综艺继续录制，群演们接着走剧情。其实这样的节目设置有点类似于剧本杀，石昕言和贝可看剧情看得津津有味，江寻和顾未却都有点心不在焉。

终于，故事里的王妃被人用轿子抬上了正殿。轿帘掀开，里面坐着的竟然是一直处于失踪状态的钱熠凝。

"张导，你故意的！"钱熠凝哭丧着脸。

"挺好看的。"石昕言幸灾乐祸，"张导可真是好人，我还是扮太监好。"

王妃终于出现了，所有嘉宾瞬间原形毕露。贝可当即伸手去抢石昕言手里的小香囊，石昕言躲开了，往钱熠凝那边跑去。

几乎每位嘉宾都有自己的任务，现场一片混乱。但这就是导演想要的效果，因为在嘉宾们争夺的过程中会爆出很多笑点。比如钱熠凝刚想从轿子上下来的时候，就被繁复的裙摆绊了个跟头。又比如石昕言不知从哪里抄起了一把扫帚，吼着让贝可不要靠近他。

"顾未拦住江寻！"石昕言吼道，"这边我来解决！"

顾未想也没想就朝着身边的江寻扑了过去，江寻好像早有预料，一把抓住了顾未的手腕。

"我就知道你在骗我。"江寻伸手要去抢顾未藏在衣襟里的铃铛，顾未往后一躲，看见江寻手腕上多出了一个手串，立刻伸手去抢。

钱熠凝不知道碰到谁会导致自己任务失败，一边在正殿里乱跑，一边试图脱掉繁复的长裙。

"钱熠凝注意形象！"

"顾未和江寻在认真抢东西吗？"

"江寻认真点抢，我们还在录节目啊！"

"石昕言把扫帚放下！我们是拍综艺不是斗殴！"

控场失败，导演吼不过来，终于放手不管了。

最终，顾未和江寻同时摔进了水池里，任务宣告失败。石昕言的香囊掉进了酒樽里，贝可胜利，从头到尾一直掉线的钱熠凝还在正殿里乱跑。

"冷不冷？"浑身湿透的两个人从水池里爬了出来，江寻率先问顾未。

顾未摇头，越过王座的方向看向帘子后面，说："好像有光。"

江寻示意大家噤声，小声说："监控室。"

嘉宾们用眼神交流，剩下的三个人立刻会意，先后跳进水池里，全身湿透，五个人同时向帘子后面冲去。

"准备收工……"张导一句话没说完，五个全身湿透的嘉宾就冲进了监控室，一人给了他一个湿漉漉的拥抱。

就这样，《逃之夭夭》第二期在张导的骂骂咧咧中宣告结束。

"我精心设置的凄美故事你们体会了吗？我年纪这么大了，你们还让我洗冷水澡？"

"这都是心意，张导。"江寻拿着毛巾帮顾未擦脸上的水。

"什么心意？"张导不解，"泼我一身水是心意？"

江寻说："感谢你当初让我们玩'你画我猜'的心意。"

张导觉得吧，录综艺是挺好的，就是有点冷。

一整个晚上就这样过去了，天已破晓，几个人湿透的衣服也渐渐干了。他们都是年轻人，熬了一晚上，还能在熹微的晨光中拍小视频玩。

"未未，看我。"江寻拿着手机说。

顾未正在看石昕言刚才拍的各种视频，闻言回头一笑，表情管理满分。

阳光在江寻身后一点一点散开，顾未看着镜头，喊道："江寻，看我！"

只见顾未双手撑地，做了一个完美的前桥翻。他还穿着那身蓝绿色的古装，衣摆在半空中翻飞，站起身的时候，得意地看着江寻。

石昕言经常和顾未一起练舞，只觉得好看，不觉得有多惊奇，现场的其他人却都惊呆了。

"帅哭了！"钱熠凝羡慕道，"不愧是主舞。"

江寻拍完视频，默默保存，然后打开剪辑软件，随手加了一段音乐，再编辑文字"一个很厉害的小朋友"，然后就把视频上传了。

几位嘉宾都有行程，道了别后便各自离开。

顾未和江寻一起住进了穆悦提前安排好的酒店。

两个人换衣服加洗澡，又折腾了两个小时。正准备休息的时候，顾未说："我突然不困了。"

"我也是。"江寻在刷自己刚才拍的小视频，短短几个小时，小视频已经累积了近万的点赞，评论也在飞速增长。

"也太好看了吧！小哥哥的前桥翻做得太标准了，我这个学舞蹈三年的女生都做不到。"

"视频太短了，不够看，求多发一点好不好？点赞转发都可以给你。"

"小哥哥是第一次发视频吗？求认识啊，求问打多少钱可以加你的微信。"

江寻高调地回复了最新的一条评论："打钱可以，微信没有。"

顾未现在虽然不算一线明星，但流量也不小，视频传得很快，渐渐有人认出了视频中的他。

"这个小哥哥有点像顾未啊。"

"这么一说，好像是的！但顾未之前是不是从来没有过古装扮相？"

"有的有的，顾未在录《逃之夭夭》第二期，说是全员古装来着。"

"我搬运到微博看看，我好像突然 Get 到了顾未的好看。"

"搬！这要是顾未，我就粉他。"

几分钟后，有人把视频搬到了微博上，明明是工作日的上午，这条微博却迅速被转了起来。

小刺猬家的晴天娃娃："@TATW- 顾未，未未，这是你吧？我们小刺猬绝对不会认错人。"

Fire："这是顾未？好厉害啊，这个视频里他在和谁说话？感觉笑得好开心啊！"

逃之夭夭的官方微博趁此机会转发了这条微博。

逃之夭夭官方微博："本来想过几天再发的，竟然有人先发了一条。本期节目全员古装，和'小逃'一起期待节目播出吧！"

正在刷微博的顾未也刷到了这条，问江寻："哥，你还上传了啊？"

当时他一时兴起，想给江寻展示一下自己的技艺，却没想到这么快就被网友们看到了。他做动作的时候只觉得好玩，没想到拍出来真的很好看。

《逃之夭夭》综艺的官方微博下面全是小刺猬们的夸赞，顾未最近参加的综艺效果都挺好，加上他之前阻止跟踪者的事情做得很对，微博粉丝数一直在增长。

TATW 是顶流男团，但从个人来看，只有傅止和洛晨轩活跃在一线，其他三个人总在二三线徘徊，赵雅也想了不少办法给他们圈粉。

在粉丝们的夸奖中间，还夹杂着不少其他的评论。

今年什么时候过年："视频里有背景音乐，不过看顾未的口型，他喊的好像是江寻哎。是录节目的时候拍的吗？弟弟的眼睛里有星星，能追他们同框的节目真是太好了。"

寄居蟹："我不是杠，不过还是想 @蒋恩源，他不是跳舞很厉害吗？能翻个前桥出来看看吗？上次江影撑他的时候我就感觉不对了，要不咱们再把编舞的事情拿出来理一下？"

今天你学习了吗："@寄居蟹，姐妹冷静点，别给顾未招黑。"

Air："综艺能不能快点出来？我们想看。"

顾未刷完微博，发现对家给他发了消息。

大钳蟹："前桥翻难不难？我想学。"

爱我请给我打钱："不难。"

大钳蟹："那下回教我！我也想被路人夸。"

爱我请给我打钱："成交！"

爱我请给我打钱："话说，你在干什么？"

大钳蟹："我在拍戏。"

"让他好好拍戏，认真看剧本，不要在片场划水，就算在划水也别被人拍到，就算被拍到也不要让爸妈看见。"江寻看见了他们在聊天，出声叮嘱。

顾未应道："好的，我告诉他。"

爱我请给我打钱："好好拍戏，不要鬼混。"

大钳蟹："放心，我有这个觉悟。"

大钳蟹："我爱拍戏，拍戏使我妈快乐，我妈快乐，全家快乐。"

爱我请给我打钱："呃……"

江寻："呃……"

小视频软件里，那条短视频的评论里挤满了各种要加微信的网友。

"我后悔了。"江寻突然说。

"后悔什么？"顾未没来由地有点紧张。

"后悔把小视频发出去了，这是独家限量版，应该私藏。"江寻看着那些评论说。

微博上的网友已经根据顾未的口型猜出了拍视频的人是江寻，还纷纷评论——

"寻神，帮我们要一下未未的微信，谢谢。"

"就不能多拍一段吗？"

"未未我爱你！"

"能剧透吗？我想提前知道一下你们都玩了些什么。《逃之夭夭》出得太慢了，等得好着急。"

"江哥，还有短视频吗？别藏着掖着了，发出来让兄弟们看看。"

顾未也看到了这些评论，顿时明白了江寻说后悔的原因，说："你不是看过吗？我只跳给你一个人看的那种？"

"不够看啊，你那次才给我跳了一小段。"江寻不满意，"而且，也不是我最想看的那个。"

"那我……"顾未做了一个决定，"给你看一个比较特别的吧。"

顾未在手机里找到了一段伴奏，这是他唱过无数遍的歌，搭配的是他在心里温习过无数次的编舞，他还没来得及在舞台上好好展示。而现在，观众只有一个人，"舞台"上也只有他。

"我能去我想去的地方。

"踟蹰不前是从前的模样。

"聚光灯亮没人会去彷徨。

"因为我面前的是微笑荡漾。

"……"

没有后期和舞台特效的修饰，顾未唱歌唱得的确一般，但胜在嗓音清纯干净。这是 TATW 的一首主打歌，主要写给喜欢 TATW 的人。但是由于特殊情况，只在观众面前展示过一次。

这首歌江寻听着有些耳熟，看到舞蹈动作，他终于想起来了——这是曾经被传编舞抄袭的那首歌。

听了无数遍的伴奏在顾未耳边响起，时隔许久，他终于鼓起勇气再次面对这首歌，面对这一段他曾经费尽心思完成的编舞。明明脸上还带着笑，明明心里是高兴的，顾未的视线却有点模糊了。

"江寻，我……"顾未试图解释。

江寻打断了他的话，抚摸着他的后背："没关系，我都知道的。"

他积攒了许久的委屈，就因为江寻的一句话尽数倾泻出来。

"我不想哭的。"顾未的眼眶有点红，"我真的一点都不想哭。"

"我知道。"江寻放缓了声音，"我都知道。"

"我没有抄他……"顾未说，"这是我自己的编舞，是我自己的表达，他怎么会懂……那天舞房的录像，赵姐说不见了……怎么找都找不到。"

"什么叫两个编舞很像？本来就是我的，能不像吗……"

"他先跳的，他们说那就是他的，那我呢……"

蒋恩源还没离开雪轻娱乐的时候，顾未和他关系很好，两个人是要好的朋友，也经常在一起练舞。那个时候 TATW 即将发布新专辑，顾未几乎每天都在舞房里待到深夜，琢磨合适的编舞。蒋恩源看着他熬红了眼睛，完成了那首歌的编舞，看着他一步步地把编舞完善，却在 TATW 演唱会开场前不久换了公司，先一步在新歌里用上了顾未的编舞。

这些话在顾未心里藏了很久，可网友们不会听，赵雅也管不到这种地步。事情已经发生了，顾未怕影响队友的心情，也从来没提过。编舞被人窃取的失望，被全网误解的委屈，还有一次次从睡梦中惊醒后产生的无意义、无价值感，他藏了一次又一次。

现在面对江寻，这些被埋在心底的事情却怎么也藏不住了。

"明明我都告诉自己不要在乎了。"顾未说，"可我怎么……"

可他怎么还是很想哭？

"我好了。"顾未揉了揉眼睛，说，"江寻，这首歌，还有这一段舞，你喜欢吗？"

"喜欢。"江寻认真地说，"这是我看过的最精彩的编舞。"

他一说话，顾未的眼眶又红了："不行，太好哭了，你一说话，我就想哭。"

从小家里就不允许他哭，再难受的事情都让他藏在心里。突然这样，顾未觉得有些不好意思。这些事情藏在心里许久，现在倾泻的缺口终于打开了。

夜晚，窗外月色朦胧，他做起了很久未做的美梦。

易晴熬夜训练到凌晨，刚入睡不久，就被手机振动的声音给吵醒了，是有人发来了微信消息。

Sunny："老大？"

Sunny："扰人清梦啊。"

十万伏特："问你一件事。"

Sunny："讲。"

十万伏特："你们站子的打投还有反黑任务是怎么做的？"

Sunny："啊啊啊！"

十万伏特："教我一下。"

Sunny："好！"

半个小时后，"耐人寻未"的超话里，某个大粉又发了一条微博。

小刺猬家的晴天娃娃："来，都别睡了，起来签到，'耐人寻未'入股不亏，别家都会吹，我家保证有趣。"

江寻点开了易晴发来的那几张截图，其中一张是小刺猬后援会招新的截图，截图上写了招新的具体要求——

第一，十八周岁以上。

第二，工作效率高，不会三分钟热度，有合作意识。

第三，每日在线时间足够长，真心喜欢未未，不会黑未未。

第四，只关注顾未的超话。

此外，进群需私聊群主进行考核。

前三条江寻是满足的，但是第四条——江寻之前打世界赛的时候关注了自己的超话，这个好办，他想也没想就把自己的超话取消关注，然后才关注顾未的超话。

易晴没过多久又发来了消息。

Sunny："您可真行！"

Sunny："大号追星。"

Sunny："队长，别取关你自己的超话了，群主是我朋友，你低调点开个小号，我把你捞进去。"

十万伏特："为什么要开小号？"

Sunny："请队长关爱一下广大粉丝的身心健康，我们想要可持续发展的那种。"

Sunny："啊对了，这个群里应该还有不少顾未的单人粉丝，但都是自家人，别担心，不会有乱七八糟的人。"

十万伏特："稍等。"

十万伏特："我去找个号。"

江影刚和顾未聊完天，正要开工，又收到了江寻的消息。

大钳蟹："忙着呢，什么事？"

十万伏特："借个微博小号用用？"

大钳蟹："好说好说，我小号特别多，你要个什么样的？影卫系列还是螃蟹系列？"

十万伏特："螃蟹系列吧，来个底子清白的。"

大钳蟹："那你是要寄居蟹还是帝王蟹还是椰子蟹还是黄油蟹还是面

包蟹？"

十万伏特："来一个没拉踩过顾未的，随便什么蟹都可以，这个不重要。"

大钳蟹："那面包蟹给你吧，只有这个了，我用得比较少，我给你发账号和密码。"

十万伏特："成交。"

江影速度很快，没过多久就把名叫"面包蟹"的微博号发到了江寻的手机上。

江寻没立刻去找易晴，而是先登录这个微博号看了看。这虽说是江影眼中的小号，却也不小了，注册时间是两年前，转发的微博有上千条，还充了年费会员。江寻翻了翻微博，发现基本都是江影的转发和"哈哈哈"。除了一年前有几条骂蒋恩源的微博，的确没有什么出格的言论。江寻用这个小号关注了顾未的微博和超话，把昵称改成了"小刺猬家的面包蟹"，这才把微博号发给了易晴。

Sunny："稍等。"

片刻后，小刺猬家的晴天娃娃关注了这个微博号。江寻回粉，接着被易晴拉进了小刺猬官方后援会的群里。

小刺猬家的晴天娃娃："欢迎新人@小刺猬家的面包蟹，这个不用考核，是我认识的，都是自家人。"

小刺猬家的雪饼："哇，欢迎新姐妹。"

小刺猬家的仙贝："都是一家人，以后一起守护弟弟。"

小刺猬家的面包蟹："大家好，我是新来的，和大家一样喜欢未。"

江寻想了想，又发了个"憨憨脸红"的表情包。

小刺猬家的可可："姐妹的表情包好可爱，姐妹本人应该也很可爱。"

TMW的俱乐部里，正准备穿衣服起床的易晴下床失败，被被子绊了一跤。她顾不上疼，又抓起了手机发消息。

Sunny："队长，绝了！我仿佛重新认识了你。"

Sunny："'姐妹'你可真是太可爱了。"

Sunny："这是什么犯规的表情！"

十万伏特："从别人那里偷的表情包。"

十万伏特："醒了就起床训练吧，有空再给我科普，我先自己看看。"

Sunny："好的，训练，青训生易晴要肩负起 TMW 的未来。"

易晴揉了揉膝盖，自言自语："才怪，我先去超话打个卡。"

受家庭背景影响，江寻对粉圈的各种知识是了解一点的，知道后援会的运行有自己的规律。粉丝们因为共同喜欢一个人而聚集在一起，日常进行打投和反黑等工作，文案、美工等工作分工明确。

易晴拉江寻进的群算是后援会的核心群，群里的成员几乎都是大粉，正在讨论近期应援的事情。

小刺猬家的竹蜻蜓："《明明如月》是不是还有一阵子就要杀青了？这是未未的第一部电视剧，我们到时候要不要给他买 H 市中心的屏幕应援？"

小刺猬家的璐璐："我觉得可以，弟弟值得我们对他好。不管剧方之前有过什么操作，这部剧对未未来说都很重要，我们的应援必须跟上。"

小刺猬家的雪饼："但是好像蒋恩源那边的大粉也盯上了市中心的广告位，估计是要和我们抢的。"

小刺猬家的雪碧："试试吧，我不想再看蒋恩源恶心人了。"

江寻一边看群里的小刺猬聊天，一边记笔记，记下了很多重要的应援方式。粉丝会买屏幕的广告位宣传，也会找人剪辑各种视频，并不是嘴上喊着喜欢，就可以算是追星。江寻把新了解到的东西一一记下来，这好像是他第一次对电竞以外的事情这么认真。

顾未近期很忙，只有一天的休息时间，录完《逃之夭夭》第二期，他就又飞回剧组继续拍摄电视剧。

"我觉得你最近的状态很好。"某一天拍摄结束之后，导演这么对顾未说，"是发生了什么好事吗？你最近这么拼，身上那股拼劲太契合角色了。"

在刚才的那一场戏里，顾未扮演的缪梓晗一边躲着家里人挥舞的扫帚，一边收拾好自己的衣物，仿佛感觉不到疼一般，再次用手撑着窗台熟练地翻了出去。

"滚！滚出去你就别回来了！"缪梓晗的妈妈撕心裂肺地吼着。

"哦，可以，那我这次不回来了。"缪梓晗冷冷地背上了刚收拾好的背包，向着远处走去。在看见宁遥的那一瞬间，他露出了一个浅浅的笑容。

"这里——"导演指着刚才拍完的那一场戏说，"我们看到了缪梓晗的成长，你演出来了。其实我也看到了你的成长，不知道为什么，我感觉你和上个月不一样了，不只是演技，还有其他方面。"

不止导演一个人，大家都能看到顾未身上的变化。

扮演妈妈的演员是一位老戏骨，见状也开玩笑说："顾未很努力，最近时不时就来向我请教，拍的时候我都舍不得抢扫帚打孩子了。顾未可以的，用你们年轻人的话说，就是未来可期。"

顾未和周围的人一起笑了，贺澄坐在不远处，脸上的神情淡淡的，看不出什么。

顾未近日的努力大家有目共睹，这趟录节目回来后，他更加认真地读剧本，无法理解人物的某些心理变化就去向有经验的演员请教，手里的人物小传也改了一次又一次。他想要站在江寻身边，只是作为三线黑红小明星的顾未是不够的，他想要更努力一些，那样站在世界冠军江寻身边才能不逊色。

《明明如月》对他的转型来说很重要，这是他拍的第一部电视剧，相关评价将会影响他日后接到的资源，所以贺澄可以划水，他不可以。他想更红，就必须有好的作品，才能走得更远。

"多吃一点。"穆悦说，"不需要再瘦了，拍完就让营养师给你制定一个新的饮食计划。"

"好的，我知道。"顾未说。

TATW的微信群名最近不知被谁改成了"小糊团"，几个队友正在呼唤顾未。

守得云开见月饼："@爱我请给我打钱，干什么呢？最近也不见你在群里说句话。"

清晨的太阳啊："@爱我请给我打钱，忙着拍戏？"

傅止："我不行了，我快忙死了，你们听赵姐说了没？椰子台的新年晚会准备让我们上，歌还在选，大概再过一阵子我们就要停掉其他通告回去训练了。时间有点紧，估计是来不及准备新歌的。"

清晨的太阳啊："那就唱以前的歌，刚好不用重新写歌。顾未忙得团团转，也没空编舞。"

Stone：“哪天得空了我们讨论一下，看选哪首歌。”

Stone：“未未这段时间太忙了，最近打游戏没带他，我感觉缺了不少乐趣。”

Stone：“嘤，我是不是有毛病？”

爱我请给我打钱：“我要更努力，才能不蹭江寻的热度，我不想糊了。”

“爱我请给我打钱”修改群名为“小糊团未来可期”。

傅止：“难得看见我们未未这么上进。”

傅止：“啊，我这边的朋友说，顾未和石昕言录的综艺出预告了？”

清晨的太阳啊：“哇，我去看看。”

过了一会儿。

清晨的太阳啊：“嗯？你们录综艺的时候骂我们？池云开，他们骂你！”

顾未：“呃……”

这样一想，距离录制《逃之夭夭》第二期好像的确过去了一段时间，预告片是该出来了。不过顾未没想到，他和石昕言对着夜空喊话的那一段竟然没被剪掉。

两分钟后，微信群“小糊团未来可期”里出现了两条消息。

“‘Stone’退出了群聊。”

“‘爱我请给我打钱’退出了群聊。”

“你们团的关系，可真好啊……”穆悦看着顾未面不改色且熟练地退了群，惊呆了。

外界时有传言，说TATW男团是目前当红的最有团魂的一个男团。穆悦不久前才看过某家娱乐公司对TATW进行采访的时候，成员们纷纷戏称自己团是个假男团。

“我们团很假的。”池云开说，“我们动不动就会把打游戏最菜的那个踢出群。”

“平时我们各玩各的。”傅止说，“我们的关系一点都不好，真的。”

“顾未呢？”记者问，“你是团里年龄最小的，哥哥们说你们团是假团，你有什么看法吗？”

“嗯……”采访视频里的顾未说，“我已经学会闯祸之后自己主动退群了，我说的闯祸包括但不限于打游戏坑队友。”

石昕言也说："没毛病，我也会，闯祸包括但不限于在客厅吃螺蛳粉。"

记者："呃……"

穆悦当时以为他们是在营业，故意带梗开玩笑，没想到这几个人竟然是来真的。

穆悦想起来，赵雅最近又给 TATW 接了个采访，需要进入他们的宿舍拍摄。穆悦发自内心地觉得团内各成员的人设真的要保不住了。

顾未习以为常，不知道穆悦内心的想法。他很期待《逃之夭夭》第二期，不仅因为这是他和江寻一起录的综艺，还因为这一期里有他的首次古装扮相。

播放《逃之夭夭》第二期的预告片，首先出现的是一座古老的城墙，接着就是几位嘉宾进入化妆室的场景。

视频里配上了字幕："时空倒转，让我们看看在很久很久以前，他们是什么样子？"

画面发生了变化，这一段剪辑了所有人做好妆造之后拍摄的片段，节目组的后期格外强大，给这一段视频加上了各种特效。

顾未穿着蓝绿色的古装，坐在青石上，头顶是摇曳的花树。江寻穿着黑色的王服，站在夜色中，摄像机移动，他抬头对着镜头像是不经意地笑了一下。然后就是石昕言、贝可，还有被迫穿女装的钱熠凝，众人依次出现。再往后，五个人的古装扮相同时出现在画面中，接着一阵铃铛声响起，一队穿着白色衣服且行踪诡异的人在围着宫墙打转。

最后是节目组剪辑进去的一段花絮，顾未和石昕言边走边吐槽导演和队友。

字幕出现："他们在找什么呢？"

画面就停在了这里，预告片到此结束。但就是这么一段不到两分钟的预告片，已经足够让等待许久的网友们兴奋不已了——

巧克力蛋糕："顾未太棒了，弟弟眼睛里有星星，古装扮相太好看了。各位要拍电视剧还有电影的可以看看我们未未，不管怎么样，这张脸是真的没话说啊！"

丢了五张卡："TATW 团这两个人好好笑，节目组故意的吧，我好想知道他们团另外三个人看到这一段会是什么反应。他们不是总说自己团是假团吗？"

小刺猬快长大："求正片！顾未和江寻的古装扮相简直不要太好看！小逃能发一下未未的单人图吗？想抱走做个壁纸什么的。"

小刺猬家的晴天娃娃："官方比我们会玩系列，姐妹们蹲正片啊！"

不久后，傅止发了一条微博。

TATW-傅止："@逃之夭夭官方微博 @TATW-顾未 @TATW-石昕言，听说你们在综艺里骂我们了？回来挨打。"

傅止的配图是他们团微信群的截图，截图里刚好显示顾未和石昕言退了群。傅止作为TATW人气最高的成员，微博粉丝高达两千多万，又因为忙工作好几天没营业了，这条微博一发出来就立刻吸引了粉丝的注意力。

心如止水："哈哈哈！上次的采访怕不是真的，你们团真的好假哦，成员动不动就退群。我要去看看这个综艺，是不是今晚播出来着？"

我想要一只猫："你们团过分可爱了吧！那俩人在综艺里还不忘吐槽其他人，这哪是假团？这是关系真的好啊！顾未和石昕言好可爱，哥哥我先去隔壁看看综艺，搞不好我要变成你们的团粉了。"

傅止哥哥超帅呀："这个综艺好像还挺好看的，我先去补一下第一季。"

大白菜："只有我注意到你们群之前的群名是'小糊团'吗？你们一点都不糊好吗！不过原来你们关系这么好啊，我之前不该骂顾未的，我去看看综艺。"

洛晨轩和池云开也转发了傅止的这条微博，都配上了文字"回来挨打"。几个人的流量加起来十分可观，《逃之夭夭》第二期备受关注，正片还没播出，就被送到了热搜的前五位。

顾未知道这是傅止和洛晨轩他们在帮忙宣传综艺，他们团一直都是这样，看起来松松散散，大家平时各忙各的，但必要的时候都会站出来帮忙。当初出了编舞的事情没多久，公司的决定是让几个人都不提这件事。但在一个晚会节目的后台，他们团遇到了已经换了公司的蒋恩源。池云开和石昕言当时就没忍住，冲上去就要揍人，被傅止一把拦住。

"别给顾未招黑。"傅止比他们大一两岁，平时也稳重很多。

顾未也摇头示意池云开别去，但第二天他才知道，蒋恩源那天晚上不知被什么人锁在了洗手间里，差点没能上台，被经纪人痛骂了一顿。后来蒋恩源上台时状态也不好，脸色很难看。

"是……你们干的吗？"当时的顾未用怀疑的目光看着四个队友。

"不是，不可能，不存在的。"四个人异口同声地说，"他有证据吗？有录像吗？"

"都是成年人了。"顾未哭笑不得地说，"能不能别用那种小学生的方式掐架啊？"

话是这么说，可顾未心里却是暖的。大家在用自己的方式表达无奈和愤怒，在安抚他。所谓的团魂大概就是这样吧，他们开得起玩笑，在必要的时候也能为队友挺身而出。

傅止他们的引流很成功，顾未和石昕言的微博粉丝数都在上涨。综艺官方微博的评论里，大家都在期待晚上八点各大视频网站同步播出的《逃之夭夭》第二期。

"弟弟最近的人气升得很快，微博粉丝都快一千两百万了。"穆悦说，"而且我觉得最近你的黑粉少了好多啊。"

听穆悦这么一说，顾未的确感觉到了。以前在微博的搜索框搜索"顾未"的时候，跳出来的词条除了他近期的活动信息以外，就是那个"编舞抄袭"的词条，但最近那个词条已经看不到了。微博的实时搜索里，那些每天定时定点打卡骂他的职业黑粉也消失不见，只有零星几个吃隔夜瓜的路人会提起之前的事情。

人气提升能带来这么大的好处吗？顾未没想明白，但是对他来说，最近的网络环境已经好很多了，他甚至敢在闲暇的时候翻翻自己微博下的评论，再回复几条看起来很有趣的评论。

"小刺猬的反黑最近专业了很多，说是有组织、有纪律也不为过。"穆悦说，"我本来怕搞过头了会引发网友的逆反心理，结果他们的反黑简直可以说是恰到好处。而且感觉他们最近很富有，做数据也格外认真，P图请的都是圈内高手。我之前按你说的跟他们提过不要花太多钱了，但他们说他们最近有钱……"

"我们弟弟要红，真的是拦也拦不住。"自己跟的艺人在逐渐进步，穆悦心里也觉得自豪。

"我会更加努力的。"顾未说。

他会努力到不用蹭任何人的热度，不会被黑料包围。

直到有一天，人们提起顾未的名字，首先想到的会是他的作品，而不是他那段所谓的黑历史。

《逃之夭夭》第二期预告发出的当天晚上，正片就播出了。没过多久，"耐人寻未"和综艺的名字便一起挂在了热搜上。

顾未洗完澡，抱着平板电脑，靠坐在床上看起了综艺。

第二期最先播出的竟然是他进场以后满世界找路的场景。他跟着群演绕圈圈，节目组用了快镜头，还加上了字幕："第一圈、第二圈……再来一圈。"

后期把张导的反应也给剪了进去。

张导："他终于发现了……群演每绕一圈加一百块啊……"

弹幕在这个位置迎来了第一次小爆发。

"经费原来都花在这里了，心疼张导一秒钟。"

"心疼顾未的脚，他真的走了好多路，哈哈哈！"

"找到了找到了，只有我在认真看剧情吗？"

顾未在守卫那里的抽签和江寻这边的镜头是同步播放的，于是所有观众就看着他们一个人牵走了一匹高头大马，一个人牵走了一只羊驼。

"江寻竟然会骑马，还很熟练，是不是学过？"

"导演有心了，小刺猬想在这里替未未谢谢张导，他不会骑马，给他羊驼刚刚好，谢谢张导考虑了这么多。"

"感觉我们小石一直在长跑，哈哈哈！"

"石昕言和顾未相遇了，TATW 小合体，哈哈哈！"

"来了来了，名场面打卡！"

屏幕上被网友们刷满了"名场面打卡"这几个字，和预告片一样，综艺里的顾未和石昕言出于无聊和壮胆的目的，开始内涵别人了。

看着综艺，顾未心想，他吐槽江寻的那一句应该剪掉了吧？什么能播，什么不能播，张导是个聪明人，应该都是知道的。

石昕言："池云开特别傻！"

顾未："张导特别坑！"

石昕言："傅止喜欢很嗨的音乐！"

顾未："洛晨轩偷吃我零食！"

名场面已经让网友们笑疯了，顾未本以为应该到此为止了，毕竟张导是个明白人、老实人，张导他……

然而画面并没有切换，镜头里的石昕言提了一嘴上次洗盘子的事情，他旁边的顾未立刻开口："江寻特别喜欢欺负我！"

镜头里的江寻牵着马，抬头看向夜空，远处传来了顾未的声音。后期捕捉了江寻抬头的动作和微微皱眉的样子，在江寻头上加了一串问号。

网友们终于按捺不住，五颜六色的"哈哈哈"弹幕在屏幕上刷过。顾未看着飞快刷过的弹幕，差点没拿稳手中的平板。原来江寻在这个时候就已经听见了他的隔空喊话，难怪后来非要找他算账呢。

顾未看到视频里的他有点不好意思地对跟拍摄影师说："张导，后期剪掉啊。我胡说的，江寻可好了，什么问题都没有。"

后期竟然连这句话也放了进去，说好的张导是明白人、老实人呢？

"花了我这么多钱，这些镜头一个都不要剪，要让嘉宾创造价值。"镜头记录了张导当时的反应。

弹幕更精彩了。

"干得漂亮！"

"这件事告诉我们，录节目不要夹带私货。"

"看得出江寻和顾未关系真的好好啊！"

"我们主舞原来这么有趣吗？"

"哈哈哈！江寻快找他算账！"

这时，画面切换到了贝可和钱熠凝那边。钱熠凝被一群宫女追着，非要他换上王妃的衣服，他正在疯狂谴责张导。接着，画面再次跳转，顾未和石昕言为了绕开张导设置的关卡选择了翻墙。

这个神转折出乎观众的意料。

"这个也是名场面啊，你们综艺怎么搞的？我们团两个帅气的弟弟怎么一到你们综艺里就画风突变？肯定都是张导的问题。"

"顾未在综艺里看起来乖乖的，翻墙怎么这么灵活？心疼羊驼一秒。"

"今天看完这个综艺我就要追你们 TATW，我宣布以后我就是你们的团粉了，弟弟过分可爱了。"

"我觉得剧情瘆得慌，恐怖主题简直了，还好有这两个人撑场面。"

"咦，我为什么听不到顾未说话了？羊驼的声音好明显。"

"明显是麦掉了，都玩疯了，不过我好久没看到顾未这么开心了。"

顾未："呃……"

那天他翻墙玩嗨了，压根儿就没发现自己的麦掉在了墙边，被羊驼尽情踩踏，难怪后来江寻给他戴了一个新的麦。

"这是我带过的最差的一届嘉宾。"监控室里的张导愤怒地捶桌，"一个收音麦不便宜的！"

"我给钱。"监控室里传来江寻的声音。

张导大喜："那能把群演的钱一起给了吗？"

"想什么呢？"江寻说，"我友情拍摄您的综艺，完了还要我倒贴钱？"

弹幕继续飘过。

"江寻参加综艺是被抓壮丁的吗？哈哈哈！张导抠门。"

"之前传言说他是来帮忙的，没想到是真的，哈哈哈！"

"江寻说'我给钱'的时候，我流下了羡慕的泪水。"

顾未录节目的时候不知道发生了这么多事，看着屏幕里心疼钱的导演，笑个不停。

再往后，江寻接到了给顾未送收音麦的任务，骑着马过来了。

观众们还在盯着墙上的两个人。

"让你们皮，看你们怎么下来，TATW 爬墙二人组。"

"哇！我怎么觉得江寻这演技和台词功底吊打娱乐圈一大批演员啊，可惜人家对演戏没兴趣。"

"对，刚才也说了，江寻参加这个综艺也是被抓的壮丁，宋编剧和张导好像是朋友。"

视频里，顾未发现自己和江寻任务不同，试图从墙上跳下来溜走，却被早已知晓他位置的江寻劫走。在这里，观众们再一次疯狂刷屏——

"很好，我觉得我们偶像在这个节目里真的很放得开，隔着屏幕都能感觉到他心情好了。"

"我也好想带着我偶像骑马啊，可惜我不会，呜呜呜。"

视频里，江寻带着顾未直接跑出了拍摄范围。顾未正在喝水，看到这一段狠狠地呛了一口，咳得停不下来。

张导："无人机搞快点！那两个人到底在干什么？"

观众们也着急——

"给摄影师加五十个鸡腿，跑快点，追上去看看他们在干吗？"

"如果我没看漏什么细节的话，这两个人在游戏里的立场应该是相反的？这是在偷偷商量什么？"

"张导好可怜啊，完全 Hold（掌握）不住自己请的嘉宾，还得让贝可去那边捞石昕言。"

"我好喜欢看有顾未和江寻的镜头啊，这期真的给得很多。"

"这两个人是不是还关麦了？好像是吧？"

"张导要咬人了。"

"收音恢复了，不过这两个人好像在一本正经地分析剧情？"

"欲盖弥彰，我们就不信了，谁知道他们偷偷在聊什么！说不定偷偷讲了什么不可告人的秘密。"

"对了，他们是不是还有个双人超话？"

"前面的，'耐人寻未'了解一下？微博超话点关注。"

张导精心设计的剧情终于回到了正轨，几位嘉宾聚集在正殿里，看群演走剧情。在这里，顾未出了一点小状况，他不知道后期会怎么处理这一段，也有点紧张，怕自己会再次招黑。

手机显示有新的语音通话，顾未暂停视频，接了江寻的电话。

"在看综艺吗？"江寻问。

"在的。"顾未说。

江寻说："我也在看。"

"你感觉怎么样？"顾未有点紧张。

"感觉很好。"江寻说，"有我在，观众缘和路人缘都不用担心。"

TMW 俱乐部里，易晴戴着耳麦，坐在自己的电竞椅上。

"Sunny，你的奶茶，多加红豆的。"一个青训生把奶茶放在易晴的桌上，"等一下四排练习赛来不来？你来了我们稳赢。"

"不去，姐姐有事。"易晴叼着棒棒糖，懒洋洋地说，"自个儿打去。"

"真不来？"少年有点失望。

"真不去，我今天有重要的事。"易晴摆摆手，"明晚那场带我，打哭他们。"

易晴继续追《逃之夭夭》第二期，导演的确精心设置了剧情，无论是正殿里跳舞的群演还是来往的宫女，都把观众带到了故事的情境中。

"我们未未真好看。"易晴动了动手指，打字飞快，发了今天的第两百零九条弹幕。

晴天娃娃的夸赞发了一个又一个，直到综艺里的顾未突然神情一变，江寻迅速捂住了他的眼睛。易晴急了，怎么了怎么了？

"对了导演！我们未未看了尖锐的东西会头晕！"石昕言突然站起来大声说。

易晴看到视频里的江寻慢慢地放下了捂着顾未眼睛的手，轻声说着什么，顾未的脸色好看了一些。江寻又说了一句话，顾未有些苍白的脸色才渐渐恢复过来。

易晴暂停视频，咬碎了嘴里的棒棒糖。棒棒糖可以稍后再吃，但是有场架她想先掐一下。

易晴打开微博的时候，已经有不少网友看完了《逃之夭夭》第二期，在超话里讨论起了这一段。

黄桃桃："我有个问题，那个针一下子让我想起来《一起流浪》第四期的时候，顾未被黑没礼貌，当时好像也是有人递了针盒给他吧？"

团子："当时他是因为头晕才跑出去的吧？不是因为没礼貌。"

脆皮果子："你是对的，我一下子就想到了尖端恐惧。石昕言在综艺里也说了，顾未怕这个。而且我记得当时 TATW 的队长傅止还发了一条微博，说'眼见为实，耳听为虚'，洛晨轩他们几个都点赞了，没想到是因为这个啊。"

帝王蟹："哎哟喂，我刚才回去翻了一下你们说的第四期的那个片段，当时那个刺绣的针盒是蒋恩源递给顾未的。@蒋恩源，要不要出来解释一下？"

小刺猬家的晴天娃娃："@帝王蟹，感谢姐妹提醒，我刚才去看了一下，真的是蒋恩源递的。巧了，那我们倒是想问一下 @蒋恩源，你和顾未以前是同一家公司的练习生吧？你比石昕言他们认识顾未还要早，他什么情况你不知道吗？"

煎饼果子："本人以前在不明真相的情况下骂过顾未，现在为自己那时的言行道歉。"

叮咚："编舞的事情模模糊糊的，也说不清楚，当初动不动就把关系好的事情拿出来说的是蒋恩源？蒋恩源那边是不是先要出来解释一下他在综艺里明明知道顾未怕针还给顾未递针盒的事情？"

胡桃子不想熬夜了："你们干什么？突然点名蒋恩源？编舞的事情没得洗，蒋恩源先跳的就是蒋恩源的，顾未就是照着跳了一遍啊。顾未还不够黑吗？这次可是你们自己先出来舞的，我看你们是想让他彻底糊。"

小刺猬家的晴天娃娃："@胡桃子不想熬夜了，东方不亮西方亮，笨猪啥样你啥样。"

顾未还在和江寻通话，不知道他的粉丝还有部分路人已经和蒋恩源的粉丝开始了激情对战，在微博实时广场上吵了个天昏地暗。

小刺猬家的晴天娃娃："@蒋恩源，快出来道歉。"

顾未和江寻聊了些各自的日常，便互道晚安。他放下手机时，才发现赵雅和穆悦都给他发了消息。

经纪人赵："微博的事情不要发声，傅止他们几个我刚才已经训过了，你不要说话。"

顾未一脸蒙，他就打了个电话，怎么感觉错过了很多东西？

穆悦："弟弟，在看综艺吗？微博上掐起来了，你就当没看见吧。这次需要解决问题的不是我们，我们暂时观望就好。"

掐什么？顾未正准备去看热闹，又收到了微信消息："'傅止'邀请您加入群'吹呀，吹呀，我的骄傲放纵'。"

爱我请给我打钱："群名怎么又改了？"

Stone："改得好，符合今晚的主题。"

守得云开见月饼："公司让我们别发声，我们没发啊，我们只是点了赞而已，赵姐训我们也没用。"

清晨的太阳啊："当初把蒋恩源锁厕所里的时候，我们怎么就没泼盆水呢？"

Stone："附议。"

傅止："呃……你们的素质呢？想看赵姐表演当场爆哭吗？"

Stone："哈，我们是小糊团，团魂偶尔有，素质真没有。"

爱我请给我打钱："所以，当初真是你们干的……"

傅止："不是。"

清晨的太阳啊："不是。"

Stone："又没有录像。"

守得云开见月饼："谁知道是谁干的。"

爱我请给我打钱："呃……"

顾未想知道他们在说什么，于是他打开微博，看见了与《逃之夭夭》一起高高挂在热搜上的"蒋恩源道歉"和"心疼顾未"。顾未录《一起流浪》的时候，还真没察觉到那针盒是蒋恩源给递的，不得不说网友们的眼睛真的很厉害。

熊猫头那么可爱："编舞的事情先不管，但是我对蒋恩源的印象变差了，这件事说是巧合不太可能吧？而且我记得当时顾未是一夜之间就被骂上热搜的，这件事说大不大说小不小的，没必要上热搜吧？我觉得是有人在带节奏，反正就是感觉没那么简单。"

红枣枸杞茶："得了吧，都别吵了，我看这件事就是狗咬狗，两个人都不是什么好东西，散了得了，大晚上的没个清静。"

不歪的果仁："蒋恩源的粉丝醒醒吧，你们正主没表面上看起来那么单纯。"

晚上十二点，顾未刷完微博准备睡觉的时候，微博上又热闹了起来。

蒋恩源的公司加班加点赶出了一条声明："对于网络上出现的一些言论，我公司特此进行声明，我公司旗下艺人蒋恩源和雪轻娱乐某明星不熟，对某明星的精神问题更是从不知晓。请各位网友删除相关谣言，必要时我公司将追究法律责任。"

微信群"吹呀，吹呀，我的骄傲放纵"里，成员们瞬间又活跃了起来。

傅止："公关好烂，是友军吗？"

守得云开见月饼："没办法，他新剧要出来了，这个时候舆论会影响他的新剧宣传。但这种事吧，其实不太好公关，人家又那么高贵冷艳，不肯出来道歉。"

Stone："今晚好热闹，我不想睡了，熬夜吧。"

爱我请给我打钱："哥哥们睡吧，别吃瓜了，我看你们明天都有行程吧。"

顾未说了话以后，群里终于安静了。

《明明如月》的拍摄即将进入尾声，顾未下定决心要拍好这部剧，不让任何事情影响他的状态，于是他没管蒋恩源那边是怎么公关的，关了灯睡觉了。

然而微博上的掐架仍在继续，蒋恩源公司的公关稿一出，评论区又开始打架了。

胡桃子不想熬夜了："恩源哥哥我们爱你，希望你好好拍戏，不要被这些事情影响了。"

饼饼："这份公关稿不行，夹带私货骂顾未，当网友的阅读理解能力和你们一样差吗？"

公关稿发出后不久，一个营销号剪辑了一条新的视频，视频里是蒋恩源之前接受采访时说过的话。

蒋恩源："我和顾未都是练习生的时候关系很好，知道对方的很多事情，包括优点、缺点之类的，而且我们经常会一起跳舞……"

接着，视频立刻跳转到了蒋恩源公司刚刚发出的公关稿上，用红线强调了那句"和某明星不熟"。

营销号配文："别的暂且不说，蒋恩源这自己打脸的操作让人大开眼界啊！"

顾未的队友们还在微信群里围观。

守得云开见月饼："哈哈哈！蒋恩源那边在联系营销号试图塞钱删微博，营销号说他们不干哈哈哈哈！"

Stone："有底线的营销号。"

赵雅一整个晚上都在盯着网上的动态，一方面担心 TATW 那群大男孩克制不住本性带头去掐架，另一方面又担心舆论风向变化，顾未再度被黑。她惊心动魄了一个晚上，却发现除了自家男团的素质有待提高以外，其他的只要让蒋恩源的公司去头疼就好了。

快凌晨一点，赵雅都打算睡了，却突然接到了一个电话，号码很熟悉。

"江总。"赵雅接通电话，"凌晨一点了。"

"我知道。"江寻说，"微博上的事情看到了吗？"

赵雅听他这么一说，立刻明白了今晚的事情没那么简单，说："我盯了一晚上，早知道你出手我就不用加班了。实话说吧，您干什么了？"

"其实也没什么。"江寻在俱乐部的走廊里打电话，"就帮着处理了几条热搜。"

"哪几条？"赵雅心中警铃大作。

"你要听？"江寻说。

赵雅无语了。

易晴刚才一个打五个，骂退了好几个蒋恩源的粉丝，正捧着奶茶打算出来放松一下眼睛，就在走廊里听见了江寻打电话的声音。

"江总，您这么做，顾未知道吗？"赵雅的声音里带着绝望。

"那当然是不知道了。"江寻低笑一声，"他只管在剧组好好拍戏就行。"

"您打算怎么办？"赵雅问，"我实话跟您说吧，蒋恩源当初是有人在保，公司上层的意思是让 TATW 这边冷处理。"

江寻说："你们圈里的事情我多少知道一点，说舞房的录像丢了顶多骗骗小朋友和网友，在我这里是说不过去的。我很好奇，等蒋恩源彻底糊了的时候，当初那些人还要不要保他。"

"反正我打完冬季赛就退役了，所以我不着急，有的是精力跟他慢慢耗。"江寻说完就挂断电话，看见了站在自己身后的小姑娘。

"啊，队长晚上好呀。"易晴忍着内心的一串"啊啊啊"，跟江寻打了个招呼。

"Sunny，你最近是不是有点偷懒？之前训练赛的复盘我看了，集合点那里的指挥和反应速度有点问题，有的细节需要加强练习，然后还出现了低级错误。"江寻说，"周末加训一天。"

"好！"易晴刚在微博冲浪，表示没日没夜地加训五天都没问题。

这几天，易晴时常看到那个"小刺猬家的面包蟹"在群里活跃。

小刺猬家的葡萄："顾未代言的巧克力上市了，姐妹们买起来！销量冲起来！"

小刺猬家的面包蟹："我给群里的姐妹们一人买一盒吧！"

小刺猬家的云："姐妹们给弟弟买广告位啊！宣传要开始了。"

小刺猬家的面包蟹："买！"

小刺猬快长大："手幅……"

小刺猬家的面包蟹："买！"

几天以后。

小刺猬家的雪饼："姐妹家里是有矿吗？"

小刺猬家的面包蟹："没有矿，但有钱。"

"娃娃，你让我拉进群的那个姐妹也太强了吧，好富。"后援会的大粉在空闲的时候戳了戳易晴。

"还好还好。"易晴回答得极其谦虚。

凌晨两点半，不少人都回了宿舍休息。易晴坐在电脑前，看着"耐人寻未"冲上了热搜，掐了一晚上架的网友终于回过神来。

网友1："我掐累了，把小逃的第二期又看了一遍，我好喜欢这样的综艺氛围啊！最后几个人全身都湿透了，还都去拥抱了张导，我感觉他们不是在录节目，他们是在玩。"

网友2："同感，一起坑导演那里笑死我了。话说，你们不觉得江寻和顾未关系很好吗？顾未看见针的时候，江寻的反应也太快了吧！直接捂他眼睛，后面一段几乎都是在哄他。虽然我超级心疼弟弟，但我真的当场就尖叫了。他们两个人平时的关系肯定很好，甚至私下也有来往。"

网友3："我来做一下精修图，感觉这期好多经典场景。"

网友4："感觉他们特别有默契，虽然不是同圈的，但关系就是很好。"

"耐人寻未"超话里，也有人发现了不少新东西。

桑代克的猫："我好像发现了一点东西，顾未十月的营业照片是在窗边拍的，我刚才对比了一下窗外的建筑，和TMW俱乐部附近的好像是一样的！虽然背景虚化了，但还是可以看出轮廓，我做了对比图。"

今天蒋恩源道歉了吗："我也发现了一点东西，江寻十月直播过一次，直播过程中有人从他身后经过，那件白毛衣好像是顾未的。而且江寻直播的时候好像还在和旁边的人说话，让那个人别离屏幕太近。"

这两条微博一出，女孩们瞬间变成土拨鼠，下面跟着的评论全是一排排"啊啊啊"。

"那几天顾未是没有行程的，不会是去了TMW的俱乐部吧？这两个人私下竟然真的有来往？"

"等等，我记得顾未拍《明明如月》演的是电竞选手吧，可能他只是去俱乐部找找角色感觉呢？"

"啊啊啊！我想起来了，那天看直播江寻似乎就说他们俱乐部来了一位贵客。"

“姐妹们都是什么鬼才！我算是发现了。”

“他们就是普通朋友，大家不用想太多……”

“呜呜呜——别说了，我要高兴哭了。”

“我们超话不管是正主还是粉丝，都很争气！”

顾未起床的时候，才知道自己大半夜又和江寻一起上了热搜。短短一个晚上，粉丝们纷纷行动起来。

"顾未和江寻到底是什么关系？"

"江寻微博说的小冤家是不是顾未？"

一夜之间，这些争论都成了微博上的热门话题，在微博搜索框里输入顾未的名字，跟着的再也不是蒋恩源的名字，而是江寻的。女孩们自己动手，感受到了无边的乐趣。

猪肉越来越贵了："你们还记不记得，顾未和江寻在北欧小镇的那次见面，也就是《一起流浪》第四期。预告片出来以后，网友认出'路人'是江寻，顾未还被人骂是蹭热度。那个时候江寻就点赞了预告片的微博，你们有没有觉得江寻从那个时候就开始护着顾未了？"

皮蛋好吃："江寻之前好几次点赞微博好像都和顾未有关系，还有你们记得吗？那次有个队的人骂江寻的时候连着顾未一起骂，结果江寻亲自上大号开麦，然后 TMW 那个挺有名的青训生 Sunny 也帮着掐。Sunny 当时说不许诋毁最好的他们，呜呜呜——为什么我感觉这个打游戏好厉害的小妹妹和我们是一伙的？"

旅行小糊团我爱你们："啊，我太喜欢他们了。"

用户 2938449："我也发现了一个，不知道算不算。你们有没有觉得江影这阵子好安分啊，都没带头搞拉踩，我都快感觉不到他和未未是对家了。"

"耐人寻未"超话里热闹非凡，甚至有人给江寻和顾未剪了一段关于综艺的视频。视频转发过万，评论好几千，不少路人也从这段视频中 Get 到了顾未的颜值。

一个追星小号："之前看室友追星我还很不屑，我现在真香了。顾未真的好好看，江寻也是，搞电子竞技的怎么颜值也这么高！"

仓鼠888："粉了粉了，真的好看，期待新剧。"

用户929312314："你们能不能带点脑子？顾未也就那张脸能看，唱歌一般，编舞抄袭，除了综艺之外没任何作品，成天给 TATW 拖后腿，这种人有什么好粉的。"

椰子蟹："@用户929312314，姐妹在吗？在吗姐妹？我追星不看脸难道看你啊？TATW 说话了吗？谁准你在这里刷存在感的？"

之前给顾未画 Q 版头像的粉丝一夜之间入股了"耐人寻未"，给江寻画了一个同款的 Q 版头像，两个头像的图就挂在超话的前排。

"起床了吗？"赵雅一大早就给顾未打来了电话。

"起了。"早晨的顾未反应稍微有点迟钝，"马上要去拍戏了，《明明如月》在收尾了。"

"网上的事情你不要管，专心拍戏就好。"赵雅说，"这部作品对你很重要，后期团队这边会加紧跟进宣传，但最重要的还是观众对你的评价。"

"我知道，我在努力。"《明明如月》快杀青了，顾未也想知道，他这三个月的努力到底能不能换来想要的结果。

赵雅说："你最近上工素颜的生图被外媒夸了，圈了不少粉。"

因为那几张生图，外媒直接夸奖顾未是"干净明媚的少年"，拥有"想要守护的笑容"。所以这段时间，顾未拥有了不少国外的小刺猬。

赵雅也能感觉到顾未最近的状态是真的好，他天生颜值能打，尤其最近面对镜头的时候表情管理简直完美。赵雅拒绝承认此事与江寻有关，但无论如何，顾未能有这么好的工作状态，的确是一件好事。

"最近有几个导演跟我接洽，想让你接古装剧。"赵雅说，"仙侠剧两部，古装正剧一部，还有一部仙侠电影在观望。电影的本子我看了，的确不错，我更倾向于让你接那部仙侠电影，虽然只是个配角，但上大银幕的机会毕竟是不同的。"

"赵姐你决定吧，我只管拍戏就好。"顾未说。

赵雅心说这可不敢乱接，江家那边随便拎出来一个都不是好惹的。

"对了，蒋恩源那边的事，你不要看，也不要管。"赵雅交代了最后一件事。

蒋恩源在发表嚣张声明后的第二天，终于又迫于压力发出了另一条看起来更温和的声明。大概意思是他蒋恩源与此事毫无关系，作为以前的朋友，他祝顾未前程似锦。但这条声明里依旧没提道歉的事情。

顾未心里明白，蒋恩源是不可能道歉的。编舞的事情在先，那件事没扯清楚，网友顶多认为他们是在狗咬狗，蒋恩源有不道歉的底气。

由于《逃之夭夭》综艺播出后，顾未和江寻同时成为网友的热门讨论对象，不少媒体想采访他们，问问他们的关系。但顾未团队的说法是顾未在拍戏，不便打扰。有胆子大的媒体联系了江寻那边，江寻没拒绝电话采访，只是回答了一句"就是你们看到的那样"。

十多天后，电视剧《明明如月》终于杀青，等候许久的记者们终于把采访的话筒送到了顾未面前，穆悦则在旁边拼命阻拦。

记者A："顾未，请问你近期和江寻有联系吗？"

穆悦："请你问和电视剧有关的问题。"

顾未："有联系。"

记者B："网传你在新剧开机前去过江寻的训练室，请问确有其事吗？"

穆悦："请你问和电视剧有关的问题。"

顾未："有，主要是为了新剧的拍摄，江寻帮了我很多。"

记者C："能正面谈谈你和江寻的关系吗？"

顾未："嗯……就是你看到的那样吧。"

记者："嗯？"

这段时间活跃在风口浪尖的两个人还真是淡定得很。

穆悦："好了，时间到了，顾未后面还有其他工作，请大家理解。"

采访结束，顾未戴上帽子、墨镜和口罩，把自己捂得严严实实的，在酒店的地下车库里上了一辆车，顺利跑了。

"瘦了好多。"江寻一边开车一边表达不满，"我不是让你好好吃饭吗？"

顾未一工作起来就没日没夜的，光记着江寻说了要好好吃饭，实际却没有做到。

"先回一趟俱乐部，晚上我带你回家。"江寻说。

"回家？"顾未突然紧张起来。

"回我自己的住处。"江寻察觉到了他的紧张，"好不容易才能休息一天，不能总让你和我一起住宿舍。休息日还有工作吗？"

"晚上直播一下就好了，经纪人说我为了拍戏好久没营业了，晚上需要开一个小时的直播，和粉丝们说说话。"顾未说。

回 TMW 俱乐部的路上刚好经过市中心，顾未抬头往外看的时候，刚好看见自己占据了全市位置最好的广告位屏幕，目前宣传的是他的新剧。顾未想，穆悦说的没错，小刺猬们最近真的很富。

"后天有什么工作吗？"江寻问。

"要回 TATW 的宿舍，有个节目要录。然后年底了，要开始排节目了。"顾未掰着手指数后面的工作，听江寻叹了一口气，便问，"怎么了？"

"我现在的心情有点矛盾。"江寻把车停在了俱乐部的车库里，伸手帮顾未解开了安全带，"我既想让你红，又不想看你太忙太累。"

江寻回俱乐部办点事，就让顾未坐在他的电竞椅上等他。今天的训练室里没什么人，只有易晴在盯着电脑屏幕，顾未把座椅挪了挪，看易晴训练。

小姑娘正专心致志地和队友打游戏，比平时还暴躁，敲键盘敲个不停，完事后还骂了一句："菜成这样本来就离谱，就你这水平还想打我们TMW。"

顾未："呃……"同样打游戏菜的人感觉有被冒犯到。

队友显然还争辩了什么，易晴开口就骂："你那什么走位？在键盘上撒把米，鸡都比你……"

她一回头，突然发现江寻的位子上坐了一个人。

顾未跟她打了个招呼："你好呀。"

"鸡……鸡怎么能比你走位好，你比鸡厉害多了。"易晴说话的声音突然变得温柔，队友显然惊呆了，"这局没关系，下一局好好加油哦。没有人会永远菜的，相信你哦。"

"Sunny 你吃错药了？"Sunny 突然不骂人，刚才被骂到自闭的队友表示十分不习惯，"你没事吧？"

易晴退出游戏，把椅子转了半圈，打量顾未，面上不动声色，内心全是弹幕——

　　哥哥太好看了吧！素颜都这么能打！拍戏太辛苦了，哥哥都瘦了，呜呜呜。

　　打完游戏一回头看见偶像是一种什么体验？谢邀，很爽。

　　好嗨哟，感觉人生已经到达了巅峰！

　　怎么办？我骂人被偶像看到了，还好我圆得快，不愧是机智晴崽。

　　顾未怎么又被队长带过来了？不行了，我太开心了。

　　梳着哪吒头的小姑娘从桌上拿起一根棒棒糖送进嘴里，靠着椅背看顾未，神情愉悦。

　　"真好。"她发自内心地感慨，"未未，可以签名吗？"

　　"可以啊。"顾未勾了勾嘴角，给易晴签了好几份应援手幅。

　　"为什么我每次见到你，你都叼着棒棒糖？"顾未问出一个他困惑已久的问题。

　　易晴愣了一下，说："我爱吃糖啊。"

　　"未未，你知道吗？追星是为了让我们变成更好的自己，心情不好的时候，看看偶像的笑容就会感觉被治愈了。

　　"你的努力，小刺猬们一直都有看到；你受的委屈，我们都想替你扛。

　　"我们知道你有多优秀，总有一天，你会比现在更红的。"

　　这些话顾未在微博上见过不少，但当面听人说，感受还是有些不同。粉丝与偶像之间，的确有一种神奇的双向联系。

　　"未未过来。"江寻敲了敲训练室的门，顺带瞥了一眼易晴面前的电脑屏幕，问，"Sunny又偷懒？"

　　易晴忙说："我没有……"

　　"加训一个小时，集合点那里还是有问题，你们缺乏合作意识。"江寻说，"我知道你厉害，但你还是得跟你的队友配合。"

　　"你不是人，呜呜呜——我晚上要看直播。"易晴控诉，"好不容易我偶像出现在我面前，你不但不准我追星，晚上还不让我看直播，我要变成江寻黑粉了。"

　　江寻带着顾未去了走廊，走廊上还有一个人。

　　"顾未你好，我看过你的演唱会视频。"那个人跟顾未打招呼。

对方的穿着打扮都很适宜，给顾未一种很好接近的感觉。

"未未，这位是我在Ａ大的朋友楚亦，从事应用心理学研究。"江寻给顾未简单地介绍了一下楚亦，问，"对于你害怕的东西，你愿意和他聊聊吗？"

顾未这才明白江寻带他来这里的用意，他害怕的东西，他经历过的事情，江寻都放在了心上。

"可以。"顾未问楚亦，"江寻可以一起吗？"

如果有江寻在，那他就没有什么不敢面对。

"一般来说不可以，因为必须遵循保密原则，但我们会尊重来访者的请求。"楚亦笑着说，"所以，让江寻陪着你吧。"

楚亦动了俱乐部一间闲置房间里的桌椅摆设，改成了一间临时咨询室。

顾未先按楚亦的要求填写了一份量表，看楚亦核对量表的评分。

"这是什么？"江寻问。

"BDI抑郁自评。"楚亦说，"不用担心，他当前无抑郁症状。"

顾未一直抓着江寻手腕的手松了一些。

"你在紧张什么？"江寻乐了，"不管你有什么问题，我都会帮你的。"

"还记得你为什么害怕尖锐的东西吗？"楚亦问，"自己知道原因吗？"

顾未摇摇头，他已经毫无印象了。

"没关系，遗忘是一种保护。"楚亦递给他一张白纸和一支铅笔，"来画画吧，在纸上画下房子、树和人这三样东西，尽量不要画火柴人。"

顾未接过纸，拿笔在纸上画出来，然后把纸还给了楚亦。

"听说过房树人测验吗？"楚亦问。

顾未摇了摇头。

"你看你的画。"楚亦把纸平铺在茶几上，"我们通常认为左边代表过去，右边代表未来，上面是幻想，下面是现实。这个解释有争议，但我们可以参考，你画的东西位置都偏向于左下角，你想描述的是你所经历的过去？"

"你家从前的房子没有窗户吗？"楚亦看着顾未的画问，"或者……你心里的一扇窗关上了吗？"

"有……吧。"顾未不太确定，"我和妈妈住在一个县城的小镇上，应该是有窗户的。"

但是，那段时间的记忆对他来说已经不太清晰了。

"是没有窗户，还是窗户上有什么，被你连带窗户一起忽略了呢？"楚亦继续问他，"我不对你的作品进行任何解释，很多东西你需要自己去联想，在其中找答案。"

谈话大概进行了五十分钟，顾未出来的时候，发现外面的天已经黑了。江寻和楚亦还在房间里说着什么，顾未沿着走廊继续走，路过 TMW 的训练室，远远听见易晴骂人的声音。

"赶紧的！不要影响姐姐晚上看直播。一个能打的都没有。"

Sunny 选手的合作意识依然有待培养。

"他对尖锐物体的恐惧，可以通过系统脱敏来解决吗？"江寻问楚亦。

"我不赞成系统脱敏，容易复发，得找到问题的根源，应该和他的过去有关系，"房间里，楚亦说，"而且应该和他的妈妈有关。他刚才提到妈妈的时候，有三次是低着头的。你可以带他回从前住的地方看看，如果有问题，再回来找我。"

"我知道了。"江寻说，"今天多谢你了。"

"走了，有事给我打电话，再给你们排咨询时间，下次去我个人的咨询室吧。"楚亦拉开门，恰好看见了站在门口的顾未，顾未不知什么时候又走了回来。

楚亦温和地朝他笑了笑，说："顾未，你要相信，人是有自愈能力的，等你找到了问题的根源，就会好起来的。"

顾未点头："我会的。"

为了自己，也为了江寻。

"走吧，我们也回去。"江寻带着顾未往地下车库走去，"天都黑了，不能耽误你晚上的直播。"

顾未这才明白，江寻带他回俱乐部应该就是为了让他接受楚亦的心理咨询。和他想的不同，楚亦没有问他不愿回忆的那些感受，而是和他聊了一些很轻松的话题，让他画了简单的图。寥寥几笔，加上简单的对话，似乎比深入的语言更有力量。

夜色中，江寻的车驶出了俱乐部。

"你以前住在哪里？"江寻问。

顾未回忆了一下，说了一个比较偏僻的地名。犹豫片刻，他又说："顾采和凌忆萱在我很小的时候就离婚了。"

这是江寻第一次从顾未口中听到凌忆萱的名字，却并不觉得陌生。凌忆萱是二十年前 H 市这边小有名气的舞蹈演员，后来接的演出少了，名气也就淡了，前几年似乎还改嫁了。

江寻对凌忆萱的了解仅限于这些，这样看来，顾未的舞蹈功底应该和他妈妈有关系。江影也说过，顾未在编舞上是专业水平。

"你和你妈妈一起生活？"江寻问。

顾未点点头："一直到我上初三的时候，才知道自己还有个当编剧的爸爸。那个时候快中考了，我妈跟别人走了，没人要我，顾采就出现了，问我要不要和他一起来 H 市。第一次见他的时候，我还以为他是个骗子。"

他说这话的时候用的是半开玩笑的语气，江寻却没看见他脸上有任何笑意。

"你和顾采一起住吗？"据江寻所知，顾采是很忙的。

"没有，我住校。"顾未来了这边以后，住的一直都是学校的宿舍。

直到后来，他情绪方面出现了问题，住过一小段时间的医院，再往后住的就是公司的宿舍了。

他从来没有一个能够称为"家"的去处。

"那你现在有了。"江寻说，"我把家里的钥匙给你，你不想住宿舍的时候就可以过来。"

江寻把车停稳，下车打开另一侧的车门，替顾未解开了安全带，把手伸向他："下来吧，到家了。"

这是江寻在 H 市郊外买的小别墅，他平时训练忙，不怎么过来，家里都是请人在打扫。江寻刚打开门，里面就传来了"汪汪汪"的叫声。

"别吓到人。"江寻连忙把扑过来的柯基抱住，他不常回来，这狗倒是和他亲近得很。

"柯基？"顾未看见狗狗很开心，"你竟然有狗！让我抱抱。"

"不害怕吗？"江寻把自家柯基抱给顾未。

"你看过我的黑料？"顾未抱着柯基坐在地上，揉了揉柯基屁股上被修剪成心形的毛，"我那次采访没说清楚，我不是不喜欢狗，我只是不喜欢我爸养的金毛，有点怕它。"

顾未问："它叫什么名字？"这狗一点都不凶，顾未揉得很开心。

"中文名叫江吉祥，英文名叫MVP。"江寻说。

"我以为你们世界冠军都不迷信的。"顾未被这个名字逗笑了。

"世界冠军也是人，谁不想赢啊。"江寻把他从地上拉起来，"别坐地上，地板凉。"

顾未坐到江寻家客厅的沙发上逗江吉祥玩，江寻早就让人准备好了晚饭，又让人端了过来。

江寻给他夹了一筷子菜。

顾未："菠菜不吃。"

顾未："茼蒿不吃。"

顾未："茭白不吃。"

江寻放下筷子，揉了揉手腕，有几分威胁的意思。顾未立马拿起筷子，乖乖吃了。他拍完《明明如月》后，江寻和赵雅奇迹般地达成一致，坚持要他按照营养食谱吃饭。

定好的直播时间临近，赵雅开始打电话催他。

"最近《逃之夭夭》第二期刚播完，有些话题的热度很高。同时你的黑粉也在寻找机会，所以你直播的时候不可以提江寻，知道吗？"赵雅苦口婆心地交代。

"好的。"顾未很好说话。

"不知道。"江寻站在顾未身后，声音传入手机里。

赵雅已经学会自动屏蔽江寻了，继续交代顾未："反正无论如何你一个字都不要提江寻，看到类似的问题也要当没看到，知道了吗？"

"知道啦。"顾未说。

晚上九点，顾未的微博准时挂上了直播链接，期待了好几天的小刺猬们纷纷涌入了直播间。

"未未晚上好呀！"

"未未好久不见，最近工作忙吗？"

"啊啊啊！顾未我喜欢你！"

"拍戏辛苦了，最近除了综艺都没有看到你营业。"

顾未跟直播间的小刺猬打了招呼："大家晚上好，我也很想你们。最近工作有点忙，电视剧已经拍完了，应该是年后开播，希望到时候不会让大家失望。

"工作忙没关系，忙一点好，不忙的话我就糊了……

"不用你们养我，我会努力变得更好。"

他不是第一次开直播，自然知道营业的时候要和粉丝聊些什么，他一般会挑一些能回答的问题简单地回答。

"弟弟在 TATW 的宿舍吗？感觉不太像啊。"

顾未："的确不在宿舍。"

"哇，是在自己家里吗？每次看你直播都是在宿舍，这次竟然不一样。"

顾未："不是自己家，是一个朋友的家。"

"哇，朋友，是哪个朋友呢？最近关系很好的那一个吗？"

"朋友在吗？朋友？"

顾未记着赵雅最后的交代，绝口不提江寻。江寻捧着一本书在看，手机扔在客厅里充电，见他回头，还用口型叮嘱他好好直播，表示自己绝不打扰。

"要聊聊新剧的事情吗？"顾未找了粉丝们比较感兴趣的话题。

"新剧出来保证追，弟弟放心！"

"新剧必须追，各种会员充起来。"

系统提示："TATW- 石昕言""TATW- 洛晨轩""TATW- 傅止""TATW-池云开"进入了直播间。

弹幕瞬间飞涨。

"啊啊啊！这都是本人吗？"

"TATW 全员都在？"

"天哪！这粉丝福利也太棒了吧。"

"顾未是团宠无误了。"

顾未问："你们来做什么？"

TATW- 傅止："查岗，看看我们夜不归宿的主舞去哪里了。"

TATW- 池云开："大家挤一挤，让我们凑个热闹。"

TATW- 石昕言："大家低调点，赵姐只准我们看热闹。"

TATW- 洛晨轩："赵姐你在看吗？放心，我们只看热闹，不会乱说话。"

一时间，弹幕刷的都是"大家低调点"。

系统又提示江影 KANI 进入了直播间。

"这是谁？"

"是我们认识的那个江影吗？"

"对家？"

"轰出去轰出去！"

顾未："嗯？"

顾未："本人？"

江影 KANI："本人，如假包换。"

江影 KANI："我哥在你旁边吗？你和我哥说一下，我妈让他接电话。"

顾未："呃……"

正在公司看顾未直播的穆悦见证了本次江影"找人"事件的全过程。

赵雅为了稳定顾未的工作状态，平日里基本不给顾未和江寻见面的机会。顾未的电视剧拍完以后，赵雅立刻给他安排了采访和节目拍摄。这次顾未直播，赵雅特地打电话跟周围的相关人士都打了招呼，唯独忘了还有他对家这个 Bug。

穆悦觉得赵雅已经做得很好了，尽力了，毕竟像顾未这种和对家哥哥保持良好关系的明星真的不多。而且对家的嘴是堵不住的，穆悦觉得自己已经预知了今晚的热搜——"江寻顾未""顾未江影""顾未到底在哪里直播""顾未和江影真的是对家吗""江影去顾未直播间找人"。

江影进入顾未的直播间发言后，直播间里的弹幕出现了短暂的停顿，紧接着就是一波爆发，屏幕上飘着的全是问号——

"嗯嗯嗯？接电话？江寻他妈妈让江寻接电话找到我们未未这里来了？感觉哪里不对啊。"

"划重点——夜不归宿，还去了朋友家里，能让我看看这个朋友是谁吗？"

"TATW 的队长带人来呼唤自家主舞了，我怎么感觉他们都是知道的，但就是不说，这个团还真不是假团。"

"先别把对家轰出去了，手下留人，对家好像知道一些什么。"

"轰出去吧！越快越好……"

"对家他哥不就是江寻吗？"

"未未，说实话，你在哪个朋友家里？"

顾未心想，这话他没法接。

"说起来江影好像真的有一阵子没拉踩顾未了，除了自己给自己打投外，别的什么都没干，越来越不像个对家了。"

江影 KANI："我没有乱说，我是真的江影，我就想找我哥接个电话。"

"别吵了，的确是江影本人，他还发了条微博让他哥接电话。"

"我暂时心疼一下对家，他到处找不到江寻，最后只能来顾未的直播间找。"

"未未赶紧让人家接电话吧。"

自打 TATW 的几位成员全部挤进了直播间以后，越来越多的人跟着涌入直播间，恰好看见了江影那句"让我哥接电话"。

江影 KANI："搞快点！待在你的直播间，我现在浑身难受。"

"江影？你怎么来这里了？"

"江寻接电话！你弟都跑到对家的直播间来呼唤你了！"

"等等，我是剪影，我刚来，反应慢，江影为什么要来顾未的直播间找他哥？"

"竟然能在顾未的直播间看到江影？"

"抱走江影，我们还没穷到连直播间都没有的地步，回自家直播间开直播好不好？"

"打扰了，我们这就带他走。"

得知江影空降顾未的直播间后，江影家的"剪影"们也来了。顾未直播间的人气疯狂上涨，甚至出现了短暂的卡顿。

"卡了卡了，怎么卡了？"

"这软件怎么回事？我第一次用，这么难用！"

"人太多了，能不能出去几个？"

"把我卡出去没事，别把顾未卡出去了啊！"

"怎么回事？怎么会卡？"某直播软件的老板问员工。

"撑不住啊！"软件后台的技术人员快哭了，"顾未本身的流量就很大，结果 TATW 那几个人为了凑热闹全来了。尤其是傅止和洛晨轩，他们是一线偶像，我们就有点撑不住了。现在好了，江影来了以后，他家粉丝也开始涌入。六个人的粉丝都往这里挤，几大流量轮番碾压，谁家直播平台撑得住啊！"

顾未没注意到直播的卡顿，他也怕有什么急事。但他还记得赵雅说的"一个字都不要提江寻"，所以他转过头，轻轻敲了敲桌子，用眼神示意江寻去客厅接电话。

江寻向他投来疑惑的目光。

顾未用眼神加口型示意他接电话。

"怎么了？"江寻小声问。

"江影来我直播间找人了，估计是我们的电话都打不通。"顾未小声提醒。

"哦，知道了。"江寻点头，站起身向客厅走去。

顾未松了一口气，这才转过头，面向自己的直播镜头。

TATW- 洛晨轩："嘘。"

TATW- 傅止："嘘。"

TATW- 池云开："嘘。"

TATW- 石昕言："我什么都不知道。"

即便如此，屏幕上还满是"噫"的弹幕。

江寻去接电话了，江影带着观光团满意地走了，挥一挥衣袖，深藏功与名，给顾未留下一个烂摊子。

"江寻呢？是不是你经纪人不让他说话？来都来了，打个招呼呗。"

"这么看的话，江影是个好孩子啊，请允许我今晚夸一下江影。"

顾未笑了笑，说："我就是……刚杀青休息一天，明天还要回去工作。"

客厅里，江寻的手机上有三个未接来电，一个来自宋婧溪，两个来自江影。

"怎么了？"江寻给母亲回了电话，"刚才手机在充电，没放在身边。"

"你把顾未带回自己的住处了？"宋婧溪问。

"是的。"江寻把目光投向房间里的顾未，"难得他有空。"

"我挺喜欢这孩子的,上次我还邀请他来家里,你怎么不带他回来看看?"宋婧溪越说越起劲,"你可别欺负人家啊。"

"我护着他还来不及,怎么就欺负他了?"江寻哭笑不得,"您这电话打得还真及时,江影那急性子直接去顾未的直播间找我了。"

江影也算是充分发挥了对家的作用,估计这会儿顾未的经纪人正在头疼,直播间大概已经沸腾了。

江寻远远看着正在努力对着手机解释的顾未,蹲下身拍了拍MVP的头,柯基迈着小短腿向顾未走去。

宋婧溪不知道刚才发生了什么,继续问江寻:"未未的问题,找楚亦帮忙看过了吗?"

"傍晚的时候刚聊过。"江寻没有说细节,只简单地说,"可以解决。"

首次咨询结束后,楚亦拿着画简单地给两个人解释了其中存在的问题。房子结构的不完整,代表来访者早期家庭关系的缺失,童年经历对现在产生了影响,要想知道原因,可以回溯来访者的童年时光。房、树、人三者的距离较远,人画得较小,可能意味着来访者对现实的逃避,对他人与自己关系的否认以及对自己的否认。不过这些都仅供参考,最终的解读还是要看来访者本身。

联系顾未口中只言片语的童年经历,江寻在渐渐试着了解过去的他。

"那就行。"宋婧溪放心了,"顾未就休息一天,你千万别带着他熬夜,你们都要好好休息。"

"知道了。"江寻说。

"对了。"江寻问,"我爸最近忙吗?"

"不忙。"宋婧溪提到江争就没好气,"他节目不接,戏也不乐意拍,还成天盯着江影让江影好好拍戏,就偶尔去学校上个课。就他这德行,还有一群学生抢他的课,现在的学生是怎么了?"

"下次让他教教未未吧,我觉得未未挺喜欢拍戏的。"江争现在是戏剧学院的教授,江寻之前跟顾未说过要找人教他演戏。

"当然可以,我估计他肯定乐意,毕竟难得遇到一个愿意好好拍戏的孩子。"宋婧溪说,"我先挂电话了,不知道江影又闯了什么祸,他经纪人找我。"

顾未正打算给直播收尾："还有什么问题想问我的吗？没有的话……"

"有有有。"

"有很多。"

"你和江寻什么时候认识的啊？"

"你们会一起玩游戏吗？"

"想了解一下江影的心路历程。"

"让江寻出来露个脸如何？"

除了顾未以外，还是有人记得赵雅的嘱托的，看热闹的几个队友终于勉为其难地发挥了作用。

TATW-洛晨轩："二月的新年晚会，还有四月的演唱会，大家记得支持我们未未哦。"

TATW-傅止："我们明天会录《与你的小世界》，也是个直播节目，就在公司宿舍。"

粉丝们果然被转移了注意力。

"啊啊啊！这一期的嘉宾竟然是你们！"

"太棒了，希望早点看到。"

"明天继续看直播，真是太幸福了！"

"辛苦了，感觉哥哥们最近都特别忙，注意休息呀。"

TATW-石昕言："附议。"

TATW-池云开："俺也一样。"

傅止和洛晨轩控场得太好，顾未知道他们能看见自己，对着镜头笑了笑，还比了心。

直播间的粉丝纷纷回应。

"未未你犯规，你怎么突然对我笑！"

"是给哥哥们比的心吧，让我们沾沾光。"

"呜呜呜——弟弟你没化妆怎么还可以这么好看？"

"早点休息呀，明天还要继续录节目，公司给你安排的工作好多啊，心疼。"

顾未感觉自己的脚蹭到了一个毛茸茸的东西，低头看见MVP不知什么时候跑到了他这里，在他的脚边蹭来蹭去。

"MVP，你干什么？"顾未轻声问。

直播间里的粉丝们还是听见了。

"MVP 是个什么东西？"

"好奇，能满足一下广大刺猬粉的好奇心吗？"

这个要求不难满足，顾未低头把地上的柯基抱起来，让柯基的两条小短腿搭在电脑桌上。

"哇，好可爱。"

"柯基呀，顾未你刚才叫它什么？ MVP ？"

"好了我信了，你真的在江寻那边。除了寻神，谁会给一条狗取名叫MVP 啊。"

"我们懂了，这是江寻的狗吧？之前看江寻微博晒过狗。"

"复读，就是我们看到的那样。"

"大名叫吉祥。"顾未只字不提江寻，只回答关于柯基的问题，落实了赵雅的所有要求。

粉丝们话可多了。

"这狗的大名和小名取得还真吉利啊！"

"未未是不是怕狗？我记得之前采访的时候，弟弟说过不喜欢狗。"

"我只是不喜欢我爸养的金毛。"顾未抱着柯基爱不释手，"柯基是不怕的。"

"明白了，那帮营销号就是闲的，怕狗这个问题都能拿来黑你。"

"啊啊啊！我也想撸江寻家的狗。"

顾未抱着 MVP 给粉丝们道了晚安，终于结束了今晚的直播。他退出软件时，才发现手机上有不少新消息，都是不久前收到的。

顾未首先点开了宋婧溪的。

宋婧溪："未未，江寻是带你去了城北的别墅吗？"

宋婧溪："下次来家里玩吧。"

宋婧溪："让江寻好好招待你，如果有不周全的地方，你来找我告状。"

爱我请给我打钱："好。"

再往后，顾未翻到了江影一个小时前和二十分钟前发的消息。

大钳蟹："顾未在吗？在吗顾未？我哥在你旁边吗？我妈让他接个电话。"

大钳蟹："你们在干吗？怎么一个都不说话？"

大钳蟹："哦。"

大钳蟹："软件显示你在直播，那我去直播间找你。"

于是，之后就有了某黑红流量明星去另一个黑红流量明星直播间寻人的热搜级别事件。

顾未看起了江影二十分钟前发来的消息。

大钳蟹："哦？"

大钳蟹："不得了，你经纪人打电话把我骂了一顿，真凶，你也是不容易。"

大钳蟹："她要真那么重视你，当初蒋恩源的事情就不该让步。"

这时，江影又发来消息。

大钳蟹："我告诉你一个秘密。"

爱我请给我打钱："什么秘密？"

大钳蟹："客厅角落的那个柜子里有我哥收藏的酒，味道好像不错。"

大钳蟹："给我拿一瓶呗。"

顾未回了一个江寻的"你在想什么"的表情包。

"又发我的表情包？"江寻不知什么时候偷偷站到了顾未身后，"我想起来了，你最开始认识的是我的表情包，不是我。"

眼看着旧账又要被翻出来，顾未连忙说："你本人绝对比表情包好看，真的。"

"我还没计较，你倒是先慌了。"江寻揭穿了他的心虚，"江影说什么了？"

"没什么……"顾未含糊道。

然后，顾未给赵雅回了消息。

爱我请给我打钱："赵姐，我今天可是一个字都没提江寻。"

爱我请给我打钱："江影是个意外。"

经纪人赵："百密一疏。"

经纪人赵："你今晚好好休息，明天还要录节目。"

爱我请给我打钱："好的。"

顾未站起身，突然发现墙边的架子上摆了很多一模一样的小罐头。

"我送你的生日礼物？"他惊讶道，"你竟然全部带回来了。"

除了拆礼物的时候打开了两个，江影要走了一个，剩下的九十七个空气罐头都被江寻带回了家里，整整齐齐地排在了展览架上。

"你不放训练室吗？"顾未说，"感觉训练室的空气不太新鲜。"

"我该说你什么好。"江寻放弃了关于智商税的话题，转而问，"明天录完节目还有什么事情吗？"

"有几个采访，还有粉丝见面会，然后就是椰子台节目的排练了。"由于在《逃之天天》里圈了一大批粉丝，顾未近日人气飞涨，工作也越来越多。

"接下来一段时间我也要封闭训练了。"江寻有些遗憾地说，"冬季赛要开始了。"

顾未知道，这意味着他们两个人要有一段时间见不到面了，而且少有互发消息的机会。

顾未这段时间看了不少江寻的比赛，知道冬季赛对江寻的重要性。这是江寻退役前的最后一战，这场比赛的成绩将会影响江寻作为职业选手最终获得的评价。

"等我们都忙完的时候，应该就要过年了。过年的时候你有地方去吗？"江寻问。

"宿舍。"顾未去年就是在宿舍里过的年，"也休息不了几天。"

"那今年一起回家吧。"江寻说的是"家"，而不是"我家"。

"可以吗？"顾未抬起头看着他，有些犹豫。

"怎么不可以？"江寻说，"去吧，家里人都会很高兴的。"

顾未觉得，他那个不靠谱的爸做过的最靠谱的一件事，大概就是让他认识了江寻。

"过年的时候你带我回你从前住的地方看看吧？"江寻提议，"你还记得吗？在录《逃之天天》第一期的时候，你说过要让我看看十年前的你。"

顾未当然还记得，说："那边现在开发成旅游小镇了，但还是比较偏僻，去的人不多，你确定要去？"

"确定。"江寻说，"我想看看你长大的地方。"

"那我带你去。"顾未知道江寻是想帮他找到尖端恐惧和抑郁的根源，奇怪的是，他现在好像不那么避讳提到以前的事情了。

与此同时，微博上刚看完直播的粉丝终于按捺不住了，"耐人寻未"

的超话里挤满了人——

黄桃好吃："是这里吗？我找对地方了吗？我是从直播过来的。"

一只河蟹："是这里，没错。"

蒋恩源今天道歉了吗："我新来的，刚签完到，请问从哪里开始补课？"

小刺猬家的晴天娃娃："@蒋恩源今天道歉了吗，姐妹名字不错，欢迎入股，超话置顶了解一下。"

TMW的训练室里只剩下易晴一人，易晴揉了揉眼睛，打开了小刺猬后援会的群，某个小号正在群里活跃着。

小刺猬家的面包蟹："新年晚会需要做灯牌吗？"

小刺猬快长大："要的，大家还打算制作手幅和应援横幅。"

小刺猬家的面包蟹："好耶，期待未未在新年晚会上的表现。"

易晴终于忍不住了，翻出了队长的微信。

Sunny："队长，我发现你真的好熟练，毫无破绽。"

十万伏特："过奖。"

Sunny："我偶像睡了吗？"

十万伏特："还没，在和他队友聊天。"

Sunny："打电竞是对的，呜呜呜——直通追星路。"

Sunny："啊，我再去超话逛一圈。"

十万伏特："对了。"

Sunny："什么？"

十万伏特："一队打冬季赛期间，青训生那边你盯一下。"

Sunny："知道了，只要不耽误我追星，什么都好说。"

"你还不睡吗？"那头，顾未问江寻，"我明天要早起，怕会影响你。"

"明早我送你去公司。"江寻说，"睡吧。"

"不知道为什么，"顾未的声音里带着些许倦意，"在你这边睡觉，我好像都不太容易惊醒。"

比如今晚在江寻家，他早早就感觉到了困意。楚亦说，顾未的入睡困难源自他内心的不安和焦虑，而江寻的出现恰好弥补了这些。

"以后，家里的钥匙有你一把。"江寻说。

顾未的工作排得很满，江寻几乎是一大早就接到了赵雅的电话。

"江总，赶紧把我们公司的艺人还回来。"

扫了一眼时间，江寻不太满意地道："这才几点？我昨天可是按照你的要求一点都没出现在顾未直播的镜头里，绝对没蹭你们主舞的热度。"

确实，江寻仅仅让 MVP 露了个脸。

"节目组那边为了拍到 TATW 真实的生活状态，要提前四个小时开始拍摄。"赵雅说，"太真实了，录节目的人快到了，你赶紧把夜不归宿的那个人给我还回来。"

"知道了知道了。"江寻一只手拿手机，一只手将盛牛奶的杯子放在餐桌上，"最近我有事不在，麻烦你多照看一下未未。之前说的事情，等我打完比赛我们再谈。"

"你不是已经找人处理了吗？剩下的我会盯着的。"赵雅满口答应，又催了一遍，这才挂断电话。

"未未，醒醒。"江寻推开门进去，走到床边拍了拍顾未的肩膀，"起床回去营业了。"

早晨的顾未反应慢，江寻耐心地跟他解释了两遍，他才明白录节目的时间提前了。

"吃早饭，吃完我送你回去。"江寻说。

江寻把顾未送到他们公司宿舍楼下的时候，《与你的小世界》拍摄团队已经到了。按照这个节目的惯例，直播从拍摄团队出发就已经开始了。

今天刚好是周日，一大早就有不少网友看起了直播，自然看到了刚刚赶回来的顾未。

"刚打开就是彩蛋，逮到了一个夜不归宿的，开门，查寝！"

"未未夜不归宿的时候想过今天会一大早被查寝吗？"

"查寝啦！哈哈哈！快推门，我要看看我们小糊团的宿舍到底是什么样子。"

"好像都在睡懒觉，节目组搞突击早到了四个小时。"

"谁送顾未回来的？我猜是江寻，嘿嘿嘿。"

"大家低调，江寻和顾未今天都还有别的工作。"

"已经开始拍摄了吗？"顾未摘下口罩，问节目组的工作人员。

"早就开始了。"旁边的赵雅说，"当经纪人好难的你们知道吗？一个夜不归宿，剩下的四个这个点了还在睡懒觉，顾未先来跟观众们打个招呼。"

顾未："大家早……"

宿舍的门终于开了，从里面伸出一只手把顾未抓了进去，接着又关上了门。

赵雅："嗯？"

拍摄团队："这是干啥？"

看直播的网友们要笑疯了。

"赵阿姨开门，肯定有情况！"

"摄像老师冲！不要给他们藏东西的机会。"

"哈哈哈！我笑死，顾未刚才真的是被抓进去的。"

"哥哥们平时都是这样的吗？"

"给我们五分钟！"屋里传来池云开的吼声。

"给我们开门吧。"节目组把目标转向了赵雅。

"你们不开门吗？"顾未小声问，"在直播呢。"

"不能开。"石昕言叼着牙刷说，"得稍微收拾一下，不然人设不保。"

"你们昨天晚上干什么了？"顾未看着客厅里的一地瓜子壳，惊呆了。

"昨晚在看你直播，大家平时忙，难得聚一次。"傅止把自己的花床单塞进柜子里，迅速把房间收拾成简约风。

石昕言一边刷牙一边找地方藏自己的螺蛳粉，洛晨轩抱着零食正要往顾未的房间里塞。

"我们进来了啊。"赵雅用钥匙开了门，"收拾好了没有？"

镜头最先拍到的是正在收拾瓜子壳的池云开。

赵雅要绝望了：人设呢？你们的人设呢！舞起来啊！

直播节目已经将画面传到了网友们眼前。

"我仿佛看到了昨晚的一场狂欢，一人直播，全团撒欢。"

"好有生活气息啊，'脏乱差'的小破宿舍其实挺好的，团粉放心了，他们不是卖人设，他们的关系是真的好。"

"昨晚他们都在看顾未直播吧，哈哈哈！"

"我就问洗手间门口的袜子是谁的。"

"你们好。"最先收拾好房间的傅止跟观众们打了招呼,问摄像老师,"要先来我房间看看吗?"

傅止一个眼神丢给其他几人,示意他们赶紧收拾。

观众不干了。

"不去,一看就知道收拾好了。"

"导演在吗?我们拒绝,不要给他们收拾的时间。"

"傅止不愧是队长,真的好贴心。"

"那你们说,我们先看看谁的房间?"本期《与你的小世界》的主持人问观众。

"看那个夜不归宿的。"观众提议。

"附议,这个人刚回来,肯定没空收拾。"

"我们要看偶像最真实的样子。"

"不信,"看见弹幕的石昕言说,"看见最真实的样子你们就不爱我们了。"

"爱爱爱。"粉丝赶紧保证。

"保证更爱你们。"

粉丝们更欢乐了。

观众都要求了,导演自然不会拒绝,在征得顾未的同意后就推开了门。

顾未房间里的陈设很简单,床单和被子的颜色都比较单调,台灯和闹钟都是白色的,旁边的柜子上摆着 TMW 战队 Logo 的小徽章。除此之外,柜子上还放着一本曼陀罗画册,周围散落着几支彩铅。

刚才要看顾未房间的一群网友如愿以偿。

"哇,感觉风格特别简约。"

"哇,我进偶像的家了。"

"未未平时压力是不是有点大?我之前情绪不好的时候医生也给我推荐过曼陀罗画册。"

"房间有点单调啊,弟弟不买点什么东西装饰一下吗?"

顾未以前从不觉得单调,但最近和江寻相处得多了,他的心境发生了一些变化,那本曼陀罗画册就是他前一阵子买回来调节情绪的。

"让你们失望了。"顾未笑着说,"我这里没什么特别的。"

"不啊,我觉得很有个性啊。"观众说。

"哥哥从来就不会让我们失望！"

"房间很好看，柜子上 TMW 的队标小徽章也很棒，哥哥和我在追同一个选手的比赛，太美好了吧！"

"我以后会把房间装饰一下的。"顾未说到一半，瞥见了手机屏幕上飘过的弹幕。

"还装饰什么呀？以后大概就不住这里了吧。"

"以后还住什么宿舍啊。"

"江寻家那么大，你去蹭住啊。"

顾未愣住了。

"想什么呢？"池云开走过来轻轻拍了一下他的肩膀，"直播还能走神。"

直播间的网友们也发现了他的停顿。

"未未刚才走神了，不会是看到我发的弹幕了吧？"

"很有可能。"

"好了好了，还是聊和 TATW 有关的话题吧。"

"那我们要看队长的房间。"

拍摄团队扛着设备涌入傅止已经收拾好的房间，弹幕内容全是网友们的称赞。

"房间和本人一样，都是冷冷的风格呢。"

"全是冷色调的。"

池云开在傅止背后竖起了中指，顾未偷笑一声，把自己床头柜上的药盒放进抽屉里。

接下来的直播都还算顺利，只是池云开房间里偷偷养的仓鼠被发现了，石昕言床底下的螺蛳粉没藏住。除此之外，没再发生什么意外的情况。

每个人的房间都看过以后，导演让五个人回到客厅里，和观众聊一些轻松愉快的话题。

"TATW 来年有什么打算吗？"主持人问。

傅止说："我们要在全国好几座城市开演唱会，然后发售新专辑，每个人都会有自己的单曲，来年有的是要忙的事情。"

"要出新歌了吗？"主持人问。

"有新歌的。"洛晨轩接过话题，"已经在准备了，词曲是我的，编舞是顾未的，Rap（说唱）部分给池云开。"

演唱会的话题总能带起网友们的讨论。

"队长负责高贵冷艳！"

"石昕言记得盯着他们，都别太累了，新歌不着急，你们都要好好的。"

"我每天就靠小糊团 TATW 续命了。"

"顾未弟弟，编舞千万别太难，我们石昕言他劈叉下不去，哈哈哈！"

"我准备好等 TATW 官方微博放他们排练的花絮了，每次都要笑死。"

石昕言不高兴了："让我来看看是谁在说我的坏话。"

《与你的小世界》的直播氛围很好，傅止作为队长很会带话题，石昕言也会在适当的时候活跃气氛。几个人本身就自带流量，加上他们的颜值和气质摆在那里，就算只坐着不说话，也能够撑得起整场节目。

几个人一边和主持人聊天，一边挑弹幕里有趣的问题回答。不过直播间里的人越来越多，渐渐也出现了不和谐的弹幕。

"你们又要开演唱会了？呵，顾未的编舞你们还敢用吗？到时候别又被撕上热搜。"

"劝顾未别拖累 TATW 了吧，没你他们说不定会更红。"

顾未被骂习惯了，原本是打算装没看见，傅止却先开了口："眼见为实，耳听为虚。"

他用了与先前一样的话作为对质疑的回应。

池云开也说："TATW 是一个团，没谁我们都红不起来。"

"关心你们自家正主吧。"洛晨轩直白地说，"之前的事情道歉了吗？"

"啊啊啊！终于看到你们正面回应了。"

"果然，我就知道，经纪人前脚刚走，他们就要凶人了。"

"天哪，我看到洛晨轩凶人了，帅爆了好吗！"

"TATW 给我冲！我早就看不下去了，JEY（蒋恩源）最近黑料那么多，自己洗干净了吗？粉丝还来别人的直播间挑事。"

赵雅刚才觉得直播氛围不错，就出去接了个水，回来的时候发现他们几个人已经和直播间里的黑粉吵完了。

《与你的小世界》是做了很多年的节目，主持人很有经验，知道怎么抓热点，也知道怎么控场，很快就和傅止一起把话题给拉了回去。

直播的最后，主持人问："经纪人能谈谈这两年带 TATW 的感受吗？"

"说实话，我有时候感觉自己是个班主任，带了一帮不安分的小男孩，有经常夜不归宿的，有偷买零食的，有半夜赶回来喂仓鼠的，还有热爱收藏花床单的……"赵雅把几个人一一数落了一通，话锋一转，"但我从不后悔带了他们，TATW像是一个大家庭，我觉得他们还能走很远。"

直播在几个人清唱的一首歌里结束，这一期《与你的小世界》也到此结束，微博上的讨论却刚刚开始。

与你的小世界官方微博："本期直播已结束，录播已上线，他们的小世界真的很棒，你们觉得呢？"

咩咩咩："看了一上午的直播，现在整个人都好了。他们也太暖了吧！我感觉之前那些掐架都没必要，因为他们的关系是真的好，不是剧本。"

这期《与你的小世界》算是TATW的成员第一次在媒体面前正面回应了顾未和蒋恩源之间关于编舞的纠纷。除了一部分人习惯性地黑顾未以外，大多数网友都对TATW的回应表示了支持。

网友1："我怀疑JEY那边找了职业黑粉，我现在算是知道了，顾未好多黑料都是可有可无的事情，他不喜欢狗还有之前被说不礼貌的事，都是被人扭曲放大了拿出来黑的，而且他每次出事必然有JEY家的粉丝在后面搞鬼。"

网友2："支持TATW，我觉得这件事有内幕，小糊团出道以来第一次正面掐人，感觉经纪人一秒不在他们立刻按捺不住了，哈哈哈！"

网友3："不管怎么样，我都要心疼一下顾未，被黑这么久谁受得了。弟弟每天打开微博看到的就是骂人的话，该有多难过。"

网友4："说句难听的，编舞的事情不知道谁对谁错，但蒋恩源当时的确是借这个火起来的，然后公司紧跟着来了一波营销。"

网友5："有一说一，真的好心疼，想抱抱我们弟弟，未未为什么要承受这么多？被全网黑的那段时间我都怕他挺不过来。"

某娱乐公司办公室里，经纪人正对着蒋恩源大发雷霆。

"你最近怎么回事？黑料一个接一个的。"经纪人问，"你的新剧马上开播了，你觉得你现在被黑成这样，上面那几个人还愿意保你吗？"

"我也不知道。"蒋恩源也感觉不对，"别人黑我的都是从前的事情，有几个营销号反复炒冷饭，我最近可什么都没干。那群网友最容易被带节奏了，要不警告一下？"

"你那些都是实锤，让我们怎么警告？"经纪人没好气地说，"还好顾未他爸顾采虽然在圈里有几分地位，但从来不管这些事。TATW 的发声只要我们不回应，那群网友过几天就忘了，希望后续别再出现什么新的舆论了。"

"应该不会有了。"蒋恩源说，"顾未黑红这么久了，想洗白哪有那么容易？"

TMW 的训练室里，准备上交手机开始训练的江寻正在给江影发消息。

十万伏特："交给你了，剩下的等我回来。"

大钳蟹："我攒了蒋恩源二十个 G 的黑料，好多独家的，够我玩好久了。"

十万伏特："放心玩。"

大钳蟹："收到，我不会让他闲着。"

大钳蟹："这可比拍戏有趣多了。"

大钳蟹："假唱、违约、舞台迟到还有耍大牌，今天锤哪个呢？"

TATW 的公司练习室里，洛晨轩在教石昕言唱歌，傅止抱着热水杯看报纸，池云开在打游戏，顾未在刷微博。

"是我的错觉吗？"顾未问，"蒋恩源最近被黑得好厉害，黑红程度快跟上我了。"

"是挺黑的。"石昕言说，"他红也红不过你，我们小糊团最近数据倒是不错。"

"我看蒋恩源是飘了。"傅止推了推金丝边框眼镜，翻了一页报纸，"招惹到人了吧。"

"活该，苍蝇不叮无缝的蛋，他就是一个臭蛋。"池云开一边打游戏一边说，"总算能安分一阵子了，我看到他的名字都烦。"

顾未学着赵雅的语气说："胡说什么？注意素质，你们还是不是偶像了。"

"他家一个大粉最近好像宣布脱粉关站了，我吃了好几天的瓜了。"洛晨轩说，"现在的营销号是真的虎。"

顾未继续念微博上的瓜："蒋恩源去年舞台演出迟到，衣冠不整，态度很差……"

"为什么我感觉这件事很熟悉？"顾未皱眉道，"我想起来了，是你们干的吧？把人反锁在厕所里的那次。"

"瞎说。"傅止放下报纸，"有监控吗？"

"有本事他倒是发微博说是我们干的啊。"池云开继续打游戏，"他不是阴阳怪气吗？正面撑啊！"

"排练排练，赶进度呢。"傅止站起身，朝着顾未说，"唱歌跑调的那一个，赶紧练。"

"哦……"顾未收起手机说，"我早就不跑调了！"

傅止瞥见偷笑的石昕言，说："你笑什么？等一下让顾未帮你拉伸一下腿，你跳舞太僵了。顾未千万别手下留情，本周的官方微博花絮刚好缺素材。"

石昕言："呜呜呜。"

赵雅过来看的时候，TATW 的五个人都在认真排练椰子台新年晚会的节目。她敲了敲门，几个人停下了动作。

"顾未出来一下。"赵雅说，"有人找。"

"怎么了？"顾未出了舞房，看见了赵雅身边熟悉的身影——楚亦。

"江寻进入训练前让我抽空来看看你，以朋友的身份。"楚亦说，"要聊一聊吗？"

"好。"顾未点点头。

赵雅临时把公司会客室借给了两个人，并顺手关上了门。

"江寻是怎么和你说的？"顾未很想知道。

楚亦温和地笑了笑，如实说了："他不放心你，让我盯着别让人欺负你。不过这种事让他那个弟弟去做好了，我还是做我的本职工作吧。"

"你最近情绪还好吗？"楚亦问。

"挺好的，最近早晨醒来的时候，也没有出现情绪低落的症状。"顾未描述了自己近期的情况，"但入睡还是有些困难，有的时候……会好一些。"

"聊聊你和你家人的关系吧。"楚亦说，"我听江寻说，你不喜欢你爸爸养的金毛。"

"对。"顾未点头，"我并不是怕狗或者讨厌狗，我就是对他养的那条狗喜欢不起来。我也觉得很奇怪，明明它从未招惹过我。"

"那你对你家人的感情呢？每次我说到你妈妈的时候，你就会低头看自己的脚尖，我不问她了，说说你和你爸爸的关系吧？"

"还……好吧。"顾未有些犹豫，他和顾采的关系不近不远，对顾采没什么不满意的，也没什么满意的。

"你不喜欢他，或者说对他有所不满。"楚亦笃定地说。

"为什么？"顾未不解。

"听说过心理防御机制吗？"楚亦问，"你对你爸爸有不满，但你把这种情绪置换到了你爸爸养的狗身上。你在压抑你的情绪，却找不到合适的表达方式，所以你才会经常入睡困难。"

这种说法对顾未来说很新奇，他想反驳，内心却告诉他对方是正确的。

"不喜欢、不满意，这并不是否认你们的关系，但有的话你得学会说出来，放在心里，难受的就是你自己。"楚亦说，"关系是相互的，你不说你委屈，别人也不知道怎么保护你。同样的，你不说你的心意，别人也就不会知道。"

"那我要怎么办……"顾未犹豫道。

"你可以把你压在心底的事情说给你信任的人听。"楚亦提议，"不喜欢是可以说出来的，与此同时，喜欢和信任也是可以说出来的。"

《与你的小世界》近几天一直是网友们的重点讨论话题，有人又发现了一些新的东西——

"话说你们有没有注意到顾未的床边放了安眠药？镜头一扫而过，截图的话可以看到。"

"我们弟弟睡眠不好吗？"

"睡眠不好吃褪黑素就可以了，没必要吃安眠药吧，这是睡眠很差了。呜呜呜——未未让我抱抱。"

"那天看到曼陀罗画册的时候我就想问了，弟弟是不是情绪不好，有抑郁症？"

"得了吧，顾未黑料那么多，现在想拿抑郁症来洗？"

"你疯了吧！谁家的明星会用抑郁症来洗白自己？倒是某些杠精特别喜欢这么做。"

"其实那天也有人说了，像未未这样在真相不明的情况下被全网黑好几周，谁受得了啊，当代网友太容易被带节奏了。"

"明星那么有钱，难道不应该比我们承受更多吗？这么脆弱，为什么要进娱乐圈？"

"前面的是什么逻辑？说的就是你们这些黑粉，平时骂人一个比一个厉害，现实生活里被反撑了就一个个缩头卖惨装抑郁，还说别人网暴你们，不觉得可笑吗？"

"好了好了，别吵了，我现在就想知道未未的病要不要紧。"

"我去微博问问，当初未未被网络暴力的时候我就很担心。"

顾未在休息时间打开微博，发现自己的微博评论与私信里全是小刺猬们关心的话语。

小刺猬家的蓓蓓："未未加油，我们会一直支持你。"

TATW-小刺猬："未未没事吧？我们都很担心你。"

小刺猬快长大："未未你要好好的，你和TATW是我努力生活的动力。我们不要求你有多红，只要你一直好好的。"

"发微博回应一下。"赵雅了解情况后说，"我盯着热搜，一旦上热搜就立刻让人处理了。"

自从有网友发现录播视频中的细节之后，关于顾未的讨论越来越激烈，的确有要往热搜上冲的趋势。

顾未对着镜子拍了一张自己站在舞房里的照片，周围是TATW的其他人。接着，他编辑了一条微博带着照片发了出去。

TATW-顾未："别担心，我现在没事，在准备新年晚会的节目，会把最好的状态呈现给大家。生活也许不尽人意，但我遇到了他和他们，还有一直陪着我的你们，所以，我会和大家一起走下去的。"

小刺猬和网友们都在等顾未与公司的回应，这条微博刚发出，转发与评论就在飞速增长。

可可椰子呀："画重点，是现在没事，不代表之前没事，我快哭了，快心疼死了好吗！@雪轻娱乐，你们到底在干什么？自家的艺人都护不住，

TATW 给你们赚了不少钱吧！"

蜜桃茶："画重点，'他和他们'，他们是 TATW 小糊团，他是谁？"

木瓜瓜："随手拍的照片吗？你们舞房里还真是众生百态，傅止哥哥怎么在看报纸？当红偶像竟然在舞房里看报纸。未未没事就好，看你们团的日常会让人心情很好。"

小刺猬家的雪饼："弟弟，请你一直好好的，我们什么都不要，只要你一直都在就好。"

关于顾未是否得了抑郁症的讨论热度在一路攀升，赵雅说："找人处理吧，防止造成不好的影响。"

"嗯，麻烦了。"顾未说，"我希望别人知道我的名字是因为我的作品，而不是因为这个。"

赵雅盯着微博界面，脸上的表情突然变得有点古怪。

顾未问："怎么了？"

"江寻不是参加封闭训练去了吗？"赵雅问，她这半个月过得格外舒坦，怎么今天江寻又出来蹦跶了？

"发生了什么？"顾未问，"江寻明天就开始比赛了。"

"寻神换头像了。"坐在木地板上的洛晨轩说。

"换头像？"顾未在自己的关注人列表中找到了江寻，江寻果然把之前的皮卡丘头像换成了一个 Q 版的江寻头像，和顾未现在用的那个出自一个画手。

这个画手最近在"耐人寻未"超话里蹦跶的频率很高。

顾未："呃……"

赵雅扶额："他就不能好好比赛吗？"

江寻真是……比赛前还想让粉丝们过个年，赵雅不看微博都知道网友们现在在讨论什么。

"你怎么知道这不是寻神的赛前放松环节呢？"TATW 四个追电竞的队友看江寻的时候明显自带滤镜。

赵雅哪敢讲话。

"我觉得热搜大概是不用处理了，热度在下降，很快就没人关注了。"傅止捧着保温杯说，"TMW 明天的比赛还有江寻换头像的事情快上去了，然后蒋恩源又被人送上去了。这次是说他曾在粉丝见面会上鄙视过一个演员，现在人家红了，这件事被人家的粉丝扒了出来，正追着他骂呢。"

"我好像有点印象，但这是多久以前的事情了？他怕是惹到了哪个铁杆粉丝吧……"洛晨轩拿着纸杯接水，自言自语。

"寻神发微博了。"洛晨轩说。

"他换头像还不够，还想拿出来秀？"赵雅觉得不可思议，"顾未你怎么也发了微博？"

TATW-顾未："@TMW-Xun，比赛加油。"

顾未发了一条微博，配图是他抱着江寻家柯基的照片。

TMW-Xun："@TATW-顾未，一起加油。"

"我怎么就没拦住你呢……"赵雅觉得她快管不了了。

"没关系。"傅止说，"未未的事情不上热搜就行，别的我们不管。"

"我这不是怕你将来万一和江寻闹掰了……"赵雅到底还是有自己的担忧，"电竞圈那些粉丝……"

"不会的。"顾未摇头。

"我们无条件相信寻神的人品。"池云开说，"就凭他那刚枪的手法和预判的准确率。"

赵雅待在一圈江寻粉中间，感觉有点后背发凉——她惹不起。

在 TMW 冬季赛开始的前一日，熟悉江寻和顾未的网友们因为那两条微博沸腾起来了。

TMW-Sunny："一起加油！希望队长和我的偶像都能越来越好。"

TMW 冬季赛必胜："寻神退役前最后一战，一定要打得漂亮啊啊啊！"

白芝麻酥："好棒哦！"

黑芝麻糖："@白芝麻酥，看看你一天天的就知道棒，这是寻神在安慰我们未未，懂吗？"

白芝麻酥："哦，懂了。一起加油，TMW No.1！"

蒋恩源今天道歉了吗："寻神比赛加油，谢谢你这段时间照顾未未，希望你们都可以越来越好。"

江寻和 TMW 的微博下面都是网友们的祝福，还有小刺猬们的感谢。江寻换头像加发微博帮顾未挡了一条热搜，不少人都是可以看出来的。不过，关于顾未可能有抑郁症的讨论，在小范围里暂时还留有影响。

小刺猬家的雪饼："我真是心疼哭了，要不是这次《小世界》突击查寝，镜头不小心拍到了，我们根本没可能知道这件事。未未自己全扛了，镜头前的他真的很暖，他把最好的一面都留给了我们。"

刺猬抱抱："你们还记不记得《一起流浪》第四期播出后，蒋恩源想带节奏黑顾未学历低，但最近好像有人爆料，说顾未是 H 市九中的，高中是年级第一。"

前几天，有人发了一条长微博，盘点那些原本可以凭成绩吃饭却进了娱乐圈的明星，这条微博里就提到了顾未。微博里说，有 H 市九中的人提供消息，顾未高中的成绩名列前茅，但是他毕业后就进了娱乐圈，当时带过顾未的老师们都觉得很可惜。

这条微博的评论里，有人联想到了之前顾未被黑学历低的事情——

小刺猬快长大："人家不是学历低，H 市九中是要考的吧？不是想进就能进的。气哭，顾未比我还小两岁，讲道理我要是被全网黑早就崩溃了。而且这件事最可恨的是，顾未那么喜欢跳舞，别人凭什么拿这件事来黑他？"

小刺猬家的仙贝："感觉我们还是太温柔了，建议以后大家学一下江影家的粉丝，凶成那个样子虽然招黑，但起码没人敢轻易欺负正主。"

小刺猬家的刺猬："还好队里的哥哥们对未未都很好，未未在新综艺里也交到了朋友，江寻还有那几位嘉宾都挺好的。我们还要再努力一点，新剧快出来了，大家冲一波宣传，未未可以更红的！"

小刺猬家的雪饼："话说最近一阵子都没有见到面包蟹姐妹了，姐妹是在忙什么吗？@小刺猬家的面包蟹。"

小刺猬家的晴天娃娃："哎呀，这……"

小刺猬家的雪饼："娃娃，你知道面包蟹去哪里了吗？我记得你们认识。"

小刺猬家的晴天娃娃："啊啊啊！对，忘了说了，她最近比较忙，她……考研！过了这一阵子就好啦！"

小刺猬家的雪饼："懂了，那祝面包蟹姐姐考研顺利！"

TMW 的训练室里，易晴放下鼠标给江寻发了微信消息。

Sunny："老大，群里我跟她们说你在考研。"

Sunny："记得捂好面包蟹的马甲哟。"

Sunny："比赛加油！"

至于微博上另一条空降热搜的黑料，易晴和一些网友也参与了讨论。

小刺猬家的晴天娃娃："'蒋恩源曾在见面会上嘲讽许佩'，某个人最近是热搜包年了吗？"

蒋恩源今天道歉了吗："蒋恩源今天道歉了吗？没有。我倒要看看他还能蹦跶多久。"

氢气球："@蒋恩源今天道歉了吗，我感觉还需要一个大一点的锤，不带个人感情来说，编舞的事对顾未名声的损害太大了。"

黑芝麻糖："是谁给蒋恩源掏钱了吗？怎么最近的热搜都是他，我估计路人看着都烦了。"

一只河蟹："败点路人缘岂不是更好。"

某天，顾未捧着纸杯走进舞房的时候，发现另外四个人都挤在木地板的中央，盯着池云开手里的平板电脑。

"不练了？"顾未问。

"看比赛吧。"洛晨轩朝他挥挥手，"到点了。"

"好呀。"顾未挤到了几个人中间。

看着看着，几个人越来越不注重形象，有趴着的，有坐着的，还有捶地板大喊的。

"未未，看，江寻！"石昕言激动地说。

现场的直播镜头直接给了江寻一个特写，旁边浮现出江寻的选手信息。现场解说员介绍了江寻这些年的战绩，并说明了这是江寻职业生涯中的最后一战。

江寻对着镜头勾了勾嘴角，然后摊开手，手里躺着一枚金色的 TMW 战队徽章。

"江寻加油！"顾未大喊。

顾未的宿舍里有一枚一模一样的金色徽章，是江寻之前送给他的。

这时，赵雅带着摄像老师从舞房后门悄悄地走进来，拍下了几个人此时的样子，作为 TATW 官方微博放出的成员日常。

然后，官方微博把视频发到微博上，还有配文："嘘，他们正在特别'认真'地准备新年的节目……"

然而视频里，五个人正专心盯着平板电脑上的直播。

咚咚咚："@石昕言，出来挨打，说要好好练舞的，回头小心又被骂舞台划水。"

纸鹤："小糊团全员追电竞的传言原来是真的，我记得之前采访的时候池云开说过顾未会被他们强行带着一起看，不过这次看视频感觉顾未是乐在其中的，哈哈哈！"

人闲桂花落："可不嘛，顾未那条加油微博配的图可是他抱着江寻家的 MVP 拍的照片。"

在这之后的一段时间里，TATW 白天练舞练歌排节目，晚上就挤成一团坐在地板上喊"TMW 加油"。

顾未与石昕言抽空去录了《逃之夭夭》第三期，江寻不在，张导找了个当红主播代替他。前两期综艺里顾未和其他嘉宾已经混熟了，加上有同队的成员和他一起录，虽然江寻不在，但他的状态依旧很好，第三期节目录制在一片欢笑声中结束了。

日子过得飞快，TMW 的这场冬季赛打得没有预想中那么顺利，一支老牌队伍成了 TMW 强有力的对手。半决赛里，SK 出现了严重失误，TMW 的积分下跌，暂列第二。

网友对 TMW 的期待值很高，几乎容不得战队有一丁儿点失误。半决赛过后，失误的选手以及身为战队指挥的江寻都成了网友们攻击的对象，无脑开喷的人更是不少。

"江寻还能不能行啊？退役前最后一战可别打成笑话才好。"

"SK 在想什么？这里给我打我都不会失误成那样！"

"TMW 这场打的是什么东西？"

"江寻没指挥好吧？"

"不看了不看了，这积分差距，决赛得打多好才能追上来啊，TMW 止步世界赛了。"

这段时间，顾未每天醒来第一件事就是在江寻的微博下喊"加油"，接着一个个举报那些不分青红皂白带节奏骂人的评论。顾未用的是自己的微博大号，TATW 的其他人也一样，在闲暇时间和顾未一起去 TMW 官方微博或者江寻的微博下面喊"加油"。因为这是正常的个人爱好，赵雅便默许了他们的行为。

涉及江寻，江影也是凶到不行，直接用大号下场骂人。

T&K 最棒："江寻这次比赛要遗憾收场了吧？嘿嘿。"

江影 KANI："@T&K 最棒，我看你的人生快遗憾收场了吧？"

用户 25738475："TMW 越打越烂，这个赛季一直不在状态，江寻退役前还出来恶心人。"

傅止评论了一个阴阳怪气的"微笑"表情包。

嘟嘟："打不过了吧？隔壁那支队伍很强的，积分好难追啊！"

易晴回复："@嘟嘟，乖，别怕，老大稳得很。"

小刺猬家和剪影家有史以来第一次达成共识，在 TMW 的微博下携手"毒打"喷子。

TMW 冬季赛决赛的前一天晚上，小刺猬们看到顾未转发了一条新的锦鲤微博。

TATW-顾未："对我来说，今年最好的消息，就是等你得胜归来。@TMW-Xun//@锦鲤：转发这条微博，你将收到今年最好的消息。"

这条锦鲤微博在几个流量明星之间转发了好几轮，给 TMW 加油的网友也越来越多，"顾未锦鲤""江影又骂人了""TMW 加油"这些都是当日的热门搜索词条。

某些围观了全过程的网友纷纷发表了自己的看法——

"突然 Get 到了江影的萌点，凶萌。"

"哇哦，我和我喜欢的哥哥转发了同一条锦鲤微博，可不可以算间接恋爱了？"

"顾未挺好的，这种时候第一个出来发声，要知道那群人一个比一个厉害。"

"以前感觉 TATW 的成员各玩各的，关键时刻都胆小怕事，但最近看来好像不是这样的。"

"我相信 TMW 有打赢这场比赛的能力，我是看着他们一路打过来的。他们之前拿冠军靠的是过硬的实力，不是运气，某些喷子可以洗洗睡了。"

与此同时，某个被挂在热搜上骂了很多天的蒋姓明星终于松了一口气。

"江寻可真是个好人。"蒋恩源的经纪人感慨，"不管怎么样，他算是成功地把你从热搜上刷下来了。"

"好像也是。"蒋恩源这段时间被黑到惊魂未定。

"公司在努力公关了，等新剧吧。你新剧出来的时候大概可以圈一些粉，刚好把你这阵子流失的粉丝给补回来，毕竟有的粉丝只看脸。"

顾未知道，江寻在专心比赛，近期不会看微博，但他依旧不想看到有关江寻和 TMW 的负面言论。

冬季赛决赛是 TMW 这一年以来打过的最艰难的一场比赛，一方面双方比分差距大，另一方面积分排名第一的队伍对 TMW 采取了针对式的打法，TMW 追平比分的过程也就格外艰辛。

过程中，TMW 每个成员都全神贯注地盯着屏幕，神色都有些凝重。

TATW 今晚也没人排节目，大家甚至连舞房都没去，都守在客厅里盯着赛事直播。每逢赛点的时候，几乎所有人都屏住呼吸，当江寻或是 TMW 其他队员得分的时候，客厅里就会传来一阵欢呼声。

"让他们疯吧。"赵雅对穆悦摇摇头，示意她不要去打扰，"间歇性的，习惯就好，只不过这次多了一个顾未。"

别看他们平时都是粉丝眼中耀眼的偶像，但本质上就是一群大男孩。

TMW 的冬季赛是顾未真情实感地追过的第一场电竞比赛，之前他一直不明白池云开他们看比赛的时候为什么会那么激动，现在他明白了，甚至比池云开他们喊得更厉害。

"江寻冲呀！"

"江寻加油！"

转播视频里，江寻又拿下了一分。他和队友说了什么，目光依旧牢牢地锁在电脑屏幕上。

"未未喝点水，别把嗓子喊哑了。"傅止算是最清醒的一个了。

在大部分网友都放弃了希望的时候，TMW 竟然追平了比分，但比赛也临近结束。转播屏幕上切了江寻的视角，屏幕右下角是飞快敲击键盘的江寻。顾未被屏幕上复杂的操作晃得头晕眼花，但他依旧牢牢地盯着屏幕。

在比赛的最后，江寻的指挥显得尤为重要，TMW 换了一种与平常完全不同的打法。对手显然没有预料到他们在这个时候还能改变打法，一时间有些措手不及。对手想从背后偷袭，却被江寻预判，TMW 的得分开始稳步提升。

与此同时，观战的网友们那些消极的言论也开始转变了——

"江寻的状态回来了。"

"昨天骂早了，我现在说声对不起，TMW 到底还是厉害。"

"今天没有一个人失误，我昨天不该失望的，TMW 到底还是有真本事。"

"江寻能不退役吗？状态这么好，还能再打两年啊！"

"TMW 本身也很强，是实打实地一路打上来的。"

"爽，今天这场才算是比赛，昨天打的算什么东西嘛。"

终于，江寻以一个击杀结束了整场比赛，冬季赛在众人的一片欢呼声中结束了。

比赛结果：TMW 积分第一，江寻总击杀数第一，成了 MVP。

赵雅在楼下和穆悦说新年计划，远远地听见楼上 TATW 宿舍里传来一阵欢呼声，中间还夹杂着敲锣打鼓的声音。

"打完了吧。"穆悦没见过男生追比赛的架势，感觉有点惊心动魄。

"打完了。"赵雅见多了，"应该是赢了，如果输了，你会什么声音都听不见，而且接下来几天的工作都别指望他们会好好配合。"

顾未第一次完整地追完比赛，才知道江寻选择的这条路有多么艰难。光鲜亮丽的战绩背后，江寻默默付出了太多，比赛失误时还要承受那么多骂声，说是从腥风血雨中夺来的冠军也不为过。

"马上开始赛后采访了。"石昕言放下了手里的小手鼓，"江寻要退役，等一下肯定会被逮着往死里问。"

屏幕上，TMW 的其他四名成员都等候在采访室里，却不见江寻的身影。

"江寻呢？"洛晨轩问。

顾未放在茶几上的手机突然响了，来电显示是江寻。

"未未。"顾未接通电话，江寻的声音从电话那头传来，"看比赛了吗？"

"看了。"顾未想说他看见了江寻打得有多好，张嘴的时候却发现发不出声音。刚才太激动，他把嗓子给喊哑了。

"未未？"江寻刚打完比赛，声音也有些不稳，催促道，"你在听吗？"

"在。"顾未说话了，可江寻听不见。

"寻神？"池云开在旁边哑着嗓子说，"未未把嗓子喊哑了，现在说不出话来了。"

"这么兴奋？"江寻的声音里带了笑意，"我打得还算好吗？"

"不是兴奋。"顾未无声地说，"我和全世界都看到了你精彩的一战。"

"喝点水，保护好嗓子，过些天不是还要唱歌吗？"江寻说，"比赛打完了，我要变成失业人士了，过两天就回去找你。"

顾未结束通话，情绪久久难以平静。难怪人们会喜欢看电竞类的赛事，因为这样的比赛能在短时间内调动起人的情绪，更何况他的情绪之中还多了些期许和心意。

赛后采访中，江寻站在战队成员中间向一众记者发表退役感言。

"寻神退役之后打算做什么？"记者提问。

江寻："享受生活。"

记者："嗯？"

"睡觉吧。"比赛已经看完，傅止的生物钟发挥了作用，他抽走了几个人裹着的花被子，就要回房间睡觉。

"睡觉了。"洛晨轩起身拿了水杯去接水。

"你们睡吧，我看一会儿 TMW 那个小姑娘的复盘直播。"池云开抱着薯片不肯松手。

"Sunny 吗？"顾未问。

"对，Sunny。"池云开说，"她好像快混成一队的替补了。"

顾未在没有工作的日子里很注重作息时间，他和池云开道了声晚安就回房间休息了。他把 TMW 的战队徽章放在床边，拿起彩铅涂了两张曼陀罗绘画，渐渐感觉到了困意。

TMW 的训练室里，易晴正在刷直播时长，左手拿着一支荔枝口味的棒棒糖。

"这个地方其实有点危险，我自认目前打不过，但是以后说不定……"易晴靠在电竞椅上，懒洋洋地讲解今晚比赛中的细节。

直播屏幕上的网友弹幕刷得很快。

"果然还是听本队的讲解舒服。"

"熬夜看直播，再爽一遍，这一场真是打得我浑身舒服。"

"半决赛太憋屈了，TMW 果然不会让人失望。"

"Sunny，我可以做你的颜粉吗？"

一条弹幕从易晴眼前飘过。

"谢谢，但我目前还没有长开，我偶像比较好看，我建议你去粉我的偶像。"易晴随口回答。

"然后独木桥这里……稍等。"易晴看到屏幕下方的 QQ 图标在闪烁，顺手点开。

雪饼："娃娃你睡了吗？小刺猬和蒋恩源家的大粉吵起来了，我们需要一个厉害的帮手。"

"来了。"易晴自言自语。

直播和吵架，易晴选择先吵架。她打开了网页版微博，显示的刚好是自己的账号，她号都不用换，上去对着蒋恩源家的大粉劈头盖脸就是一顿捶，熟练度惊人。

易晴没有关直播，于是弹幕精彩了。

"Sunny 在做什么？"

"日常训人吧，小姑娘凶得很，那几个青训生好像都不敢招惹她。"

"我感觉网上掐架，惹谁都不要惹打电竞的，骂不过的。"

"@江寻，你家员工直播摸鱼。"

"嗯？Sunny 就是小刺猬家的晴天娃娃？竟然是你？"

"之前在微博上骂我的是你？"

"我竟然在这里见到了我的追星姐妹？"

不久之后，"耐人寻未"超话粉丝群里也精彩了。

蒋恩源今天道歉了吗："小道消息，TMW 的选手 Sunny 的微博号叫'小刺猬家的晴天娃娃'，是不是很眼熟？"

黑芝麻糖："惊了，@ 小刺猬家的晴天娃娃，是你吗姐妹？"

一只河蟹："竟然是她！"

蒋恩源今天道歉了吗："没跑了，晴天娃娃是 TMW 的内部人员，内部人员带头追星。"

黑芝麻糖："天哪，我酸了，顾未和江寻关系那么好，娃娃应该有很多机会见到他们吧？我现在去打电竞还来得及吗？"

群里有人整理了晴天娃娃这几个月以来的微博，最终得出了一个结论——晴天娃娃好像一直活跃在追星最前线，时常看到江寻和顾未同框，还时不时督促其他人和她一起带动超话热度。

蒋恩源家的粉丝最近一直被追着骂，好不容易下了热搜两天，赶紧出来刷存在感，生怕自家正主从此一蹶不振。没想到他们大晚上的刚出来夸蒋恩源几句，就撞上了一只大刺猬。

小刺猬家的晴天娃娃："下了两天热搜可把你们给得意坏了，又蠢又坏。"

小刺猬家的晴天娃娃："我替你们感到不值，蒋恩源他没有心。"

易晴骂完蒋恩源家的大粉，又切回直播界面，继续复盘比赛，然而直播间里却来了不少新观众。

"围观刺猬大粉，受我一拜。"

"慕名而来。"

"粉随正主，颜值在线。"

易晴这才反应过来，自己刚才把训人的过程也给直播了。

"对不起，能者多劳。"易晴道歉，"我主业电竞，副业追星，兼职反黑。"

"但是来都来了。"易晴说，"打开手机给咱们顾未哥哥打个榜吧。"

深夜，小刺猬后援会的群里还很热闹。

小刺猬家的仙贝："@小刺猬家的晴天娃娃，娃娃，你来头不小啊！"

小刺猬家的晴天娃娃："不值一提，反正我们都是刺猬家的，不管怎么样，爱未未的心都是一样的。"

小刺猬快长大："娃娃，面包蟹是不是明天考研？"

小刺猬家的晴天娃娃："呃……对。"

小刺猬家的雪饼："祝她考试顺利呀。"

小刺猬家的晴天娃娃："我会转达的……"

"我不明白。"一天后，赵雅问，"江寻最近都不在，综艺也有一期没上了，他和顾未基本没有同框的机会，为什么他们那个双人超话的关注人数还在持续增长呢？"

"天意吧。"洛晨轩双手离开钢琴键，房间里的乐声戛然而止。

"上次看TMW的Sunny直播，她好像不小心暴露了自己的微博追星号，追的刚好是我们未未。"池云开回忆事件全过程，"然后她本人是个大刺猬，除此之外还对他们队长绝对敬佩，指哪儿打哪儿，好像也是江寻和顾未那个双人超话最早的粉丝之一。"

赵雅心想，那就难怪了，现在只能指望这两个人千万别闹矛盾，不然后期的公关会非常痛苦。

"椰子台要上的节目，你们准备得如何了？"赵雅问。

"差不多了。"傅止说，"反正是唱之前的歌，我们再练练编舞的整齐度和细节就好。"

赵雅还有事，先行离开了，他们几个人继续留在舞房，顾未开始帮石昕言一点点纠正舞蹈动作。

"寻神是不是要回来了？"池云开突然问。

"好像是说明天回来吧。"顾未给石昕言示范了动作，"你头和手一起动，不然会有些僵硬。"

他们五个人都有自己的短板，但互相纠正和弥补之后，照样能取得良好的舞台效果。

"一二三四，转半圈，这里表情自然一点……"顾未突然察觉舞房门口有动静，转头看去，许久未见的江寻站在门口朝他挥手。

"江寻！"说好的明天回来，这个时候在舞房看见江寻，对顾未来说明显是个惊喜。

那一瞬间，顾未心情变得格外轻快，迫不及待地冲了过去。

"怎么提前回来了？"他问江寻，"不休息两天吗？"

"休息等于被堵着采访，不如过来看看你。"江寻上下打量他，"怎么感觉又瘦了一点，你有好好吃饭吗？"

"我现在是无业人士。"江寻说，"所以接下来的一段日子我会盯着你吃饭，一天三顿菠菜的那种。"

顾未不回话了，要说这个他可就不高兴了。

"我有些事找你们经纪人说。"江寻又说，"顺便来看看你，什么时候上台？"

"大年初一晚上。"顾未说，"快了，节目已经排得差不多了。"

"除夕夜有地方去吗？"江寻问。

"没有。"顾采最近不知道在写什么剧本，好久都没消息了，顾未想起上次江寻说的，问，"你要收留我吗？"

"我带你回家吧，过年期间刚好可以带你回以前住的地方看看。"江寻莞尔，"猜猜看，你经纪人刚才对我说了什么？"

"什么？"

"她说我们一定要好好相处，千万别闹矛盾，私下怎么着她不管，但在微博上我们必须是和睦状态。"

顾未想，人都是会变的，一开始压根儿就不支持他们接触的赵姐现在变了好多。

椰子台的节目安排在了大年初一。除夕那天，除了傅止和洛晨轩，TATW的另外三个人都没有工作。池云开和石昕言前一天就溜了，顾未则在除夕当天被江寻拐走了。

由于是过年，路上没什么人，冬日的空气格外清新。仗着路上人少，顾未只戴了口罩，和江寻去商场买东西。

江寻说："你挑你自己喜欢的就好，但是垃圾食品不可以多吃。"

江寻推着车，顾未一边把喜欢的零食往推车里扔，一边和他说话。

"要买螃蟹吗？"顾未觉得对家应该比较喜欢。

"家里好像还有。"江寻说。

"你退役以后打算做什么？"顾未问了一个记者先前问过的问题，"可别跟我说享受生活啊。"

"你看了我的采访啊。"江寻说，"说实话，九月的时候我挺迷茫的，但现在我有了新的方向，我要让TMW变得更好。公司那边我偶尔也要上上心，有看好的电影和剧我会投资，不过主要精力还是会放在TMW这边。"

两个人都戴着口罩，在商场的柜台前结账。顾未帮着江寻把推车里的东西往柜台上放，排在两个人后面的短发女生因为手里的东西太多，又没拿篮子，一盒糖果就这么掉在了地上。

"给你。"顾未弯腰捡起糖果。

短发女生看见了他的眼睛，发出一声惊呼："未未？"

"嘘。"顾未朝她笑了笑，看了看周围，比了个噤声的手势。

对方一眼瞄到了他身边的江寻，又是一声惊呼。

"走吧。"江寻付完钱了，说，"怎么？遇见粉丝了？"

"应该是。"顾未不太确定。

"有没有觉得自己最近越来越红了？"出了商场，走到车边，江寻帮顾未拉开车门，等他上车后又帮他把安全带系好。

"看微博粉丝数的话，我好像是涨了不少粉。"顾未知道，这给他的未来提供不了太多的帮助。他需要真正的作品，公司和他都在等着《明明如月》的播出。

微博上，"耐人寻未"的超话里，有人发了一条新的微博——

黑芝麻糖："哇，我刚才去超市买东西，好像遇到了江寻和顾未，他们真的太好了！呜呜呜——我很放心。"

一只河蟹："@黑芝麻糖，姐妹，大过年的就别激动了，赶紧回家过年吧。"

黑芝麻糖："我现在就在过年！"

江寻的家庭成员，顾未认识江影，见过宋婧溪一次，却没见过江争，到底还是有些紧张。不过等到了江寻家，进屋之后他才发现这种紧张完全是多余的。

"见笑了。"宋婧溪无奈地笑了笑，屋子里，江影正在和他爸就演技问题抬杠，见两个人进屋，倒是格外热情地打了招呼。

这种吵吵闹闹的大家庭环境是顾未从未体验过的，所以他觉得好奇，也乐在其中。宋婧溪和江争很有默契地没给他太大的压力，不会盯着他们问来问去，反倒给了他们聊天的空间。

"哇，你知道吗？"饭后聊天环节，江影用筷子敲着桌上的螃蟹壳，说，"大过年的，我们的粉丝又吵起来了。"

"吵什么？"顾未问。

"顾未和江影谁的古装扮相更好看。"江影复述，"你粉丝说我眼睛里没有戏，我粉丝说你没相关作品。然后你粉丝说我有演技没灵魂，我粉丝说你空有扮相没演技。"

顾未："呃……"

"看在今天过年的份上，我就不开小号下场带节奏了。"江影收回登录小号的手。

顾未："谢谢……"

两个人同时拿出手机，编辑发送了一条新年祝福微博。

TATW-顾未："新年快乐，我一直都在。"

江影 KANI："新的一年，我也会爱你们。"

"那我也发条微博吧。"江寻说。

TMW-Xun："新年快乐。"

江寻发的微博配了一张照片，照片里有江寻、顾未、江影、宋婧溪和江争。正在吵架的刺猬们和剪影们，还有正在吃年夜饭的"耐人寻未"超话的粉丝，全被震撼了。

江寻自己过年不够，还要带着一众网友一起过年，这震撼充分体现在了江寻微博下的评论里——

"这一屋子的人都好值钱啊，两个流量明星、一个实力编剧和一个影帝，还有一个刚刚退役的寻神。"

"有一说一，我刚才好像看到这两个流量的粉丝在掐架。"

"是的，这两家三天不掐可能就会浑身难受。"

"我想采访一下这两家粉丝现在的感受，还掐吗？哈哈哈！"

"江寻和顾未是不是好久没同框了？上一次同框还是江寻比赛前。"

"过年还能看到你们两个人，真好！除夕夜刷微博果然有惊喜。"

TMW前不久刚拿下了冬季赛的冠军，加上江寻刚退役不久，关注度和热度都达到了空前的高度。所以尽管是除夕夜，江寻发出的微博还是立刻被很多人看到了。

Power："看我刷到了什么？这张照片的信息量也太大了吧！"

TMW-West："懂了，退休的寻神已经回归家庭享受生活了。"

我可以我能行："羡慕了，有的人吃个年夜饭都能带起来这么多话题。"

TMW-Sunny："老大新年快乐，发红包吗？你们家的菜看起来好丰盛。"

小刺猬家的晴天娃娃："哇，好久没见到我们未未了，他竟然去你家过年了。"

黑芝麻糖："@小刺猬家的晴天娃娃，啊啊啊！姐妹私聊，我理解你的幸福了！我今天下午偶遇他们了，颜值那么高的两个人如果每天在我面前晃，我也会幸福到昏迷啊！"

小刺猬家的晴天娃娃："走，讨论幸福去。"

剪影爱江影："啊这……原来顾未和江寻的关系真的这么好。人家吃年夜饭呢，停战停战，大家过完年再撕吧。状态不好，撤退。"

小刺猬家的猫头鹰："告辞。"

另一边，吃完年夜饭的粉丝们又在超话粉丝群里相聚了。

"哇，他们都多久没同框了，这次同框竟然是在江寻家，而且现在是大年三十！他们像是一家人一样，新年快乐啊！"

"我妈问我为什么拿着手机偷笑。"

"呜呜呜——真好。"

"祝大家新年快乐啊，希望他们能一直这样。"

"话说顾未为什么去了江寻家过年啊？"

说到顾未去江寻家里过年的事情，小刺猬们又心疼起了自家偶像。

小小刺猬："弟弟的爸妈好像是很早就离婚了，去年官方微博放过小视频，过年的时候他还在宿舍里，当时我就真情实感地难过了。"

小刺猬家的铃兰："心疼，顾未好像从来不在镜头面前说这些事，家庭问题、心理问题之类的他从来都是自己扛。前几天大家讨论抑郁的话题，江寻明显在帮着挡那条热搜，顾未的公司估计也安排处理了，热度消得很快。要不是因为最近这些事，我们根本什么都不知道。倒是某个靠拉踩红起来的蒋姓明星，天天靠卖惨吸粉，说自己被前公司抛弃什么的，明明是他自己违约换了公司。"

小刺猬家的丫丫："大过年的，我懒得骂蒋恩源，放他两天假吧，今天专心爱未未就够了。"

小刺猬家的雪饼："我爆哭，这么好的未未大过年的竟然没有地方去，未未来我家过年吧。"

对于小刺猬们的关心，顾未也在微博上给出了回应。

TATW-顾未："大家专心过年吧，我今天有人收留啦！"

江影KANI："@TATW-顾未，来都来了，切磋一下掐架技巧。"

剪影爱江影："@江影KANI，哥哥，过年呢，你消停两天吧。"

吃过年夜饭，一家人有说有笑地看完了新年电视节目。因为顾未和江影第二天都要去电视台彩排，于是两个人早早地就回房间洗漱了。

"你过来。"江影突然喊顾未。

顾未问："做什么？"

"我有江寻的黑料，看不看？"江影神神秘秘地说。

顾未满脑子问号。

"说我什么呢？"江寻的声音从两个人背后传来，他还凉飕飕地扫了江影一眼。

顾未转头的时候，江影已经溜了。

"早点休息吧。"江寻看着江影撤退的方向说，"他爱好收集黑料，只愿意给自己人分享。"

顾未明白，对家这是已经把他当成了自己人。

椰子台的新年晚会邀请的都是当年红起来的或者有话题度的艺人，这一年里 TATW 的人气空前增长，以至于他们的节目作为晚会的看点之一，被排在了倒数第三位。

"我想回家放烟花。"石昕言无聊地用手托腮。

"说起来，我也想放烟花。"顾未说。

"等你糊了，明年就可以回家放烟花了。"池云开说，"我时常担心自己会糊。"

石昕言："呃……"

"这几年你们大概都没机会回去放烟花吧。"傅止指了指他们面前的屏幕。

他们在舞台的后台，能通过转播屏幕看到台下观众席上闪烁着的各种灯牌，放眼望去，满满一大片灯牌都是 TATW 的。虽然粉丝们平日里调侃的时候一口一个小糊团，但 TATW 的人气的确是在逐渐增长。

"今年椰子台没有邀请蒋恩源。"洛晨轩说，"前几天还看见他家大粉在闹，说蒋恩源也看不上椰子台。正主和粉丝都不省心，真是拉都拉不住。"

"他家指望着新剧出来带动他的人气吧，那部古装电视剧一直在吹他的颜值和演技。"池云开不屑地道，"可我们未未的新剧也要出来了，到时候就各凭本事了。"

"但我的人气不一定有他高。"顾未说。

"没事，我们有五个人，寻神不是还客串了？我们都会帮你宣传的。"
傅止说，"他孤身一人，而你早就不是了。"

为了符合新年的氛围，今天TATW的服装主色调是红色，每个人的衣
服各有不同，升降台升起的时候，台下传来观众的欢呼声。

舞美特效中，顾未的舞蹈动作看起来更加利落惊艳，坐在观众席前排
的江寻不得不承认，舞台上的顾未比任何时候都更耀眼。

顾未调整了脸颊边的耳返，在池云开的一段Rap过后，他帅气地对着
台下一指，Wink的同时收获了粉丝的尖叫。

直播镜头扫过观众席，拍到了观众席上举着灯牌的江寻，全场观众在
那一瞬间都沸腾了。江寻意识到镜头在拍自己，对着镜头摇了摇手上的灯
牌。这是小刺猬家的应援灯牌，上面的字样恰好是"未未，永远支持你"。

椰子台大年初一的晚会依旧是微博上的热门讨论话题，当日的相关词
条有——"蒋恩源粉丝辱骂椰子台""TATW全员新年红""江寻的灯牌是
从哪里顺的"。

小刺猬后援会的群里，大家也在讨论当天的节目。

小刺猬家的仙贝："红色的寓意真好，椰子台有心了，来年我们弟弟
会越来越红。"

小刺猬家的蕊蕊："未未的新剧大年初十开播，姐妹们准备好了吗？"

小刺猬家的面包蟹："冲！初十新剧话题刷起来。"

小刺猬家的雪饼："哇，好久不见的面包蟹小姐姐，怎么样？考研顺
利吗？"

顾未原本在楼下客厅里和江影一起玩游戏，由于一个菜、一个骂人，
两个人双双被队友举报扣分后不欢而散。然后顾未去了江寻的房间，推开
房门的时候没看到江寻，倒是看见江寻的手机放在了桌上。

手机界面显示出一个聊天群，里面的消息刷得很快，ID的开头都是"小
刺猬"，看群名还是小刺猬后援会的一群。顾未很纳闷，这个群他自己都
没能进去，江寻是怎么混进去的？

小刺猬快长大："我有一个严肃的问题，顾未害怕尖锐的东西，那我

们的粉丝名叫'小刺猬'，未未会不会不喜欢我们？"

顾未心道：好问题。

小刺猬家的面包蟹："不会，Q版的刺猬没事，现实中也不常见到刺猬。"

小刺猬快长大："哇，你怎么知道的？"

因为我就是本人，顾未心想。

小刺猬家的雪饼："未未的微博快一千六百万粉丝了，不知道他能不能发个粉丝福利。我就妄想一下啦，这个时间他应该在忙吧。"

也不是不行，顾未心想。于是他挑了最近拍的几张照片，发了个粉丝福利。

评论里的粉丝要疯了。

"未未过年还营业吗？图我拿走了。"

"天哪！我的妄想这么快就实现了吗？"

"我怀疑我们群里有许愿精灵。"

"不会是面包蟹吧？总觉得她一回来我们每天都能心想事成。"

"@小刺猬家的面包蟹，吉祥物受我一拜。"

"@小刺猬家的面包蟹，演唱会的票太难抢了，再许个愿，能让我当面见见顾未吗？"

"什么群？我也想进。"

"进别的群吧，一群满了。"

这时，江寻回来了，顾未问他："你怎么进了我后援会的群？"

"之前说好的互粉，我总得真情实感吧。你看我比赛的时候都喊哑了嗓子，我在别的地方为你加加油是应该的吧，还有新年晚会。"江寻理所当然地说。

"所以你的灯牌……"顾未想起了昨天江寻举着的那块灯牌。

"是群里之前给大粉邮寄的。"江寻说，"我现在好歹也算是你的大粉了。"

易晴躺在家里的床上，给顾未刚发的福利微博点赞转发，然后长按图片保存。这时，她突然收到了微博网友发来的消息。

小刺猬家的雪饼："娃娃，你在吗？"

小刺猬家的晴天娃娃："在的，弟弟刚才发福利了，自家评论点赞赶紧的。"

小刺猬家的雪饼："在点了，我找你是想跟你确认一件事。"

小刺猬家的晴天娃娃："你说。"

小刺猬家的雪饼："你是 TMW 的 Sunny 对吧？你的马甲已经被扒干净了。"

小刺猬家的晴天娃娃："是的，所以你还想扒谁？"

小刺猬家的雪饼："我刚才无聊，核对了一下之前邮寄灯牌和手幅的地址，然后我发现了一个问题。"

小刺猬家的晴天娃娃："什么？"

小刺猬家的雪饼："有两个包裹寄到了 TMW 俱乐部，除了你的，还有面包蟹的。"

小刺猬家的雪饼："那么问题来了，你那个小姐妹，前一阵子确定是在考研，而不是在打比赛？"

小刺猬家的晴天娃娃："呃……"

小刺猬家的雪饼："你们 TMW 还真是有意思，我好像突然有点明白你的快乐日常了。"

小刺猬家的晴天娃娃："低调低调。"

小刺猬家的雪饼："放心，我不会说出去的，面包蟹都快成我们群的吉祥物了，一群人都在 @ 面包蟹许愿。"

小刺猬家的雪饼："你玩你的吧，我今天得早睡。明天朋友会拉我去一个特别偏的小镇玩，真的特别偏。周围还有个村子，也就这几年改的文艺风，顶多有几家酒吧，真不知道这种地方有什么意思。"

H 市今年的冬天虽然冷，天气却一直很好。

大年初三一大早，江寻跟着导航带着顾未往一个小镇驶去。

"你搬出来以后还回去过吗？"江寻问。

顾未摇头说："高一以后我就没再回去过了。前年那边好像重新规划建设了一下，现在是个文艺旅游小镇了。"

小镇的位置很偏，加上现在是过年期间，路上的人不多，少见的几个行人都对江寻的车投来好奇的目光。

"这里以前就是普通的街道，现在两边好像都改造成酒吧了。"顾未挑着镇上的特色给江寻挨个介绍，"其实也没什么好看的，你往前开，路尽头那边就是我以前的家。"

"以前这里的老人很多，现在搞起了旅游，才有一些年轻人回来了。"顾未说，"所以我妈当时在 H 市还算有点名气吧，但这边很多人都不知道她。说起来，这里是她老家，但我从来没见过我的外公外婆。"

小镇上连个正式的停车场都没有，江寻只能把车停在路边。

"你之前住这里？"江寻看着眼前普普通通的二层小楼。

"不知道钥匙还能不能用。"顾未从口袋里取出之前好不容易翻出来的钥匙。

钥匙插进锁孔里，门顺利地打开了，房间里的家具还是几年前的样子，只是落了一层灰，这几年大概都没人回来过。

"是小未来吗？"隔壁的小酒吧前面站着一个二十多岁的青年，一直在打量他们，见顾未打开门才认出了他。

"许宴哥？"顾未听见了声音，回头道，"我回来这边看看。"

"我还以为你们一家人都不会再回来了，听说你在 H 市那边挺有名的。"姓许的青年笑着说，同时把目光转向顾未身边的江寻，"这位是？"

"是朋友。"顾未说，"晚点再和你聊，我们先回去看看。"

"去吧去吧。"青年朝顾未摆了摆手，自言自语，"变化还真的挺大的。"

顾未关上了房门，屋子里有一股灰尘的味道。

"小未来？"江寻重复刚才听到的这个名字。

顾未颇为无奈地道："还是顾未好听对不对？据说之前我爸妈还没结婚的时候，想给我取名叫顾未来，说是吉利。后来我刚出生，他们就大吵一架，我妈喝了点酒，给我上户口的时候少写了一个字，顾未来就变成了顾未。"

江寻无言。

"这是唯一一件我想感谢他们的事情。"顾未用半开玩笑的语气说，"你知道'未'是未来的意思就足够了，我就当这是祝福了。"

"太久没住人，这里的东西好像不能用了。"顾未拍了拍手上的灰尘，

"带你逛一圈，我们就走吧。"

说是逛一圈，但许久没住人的房子着实没什么好看的，江寻在顾未从前的房间里多停留了一会儿，看到墙上贴的都是顾未从小学到初中的奖状。窗台上有一个花盆，花盆里的植物早就枯萎了，看不出是什么。

"你养过花吗？"江寻指着花盆问。

"我不记得了。"顾未的目光有点迷茫，他似乎也想不起来这里什么时候放了个花盆，"你说，我害怕尖锐的东西，真的和这里有关系吗？"

难道不是他骨子里就带着的恐惧？

"楚亦这么说，肯定有他的道理。"江寻给墙上的奖状拍了一张照片，顺手发给了宋婧溪，"想不起来也没事，我们去隔壁看看吧。"

冬天，才下午五点多，天就有了要黑的迹象，隔壁的小酒吧门口亮起了一串怪好看的小彩灯。

顾未和江寻走进去，不过现在酒吧里没多少人，有点冷清。

"现在来的都是不爱走亲戚的文艺青年，平时还是有人的。"许宴把酒水单放在两个人面前，"看看要喝点什么。"

"好冷清啊，驻唱歌手也没来吗？"顾未看着空荡荡的驻唱台说，"江寻，我给你唱歌啊。"

"去吧。"江寻纵容道。

顾未平时经常练歌，竟然也没觉得不耐烦。他挑了一首慢节奏的歌，开了伴奏，和着缓慢的音乐唱歌。酒吧里三三两两坐着的人这会儿也停止聊天，看向正在唱歌的人。这不是 TATW 的歌，而是一首年代久远的民谣，顾未的嗓音清澈干净，但是唱的过程中出了点问题。

"噗，走音了……"许宴说。

"嗯，刚才那句走音了。"江寻依然觉得好听，顾未又把音准给拉了回去。

顾未明显在放飞自我，唱完一首，又挑了一首自己不熟悉的歌。这首歌他只是听过，没有练过，所以唱的时候只顾着开心。

"你可以拍个小视频发出去。"江寻建议，"这样过几天以后，你这里的生意会特别好。"

"真的？"许宴不敢相信，"他现在有这么红？"

"真的。"江寻说，"你要是再拍到我，你家的生意会更好。"

酒吧门口的小风铃发出了清脆的响声，来了新的客人。

"就一个破镇子，没什么意思。"先一步进来的人一脸不高兴。

"得了吧，雪饼，总比在家听你家七大姑八大姨唠叨好。"另一个人说，"这边起码还算清静。"

雪饼还是不太高兴："开车开了大半天，头晕。我后悔了，早知道这么无聊，我还不如在家刷我偶像的微博。"

朋友嘲笑她："整天开口闭口都是你偶像，你总不能出来旅游还指望着能见到你偶像吧？"

朋友的话音刚落，身边的雪饼突然愣住了。

雪饼听见了酒吧里的歌声，把目光投向驻唱台的方向，接着尖叫起来："啊啊啊！偶偶偶……偶像？我出来旅游见到我偶像了！呜呜呜。"

朋友满脑子问号，连忙拖住想狂奔过去的雪饼。

"那是未未吧！"被朋友捂着嘴拖到角落里的雪饼据理力争，"那绝对是我偶像！我收藏了几千张他的图，随便给个角度我都能认出来，不管是侧脸还是正脸还是后背。"

雪饼努力捂嘴按捺自己的喜悦："真好，你带我来的这个神仙小镇真是太好了，你不愧是最懂我的朋友！"

朋友：刚才是谁抱怨这是个破镇子？

"你偶像叫什么来着？顾未？"朋友深思熟虑后打算泼盆冷水，"人家好歹也是个流量明星吧，你想想，一个流量明星大过年的不在家和家人团圆，为什么要来个酒吧唱乡土民谣？而且他为什么不唱自己的歌？"

另一边，顾未刚唱完一首歌，翻了翻许宴家酒吧的曲库，意外地发现了 TATW 去年的一首歌。

"太冷清了，要嗨一下吗？"顾未自言自语，选了伴奏，唱了自己团的歌。

雪饼疯了，朋友再也拉不住她了。

"快！你会说话就再多说几句！"雪饼捶桌子，"未未啊啊啊！我竟然会在这里见到他！"

朋友彻底闭嘴了。

快节奏的歌的确能带动气氛，这个酒吧里的气氛瞬间发生了变化。

"小哥哥出道吗？"不知道是谁喊了一声，"这个颜值和嗓音，保证吊打现在的好多流量明星。"

"老板，新请的驻唱不错啊！"有人夸赞。

"看，我说了吧！"江寻和许宴聊得十分起劲。

"他和过去相比，真的变了好多。"许宴感慨。

"他以前是什么样的？"江寻问。

"以前吧，感觉他是一个挺安静的孩子，挺懂礼貌，但是不太爱说话。"许宴回忆，"周围的邻居都挺喜欢他的，但是有一天，他们家突然搬走了，我也没想过他还会再回来。"

江寻又问："他们家是什么样的，你还有印象吗？"

"他们家……你和他熟识的话应该知道，他们家比较复杂。"许宴皱眉道，"这周围的人都说他妈妈是个温柔的女人，说他那个城里的爸爸不是个东西，但我觉得这其中可能有点认识上的偏差。"

江寻问："为什么？"

顾未又换歌了，他远远地朝江寻挥了挥手，敲了一下架子鼓。江寻对他晃了晃手里的酒杯，把杯中酒一饮而尽。

"我隔着窗见过一次，那是冬天的深夜，他只穿着单衣坐在院子后面，脸上还带着伤，好像是在哭。但我出去的时候，他已经不在那里了。"许宴回忆，"大半夜的，除了他妈妈，还有谁会打他？"

"他说过吗？"江寻问。

"没有，就好像那件事从来没有发生过。"许宴摇头。

江寻重重地放下了酒杯。

顾未平时到哪里都被人围观，难得回到熟悉的地方，唱了几首歌，兴奋劲过去了，这才后知后觉有些疲惫。酒吧服务员把一个托盘递到他面前，托盘上放着一杯精心调制的酒。

顾未不解："我没点单啊？"

"窗边那位先生点了送你的。"服务员指了指窗边，那里坐着几位顾客，正是刚才喊着让他出道的那几个人。

"抱歉，他不太能喝酒。"一只手出现在顾未面前，挡开了服务员递过来的酒杯。

雪饼的朋友听了半个小时的"啊啊啊"，这会儿终于听到了一点不同的声音。雪饼正在翻刚才录的小视频，手机"哐当"一下掉在地上，碎屏了。

"碎碎平安。"雪饼神情呆滞地道，"真好。"

"服了你了。"朋友说，"这么好的机会，你不去要个合照或者签名吗？"

"不去了。"雪饼看着不远处的江寻和顾未，含泪坚定地摇头，"粉丝要离偶像的生活远一点，我远远地看着他就足够了。"

晚上，易晴正在玩游戏，突然收到了雪饼发来的一段录像。

小刺猬家的晴天娃娃："震惊！"

小刺猬家的晴天娃娃："哪里来的？"

小刺猬家的雪饼："昨天我跟你说的那个小镇。"

"你们聊吧。"酒吧里，许宴看出江寻和顾未有话要聊，起身去帮忙调酒了。

"唱得开心吗？"江寻把刚才点的果酒推给顾未。

"你不是说不让我喝吗？"顾未问。

"别人给的不可以，我给的可以。"江寻把一个长方形的盒子放在桌上，问，"想放烟花吗？"

"仙女棒？哪里来的？"果酒的味道很好，顾未喝了一口，说话的时候唇齿间带着果香。

"找你的邻居要的。"江寻说，"小镇就是有这点好，没人管，可以随便燃放烟花爆竹。"

两个人白天来的时候，水泥路边都是炸开的爆竹纸，年味很浓。

"那就去我家院子里放吧。"顾未提议，"绝对没人打扰。"

江寻弄来了不少烟花，顾未坐在台阶上，看他弯腰点燃了两个小喷花，笑着笑着感觉自己好像有些醉了。

"在想什么？"仙女棒的尾端是尖锐的，江寻没递给顾未，而是自己握在手中，藏得严严实实。

"在想我的新剧快播出了。"顾未如实说。

"为什么会突然想到这个？"江寻的声音很轻，似乎怕吓到了此时的顾未。

"说出来你可别笑我。"顾未有点不确定，"还记得缪梓晗吗？我在剧里扮演的那个角色，他家的窗户我翻了好几次，导演才觉得满意。我突然觉得，我家这个窗户和他家的非常相似。"

"那你呢？"江寻没有笑，而是很认真地问，"你和他，相似吗？"

顾未一时间不知道江寻为什么会这么问，但与此同时，江寻先前点燃的烟花渐渐暗下去，只有江寻手里的那支仙女棒还在冒小星星。小星星一颗颗蹦出来，顾未忽然觉得，他们这次旅行的目的好像渐渐清晰了起来。

顾未犹豫道："之前说的，十年前的我……"

那一瞬间，像是时空倒转，他看到了九岁的自己。同样是在一个晚上，二楼的房间里亮着灯，窗台上摆着花盆，花盆里种的是他从学校门口买的仙人掌。

"你还要不要学跳舞？教了你那么多次，为什么就是学不会！"

愤怒扭曲了女人那张精致的脸，九岁的顾未缩在窗边，不敢说话也不敢动。这样的场景出现过太多次了，凌忆萱平日里很温和，可教他跳舞的时候尤其没有耐心。他以为这次和平时一样，只要他不说话也不抵抗，就能顺利地熬过去。可是这次不一样。

"你为什么跟你的爸爸一样没用！"凌忆萱的声音里带上了哭腔，"他根本写不出剧本，你难道想以后和他一样？"

"我想起来了。"回到现实，顾未扯住了江寻的衣袖，"我知道我拍戏的时候为什么会把自己代入缪梓晗的人生了。"

因为他和缪梓晗的人生有重叠的部分。

九岁的那个夜晚，凌忆萱的目光最终落在了窗台上的那盆仙人掌上。

"你为什么要成天买这些没用的东西！"愤怒让凌忆萱失去了理智，她推翻了桌上的花盆，顾未的手不小心按在了仙人掌的尖刺上……

…………

"别怕，别怕。"顾未全身都在颤抖，江寻知道单薄的言语无法让他平静下来，于是一遍遍地抚摸他的后背。

"我……其实还好。"除了身体的反应，顾未心中原本压着的事情终于重见天日，他感觉自己像是正在被治愈，以至于他比自己想象中还要平静，"原来……我是因为这个问题才会害怕尖锐的东西，我全忘了。"

记忆里只有凌忆萱抱着他反复道歉的画面，他把最重要的部分给遗忘了。过了这么多年，他把当时的事情忘了，可意识深处却还记得那种感觉。所以他才会在看到尖锐物体时出现生理上的反应。现在想想，好像真的没那么可怕了。

"楚亦之前说，遗忘是一种保护，但不代表它不会再伤害你，只有记起来，你才能去面对你的恐惧。"江寻说，"如果我能早一点遇见你就好了，那样我肯定每天在你家楼下等你，找机会把你带走。"

顾未想象了一下那个场景，勾起了嘴角。

"你现在想起来了，会恨她吗？"江寻问。

顾未摇了摇头，呼吸不再急促，平静地说："不恨，恨是浪费时间，比起那些，我有更重要的事情要做。"于他而言，这不是撕开过去的伤口，而是新生。

顾未掰开江寻握着仙女棒的手指，尖锐的手柄出现在他眼前。他试着去触碰，手指还有点颤抖，但没有出现像以前那样厉害的眩晕反应。

"好了，已经很可以了。"江寻按住他的手，轻声说，"慢慢来。"

"其实当初主打歌的那段编舞对我来说就是对过去的一种告别。"周围的环境太安静，以至于顾未跟江寻说了很多平时不会提起的事情，"但是后来它被人抢走了。"

"你会抢回来的。"江寻说。

这是他欣赏的顾未，即便经历了那样的童年和后来的委屈，也依旧喜欢跳舞。

"还好我想起来了，不然我们这趟可就白跑了。"顾未有些欣慰，"这个镇子实在太远了。"

"谁说会白跑？"江寻却说。

顾未不解。

"当初说好的，让我看看十年前的你。"江寻说，"现在就当是未未履行了对我的承诺吧。"

隔壁酒吧的小彩灯闪烁着，故地重游，让顾未觉得像是在梦里，只是这次是美梦成真。

过年期间，遍地都是熬夜王者，小视频软件里的一段视频在深夜被赞上了热门。

　　视频拍到的是一家酒吧，酒吧的驻唱歌手正在唱歌。

　　视频配文："听说我家酒吧要红了？"

　　评论正在以肉眼可见的速度增长。

　　"拍的是谁？好好看，有人指路吗？"

　　"唱的好像是 TATW 的歌吧，这个是顾未？"

　　"感觉这种状态的未未好开心啊，架子鼓一通乱打，哈哈哈！"

　　"@江寻，大过年的我们未未怎么在酒吧唱歌？你怎么照顾人的？"

　　"这是哪家酒吧？求个地址，我要过去打卡。"

　　"位置很偏，在一个新开发的旅游小镇。我今天和朋友一起去的，结果看见了我偶像，我现在走路还是飘的。"

　　"前面的什么运气？我羡慕了。"

　　"这是明星？我今天就在这家酒吧，还喊着让小哥哥出道，原来他本来就红。"

　　"顾未还在吗？我现在过去来得及吗？"

　　"举手，我听出来了，这个视频里还有江寻说话的声音。"

"江寻和顾未的新年旅行"突然成了微博上的热门话题。

黑芝麻糖："啊，你们的消息都这么快的吗？"

小刺猬家的晴天娃娃："一起去旅行什么的太美好了吧！"

蒋恩源今天道歉了吗："说好的低调呢？"

用户 756785327："啧啧——半年没关注，顾未怎么还捆绑营销电竞选手了呢？该糊了吧？"

小刺猬快长大："@用户 756785327，不好意思，我们未未从一开始立的就不是什么遗世独立的清高人设，做什么是他的自由。我们小刺猬只关心未未的新剧，新剧请大家带话题支持一下。"

小刺猬家的雪饼："真好，本来以为是一趟无聊的假期出游，没想到在小镇酒吧里看见了未未。我没过去打扰他们，在心里祝他们新年快乐。"

小刺猬家的面包蟹："@小刺猬家的雪饼，姐妹这是什么运气。"

小刺猬家的雪饼："@小刺猬家的面包蟹，哟。"

小小刺猬："未未开心就好，小刺猬们会一直陪着他的。"

白芝麻酥："娃娃当初说得对，入股真的不亏。我们不要打扰他们啦，难得的假期，让他们好好休息吧。"

小视频的传播量越来越大，许宴的小酒吧真的就这样火了。第二天一大早，就像江寻所说的那样，有不少住在附近的人去小酒吧打卡，不过顾未和江寻已经先一步离开了小镇。

顾未坐在副驾驶座上玩手机，看着 TATW 的几个人又把微信群名改成了"演唱会赚大钱"。

清晨的太阳啊："真羡慕你们这些有假期的人。"

傅止："好好享受假期吧！我有预感，明年过年你和我们一样没假期。"

清晨的太阳啊："我的新年愿望就是小糊团TATW越来越红。"

守得云开见月饼："明年再说，我先把今年爽完。我昨天打麻将赢了好多钱，亲戚都傻了，哈哈哈！"

爱我请给我打钱："呃……"

Stone："当红偶像竟然沉迷于在麻将桌上捞钱，池云开你还能不能争点气？"

傅止："未未之前拍的剧要播了吧？期待。"

爱我请给我打钱："紧张！"

傅止："不用紧张，你们剧组的导演我认识，他之前和我聊天的时候说你演得很好，你的努力观众是能感受到的。"

假期很短，还没到初八，顾未就被赵雅一通电话叫了回去。江寻虽然退役了，但俱乐部还有很多事情要忙，也是没休息几天就又要开工了。

顾未开工后的第一件事就是电视剧《明明如月》的宣传采访，记者们好不容易才堵到他，问个不停。

"这是你接到的第一部剧，请问拍戏的感觉如何？"

"我很喜欢。"顾未说，"在这个过程中，我成了缪梓晗，但我又不是缪梓晗。我和他本身有相像的地方，我觉得我可以演好这一部分。"

"你拍戏的时候有遇到什么困难吗？"

"困难肯定是有的，毕竟我是个新人，很多技巧性的东西都还没学好。"顾未对着镜头一笑，"不过剧组的人都给了我很多帮助，我也克服了许多问题，这些都可以在花絮里看到。"

"可以简单说说这部剧给你带来了什么吗？"

"拍戏的这段时间对我来说是整个人生中很重要的阶段，因为戏里戏外都发生了一些事情。我遇到了很重要的人，经历了很重要的事情，改变了我原先的一些看法，我觉得这对我来说是一种成长。"顾未说。

单人采访的时间即将结束，记者赶紧抛出了最想问的那个问题："未未最近刷微博了吗？我们都知道你这段时间有一个很好的'朋友'，请问你是怎样看待你和这个朋友的关系的？"

记者问出这个问题心里是有些忐忑的，可顾未的助理却没有要阻拦的意思。

这个"朋友"说的显然就是江寻。

"给大家一个惊喜吧。"顾未拿着有台标的话筒，没有直接回答记者的问题，反倒有些神秘地说，"电视剧播出的时候，大家可以关注缪梓晗中间部分的戏份，仔细看的话，会有惊喜。"

这段采访播出的时候，大部分网友都认为顾未是在宣传自己的角色，所以并没有特别在意，只当是顾未又撇开了记者的提问。但是电视剧播出的时候，追剧的网友们才发现不是这样的！顾未说的惊喜真的是惊喜，电视剧的预告片一出，几乎全网沸腾。当红歌手钱熠凝演唱了片头曲，在领衔主演的名单后面有一个友情出演的名字——江寻。

当片头曲播放到友情出演名单的位置时，弹幕挤满了屏幕。在这之前，屏幕上飘着的弹幕还是各家的应援——

"大家要支持我们澄澄哦！贺澄在这部剧里的表现超棒的。"

"打卡，会员已充，坐等未未。"

"书粉，过来检验一下改编的质量。"

友情出演名单一出，弹幕瞬间变了——

"这是什么？"

"我看到了什么？友情出演？江寻？"

"我要尖叫了，不会是同名的演员吧？"

"回前面，同名的可能性很小，顾未之前采访的时候说了剧里有惊喜，我觉得惊喜就是这个没跑了！"

"啊！导演哪里请得动江寻啊，这是看在'好朋友'的面子上吧？"

《明明如月》本身作品流量大，加上演员阵容强大，有一个当红小花、一个流量明星，剧里还设置了一个"惊喜"，使得网友们对这部剧的期待值很高。

TATW全员安利《明明如月》，更加带起了热度。开播当日，这部电视剧和演员角色多次冲上热搜。

江寻也"友情"营业，转发了电视剧官方微博发的一条微博。

TMW-Xun："发现了吗？//@明明如月官方微博，给你们准备的惊喜，你们发现了吗？"

江寻的转发印证了他客串出演的事实，一批之前观望这部剧的网友表现出了极大的热情——

"江寻真的出演了啊？那我去看看。"

"你竟然友情出演了，那我必须去看看了。"

"我是书粉，建议你们去看，男一没什么感觉，但是男二简直符合我对书里缪梓晗的所有想象，不管是颜值还是演技都跟上了。"

"可以看，剧本中规中矩，没有乱改，书粉基本满意。感觉除了贺澄在混，宣绘桐和顾未都演技在线，宁遥的表现也可圈可点，看得出都是用了心的，书粉感觉有被尊重。"

"对，书粉其实没有太大的要求，尊重原著就好了。"

蒋恩源参演的古装电视剧《溯游从之》与《明明如月》同一天开播，第一天收视率就对比鲜明，之前吹了两个月蒋恩源演技的粉丝们一夜之间都闭嘴了。各路营销号自然不会放过这样的机会，第二天就把两部剧拉出来对比，一点都没给蒋恩源留面子——

"顾未和蒋恩源关系不好圈内尽人皆知，这次两个人的新剧同日开播，数据差异惊人，大家怎么看这个问题？"

"这两部原著的热度是差不多的，制作团队也差不多，《溯游从之》到底输在了什么地方？"

"其实前期还好，但后期蒋恩源黑料太多，掉粉掉得厉害。他本人和团队还死撑着不道歉，真的很败坏路人缘。"

"顾未黑料也多，但是人家是真红。"

"讲真，《溯游从之》的宣发没跟上，不得不说顾未家粉丝真的是太有钱了，H市市中心的大屏宣传直接买了一整天，那是论秒算钱的吧……"

"有一说一，粉随正主，蒋恩源粉丝素质不行，花钱比不过刺猬家，掐架比不过剪影家。"

"蒋恩源其实一开始是占优势的，毕竟他演的是男主角，顾未之前是不是还被他抢过角色？"

"而且蒋恩源也没有TATW这样的团队宣传，TATW五个人的流量加起来简直可怕，傅止和洛晨轩现在是一线水平吧？就算是烂剧也能带起来，何况这剧不烂啊。"

"顾未是团宠无误了，讲道理，我从一开始就不相信顾未会抄蒋恩源的编舞。"

"《明明如月》还蹭到了江寻的热度，加上 TMW 全员转发……不说了，《溯游》这是踢上铁板了，要是和《明明如月》错开几天还好，非要凑着一起开播。"

"演技是硬伤吧，我本来以为蒋恩源和顾未都是流量水平的演技，没想到顾未不但令人惊喜，还很敬业。"

"比起蒋恩源，我更想看顾未能不能借这部剧大火，我等他火可是等很久了。"

《明明如月》播出后，顾未的人气飞涨，他在电视剧中的表演受到了多方称赞，剧方的老戏骨也亲自发微博表扬他拍戏认真、可塑性强，追剧的网友们都对顾未表示认可。

"顾未的演技很有灵气，感觉他是个可塑之才。"

"弟弟要不要考虑往演员的方向深入发展一下？感觉演得很自然。"

"挨打那一段我竟然看哭了，心疼死了，呜呜呜。"

电视剧开播以后，《明明如月》剧方开始陆续放出拍摄过程中的花絮，其中就有顾未反复从窗台上往地面跳的那一段。剪辑的视频中，顾未一次次尝试调整角度和表情，直到导演说可以了，他才缓缓抬起头，在垫子上试了好几次才站起来。因为与角色情绪的共鸣，他的眼睛是红的。

视频的最后是顾未在电视剧中的精彩表现，后期配上了文字："你的努力，我们都看到了。"

这段花絮感动了很多追剧的网友——

"我看的时候只觉得这个动作太帅了，还以为这是替身……"

"原来不是替身吗……那太拼了，顾未真的太敬业了。"

"我知道这个垫子，我有个亲戚就是演员，据说就算摔在垫子上也还是会很疼，腿会青的。要不是有花絮，我真的不知道顾未付出了这么多。"

"比起某个不背台词还报数字的男一号来说，顾未真的要好上太多了，《明明如月》完全就是靠顾未和宣绘桐的流量和演技支撑起来的。"

"我被顾未圈粉了，希望以后能看到他更多的作品。"

"我也被圈粉了，弟弟多接代言吧，我买。"

与此同时，有微博大 V 扒出了顾未的个人经历，将其与电视剧里缪梓晗的人生联系了起来。

那个博主写了一篇长文，标题叫"盘点《明明如月》中缪梓晗与顾未成长经历的相似之处"。这篇长文里指出，缪梓晗和顾未父母都离婚了，两个人都曾经和母亲一起生活，长文里甚至拎出了一段顾未拍戏后因为进入角色红了眼眶的画面。

网友们这才想起顾未在采访时说过的话，顾未说他和角色一起在成长，遇到了重要的人。就这样，小刺猬们在追剧的同时又心疼起了顾未。

小刺猬家的晴天娃娃："感觉未未是真情实感地在拍戏，我哭了。"

小小刺猬："我也好心疼，以后不许任何人欺负他。"

这段时间，电视剧《明明如月》占据多个话题榜前列，顾未在电视剧播出一周后接到了赵雅的电话。

"之前那几个电视剧的本子，你看了吗？"赵雅问。

"看了，只是……"顾未之前说过随赵雅安排，可他看过那几个电视剧剧本之后，对其中的剧情兴致都不高。

"猜到你兴致不高，公司这边也做了调整，你以后只接精品。流量肯定只是暂时的，有这个机会，我们还是要尽快考虑转型。"赵雅说，"所以我打算让你接一部仙侠题材的电影，虽然不是主角，但大银幕的机会很难得，能提升你的知名度。这部电影的导演和制作班底都很强，剧本我已经发你邮箱了，目前定的是五月开机。"

顾未说："好的，那我在演唱会之前抓紧时间看看剧本。"

"然后有几个化妆品的代言指名想让你接，公司这边打算先挑一下。"赵雅补充道。

顾未近期人气飞涨，有了作品以后，网友们肯定了他的能力，公司也有让他转型的想法，过了年以后便没再给他接新的综艺，而是把目光投向了一些精品剧和电影。与此同时，TATW 的演唱会也进入了准备阶段。

从《明明如月》第一集播出开始，追剧的网友们就在期待那个惊喜。终于，第十五集播出了，微博上立马热闹了起来——

"啊啊啊！我终于等到了，平时不关注电竞，现在竟然 Get 到了江寻的颜值。"

"真实，这部剧拍得太真实了，江寻目前代表的就是国内电子竞技的最高水平之一，能够请得动江寻参演这部剧的电竞部分，已经很可以了。"

"为什么只拍了侧脸？我们要看正脸，正脸啊！"

"我的剪辑有新素材了，这段拍得太好了。"

"剧组之前瞒得死死的，要不是看到了演员名单，都不会有人知道江寻在里面客串。"

《明明如月》本身剧本能打，演员出彩，部分演员的表现瑕不掩瑜，加上多方面的宣发和引流，让这部剧冲到了当期热门电视剧榜首。而蒋恩源主演的那部古装剧则掉到了第七名，收视率和评价都很难看，成为各大营销号这段时间嘲笑的对象。

"你的粉丝是怎么回事？"一场电视剧的宣发活动之后，后台的走廊里，蒋恩源的经纪人脸色很难看，"他们追着骂顾未的时候不是很厉害吗？现在人呢？电视剧弹幕和热度刷起来啊！再这样下去，以后谁家电视剧愿意找你？你知不知道《溯游从之》现在已经处于亏本状态了！"

"我怎么知道顾未那边的宣发会那么厉害？"蒋恩源没好气地说，"电竞圈的热度都被他蹭上了。"

"要怪只能怪你的粉丝不行。"经纪人非常不高兴，"你家粉丝现在就只能出去酸几句了。"

顾未那部电视剧的宣发完全超出了他们的想象，一方面刺猬粉们很靠谱，另一方面各大流量轮番带热度，连顾未的对家江影都不情不愿地给《明明如月》的预告片点了个赞。

"多关注一下明星人气榜的季榜打投，这个榜对你来说很重要，将决定后期公司的资源是否会向你倾斜。"经纪人说，"团队这边会想办法帮你把数据处理好，至于你那些黑料，你自己心里清楚，该收敛的赶紧收敛吧。"

"应该还好。"蒋恩源说，"季榜看的是整季的流量，我前期的数据没什么问题。顾未也就是最近蹭了电视剧和江寻的热度，在季榜上不可能冲到我前面的。他除了跳舞还会什么？唱歌一般，演技一般，这辈子都只能是黑红。"

"你确定？"经纪人皱眉。

"确定。"蒋恩源看了看周围，小声说，"只要季榜的热度不掉，我还能接到新的资源。"

几天后，一个无名小号在微博上放出了一段音频，引起了轩然大波。

"顾未也就是最近蹭了电视剧和江寻的热度，在季榜上不可能冲到我前面的。他除了跳舞还会什么？唱歌一般，演技一般，这辈子都只能是黑红。"

这段音频没经过处理，一听就知道这话是谁说的。这时刚好是明星人气榜季榜打投的最后一周，榜单上当前第一是傅止，第二是洛晨轩，蒋恩源第五，江影第七，顾未第八，各家都在抓紧最后的时间打投。

这段音频在网上飞速扩散，小刺猬和蒋恩源的粉丝一天掐了无数次。蒋恩源的话说得太难听，这次彻底引发了众怒。

TATW 的微信群里很是热闹。

Stone："终于等到这一天了，某个人开始搬起石头砸自己的脚了。"

傅止："内部消息，隔壁公司决定，如果他这次人气流失太多就不保他了。"

守得云开见月饼："这次谁都别拦我，我要教训这个家伙。"

傅止："不拦了，掐吧，这是赵姐的原话。就当是给小糊团四月的演唱会攒热度了，他不仁我们不义，非常合适。"

清晨的太阳啊："走起，把我们未未送上去。"

守得云开见月饼："小糊团加油！"

傅止："让他接受一下流量的毒打。"

顾未表示有被感动到，拎出一张"憨憨脸红"的表情包发了出去。

小刺猬的超话里，粉丝们也在讨论。

小刺猬家的雪饼："话不多说，打榜走起！"

小刺猬快长大："新来的小刺猬进群找组织，季榜最后一周，冲刺了解一下。"

蒋恩源今天道歉了吗："看我的 ID，我已经不指望他道歉了，我现在只想让他糊。"

蒋恩源今天糊了吗："还是我，我改名了。"

小刺猬家的晴天娃娃："某些人心里能不能有点数？我家会打不过

你？那行，姐妹们，最后一周了，数据给我冲！"

小刺猬家的晴天娃娃："我们平时话多，可我们打投也很厉害的好吗！"

白芝麻酥："就是，看不起谁啊！"

TMW 的俱乐部里。

"你在气什么？"江寻抓到了一个不好好训练在摸鱼的易晴。

"老大，你听听这个。"易晴告状，点了音频的播放键。

"嗯，明白了，那就红给他看吧。"听完音频的江寻如是说。

蒋恩源的粉丝以为自家正主排前五已成定局，却没想到顾未的名次开始飞速上升。大粉这个时候才慌起来，赶紧在群里呼吁大家去微博投票，但明显已经来不及了。

小刺猬们不鸣则已一鸣惊人，与此同时，TATW 的队长傅止发了一条微博。

TATW- 傅止："听说有人觉得我们未未不够红，那我们红给他看好不好？@TATW- 顾未。"

这条微博被 TATW 的其他三名成员还有官方微博转发点赞，团粉和其他几个人的粉丝立刻明白了 TATW 的意思，纷纷把打投的对象定为了顾未，大家明显都带了争一口气的心思。

当天晚上，几个月没开直播的江寻突然发布了直播通知，等了许久的网友们纷纷涌入他的直播间。

"寻神竟然直播了？"

"麻烦多播一会儿，谢谢，想看你直播太难了。"

"每次看你直播心情都很好。"

"各位晚上好。"江寻依旧是坐在 TMW 的训练室里，背后是网友们熟悉的场景，"开播之前，我先提一个小小的请求。"

直播间里的网友纷纷表示，只要寻神能直播一整晚，让他们做什么都可以。

然后，诸位网友就看着江寻往直播间的聊天界面甩了个链接，说："家里的小朋友被欺负了，他不在意，但我气不过，所以麻烦各位在我开播之前先帮忙打个榜。"

直播间里的网友：那能不答应吗！

虽然江寻没这么容易答应直播，但广大网友为了直播还是拼了。

然而这还只是一个开始，直播过程中，江寻鼓动他们打榜的操作一个接一个。

"想知道这里怎么操作吗？先打榜。"

"想再看我排一局？放首歌吧，是我家小朋友唱的歌。"

"嗯？想再看一遍压枪手法啊，可以，先打榜。"

"打榜票数过×××，加播半个小时。"

直播间的网友偏偏还就吃这一套。

"打！必须打！必须支持！"

"赶紧去，还有谁没去？都给我快一点行不行！"

"我还能打榜吗？我换一部手机再来一次。"

与此同时，TMW全员挂上了后面几天的直播通知，直播条件都是给顾未打榜，震惊了半个圈子，一个个都在往热搜上冲。

就这样，短短十几分钟内，顾未的票数飞涨，把第七名的江影给踹到了后面。

江寻立马收到了江影发来的消息。

大钳蟹："哥，干吗呢？"

十万伏特："有人欺负自家人了，帮不帮？"

大钳蟹："懂了，录音我也听到了，很气。"

大钳蟹："二十个G的黑料让他糊。"

大钳蟹："以后我大概要找一个新的对家了。"

大钳蟹："不过我觉得吧，打榜这种事要来就来个厉害的，不然和小学生打架有什么区别。"

大钳蟹："你等着。"

大钳蟹："我兴奋地搓搓手。"

十万伏特："注意素质……"

五分钟后，江影的微博有了动静。最近一直没营业的江影上线，在千万网友的眼皮子底下给对家打了个榜。

我偶像超能打："影啊，你怎么了？你哥逼你打榜了吗？"

九月影："你们家真的好有趣，怎么一个个都在帮顾未打榜？"

江影很快又发了一条新的微博，带了给顾未打榜的链接。

江影 KANI："打个榜，谢谢。"

网友1："哈哈哈！你也有今天。"

网友2："哥哥，你要是被绑架了就眨眨眼。"

网友3："来了来了，江影那么凶，还是更怕他哥，哈哈哈！"

雪轻娱乐的办公室里，赵雅一只手端着花茶，一只手拿着小饼干，一脸悠闲地坐在椅子上，看着明星人气榜季榜上的实时数据。突然，一条热门微博弹了出来，赵雅手里的杯子一歪，半杯花茶倒在了电脑键盘上。

"他们这是在干什么？"赵雅一顿手忙脚乱，"集体打榜？"

旁边的穆悦一脸疑惑。

粉丝过万喜欢顾未的写手说打榜就明天三更，B站的剪辑大神连夜剪视频安利顾未。更有看热闹不嫌事大的把蒋恩源至今为止的黑料做了一个合集，最后加上了那段音频，引起了路人的愤怒。

终于，在第二天上午，顾未的票数冲到了第五，把蒋恩源甩在了后面。没过多久，江影冲到了第六。

休息的时候，顾未抽空给江寻打了电话："季榜的事情谢谢你，别太辛苦了，第五名对我来说已经很惊喜了。"

"你怎么这么想？你以为数据是我帮你做的吗？"江寻从电话里听出顾未心情不错。

"不是吗？"顾未站在办公室外面问。

"是你自己应得的。"江寻说，"不止这些，你值得更多。"

"你还要做什么？"顾未有种要发生什么的预感。

"没事，好好准备你的演唱会。"江寻没回答他的问题，而是说，"之前说好的，你跳舞给所有人看，只哭给我看。"

顾未无言以对。

这天晚上，顾未才知道江寻的话到底是什么意思。

蒋恩源的明星人气榜季榜排名一夜之间下滑到第七名，粉丝们也累了，没有什么打投的想法了，有的粉丝转而安慰蒋恩源。

"哥哥，没关系啦，抱抱哥哥，顾未这是蹭了多少人的热度啊，不是他自己的实力。"

"对啊，哥哥，和他争没意思，只要我们还在前十就好了。"

"和抄袭的败类争有什么意思？"

蒋恩源本人也以为只要保住了前十，公司就暂时不会放弃他。但是没过多久，雪轻娱乐公司的官方微博发了一条说明高层变动的微博。这条微博没涉及旗下艺人，所以网友们也就点个赞，没有进行什么讨论。倒是微博上有几个大V嗅到了要变天的意味，纷纷发微博表达了自己的看法。

"高层变动？总觉得有事要发生。"

"加一，坐等。"

当晚，TATW的官方微博毫无征兆地放出了一段视频，团粉们以为是TATW的男团日常，点进去以后才发现不是这样的。

官方微博放出的是两年前公司舞房里的一段监控视频，视频里，顾未站在镜子面前，对一段编舞不断地进行调整，蒋恩源站在他身后看着。

这是TATW的官方微博第一次正面回应顾未编舞抄袭的事，一时间全网哗然。

"这是明年主打歌的舞吗？"视频里两个人说话的声音清清楚楚。

"对，新歌的。"顾未接蒋恩源递过来的毛巾擦了擦脸上的汗水。

"你可以教教我吗？我肢体不协调，赵姐总说我跳舞不行。"蒋恩源问。

"可以。"顾未说。

视频后面，蒋恩源跟着顾未一点一点学会了这段舞。顾未看他动作不对，还时不时纠正一番，但有几个比较难的地方蒋恩源始终没学会。

这条微博发出之后，短短五分钟内转发过万，半个娱乐圈表示震惊。TATW全员转发，雪轻娱乐旗下的所有艺人同时转发，很快就冲上了热搜。"顾未蒋恩源 编舞视频"这条微博微搜后面跟了个"爆"字。

视频里，右上角显示的时间明显早于蒋恩源在公开场合跳那段舞的时间，一直在为蒋恩源鸣不平的粉丝和追着顾未骂的黑粉一时间全闭嘴了。

圈内有名的暴躁流量明星江影发微博吃瓜，单独艾特了蒋恩源。

江影KANI："@蒋恩源，不会跳舞不丢人，抄别人的才丢人，希望人没事。"

几乎同时，风寻娱乐的一姐宣绘桐上线，在自己的微博上放出了一段未曾播出过的综艺视频，这是她之前参加过的一个生活类综艺，蒋恩源也在里面。

视频里的宣绘桐在聊天，直白地指出蒋恩源那段编舞中几个不标准的地方，蒋恩源似乎很不高兴，拉着脸自言自语般小声说："不可能，顾未不可能出错。"

说完这话，蒋恩源警觉地看了看宣绘桐和周围的摄像机，这个综艺之后播出的时候，这一段自然被剪掉了。

宣绘桐是一线流量小花，也是《明明如月》的女一号，正值电视剧热播，这条微博也被疯转，很快又出现了新的词条——"蒋恩源编舞抄袭""蒋恩源 道歉"。

就在这时，江寻转发了 TATW 官方微博的微博，配文："小未来，走花路呀。"

TATW 放出监控视频的时间是晚上九点，正是一天中微博浏览量较大的时间。九点四十五分，江寻转发微博。十点整，顾未点赞江寻的微博。十点后，小刺猬们经过短暂的商议，纷纷转发了江寻和 TATW 的微博，表达了自己的看法。

"想哭，我就知道顾未不可能抄袭编舞。"

"谢谢江寻，谢谢 TATW 的每一个人，谢谢对家，我们未未真的被黑得太久了。"

"那些曾经黑过顾未的人，你们欠他一个道歉。"

"小未来，请你一定要走花路。"

此时距离内地明星人气榜季榜打投的结束还有三天，蒋恩源的票数渐渐不动了，顾未的票数仍在飞涨。

TATW 官方微博发出的视频转发评论量超过十万，结合宣绘桐放出的视频，终于给持续两年的编舞纠纷指出了一个明确的答案——抄袭编舞的人是蒋恩源。而仅仅因为蒋恩源在公众面前先跳了那段舞，舞房的监控视频又丢失了，顾未平白无故被人黑了整整两年。

蒋恩源彻底没得洗了，蒋恩源公司的电话几乎被打爆，和蒋恩源关系好的几个艺人忙着跟他撇清关系，纷纷发微博表示与蒋恩源不熟，对编舞的事情并不知情。

与之相反的是，TATW 的几名成员率先发声。

TATW-傅止："作为TATW的队长，未未的努力我一直都有看到，他那么喜欢跳舞，你怎么能拿编舞这件事来黑他？@蒋恩源。"

TATW-池云开："有时候，我真的想没素质一点。"

此外，江影那边也没消停。

江影KANI："鉴于部分网友的记性不好，我好心来提醒一下大家。第一，蒋恩源抄袭顾未的编舞，反倒诬陷顾未抄袭；第二，蒋恩源明明知道顾未有尖端恐惧症，录综艺的时候还故意把针拿到顾未眼前，被发现之后拒绝道歉；第三，蒋恩源在公共场合多次故意提起顾未带话题。"

零点，曾经黑过顾未的几个大V迫于舆论压力，发长文向顾未道歉，表示自己当时不应该根据蒋恩源模糊的说辞来评判此事。至此，微博上让蒋恩源道歉的呼声也越来越高。

临近凌晨两点，有人拍到蒋恩源的公司灯火通明。

"监控视频不是删了吗？"办公室里，蒋恩源对着经纪人大吼大叫，"不是说好的保我吗？我付出了那么多！"

经纪人这几天连着折腾，已经没什么耐心了："说白了当初你就不该借他的那段编舞。"

"我不用他的编舞？"蒋恩源愤怒地说，"就凭他们给我的一丁点儿资源，我能红吗？还不是我自己想办法，让网友同情我，我的人气才逐渐上升的？"

"那顾未呢？"经纪人冷漠地道，"人家被你黑成那样，还不是靠自己红起来的？人家好歹能编舞，你又能做什么？"

蒋恩源像是突然失去了所有的力气，跌坐在沙发上："可是，他有TATW，还有江寻，连江影那样的人都会帮他，我……什么都没有。"

"知道你什么都没有就好。"经纪人说，"没人会保你了，公司高层变动了，你道歉吧。过个几年再出来，说不定网友就忘了。"

"可我是流量明星。"蒋恩源有气无力地说，"我还没有转型成功，再过几年，怎么可能还有人知道我？"

"我手下不止你一个艺人，我还有别的工作，你自己想好了就去找公关那边吧。"经纪人带过的人多了去了，懒得听他抱怨，转身出了办公室。

"哪有你想的那么严重？我的粉丝不会丢下我的。"蒋恩源自言自语道，"他们明明那么喜欢我。"

第二天早晨，蒋恩源的好几个大粉宣布脱粉关站，其中一个还发了长微博。

此号脱粉，以后不用："偶像对我们来说应该是闪光的存在，我们花那么多时间和精力去喜欢他，就是想看到他的成长，看到他逐渐变成一个优秀的人，这样我们会觉得付出的一切都是值得的。我花了三年时间喜欢蒋恩源，现在我觉得不值得，甚至有些恶心。抄袭编舞是一件很严重的事情，更何况是抄袭了以后反而诬陷创作者。在此，我向@TATW-顾未道歉，给你投票了，加油。"

这样的粉丝算是比较理智的，但蒋恩源家的其他粉丝可不是这样。如今监控视频的事情几乎尽人皆知，蒋恩源这个名字与这件事紧密联系在一起，连喜欢蒋恩源都变成了一件丢人的事情。

"听说他们家粉丝在喊着要退专辑的钱，蒋恩源之前代言的化妆品也在大批退货，连合作方都在痛骂他。"一大早，池云开的心情格外好，"惨还是《溯游从之》惨，剧本是好的，导演班底也还算可以，就是主演接连不断地出事。现在路人疯狂给这部剧打低分，以后还有哪个导演敢找蒋恩源演戏啊？"

"公司这段时间肯定不会再给他任何资源了，而且最重要的是没人敢和他合作，谁知道会不会继续被他坑。"傅止说，"更何况他本身除了会卖惨外没什么特色，粉丝黏性小，基本就是糊了。"

"未未赶紧吃早饭。"石昕言把面包扔给顾未，"没吃早饭练什么空翻。"

"四月演唱会的主题定了。"傅止从舞房外走进来，"赵姐说就叫'云消雾散'。"

"云消雾散？"洛晨轩靠在墙边，"好名字。"

TATW 的全部精力都放在了即将开始的演唱会上，赵雅推掉了所有媒体的采访，团队不对编舞的事情做出任何回应。外界的惊涛骇浪如今已经无法影响到 TATW，毕竟蒋恩源抄袭编舞的事情已经板上钉钉了。

中午时分，蒋恩源的微博终于发出了一条道歉声明，声明写得言辞诚恳，说自己自从拿走了顾未的编舞之后，每天都很焦虑不安，非常后悔，同时表示之前综艺的事情自己不是故意的。最后，蒋恩源在声明中向顾未道歉，表示自己这两天遭受了太多的谩骂，已经有了情绪崩溃的倾向。

网友们纷纷表示不接受这样的道歉。

"这不是道歉，这是撇清关系吧？"

"算了，不指望你道歉了，祝你糊吧！"

"你情绪崩溃，那顾未呢？顾未平白无故被网络暴力了两年，你拿什么来弥补他受到的伤害？"

午后，赵雅接到了电影方的消息，去了一趟 TATW 的宿舍，却没找到顾未。

"人呢？"赵雅问。

池云开："舞房。"

石昕言："厨房。"

洛晨轩："卧房。"

赵雅叹气："行吧，我知道了。"

趁着午休的时间，顾未溜去江寻那边玩了。

某退役空闲人员正在 TMW 的训练室里游荡，一回头就看见训练室门口多了个顾未。

"你们聊。"穿着队服的易晴朝两个人笑了笑，下楼训练去了。

"溜出来的？"江寻拉上窗帘，挡住了窗台上的文竹。

"对，午休时间。"顾未问，"你怎么一点也不惊喜？"

"其实……"江寻有些不忍心地说，"你经纪人刚才给我打过电话了。"

"啊？"顾未没想到自己偷溜的事情暴露得这么快。

"她说 TATW 马上就要开巡回演唱会了，不准我占用你的时间。"江寻无奈地说，"大概就是这个意思。"

顾未安慰他："没关系，我原本也只打算过来看看你。"

"胆子真大。"江寻评价。

"嗯？"顾未不解。

"我好歹也有你们公司的股份，算你半个老板，你出行不报备，是不是该罚？"江寻问。

顾未说不过江寻，他本来是担心江寻这几天太辛苦，趁着午休时间来看看，没想到被江寻逮着说了一串歪理。

江寻又说："好好准备演唱会吧，等你忙完，可以来我这边好好休息一阵子。"

"好，我以后好好给你赚钱。"顾未半开玩笑地许诺，"那我回去了？"

"谁要你赚钱了。"江寻觉得他的说法很有意思，"你去做你喜欢的事情吧。"

去追寻差点放弃的梦想。

顾未说："我喜欢的事情可多了，你就不怕我工作划水？"

"你不会。"江寻笃定地说，"因为你怕我借机找你麻烦。"

在明星人气榜季榜打投的最后一天，顾未冲到了第一名。而打投结束的第二天，蒋恩源那边就传来了品牌方终止合作的消息，理由是这样的明星会影响品牌产品的销售。同时，蒋恩源之前正在谈的一部电视剧的角色一夜之间也被人替换了。蒋恩源现在是无资源、无工作、全网谴责的状态，即便如此，舆论也没有放过他，他的公司也成了网友攻击的对象。

各个大 V 纷纷对此事发表了看法——

"顾未早就该红了，TATW 本身就是顶流。"

"蒋恩源欠 TATW 一个道歉吧？这件事可不止对顾未一个人造成了影响。"

"之前是不是传言顾未有抑郁症？还有人嘲讽，我要是被黑成这样，早就坚持不住了。"

"蒋恩源现在也就只剩几个拎不清的粉丝了，翻不出什么水花了。"

明星人气榜季榜的人气第一享有资源倾斜，TATW 团内傅止和洛晨轩也主动提出把资源让给顾未。

短短几天时间里，赵雅几乎给顾未排完了这一整年的行程，TATW 的五个人挤在赵雅的办公室里看她做表。

"四月五月开巡回演唱会，演唱会结束后去拍杂志封面，然后是三个代言，接下来六月进组拍电影。"赵雅在梳理顾未的行程，"在此期间你要把剧本看完，这部电影是后年的贺岁档影片。"

"我很欣慰。"傅止捧着茶杯，水雾氤氲升起，"未未也要和我一样忙了。"

"今年好多工作啊！"顾未被日程表吓到，今年公司没给他接新的综艺，接的都是实打实的影视剧，他几乎一点也不能放松。

"开完第一场演唱会后，给我留三天时间吧。"顾未说。

"三天？"精打细算的赵雅忽然警觉。

"给他留出来吧。"傅止说，"才三天而已，不影响他帮公司赚钱。"

洛晨轩也是一副"我们都懂"的神情："留吧，不然江寻也会要求给他留的。"

赵雅："呵呵。"

一个团的成员们关系太好了，经纪人就没地位了。

"你现在当红，少工作一天就少赚好多钱呢。"赵雅心疼地按着计算器，"现在又要去找江寻。"

"那你最近都不许乱跑了。"赵雅故意板着脸道，"他自己闲了，还想拉着你一起闲。"

所以，在演唱会开始前，赵雅每天都会搬把凳子坐在舞房门口，盯着几个人为即将到来的演唱会做准备，顾未再也没找到溜出去的机会。

四月，TATW 的全国演唱会如期而至，第一场演唱会就定在公司所在的 H 市。

来自全国各地的小刺猬聚集在演唱会会场的门口，正在准备演唱会的应援。

"仙贝，新的手幅和徽章给应援的姐妹们一人一份。"雪饼正忙着发应援用品，小刺猬应援一群的成员基本都来了现场。

"还剩两份。"叫"仙贝"的小刺猬说，"晴天娃娃和面包蟹小姐姐来了吗？"

雪饼低头看了看手机消息，说："五分钟前娃娃就说到了，她和面包蟹一起过来……来了！"

"雪饼！"梳着哪吒头的小姑娘今天特地化了妆，涂了口红，穿着红大衣，搭配上短裙，整个人显得格外好看。

"这位是？"有小刺猬看见了易晴旁边戴着口罩和墨镜的人。

"群里的，刚考完研。"雪饼笑眯眯地提醒。

其他小刺猬瞪大了眼睛："面包蟹？小姐姐？"

有小刺猬认出了易晴旁边的人："你不是那个……江……"

雪饼立马捂住她的嘴，示意旁边的人把手幅和徽章递给江寻："好了，别声张，大家都是小刺猬。"

大家开始进场，排在后面的小刺猬开始小声讨论。

"那就是江寻吗？好帅啊，电竞选手的颜值这么高吗？"

"啊啊啊！我不专一了，我要是开始去超话打卡，会不会被踢出群？"

"没事，我也快了。"

"江寻真的对顾未很好啊，原来面包蟹就是他。"

"行了，我放心了。"

演唱会即将开始，场内的灯光渐暗，各家的灯牌亮起来，现场变成了一片光的海洋。易晴叼着棒棒糖，举着手机疯狂自拍，顺带发微博晒照片。

她的微博很快就有了评论——

"Sunny 你今天怎么这么美！"

"晴妹妹终于开始用大号追星了。"

"江寻知道他的员工翘班追星去了吗？"

"你们看最后一张图拍到的那个，是江寻吧？"

"这是追谁啊？连江寻都去了。"

"TATW 今天在 H 市有演唱会，江寻是去看顾未的吧。"

演唱会即将开始，全场安静下来，只有灯牌的光还在闪烁。大屏幕上渐渐浮现出 TATW 团队的 Logo，全场沸腾了。

演唱会大屏幕上最开始播放的是一段视频，记录了 TATW 自成团到现在的历程，包含了很多从未在公众面前展现过的视频资料。

两年半以前，TATW 成立，五个尚且青涩的大男孩聚到了一起。视频呈现的是深夜的舞房，练舞练到深夜的五个人困到躺在地板上睡着了。

两年前，TATW 逐渐被众人知晓，拥有了最初的一批粉丝，傅止和洛晨轩的人气直线上涨。但就在这个时候，一首主打歌的编舞给 TATW 带来了巨大的影响。视频里的顾未坐在自己房间的窗边，时常一坐就是一整天。池云开气到骂人，傅止想发的微博编辑了一次又一次，最后还是迫于公司的要求删除了。

一年以后，TATW 人气飞涨，逐渐接近顶流。傅止和洛晨轩实打实地红，顾未是黑红，石昕言和池云开的人气也稳步上升，但他们时常会面对一些不堪入目的言论。这些言论被做成弹幕的形式，在屏幕上一条条滑过。

"迟早要糊。"

"顾未无耻，TATW 全团没素质。"

"编舞抄袭。"

直到一个月前，TTAW 的官方微博放出了当时的监控视频。

"那件事就像是乌云。"视频里，傅止说，"每当 TATW 还有顾未取得了什么成绩的时候，总有人会把那件事拿出来说，明明我们都知道那并不是我们的错。"

"我们忍受过、经历过那么多痛苦，但好在我们五个人一直都在一起。我们打游戏的时候会吵架，练舞的时候会偷懒给顾未添麻烦，但我们小糊团始终是一个团体。"洛晨轩用好听的声音说，"现在我们终于看到了，云消雾散。"

伴随着洛晨轩的声音，"云消雾散"四个大字渐渐浮现在会场上空，灯光特效中，四个大字碎成光雨落下。舞台上的灯光同时亮了，TATW 的五个人站在高低台上，傅止把第一首歌的 C 位让给了顾未。

音乐在那一瞬间响起，在观众的欢呼声中，顾未从高低台上一个空翻翻到了中间的位置。

这是 TATW 曾经因为编舞争议无法在公众面前展示的那一首主打歌，现在 TATW 终于可以在演唱会上唱那首歌，跳那段舞了。

TATW 不需要接受媒体关于编舞的任何采访，演唱会上的"云消雾散"就是他们给外界最好的回应。过去的阴霾消散，未来的 TATW 将会乘风破浪，一路向前。

全场观众被视频和主打歌打动，都在大声喊着顾未的名字，不少小刺猬当场哭了出来。

江寻的膝盖上放着一盒抽纸，他左边是易晴，右边是雪饼，两个人都在痛哭。

雪饼伸手抽走一张纸："呜呜呜——我们未未真是太不容易了。"

易晴给了江寻一肘子，也抽走一张纸："呜呜呜——老大，给我哭！不然你就是个假粉。"

江寻看着台上的顾未，这段舞顾未单独跳给他看过，不得不说，加上了背景音乐和舞美，这段舞显得更有冲击力了。

今晚过后，顾未的名字将会被更多人知晓。

"算了，你不是假粉。"易晴哭花了妆，"我偶像那么看重你，你不能欺负他。"

江寻知道，此刻最想哭的应该是站在台上的顾未。

主打歌唱完，TATW另外四个人退场，把舞台留给了顾未。主打歌的编舞不简单，蒋恩源跳的时候去掉了那几个困难的动作，包括最开始的空翻，但顾未全部精准地完成了。拿着话筒的顾未微微喘气，朝着台下的观众笑了笑，眼睛里明显闪着泪光。

这下不仅小刺猬，全场大多数观众都崩不住了。

"未未，我们喜欢你！"

"未未，我们一直都在！"

"谢谢你们一直都在。"顾未没提自己之前有多委屈，而是认真地感谢了小刺猬们，"其实，我现在挺想哭的。"

"不过我曾经答应过一个人，以后只在他面前哭。"顾未有点不好意思地勾起了嘴角，"所以我把笑留给你们，我会一直跳舞，会努力成为更好的顾未。"

"谢谢你们。"

"还有你。"

下一秒，全场沸腾了。江寻身边的易晴和雪饼都快把嗓子喊哑了，场内不知道是谁突然大声吼出了江寻的名字。

顾未朝台下挥了挥手，没再说什么，舞台上的灯光再次暗下去，下一首歌即将开唱。

TATW的演唱会全程高能，而且这一次比以往任何一次准备得都要充分，全员都拿出了最好的状态。最后一首歌是TATW的出道曲，从两年前一直传唱至今。这明明是一首轻松活泼的歌，但是很多团粉跟着唱的时候都哭了。因为所有人都知道，TATW一路走到今天有多么不容易。

"我们想和你们一直走下去。"演唱会结束，傅止站在台上向观众表示感谢，带着队友们向观众鞠躬。

粉丝们喊着他们的名字，久久不愿离开。

散场后，小刺猬后援会一群的核心成员们在会场外打算拍合照。

"娃娃，面包蟹来吗？"雪饼问易晴。

"我问一下啊。"易晴发了微信消息问江寻，过了一会儿说，"他说可以。"

这时，穆悦从会场里走出来，笑着跟几个人打了个招呼，说："你们五个人跟我来。"

几个小刺猬跟着穆悦一路绕到了后台，顾未坐在化妆室里正和江寻说着什么，抬头就看见了推门而入的穆悦。

"你们好呀。"顾未说。

雪饼还好，她先前在小镇的时候就亲眼见过顾未，仙贝和另外两个小姑娘则激动得差点尖叫出声。

"说好的拍合照，来吧。"江寻站起身说。

几个姑娘展开了先前准备好的横幅，把江寻围在中间。

"你们拍合照不带我吗？"顾未问。

"可以吗？"仙贝兴奋得叫出了声。

"当然可以了。"顾未走到江寻身边，对着镜头比了个"V"字。

拍完合照，小刺猬们兴高采烈地走了，顾未这才来得及问江寻："怎么突然想起来要拍合照？"

"因为我总是自作主张地想着要照顾你，看着你渐渐变得更好。"江寻说，"现在自然也要连你的粉丝一起照顾，而且我真的是你的粉丝。"

"知道了知道了，'面包蟹小姐姐'。"顾未一语道破了江寻的隐藏身份。

"胆子越来越大了。"江寻说。

"未未，回家去吗？"江寻突然问，"有人想见见你，我顺便可以给你准备一场庆功宴。"

想见顾未的人正坐在江寻家的客厅里等着。宋婧溪不知道顾未小时候经历过什么，既然顾未的妈妈找了过来，她也就顺势接待了。

顾未有将近五年没见过凌忆萱，已经觉得她有些陌生了。凌忆萱身边还带着一个两三岁的小女孩，眉眼和她很像。

"未未，我有一阵子没见到你了。"凌忆萱脸上有些许疲惫，她指了指自己身边的小女孩说，"这是你妹妹。"

"嗯，好久不见。"顾未抓紧了江寻的手，下意识地回避了关于小女孩的话题。

"我联系不上你爸爸，又听说你和江寻走得很近，所以只好托人问到了这里。"凌忆萱说，"你现在那么红，我想找你都很难。"

"未未刚结束一场演唱会，需要休息。"江寻看似不经意地说，"随便聊聊吧。"

"那我长话短说吧。"凌忆萱也听出了江寻话里有话。

"我和未未认识很久了，我家里人都很喜欢他。"江寻说。

宋婧溪温和地笑了笑，不动声色地站在了顾未身后。宋编剧在圈子里混了多年，看到江寻的反应，隐约察觉到了他的敌意。

"你要不要和我回去？"凌忆萱问顾未，"你还没满二十岁，你的人生才刚开始，娱乐圈或许不适合你，留在这里也没人管你，你和谁打交道、和谁相处，都没人给你把关。人生不是儿戏，你应该按部就班地过。"

听了这些话，顾未想，原生家庭或许会给人带来痛苦，但不代表一生都不会改变。遇见了江寻，遇见了TATW，他才算是真正地活过。

之前的那些记忆对他还有些影响，听见凌忆萱最后一句话的音量高了点，他不自觉地轻微颤抖了起来。

"凌阿姨，"江寻挡在了顾未面前，说，"像您说的那样，人生不是儿戏，您是生了他，却没有好好养育他。所以，未未的人生还是让他自己做主吧。"

顾未被江寻拉出家门，江寻带着他一路开车回了住处。

直到进了门，顾未都还有点恍惚，他以为凌忆萱不会再管他了，却没想到她会在这个时候突然出现。他对凌忆萱的感情是复杂的，他被她伤害过，但始终对她恨不起来。各自安好，对他来说就是最好的状态了。

"她不会再来找你了。"江寻说，"我妈会跟她好好说说。"

"我好不容易一路看着你红了，哪能让她把你给带走？早知道她是要跟你说这些，我就不会让你见她。"江寻说，"你要是敢跑路，我立刻脱粉回踩。"

时隔五个月，顾采终于写完了一部历史正剧的剧本，回归社会。

回归的第一件事写在了顾采的便利贴上——回绝宋婧溪，顾未对江寻

312

一点兴趣都没有。

　　清晨的时候，江寻被手机振动的声音吵醒了。

　　"妈，怎么了？"江寻接了电话，"顾未有什么事？这个点他还在睡呢。"

　　五分钟后。

　　江寻按下录音键，说："什么？顾未说他对我一点兴趣都没有，不想认识我，不想让我打扰他平静的生活？为什么？理由呢？"

　　片刻后，江寻勾了勾嘴角，道："嗯，好的，我知道了。"

　　昨天演唱会结束后见到了凌艺萱，身体的疲惫加上情绪的波动，让顾未深夜才得以入眠，还做起了梦。梦里是演唱会上那一片闪烁的灯海，再往后，是江寻在对他说着什么，他听不清，但那声音里带着笑，让他不由自主地想靠近。

　　他睡得不算踏实，晨光熹微，洒在窗前，他刚睁开眼睛就看见江寻不知什么时候在窗边逆光站着。

　　"这么早？"顾未的声音中还带着倦意。

　　"算账。"

　　在他还没反应过来的时候，江寻突然朝他扔了一条毯子，将他罩住。

　　顾未满脑子疑问，一大早又干什么？

　　"顾未未。"江寻把人按住，威胁道，"我昨天跟你说了什么？"

　　昨天说什么了？顾未脑海中闪过几个片段，终于记起了江寻说过的话："我好不容易一路看着你红了，哪能让她把你给带走？早知道她是要跟你说这些，我就不会让你见她。你要是敢跑路，我立刻脱粉回踩。"

　　"我没跑路啊，我昨晚就乖乖睡觉，哪里都没去啊！"顾未据理力争，"你冤枉我！我什么时候说要跑路了？"

　　江寻不慌不忙地扫了他一眼，拿出手机给他播放了一段通话录音。

　　"这话是你说的吗？"江寻低头问。

　　"是……"顾未艰难地道，"可是……我上次跟我爸说这些的时候，是五个月前啊。"

　　五个月前的他并不想认识江寻，也觉得自己这样的人不值得被关心，不需要被人照顾，所以他跟顾采说过要回绝江寻。

他之前还觉得奇怪，为什么这件事江寻好像一直不知道。后来两个人接触了几次后，他也把这件事忘了个干干净净。

他爸那边的信息也太延迟了吧？顾采写剧本等于断网，与世隔绝，所以延迟了五个月，这挑的时间也太巧了吧？完美踩中江寻的爆发点。顾未想，他这个迷迷糊糊的便宜爹坑起儿子来真是不挑时间。

"脱粉回踩哦。"江寻继续威胁，"不然你赶紧想办法补偿我。"

江寻口中的回踩顾未想也不敢想，立马认错："我错了，哥哥。"

"晚了。"江寻故意板着脸说，"我现在是你的黑粉了。"

"你自己想想该怎么补偿我吧。"江寻说，"不然黑粉大概要上线开始工作了。"

这个人还认真起来了，顾未一阵无语。不过说起补偿，他能给江寻的好像还真有一个——一个关于未来的承诺。

"我不是个优秀的偶像。"顾未认真地说，"你看到了我所有的缺点，但你从来没丢下我、抛弃我。"

"嗯。"江寻安静地听他说。

"所以我绝对不会离开，不会与你背道而驰。我会一直勇敢地向前走。凌忆萱说的话，我就当从未听过。"顾未朝江寻笑了，"遇到你以后，好像什么都是最好的。顾未和江寻还会有很多故事，不会到此为止。"

TATW 的第二场演唱会开在 B 市，江寻把顾未送到机场，刚下车就遇到了众多采访的记者。江寻侧身帮顾未挡着，推着他往前走。

"我走啦。"顾未轻声说。

"去吧。"江寻在顾未背后轻轻推了一把，把人往前推了半步，"等你回来，我再慢慢和你算这笔账。"

前方送机的小刺猬们发出一阵欢呼声，顾未回头朝江寻眨了眨眼睛，周围的记者纷纷按下了相机的快门。

云消雾散，这是一个晴天，往后他将无畏风暴，披星戴月，不失归处。

所以，他可以毫不犹豫地面对无数镜头，去寻找重回正轨的未来。

初夏将至，未来可期。

番外一
不是巧合，
是天意

　　某风景区影视城，剧组正在进行一部仙侠电影的拍摄。

　　"三、二、一。"工作人员倒数，"好，起！"

　　穿着古装戏服的顾未吊着威亚腾空而起，按照动作指导的要求在空中翻转一圈，手中的剑挽起了剑花，衣角翻飞。然后，他对着镜头说出了自己的两段台词。

　　周围的群演按导演的要求倒下，顾未借着威亚稳稳地停在了半空中。

　　"好，过。"导演对这个镜头十分满意，"顾未眼神到位了，动作也可以，加上后期制作会很好看。"

　　顾未有舞蹈功底，武打动作一学就会，脸也够好看，演技进步飞速。

　　这个导演平时拍戏挺严格的，不仅要求演员动作到位，声音也要用原声，但顾未的镜头他一直都挺满意。

　　"下午没你的戏了，你去休息吧。"导演说。

　　"来，擦擦汗。"穆悦把纸巾递给顾未，问他，"喝水吗？"

　　顾未被威亚勒得有点疼，下来的时候跟跄了两步，擦了擦脸颊的汗水。

　　他的这个角色不是主角，戏份不多，台词也少，但每次出场都会营造一种仙气，也就是说十场戏有九场需要吊威亚。听赵雅说这是一个很不错的角色，辛苦是辛苦了一些，但人设讨人喜欢，角色也圈粉，演好了对他很有好处。

　　"弟弟，副导演刚才跟我夸你，说你演技进步得很快，很有灵气。"穆悦把矿泉水递给顾未，"他说你当初试戏的时候台词功底明显不行，但现在已经好很多了。"

"还要多练习。"顾未笑了笑,"跟大家比差远了。"

"已经很好了。"穆悦见不得他谦虚,"你还这么小,前途无量。"

演技进步这一点,顾未自己也能感觉到。他之前和江寻说过自己喜欢演戏,江寻也说过要找人专门教他。

顾未当初听完就忘了,却没想到江寻真的把人给找来了——大影帝江争亲自教他,他能学不会吗?

三个月前,TATW的演唱会刚刚结束,江寻就把顾未带回了家里,说是让他学演戏。

江寻他爸江争特别欣慰,江寻沉迷电竞,江影沉迷划水,好不容易来了一个愿意拍戏的,他自然是把自己知道的东西都传授出来。

这个时候,客厅里只能听见顾未和江争说话的声音。除此之外,宋婧溪在嗑瓜子,江寻在玩游戏,江影抱着电脑在刷他的几十个小号。

"你在干什么?"顾未在闲暇时问江影。

从刚才开始,江影的键盘就敲个没完,一听就是又在跟哪家粉丝对骂。

"蒋恩源这个家伙,不经捶。"江影失望地叹气,"他黑你的时候那么厉害,轮到他自己就脆弱得不行,我这边的黑料还没放完他就凉了,我还没玩够呢。"

"你的爱好挺特别。"顾未表示赞扬。

"成天不干正经事。"宋婧溪一边嗑瓜子一边感慨,"不过我们家随意,做自己喜欢的事情就好,未未你也一样。"

自打宋婧溪从江寻那里知道了顾未小时候的经历后就心疼得很,时不时就给顾未买这买那,非说要把他小时候缺的给补回来。

"什么东西?"江寻瞥了一眼江影的电脑屏幕,问,"你硬盘里放的是什么文件?顾未五个G,蒋恩源二十个G,那个标注五十个G的是谁?你存了谁五十个G的黑料?"

顾未也想知道是谁有此殊荣。

江影一把合上了电脑,说:"没什么没什么,个人爱好,不值一提。"

"看你们最近都要忙死。"江影一百八十度翻转话题,"微博活跃点啊,自觉一点,我看到粉丝在求更新了。"

"未未拍戏呢,等年底工作不忙的时候,他自然会发微博营业。"江寻说，"你急什么？"

电影剧组里，顾未卸完妆，刚换好衣服就接到了江寻的电话。

"结束了吗？我在门口等你。"江寻说，"记得穿外套。"

江寻来剧组的次数不少，每次来的时候都会让人给剧组的工作人员带不少吃的喝的。

时间久了，剧组的人经常会问顾未江寻什么时候来。

"疼不疼？"顾未一上车，江寻就开始问。

吊威亚并不是一件容易的事情，为了追求飘逸和轻快的效果，顾未的戏服很单薄，身上经常被威亚绳勒得青一块紫一块的。

江寻偶然看见，出于心疼，已经抱怨过好几次了。

"有一点。"顾未说。

"今天去我家那边吧。"江寻说，"说包了饺子，让我们回去吃。"

"好啊。"顾未说。

顾未平时工作忙，偶尔有点空闲时间，回的也是江寻的住处，很少来江家这边，所以对江寻的卧室十分好奇。

"在看什么？"晚饭后，江寻进屋的时候，发现顾未坐在他的书桌边正在翻一本相册。

"看看咱们'寂寞的寻'长什么样子。"顾未偷笑，又翻了一页，"你妈妈刚才拿给我的。"

这本相册里有江寻从小到大的照片，宋婧溪比较重视这个，每年都会给江寻和江影拍照。

顾未自己没有拍过这种记录成长的照片，看江寻的照片觉得很有意思。

"这张照片……"顾未指着其中一张照片问，"你在哪里拍的？感觉好眼熟。"

"哪张？"江寻坐到顾未身边跟着看，"啊，这张啊。"

照片上的江寻二十出头，照片是在一家小餐馆里拍的，坐在他周围的是他的几个队友。

"那时候 TMW 还没打出头，干我们这一行的，打不出成绩就什么都不是。"江寻给顾未解释，"这个小餐馆好像在市九中附近，当时大家都挺失落的，找了个小餐馆吃饭，缓和一下心情。"

"九中附近？"顾未听到了熟悉的校名，"那我……说不定见过你。"

那时，顾未穿着九中的校服，在小餐馆里盯着自己的期末成绩单发呆，隔壁桌坐了几个大他几岁的人。

"行了。"隔壁桌有人说，"都别垂头丧气的了。"

顾未抬起头，无精打采地朝说话的人看了看。

"那个好看的弟弟。"刚才说话的人朝他招了招手，"过来帮我们拍张照片吧。"

对方把手机递给他，手机的挂绳上拴着一个小皮卡丘挂件。对方看起来比他要大好几岁，竟然还喜欢皮卡丘。

顾未下意识地伸手捏了一把皮卡丘，那挂件竟然还能发出"皮卡皮卡"的声音。

他看着晃动的皮卡丘，勾起嘴角笑了，低落了一整天的心情忽然就好了起来。

"笑起来多好看啊！"对方说，"帮我们拍张照吧，弟弟。"

顾未帮忙拍了照片，这么一来，好像这两桌人的心情都变好了。

"好看的弟弟，你叫什么名字？"让他拍照的那个人问。

"我叫顾……"放在桌上的手机响了，顾未朝对方点点头，笑了笑，出门接了顾采打来的电话。

他回去的时候，隔壁桌那几个人已经离开了，他的位子上放了一杯奶茶，老板说是刚才那个人送他的。

小餐馆里的奶茶口感一般，糖放得过多，甜得发腻，顾未却坐在那里喝完了一整杯，心里渐渐没那么难受了。他以为跨不过去的坎，好像也没有他想的那么难。

"竟然是你拍的。"房间里，江寻有些意外地看着那张照片。

"我没想到啊。"顾未抿着嘴笑，"当时让我拍照的那几个人竟然是未来的电竞冠军。"

"我也没想到啊。"江寻说，"当时没来得及告诉我名字的好看弟弟，竟然是未来的当红流量明星。"

两个人都没想到，偶尔翻翻旧照片还能发现这样的巧合。原来，他们在还是普通人的时候就已经相遇了，在尚未耀眼的时候，他们就已经温暖过彼此了。

"不是巧合。"江寻合上相册，"是天意。"

番外二
小偶像
前途无量哦

TMW 战队近日的人气越来越高，呼声也越来越旺。正值选手转会期，众多选手都盯上了 TMW，TMW 或成转会期最大赢家。

Sunny 抽空开了直播，收获了一大堆网友的提问——

网友："为什么大家都想去 TMW ？我感觉 TMW 的成员不只是电竞选手，你们的员工招聘都好有优势。"

Sunny："因为我们的福利待遇好啊！"

网友："能……能具体说说吗？我想知道到底有多好。"

"能啊。"Sunny 往椅子上舒舒服服地一靠，"除了日常的工资、奖金，我们还有一个非常特别的福利待遇，未未代言了什么，江寻就会给我们买什么，人手一份。真好，化妆品啊、零食啊，我们都不缺的。"

网友："羡慕了！"

易晴炫耀完福利，打开了小刺猬后援会的群。

小刺猬家的雪饼："晴崽来了。"

小刺猬快长大："刚才看你直播一个劲地炫耀，我都羡慕了，我当初为什么没去你们那儿！"

顾未刚结束了一场路演，江寻来接他，他上车后才发现，坐在车后座上的江寻还抱着 MVP。

"刚带它出去打针了。"江寻把柯基抱给顾未，"打完针闹脾气呢，没精打采的。"

顾未揉了揉 MVP 的头，在车后座上坐好，这才发现开车的人是江影。

"不用管我，我刚拍完戏，顺路。"江影踩了一脚油门，顺手把车内播放的音乐调成了《逮虾户》，"你们聊你们的，我让你们感受一下我的车技。"

半个小时后，江寻看着顾未逐渐难看的脸色，听着柯基逐渐微弱的"嗷呜"声，忍无可忍，对江影道："赶紧下来！我来开。"

江影把车在路边停稳，下了驾驶座，去了后座。

"你……你拿驾照多久了？"顾未缓了缓，问道。

"一个多月吧。"江影说，"我考了好几次才过，难死了。"

TATW的微信群名最近换成了"我们真的好困"，顾未点进群聊的时候，发现石昕言又在分享娱乐新闻。

Stone："看这个——震惊！有人在机场拍到了蒋恩源的现状，皮肤和脸色都很差，头发也好久没修剪过了。"

Stone："还有这个——曾经靠抄袭诬陷和拉踩走红的蒋恩源，现在是什么样呢？"

守得云开见月饼："哎哟，活该，喜闻乐见。"

傅止："正常，他现在手头基本没资源，公司知道他糊了肯定不会再捧，合约没到期又不允许解约，他之前也没什么让人印象深刻的作品，粉丝渐渐就散了。"

清晨的太阳啊："说实话，即便他这样了，我还是想把他堵在厕所里揍他。"

守得云开见月饼："我也是。"

爱我请给我打钱："哥哥们，请你们一定要捂好了咱们TATW的群聊消息，千万别被赵姐看到。"

Stone："怕什么？小糊团这样也不是一天两天了。"

"这是多久以前拍的？"江影瞥了一眼顾未的手机屏幕，打开了自己的笔记本电脑，"我给你看最新的。"

某些人还真是一直冲在吃瓜最前线。

顾未看着江影点开名为"蒋恩源"的文件夹，江影又说："以前我还有你的，不过都被江寻抢走了。"

"之前微博上那些蒋恩源的黑料……"顾未觉得这个文件夹里的很多东西都有些眼熟。

"那都是我辛辛苦苦攒的。"江影说。

"太过了的东西不要给未未看。"江寻一边开车一边说。

江影"哦"了一声，继续抱着笔记本整理自己的文件夹，把一段视频拖进了另一个文件夹里。

"戚逐？"顾未念出了文件夹的名字，"戚导的儿子？我之前见过一次。"

"他本人看起来是不是特别冷淡？"江影问。

顾未："我……不太了解。"

"你现在人气太高，我踩不动你了，好在我一直有别的人可以踩。"江影发自内心地感慨，"你和江寻都多久没见了？"

"三个月吧。"顾未说。

"也是不容易，圈内人就是麻烦。"同为圈内人的江影感慨，"见个面都得先互相看档期。"

新年，江寻和顾未去看了那部顾未花了大半年心血的电影。

大年初一的电影院里坐满了人，他们两个人戴着帽子和口罩，坐在最后一排。

电影还未开始播放，左边的座位是空的。顾未想了想，拿出手机给江寻发微信消息。

爱我请给我打钱："不知道我演得怎么样，紧张！"

寻哥："我看没问题，我刚才听好几个小姑娘说都是冲你来的。"

爱我请给我打钱："而且我的镜头好像不多，紧张！"

寻哥："不用紧张。"

顾未回头："嗯？"

"该做的努力你都做了。"江寻把可乐递过去，"现在的你和我一起专心看电影就好。"

说起来他们身份特殊，能混进电影院的机会不多，就算来了，也都是坐最后一排，还要捂得严严实实。

"而且之前点映的反响很好，你应该也看到了。"江寻打开手机，挑了几条评论读给他听。

"顾未可以啊，平时看不出来，流量明星居然完全撑得起这种大制作电影。"

"电影全员演技在线，希望顾未以后能有更多优秀的作品。"

"爱了爱了，顾未把角色那种凄美的感觉塑造出来了，小偶像前途无量啊！"

顾未低着头，悄悄地笑了。

电影没有白费顾未大半年的心血，加上后期制作，在大银幕上呈现的效果十分惊艳。直到片尾曲响起，观众都久久没有散去，还沉浸在电影的剧情里。

"走了，回去了。"江寻说。

灯光亮起的前一秒，顾未看见了演员名单上自己的名字。他嘴角微弯，把口罩和帽子戴好，跟上了江寻。

从电影院回到家，顾未收拾行李箱时，从箱子里掉出了一个药盒。

"这是？"江寻弯腰替他捡起来。

顾未认出这是他之前用来助眠的药物，他好像已经很久没用到它了，原本以为它已经丢失了，没想到竟然在箱子的夹层里。

"扔了吧。"他带着倦意揉了揉眼睛，"我已经……不再需要了。"

"知道了。"江寻一扬手，药盒在空中划出了一道弧线，落到了门口的垃圾桶里。

顾未听着药盒落地发出的沉闷响声，笑了笑。

他和他的过去，在不知不觉中已经道了别。

番外三
TATW 的微信
群聊

某天，TATW 的微信群名改成了"我们每天都很困"。

爱我请给我打钱："我等一下要回趟宿舍，没带钥匙，哥哥们给我开个门哈。"

守得云开见月饼："没有问题，到了门口大声喊。"

守得云开见月饼："你是不是又跟着江寻熬夜了？起得好晚啊！"

守得云开见月饼："啊对，江寻昨天开直播打游戏打到很晚，还拍到了趴在桌子上抱着 MVP 睡着的你，人和狗一样憨。"

爱我请给我打钱："哪里？"

爱我请给我打钱："我去看看。"

爱我请给我打钱："呃……"

爱我请给我打钱："他竟然只屏蔽了我一个人？"

守得云开见月饼："听说你也这样对待过他，哈哈！"

爱我请给我打钱："我之前怎么没发现江寻这么记仇？"

傅止："嗯，寻神一直很记仇啊，你看他之前的比赛就知道了。"

几分钟后。

傅止："池云开你放在客厅窗台上的葡萄长毛了，你在想什么？快去扔掉！"

清晨的太阳啊："哦，他之前说他想晒葡萄干。"

守得云开见月饼："怎么了怎么了？来了。"

傅止："未未，你们那边的宴会是在下周吗？"

爱我请给我打钱："对！江寻特地挑了一个我有空的时间。"

傅止："我们要去蹭吃蹭喝了，哈哈哈！"

守得云开见月饼："我去买件新衣服。"

清晨的太阳啊："需要人暖场吗？我写了一首新歌，要听吗要听吗？"

Stone："他前两天熬夜写的，质量可能不太高。"

清晨的太阳啊："@Stone，拆我台，把你打飞！"

傅止："明天我们和未未一桌，都是自家团里人。"

爱我请给我打钱："我们一个团待在一起吧。"

守得云开见月饼："需要来一段 Rap 吗？"

傅止："你是想把江寻的家宴变成演唱会现场吗？"

守得云开见月饼："不好吗？"

爱我请给我打钱："不不不，就是个小宴会，你们吃饱就行！"

爱我请给我打钱："我马上到了，你们记得给我开门啊。"

傅止："好的。"

又过了几分钟。

守得云开见月饼："顾未最近老往江寻那边跑，我怎么突然有种孩子长大了的失落感。"

Stone："你操心操得太多了。"

傅止："我也有一点。"

Stone："团宠和我们粉的大神走得近，好像也不亏。"

守得云开见月饼："想当年顾未粉的只是江寻的表情包吧？"

Stone："真是一个奇怪的开始。"

傅止："我有一个问题。"

守得云开见月饼："讲。"

傅止："我们都在客厅里，为什么要在微信群里聊天？"

清晨的太阳啊："呃……好问题。"

守得云开见月饼："别失落了，抓紧时间打游戏好吗？"

Stone："走，难得队长在，TATW 峡谷见。"

三十分钟后，宿舍楼大门口。

顾末："开门啊！"

他崩溃地道："说好的给我开门，人呢？"

江寻和顾未在工作之余，又抽空回过了一趟顾未小时候住过的镇子。

顾未人生的前十几年都是在那里度过的，小小的房间里虽然积满了灰尘，但还存放着顾未学生时代留下的很多东西。顾未不在意，但江寻觉得那都是顾未成长的痕迹，很有收藏价值，带走这些东西，就像是在弥补他未曾遇见顾未的那段时光。于是，两个人搬走了不少东西。

他们来的时候是工作日，小镇上的人不多，街边酒吧里的歌声不太清晰。故地重游，顾未的心境完全不同了，之前压在心上的那种不确定和犹豫感已经烟消云散。

"以前的奖状不用带了吧，都旧了。"顾未看着满墙的奖状，有点迟疑。贴了那么久，撕下来的时候必然不会太完整。

"上次来得匆忙，我都没来得及仔细看看。三（7）班的顾未同学，荣获三好学生、优秀学生干部。"江寻拿着小铲子小心翼翼地去铲墙上经年的胶带，顺带读出了奖状上的字，"小三班，顾未小朋友荣获年度大红花。"

"顾未小朋友？"江寻借了奖状上的称呼，"看不出来啊，你幼儿园的时候就这么优秀。"

"那个大红花是人人都有的。"顾未听着有点不好意思，从抽屉的角落里翻出了两朵歪歪扭扭的"大红花"，拍了拍上面的灰尘，塞到江寻手里，"来，喜欢的话，给我们江寻小朋友也发一朵。"

江寻把花和刚刚铲下来的奖状一起放在了打算带走的那一堆东西里，接着又盯上了顾未的抽屉："别藏，让我看看。"

"没什么可看的。"顾未拉开抽屉，"这是我以前写过的寒暑假作业。"

六（7）班顾未同学的寒假作业，因为存放的时间太久，保存方式不佳，纸张已经泛黄，上面的字迹倒还是清清楚楚。

"我的梦想？"江寻翻开一页，刚好是顾未写的作文。

"我小学写的作文你都要看？"顾未抢回自己的寒假作业本扔进了抽屉里。

"怕什么？家里有我的，你要是想看，回去我给你找出来。"江寻笑了笑，趁顾未不留神的时候搬空了抽屉里所有的东西，"这个题目我上小学的时候也写过，我的梦想就是打电竞，可把语文老师给吓坏了，当时就给我批了个问号，还叫了家长。"

江寻又说："当时我爸演的电视剧正在热播，看过剧的基本都知道他。他就那样走进了办公室，把老师们都给吓了一跳。"

顾未想象了一下那时的场景，差点笑出声："你那么小就想着去打电竞了？"

江寻说："比那更早，只是没找着机会说。"

"未未，这是你自己抄的课程表？"江寻指着一样东西说，"带走带走。"

顾未用过的文具盒里夹着自己抄写的课程表，字体看起来格外整洁，江寻连带着文具盒一起装走了。

"江寻，你干脆把这个房间一起带走得了。"顾未有些无奈。

江寻故意沉思片刻才道："有点麻烦。"

顾未算是明白了，江寻就是摆明了什么都想带走。

"我以前的日记，你要看吗？"反正都是要带回去的，早看晚看影响不大，所以顾未主动拿出了自己从前的日记。

那是一个普通的软面抄本子，上面写着顾未的名字，江寻接过本子，翻开看了起来。

"4月9日，被狗追的时候踩了邻居家的菜。"

"5月7日，放学把书包丢在了学校。"

"你以前就这么迷糊？"这些简短的记录让江寻想起了他们刚认识的时候那段鸡同鸭讲的黑历史。

"那也不能完全怪我。"顾未知道江寻在说那件事。

"5月9日，买了一盆花。"

“6月1日，被妈妈打了。如果可以，我不想活成她这个样子。今天上课的时候老师讲到了'爱'，爱是什么？会有人爱我吗？”

“我以前……是不是挺矫情的？”顾未有些不好意思地笑了，忽然有点后悔让江寻看到了自己的日记。

江寻合上那本日记，放到一旁，想要摸摸顾未的头发，却有些顾及手上刚刚沾到的灰尘。想要珍惜一个人的时候，自然会小心翼翼。

“未未，想好最近去哪里玩了吗？”

“我没什么想法，你定吧。”顾未摇头。

“爸妈他们最近找了一个度假的岛，你想去吗？”江寻提议。

“可以呀。”顾未点点头，在书桌的角落里翻到了一只风筝。

风筝还是新的，从未拆过，他问：“可以放风筝吗？”

他十岁的时候买了这个风筝，但那时凌忆萱的情绪很差，时常发火，顾未不愿也不敢提出放风筝的请求。但如果对方是江寻，他想问一问。

“当然可以。”江寻说。

书架的最底层压着一张纸，江寻一眼看见，顺手抽了出来。上面是顾未画的火柴小人，小人顶着一张笑脸，看起来傻兮兮的。

“好像是初中时画的。”顾未认出了自己的作品，“我上课的时候用圆珠笔涂的。”

江寻选择实话实说：“这画的是谁啊？看起来挺丑也挺傻的。”

他把手中的纸片翻过来，背面是顾未工整的方块字：我未来欣赏且憧憬之人。

江寻：“呃……”

当天，电竞大神江寻在微博上发了三张图片，两张是他和顾未从前写的作文，还有一张是某人的大作——火柴人画作。

两篇小学生作文里，顾未的梦想是好好跳舞，江寻的梦想是打电竞。无论是机缘巧合，还是命中注定，他们都算没辜负早年的心愿。至于另一张让网友讨论了半天也没猜出是什么的火柴人画作，就只有当事人才知道其中的深意了。

番外五

有的人又来
抢团宠了

正月十四的晚上，电视里还在重播大年三十的春晚。与平时晚上一样，临近十点，TATW的微信群里又热闹了起来。这次他们的群名改成了"赵姐，我们好想放假"。

爱我请给我打钱："终于收工了。"

爱我请给我打钱："哥哥们，告诉你们一个好消息。"

守得云开见月饼："能有什么好消息，赵扒皮又给咱们接工作了吗？"

Stone："呃……"

爱我请给我打钱："我看你想被赵姐扒皮。"

Stone："池月饼你可真行，赵扒皮……赵姐知道她又多了一个名字吗？"

守得云开见月饼："你不说我不说，她不可能知道。"

系统提示："守得云开见月饼"撤回了一条消息。

系统提示："Stone"撤回了一条消息。

系统提示："爱我请给我打钱"撤回了一条消息。

清晨的太阳啊："看，有的人心虚了。"

傅止："应该不会有新工作了，过年期间我们都上了两个卫视的节目了。"

爱我请给我打钱："暂时没新工作啦，放假啦，终于可以休息两天了。"

清晨的太阳啊："那明天中午大家闹一闹，一起在宿舍搓元宵吧，顺便营业。"

洛晨轩最爱分享团内的日常，早就顺手截了聊天记录的图，发到了自己的微博上。没过多久，粉丝们就都知道 TATW 正月十五要一起直播的事情了——

网友 1："哈哈哈！这个团的聊天画风怎么回事？好好笑。我觉得 TATW 的官方微博可以天天放点他们的聊天记录，光看这些我都粉他们了。"

网友 2："@雪轻娱乐 - 赵雅，赵姐姐，我们来告状了，你带的崽崽们在背后骂你。哈哈哈！哥哥们背地里原来都这么皮的吗？"

赵雅开通微博这么久，一直低调行事，第一次收到这么多网友的问候，十分激动。她点开一看，居然是自家几个艺人在群里的聊天记录。

雪轻娱乐 - 赵雅："@TATW- 池云开，过来挨打。"

TATW- 池云开："@TATW- 洛晨轩，你怎么把我撤回之前的截图放出来了！"

TMW-Xun："@TATW- 顾未，小未来，我们也做元宵吧，我们也可以开直播。"

这个人还特地带了个"楚楚可怜"的卖惨表情包。

江寻每次发微博，有一个人是必然要来凑热闹的。

江影 KANI："哇哦，你们能直播啥？让我们看看。"

常有人说，明星只是被公众看见的普通人，顾未觉得这话一点都没错，至少他们团的那几个人就是这样，平时人模人样的，每逢放假他们就比谁都能疯。

放假这种事，对如今的 TATW 来说太难得了。平常人放假可能会选择睡懒觉，但 TATW 的人必然会选择早起疯玩。

例如顾未一大早刚推开房间门，就看见傅止和洛晨轩在客厅里打游戏，客厅的桌子上还放了一部手机在直播。

"你们这也太拼了吧……"顾未半闭着眼睛，走路都还有点飘。

"好不容易放两天假，他们说要拼命玩。"傅止无奈地说，"清晨四点半我就被拉起来玩游戏了。"

直播间的观众当场表示有被笑到——

"哈哈哈！放假了赶紧玩，怎么感觉哥哥们像极了读高中时休周末的我。"

"哥哥们好好休息一下吧，平时就算不拍戏也要随时注意表情管理之类的，你们真的很辛苦。"

"看你们的日常真的好有意思，能粉你们真是太棒了。"

"傅止哥哥的侧脸真绝。"

"未未过来打牌。"池云开搬了一张桌子过来，"刚好三个人。"

"你们真要把宿舍变成棋牌室啊！"顾未哭笑不得。

"输了的自己掏钱。"池云开把两副牌放在桌上，"我就不信你们连斗地主都玩不好。"

观众们又笑了——

"笑死我了，你们团内算得这么清楚的吗？小糊团，明算账。"

"我记得之前有一次采访的时候赵雅就说过，她不在的时候这几个人特别能搞事，也就顾未稍微好点儿。"

"顾未已经不乖了，被江寻给带坏了，我看他这手牌打得不错啊！"

"我也想当经纪人，我觉得带他们好幸福，呜呜呜。"

"我突然想不起来他们原本是要直播什么了。算了，看什么都一样。"

下午两点，顾未拿到了池云开输掉的十元零花钱。

"你先拿着，等一下我就赢回来。"池云开自信得很。

这时，顾未放在桌上的手机突然"皮卡皮卡"地唱起了歌，屏幕上显示来电人是"江寻"。

池云开一眼瞥见顾未的手机屏幕，张嘴就叫道："江寻又来抢团宠了！"

直播间里的观众更乐了——

"噗。"

"池云开这嗓门，当 Rapper 真是委屈他了，考虑转型唱男高音吗？"

"未未跑了，哈哈哈！见好就收，没毛病。"

接到江寻的电话，顾未揣着池云开刚才输掉的十元零花钱，在池云开哀怨的目光中背着包拔腿就跑。

他身后传来池云开的吼声："顾未，谁让你打牌见好就收了！把我的十块钱还给我！"

石昕言有点无语，他有充分的理由相信，TATW 的队友在直播时为十块钱相争的事情很快会成为网友们的笑料。

"顾未未同学，你玩得挺开心？"江寻坐在车上，远远就通过打开的车窗看到了顾未脸上的笑。

顾未上了车，在江寻身边坐好。他接完电话就跑下了楼，此刻坐在副驾驶座上有些轻喘，说："开心，江寻你怎么来得这么早？不是说好晚上回去吗？"

"我回爸妈那边，江影今晚也回去。"江寻问，"你吃午饭了吗？"

别说午饭了，顾未连早饭都没吃，玩忘了。

TATW 的五个人昨晚说好的要一起做元宵煮元宵，可是直到现在，面粉袋都还没拆开。

"我就知道你又没好好吃饭，我要是不早点来，你一天就吃晚饭那一顿。"江寻没好气地拎出一包零食拆开递过去，"你自己反思吧。"

"我刚买了糖炒栗子和奶茶，都是你喜欢的。"江寻又拎出两个袋子，"现在还是热的。"

江寻昨天在微博上说好了要直播，到了家就立刻登录自己的直播账号，一群小刺猬赶紧从隔壁直播间跑了过来。

"哈哈哈！挪个窝继续看我们未未。"

系统提示："TMW-Sunny"开着她的高贵跑车进入了直播间。

系统提示："TMW-West"开着他的航天飞机进入了直播间。

"怎么来了这么多熟人？哈哈哈！"

"哇，寻神你家房子好大。"

"那边那个是我们未未曾经的对家吗？我不是来拆台的，不要打我。"

"来，给各位介绍一下。"江寻心情不错，举着手机带网友逛了一圈自家的房子，"那边厨房里的是我妈和我弟，这个在看电视的是我爸，你们应该看过他的作品。"

网友们立刻表示，江寻一家子他们都认识，不用特地介绍了。

"哟，未未来了啊。"江影顶着一头一脸的面粉在厨房里朝顾未招手，"快来一起玩。"

"做饭，怎么就是玩了？"宋婧溪笑骂了一句，还是把厨房让给了几个孩子，"不管你们了，江寻盯着，能吃上晚饭就行。"

顾未洗了手，卷起袖子，去厨房帮忙。

"你这是个……什么东西？"顾未看着江影手里巨大的面团，没忍住，还是问了。

"大汤圆啊，蟹肉馅的，我刚弄好的。"江影得意地道，"你要不要试试别的？"

听他这么一说，顾未也想试试坚果馅的。毕竟他小时候在家里，就算逢年过节也没有玩这个的机会。

江寻直播了一小会儿，发现网友刷了满屏的"哈哈哈"，回头一看才发现厨房的桌上摆了一排大小不一、形状神奇的汤圆。

照这个进度下去，江家今晚怕是吃不上晚饭了。

"都出来，别添乱了。"江寻无奈地走进厨房，把手机放在一旁，赶走了两个只会添乱的家伙，自己动手。

直播间的网友们围观了他们的寻神在线做节日小汤圆。

"男神的手，打得了游戏，做得了小汤圆。"

"队长，队长你在干什么？今日电竞头条——TMW前队长退役后竟靠卖汤圆为生。"

"笑死我了，寻神好无奈啊！"

"未未的坚果馅小汤圆不吃给我。"

"我心疼！我寻神这么好看的手竟然在和面。"

"不亏。"江寻看着客厅的方向说，"我乐意。"

客厅里，江争在唱歌自嗨，宋婧溪不怕吵，捧着一本书看得入迷，江影拉着顾未一起趴在矮桌前看他新收集的黑料。

江影兴奋地说："我先掐架，又有人骂我，你看这个新瓜，好玩。"

顾未浏览到一半，闻到了从厨房飘过来的甜香味，抬头看向在厨房忙碌的江寻。然后站了起来，一路走向厨房。

江寻还在有一搭没一搭地和直播间的观众们聊天。

"你们问我做饭好吃吗？我觉得好吃，只是你们偶像天生吃不胖，这一点不能怪我。"

"过年有没有给未未压岁钱？当然给了，给了好几个红包呢。他以前没有的，我现在全给他补回来。"

"未未给我什么了？那是能给你们看的吗？"

顾未蹑手蹑脚地走进厨房，瞥了一眼江寻放在一旁的手机，朝着直播间的观众们比了个嘘声的手势，双手在江寻头顶上比了一双兔耳朵。

"又闲不住了？"江寻不用看就知道是他。

"嗯，闲不住了。"顾未说，"晚饭做好了没？"

"差不多了。"江寻说。

"小心烫。"江寻给顾未找了个小碗盛了点汤圆，"你先尝尝味道。"

"我们也想尝尝味道。"直播间的观众发弹幕。

"呜呜呜——我们也想吃寻神亲手做的小汤圆。"

"我代你们吃吧。"顾未明摆着在炫耀。

观众羡慕死了："啊啊啊！"

"看起来就很好吃。"

"羡慕了，那就只好祝各位元宵佳节团团圆圆了。"

"嗯，团团圆圆！"

新的一年，粉丝们期待许久的 TATW 男团新专辑发布会终于来了，为新专辑筹备许久的五个人再次出现在公众面前，接受记者的采访。

"听说你们在新歌准备期间经常忙到深夜？"某电视台的记者问，"是不是很辛苦啊？我看粉丝说池云开瘦了好多。"

"我还好啦，我胃口好得很，不用担心我。"池云开说，"只要他们编曲编舞简单点，什么都好说。"

顾未："呃……"

"意思是怪我们咯。"洛晨轩拿着手里的抱枕朝池云开砸了过去，"写歌你参与了，编舞你也不是没盯过。"

"确实有辛苦的地方。"傅止控场水平一流，眼看着这几个人又要崩人设开始打打闹闹，赶紧把记者问的问题给圆了回去，"但是过程中有很多值得纪念和值得欣喜的事情。"

"可以说来听听吗？"记者非常想知道。

傅止对着镜头一笑，周围接连响起快门声。他表情不变，继续说："有时候练习到深夜，池云开会给我们准备消夜，顾未和洛晨轩会去帮忙，虽然时常弄得厨房一片狼藉，但味道还是不错的。"

"我还给江寻留过。"顾未补充，"基本每次都有留，除了紫菜包饭没洗紫菜的那次。"

傅止说："啊，我记起来了，那次石昕言哭着说好吃，我没忍心，全给他了。"

"什么？"石昕言怒吼，"顾未我跟你没完！"

记者沉默了，某团的队友们关系成谜，好的时候能原地抱团，坏的时候能猛坑队友。

难怪这段时间 TMW 的前队长江寻时常在深夜晒出卖相零分的消夜，还配上一个阴阳怪气的幸福表情。粉丝们纷纷认为这是某退役人员在内涵哪个战队，没想到还真就是单纯的炫耀。

"有时候大家一起练舞到很晚，只有我们的舞房有灯光。"傅止说，"但是我们一直都相信努力会被看见，没有人会说累。"

准备新专辑期间，他们排练到深夜是常有的事情。顾未有时候练习结束刚好能赶上江寻下直播，江寻会来公司楼下接他，两个人悄悄去逛周围的夜市。有时候江影也会来，还会带上他那边的朋友。如果时间合适、心情不错的话，江影还能现场表演和职业黑粉吵架。

"其实还有一件事很开心！"池云开说，"但我们经纪人就比较头疼啦！"

"是什么？"记者表示很感兴趣，"说给我们听听。"

"我们现在算是全员追电竞吧。"要说这个，顾未也来了兴致，"虽然江寻退役了，但丝毫不妨碍我们这里有五个江寻粉。江寻的直播什么的，只要我们不忙，每一期都会追。"

"这个我们知道。"记者说，"快说点我们不知道的。"

"其实江寻经常过来公司这边找我，"顾未没说太多，"偶尔也会带我们打游戏。"

池云开眼睛都放光了："太幸福了，游戏体验感太好了！"

TATW 新专辑的采访视频一出，弹幕里的讨论极其热烈——

"顾未弟弟今天的穿搭太好看了吧！感觉是全新的风格啊！"

"噗，你们大半夜的都在搞什么黑暗料理？难怪顾未和江寻的双人超话那边时常发一些食物图片。"

"好奇寻神带你们打游戏是个什么场景，下次能直播给我们看看吗？"

"求个直播，想看哥哥们玩游戏。"

"我也求直播，想看个热闹。我保证，不管你们打成什么样，我都给你们吹彩虹屁。"

五天后，网友们得到了回应，易晴利用休息时间开了个手游的娱乐局直播。

易晴想开就开了，没有提前通知，接通直播频道的时候，游戏大厅的组队频道里躺着几个网友们没见过的新号——

网友 1："Sunny 妹妹和谁玩啊？"

网友 2："没见过的 ID，都是谁的小号啊？"

小队频道里。

十万伏特："未未上线。"

爱我请给我打钱："我来了我来了，我来混了。"

月饼饼："我赶上了！"

鲜活美味青蟹："打游戏？你们还挺闲。"

十万伏特："说人话。"

鲜活美味青蟹："带我一个！"

Sunny："啊？我在直播。"

十万伏特："没关系，我们是正经五排，没什么见不得人的。"

"我打过招呼了哦。"易晴开麦说，"娱乐局，我没偷懒不训练哈。"

"知道了。"频道里传来江寻的声音，"打完这局你就退吧，去训练。"

"啊呸！"易晴气了，"我好不容易跟我偶像打个游戏，队长这么着急赶我走！"

易晴开了游戏直播，他们在游戏里开麦说的话直播间的观众是可以听到的。听到了熟悉的声音，抱着打发时间的心情过来看直播的网友们兴奋了——

"寻神？好久不见！"

"你什么时候自己开个播？"

"人家不需要直播赚钱……开播全看心情。"

"也不是好久不见，他天天在微博活跃，顾未发什么他都点赞。"

"偶像？啊啊啊！晴晴我记得我和你粉的是一个偶像啊！是我想的那个吗？"

"排了。"易晴说，"瞎玩吧，反正是娱乐局，输赢不重要。"

她这话刚说话，游戏中的小队频道就有人打字了。

鲜活美味青蟹："怎么就不重要了？"

鲜活美味青蟹："输赢可重要了，必须赢！"

爱我请给我打钱："肯定赢肯定赢。"

十万伏特："未未，你哪儿来的信心呀？"

爱我请给我打钱："你给的！"

"还是我家偶像好。"小队进入对战场，易晴心满意足地笑了，"不行，你们待会儿别丢下我！"

"弹幕怎么突然这么多？"易晴皱眉道，"我关一下，挡我视线了。"

从易晴说话时开始，直播间里的在线人数就一直在增加，来了好多看热闹的小刺猬，还来了不少 TATW 的团粉。除此之外，江寻和顾未双人超话的粉丝也来了好多。

进入游戏地图的几个人打字聊天。

爱我请给我打钱："请问，我们有战术吗？"

鲜活美味青蟹："跟我哥一起玩要什么战术啊，一起享受游戏就好了。"

爱我请给我打钱："啊？"

月饼饼："好嘞。"

观众们在弹幕里讨论起来——

"他哥？"

"咦？杠精在吗？隔壁剪影可以过来看热闹了，鲜活美味青蟹，这名字……服气。"

"月饼饼？我怎么瞧着这么像 TATW 的池云开呢？我在他们的团综里看过他的微信昵称。"

"天哪！好像真是他们，这什么神仙组队？我追的星全凑在一起了？"

"未未，呜呜呜——我竟然在这里看到了他们的日常。"

"的确不要战术，随便打就好了，两个职业级别的带飞啊！"

江寻和顾未很有默契地一起行动，池云开跟着划水，易晴游走击"杀"落单的敌人，江影划水不走寻常路，五分钟后就倒地了。

"随便打打，就不解说了。"易晴跟看直播的网友们说，"不用打赏，就当是粉丝福利吧，我也算是夹带私货在追星了。"

易晴偷笑了一声。

虽说如此，直播间的打赏和人气仍在持续攀升——

"虽然是小号，但是有没有人注意到江寻和顾未的角色时装是同款啊？一起买的吗！"

"哇，而且他们始终一起行动，一看就是经常在一起玩，很有默契。"

"哈哈哈！小刺猬来说一句，感觉我们哥哥好像没有之前那么菜了，还知道打配合了，感谢江寻。"

"有的人哦，开启新玩法了……江影在公共聊天频道干吗呢？逮着刚才击'杀'他的人开始内涵了……好凶哦。"

"小破团剩下的人要哭了，哈哈哈！和寻神一起打游戏的好机会只有池云开蹭上了，上次看采访他们好像很乐意一起玩。"

"我宣布，我以后常驻 Sunny 的直播间了，我真是爱死 Sunny 妹妹了！寻神多带我们未未一起玩游戏吧，最好还是开直播的那种，未未每次忙起来好几天都不营业。"

除了江寻和易晴，其他三个人都没有开麦，但直播间的网友们明显可以看出江寻一直在教顾未。两个人的游戏角色都在不断调整走位和技能，江寻还时不时给池云开找击杀的机会。

"江寻和顾未都不用开麦交流，太默契了。"

"哈哈哈！公共频道有人和江影开始对骂了，江影真是不管到了哪个游戏里都是一种玩法。"

"抱走江影，咱别掐了，咱去拍戏好吗？"

"啊！对了，既然来了这么多人，我就顺便做个宣传吧。"易晴敲了敲耳机，"TATW 的新专辑出来了，大家支持一下我家顾未哥哥呗，还有整个团，新专辑质量很高哦。"

易晴太熟练了，张口就是好几百字的夸赞，直播间的观众还很买账。

"买了，等好久了，很惊艳！"

"说到新专辑我可就来劲了，感觉顾未进步了好多！我粉了一个一直在进步的哥哥，真的很振奋人心！"

"小刺猬希望你们永远都这么开心！"

爱我请给我打钱："谢谢！给你们比心。"

十万伏特："谢谢！我也比心。"

（全文完）